LUZIFER
VERLAG

CHRISTOPHER
FOWLER

Der Höllen Express

LUZIFER VERLAG

Erste überarbeitete deutsche Ausgabe

Umschlag: Michael Schubert | Luzifer-Verlag
Übersetzung: Stefan Mommertz
Printed in Germany

Dieses Buch wurde nach Dudenempfehlung (Stand 2020) lektoriert.

ISBN: 978-3-95835-026-7

Bibliografische Information der Deutschen Nationalbibliothek:
Die Deutsche Nationalbibliothek verzeichnet diese Publikation in der Deutschen Nationalbibliografie; detaillierte bibliografische Daten sind im Internet über http://dnb.d-nb.de abrufbar.

Für Kim Newman,
der unbeabsichtigt den Zug in Bewegung setzte.

»In unserer komplexen und durchgeplanten Gesellschaft gibt es nur wenige Möglichkeiten für einen Menschen, die Fantasie spielen zu lassen.«

PETER CUSHING

»Eine Zeit lang waren wir wirklich eine Familie.«

CHRISTOPHER LEE

Das Drehbuch

Das Haus sah aus wie aus einem Horrorfilm, und das völlig zurecht.

Während der rote MG die schmale Landstraße entlang holperte, wischte Shane Carter die angelaufene Windschutzscheibe frei, und der Landsitz Down Place erschien vor ihm wie ein leicht heruntergekommenes Märchenschloss.

In dem feuchten Straßenatlas aus dem Handschuhfach hatte die Seite gefehlt, die er am meisten benötigte. Die abgelegene Straße, die von Windsor und der A4 wegführte, war nicht ausgeschildert und überaus schwierig zu finden gewesen, aber an ihrem Ende erschien nun ein außergewöhnliches Herrenhaus aus dem siebzehnten Jahrhundert mit bogenförmiger Frontseite. Das an den Ufern der Themse gelegene Haus war von Ulmen und Weiden umgeben und wurde von Brachvögeln, Krähen und Gänsen umkreist. Die mit Zinnen versehenen Mauern hatten vor einiger Zeit einen neuen weißen Anstrich bekommen und man hatte das Gebäude zu *Bray Studios* umbenannt – offenbar hatte Hammer Films wieder einmal eine Möglichkeit zu sparen gesucht und es zu einem Filmstudio umgestaltet.

In der letzten Zeit hatte das herrschaftliche Haus so oft vor der Kamera gestanden, dass es fast an ein Wunder grenzte, dass es im Kino nicht wie ein alter Bekannter von den Besuchern begrüßt wurde, wenn sie zusahen, wie wieder einmal ahnungslose Opfer die Zufahrt entlangfuhren und nervös auf die dunklen Fenster blickten, während der mit Gewitterwolken überzogenen Himmel nichts Gutes ankündigte. Er hatte gehört, dass sich Hammer darauf verstand, Gebäude so umzugestalten, dass sie immer wieder aufs Neue verwendet werden konnten.

Er fuhr langsam näher und genoss den Anblick des Gebäudes durch die Windschutzscheibe. Bernard Robinson, der Ausstatter des Studios, war ein Meister darin, die Räume des Herrenhauses für alle seine Filme zu verwenden, indem er sie mit neuen Vorhängen und Möbeln leicht veränderte. Treppen wurden verdeckt und Gänge halbiert, der Garten wurde mit Grabsteinen gefüllt und zu einem Friedhof gemacht, Schlafzimmer dienten als Leichenhallen und Bibliotheken, Keller und Grabhäuser wurden zu Laboratorien und Operationssälen. In ein paar Stunden ließ sich ein gewöhnliches Wohnzimmer so umgestalten, dass es als schauerliches Irrenhaus vor die Kamera treten konnte. Die Männer und Frauen, die für Hammer Films arbeiteten, vollbrachten kleine Wunder.

Aber Hammer, auch das hatte er von seinen Freunden bei Universal in Los Angeles gehört, war nicht mehr das Studio, das es einst gewesen war. Seine Stunde hatte geschlagen. Der Horrorboom neigte sich dem Ende zu; die Zuschauer durchschauten die alten Tricks. Sie lachten, anstatt sich zu fürchten. Sogar die Kritiker hatten damit aufgehört, entsetzt die Hände über dem Kopf zusammenzuschlagen, und fertigten die Filme mit ein paar gelangweilten Zeilen ab.

Shane fuhr seinen gemieteten MG in den mit Kies bedeckten Innenhof, war ehrfürchtig darauf bedacht, einen

Steinhagel zu vermeiden, und zog die Handbremse an. Er nahm seine Ledermappe vom Beifahrersitz und machte sich auf den Weg zum Haupteingang des Gebäudes.

So was gibt's nur in England, dachte er und legte den Kopf in den Nacken. In Hollywood protzte MGM mit einer aufdringlichen Fassade, aber eines der führenden Filmstudios Großbritanniens – zumindest jetzt, wo es so schien, als ob Rank die Produktion zurückfuhr – hatte seine Heimat in einem alten Haus auf dem Land gefunden. Und nicht – das gefiel ihm besonders –, weil man sich auf irgendeine Art von Tradition berufen oder die eigene überzogene Aufgeblasenheit zur Schau stellen wollte, sondern einfach, weil es billiger war, hier zu sein, und die Bosse in weniger als einer Stunde von ihren Heimen in Knightsbridge herüberfahren konnten. *Hier draußen fühlt man sich wie im Jahr 1935*, dachte er, *nicht wie im Herbst 1966. Die Welt verändert sich überall, nur nicht im guten alten England.*

Für ein arbeitendes Studio schien es seltsam ruhig zu sein. Es gab keine anderen Geräusche als den fallenden Regen und den Lärm der Krähen. Es gab niemanden, der ihn in der kühlen, holzgetäfelten Empfangshalle begrüßte, weshalb er sich in den ersten Stock begab. Er sah keinen Sicherheitsdienst. Oben wurde er von einer hochgewachsenen jungen Frau begrüßt, die sich von ihrem Schreibtisch erhob, um seine Hand mit überschwänglicher Begeisterung zu schütteln.

»Sie müssen Mr. Carter sein. Es freut mich so sehr, Sie kennenzulernen. Wir bewundern Ihre Filme über alle Maßen. Bitte, kommen Sie herein. Ich bin Emma Winters, die Assistentin von Mr. Carreras. Sie sind etwas früher angekommen, als wir erwartet hatten. Können wir Ihnen eine Tasse Tee anbieten?«

Er hatte gehört, dass es unhöflich war, in England Tee abzulehnen. »Ja, gerne«, sagte er und setzte sich. Es war seltsam, wie sie den Plural gebrauchte, wenn sie von der Firma sprach, als ob es sich um eine gewöhnliche englische Familie handeln würde, bei der er für einen Nachmittagsbesuch vorbeigekommen war. Eine erfrischende Abwechslung zu den Spaziergängen über das Studiogelände in die klimatisierten Kühlschränke der Hollywoodstudios, bei denen er mit Männern, die ihn am liebsten tot sähen, falsche Höflichkeiten austauschen musste.

Er ging in dem von Eichenbalken durchzogenen Raum umher und blieb vor einer Reihe gerahmter Schwarz-Weiß-Fotografien stehen, die bekannte Gesichter zeigten. Peter Cushing als Dr. Frankenstein, Christopher Lee als Dracula und neben diesen Königen des Horrors eine fürstliche Galerie von Charakterdarstellern und Filmsternchen: Nigel Hawthorne, Andre Morell, Ingrid Pitt, Veronica Carlson, Barbara Shelley und der allgegenwärtige, liebenswerte Michael Ripper, der jeden Diener und jeden Gastwirt in der Hammer-Welt zu spielen schien und hier in einem grotesken Piratenkostüm in *Die Teufelspiraten* zu sehen war. Shane stellte sich vor, wie er am Morgen die Studiokantine betreten und sie alle dort vorfinden würde, versammelt, um mit der Arbeit an einem weiteren Mumien-, Werwolf- oder Vampirfilm zu beginnen.

Shane war mit den Monsterfilmen der Fünfzigerjahre aufgewachsen und hatte schließlich als Dramaturg bei den Edgar-Allan-Poe-Adaptionen von Roger Corman für AIP gearbeitet. AIP hatte sich von Hammer den Kniff der Wiederverwendung üppiger Breitbildkulissen und das Schaffen einer festen Garde an Stars abgeschaut. Statt des onkelhaften

Peter Cushing gab es dort den augenrollenden Vincent Price, und anstelle von Hammers Stichwortgeber Francis Matthews hatte man sich für den Newcomer Jack Nicholson entschieden.

Wie Hammer griff AIP auf einen ständigen Stamm an Regisseuren, Kameramännern, Ausstattern, Maskenbildnern, Requisitenbauern und Kostümbildnerinnen zurück, um den Filmen ein vertrautes Aussehen zu geben. Die beiden Studios waren gewissermaßen Spiegelbilder voneinander, deshalb hatte es nahegelegen, hierherzukommen, vor allem, weil er nun nicht mehr für Cormans Firma arbeitete. Er hatte sich einmal zu oft über die kostensparenden Maßnahmen des Studios beschwert und feststellen müssen, dass er doch nicht so unersetzbar war, wie er gedacht hatte.

Shane hatte sowieso vorgehabt, nach England zu reisen, um seine Schwester zu besuchen, die einen englischen Architekten geheiratet hatte und nun in Hampstead lebte. Dann war er auf die Idee gekommen, bei dieser Gelegenheit Hammer aufzusuchen, um herauszufinden, ob es eine Möglichkeit gab, für das Studio zu arbeiten. Hammer war berüchtigt dafür, eine Art geschlossener Gesellschaft zu sein, aber er hatte mit einer alten Freundin gesprochen, die als Stenografin in London im Filmgeschäft tätig war und ihn direkt mit Michael Carreras in Kontakt gebracht hatte. Carreras schien der geschäftsführende Produzent des Studios zu sein, auch wenn sich niemand an seine exakte Stellenbezeichnung erinnern konnte.

»Mein lieber Freund, es tut mir aufrichtig leid, dass Sie warten mussten!«

Carreras entpuppte sich als Mann mit heiterem, rötlichem Gesicht, einer Brille mit dickem schwarzem Gestell, einem dichten Schopf grauer Haare und einem schwarzen Schnurrbart, durch den er leicht verrucht aussah. Er war geschniegelt gekleidet in einen graugestreiften Anzug mit Seidenkrawatte. Während er mit ausgestreckter Hand fröhlich auf Shane zu stolzierte, hielt er in der anderen eine dicke Zigarre. »Wir hatten heute Morgen ein wenig Theater mit dem Zensor – aber wann haben wir das nicht?«

»Ich habe ein paar Geschichten über die britische Zensur gehört«, sagte Shane. »Aber glauben Sie mir, bei uns gibt es die gleichen Probleme.«

»Ja, unser Oberzensor John Trevelyan ist ein netter Mann, total von der Filmwelt begeistert, auch wenn er das nie zugeben würde, aber wir sind gezwungen, ein ziemlich absurdes Spiel mit der Behörde zu spielen. Sie regen sich immer über die Menge an Blut auf, die zu sehen ist, seine Zähflüssigkeit, seine Farbe und so weiter. John hat sich absolut geweigert, bei *Nächte des Grauens* nachzugeben, und in der letzten Zeit wird er immer reizbarer. Wahrscheinlich sitzt ihm die Regierung im Nacken. Deshalb hab ich mir ein paar überarbeitete Szenen ansehen müssen.«

»An was arbeiten Sie gerade?«, fragte Shane, während er Carreras in dessen Büro folgte.

»Wir waren in diesem Jahr sehr beschäftigt. Vor ein paar Monaten haben wir *Frankenstein schuf ein Weib* fertiggestellt und nächste Woche sollten wir *Der Fluch der Mumie* abgedreht haben. Es gibt Schwierigkeiten mit der letzten Szene. Wie man den Kopf einer Mumie zerdrückt. Wir experimentieren schon seit Wochen damit herum. In der Werkstatt herrscht ein ziemliches Chaos, kann ich Ihnen sagen. Bitte, setzen Sie sich. Hat man Ihnen Tee angeboten?«

»Ja, danke.«

»Prima.«

Carreras setzte sich Shane gegenüber. »Wir versuchen, vier Horrorfilme pro Jahr zu drehen, aber die Planung ist immer sehr kompliziert. Und gerade jetzt scheinen wir einen vollen Stall, aber keine Reiter zu haben.«

Shane war mit schiefen Sportmetaphern dieser Art nicht vertraut, weshalb Carreras gezwungen war zu übersetzen. »Alle sind hier, darauf erpicht zu arbeiten. Freddie Francis juckt es in den Fingern, einen neuen Film zu machen, Peter und Chris drehen sozusagen Däumchen – Peter befindet sich in Whitstable, aber das ist nur ein paar Stunden entfernt. Und wir haben ein paar hübsche Mädels im Visier für das Kreischen; die weiblichen Rollen. Nur: es gibt kein Drehbuch. Weshalb ich mich sehr freue, Sie heute hier zu sehen.«

Habe ich mich verhört?, fragte sich Shane. *Bietet man mir einfach so einen Job an?*

»Ich weiß nicht, ob Sie mit meiner Arbeit vertraut sind«, fing er an. »Ich hatte keine Zeit, meinen Lebenslauf aufzufrischen.«

»Aber natürlich«, erwiderte Carreras. »Wir sind große Bewunderer der Poe-Adaptionen. All diese herrlichen, prächtigen Farben. Roger ist ein Mann ganz nach unserem Geschmack. Sehr schlau, wenn es darum geht, an allen Ecken und Enden zu sparen, um Geld zu machen.« Es klang wie ein zweischneidiges Kompliment. »Ich bin mir niemals ganz sicher, wo diese Filme spielen sollen – in Italien vielleicht? Die Kulissen sehen aus wie eine Mischung aus Verona und Las Vegas.«

»Bei diesen Filmen habe ich nur die Drehbücher überarbeitet«, räumte Shane ein. »Aber ich hab ein paar andere geschrieben, mit denen ich ganz zufrieden bin.«

»Ah ja, *Am Rande der Nacht* und *Die Kreatur im Leuchtturm.* Beide hervorragend, meiner Meinung nach. Zu dumm, dass sie in *Leuchtturm* die Kreatur zeigen mussten.«

Shane war erstaunt, dass überhaupt jemand von diesen Filmen gehört hatte. Sie waren nur in einer Handvoll Kinos gezeigt worden, und auch das nur in den weniger wählerischen Bundesstaaten. Er war sich ziemlich sicher, dass es keinen internationalen Vertrieb gegeben hatte. »Sie haben recht, wir hätten sie nicht zeigen sollen«, sagte er entschuldigend. »Das Licht war zu hell. Und der Laurel Canyon ist ein ziemlich schäbiger Ersatz für die spanische Küste. Man konnte die Nähte des Gummianzugs sehen. Ich schaudere immer noch, wenn ich an die letzten Szenen denke.«

»Oh, machen Sie mal halblang, guter Freund. Sie sind zu bescheiden. Wir sind jahrelang mit den fürchterlichsten Monstern über die Runden gekommen. Wir konnten uns immer mit klugen Kulissen und geschickter Beleuchtung retten. Wir verwenden absolut alles wieder und machen auch kein Geheimnis daraus. Roy Ashton, unser Mann fürs Make-up, hat uns mit Ach und Krach durchgebracht, obwohl ich denke, dass er die Gorgone in *Die brennenden Augen von Schloss Bartimore* nicht richtig hinbekommen hat. All die albernen Gummischlangen, die herumbaumelten. Wirklich schade, weil das Drehbuch meiner Meinung nach vorzüglich war. Und dann haben wir den Vorteil von James Bernards wunderbarer Musik.«

»Und Schauspieler, die die flachsten Dialoge mit Leben füllen können«, sagte Shane und fügte hastig hinzu: »Nicht, dass die Dialoge …«

Carreras hob die Hand. »Ich weiß, manchmal sind die Dialoge unser Schwachpunkt. Es fehlt an der Poesie, glaube ich. Freddie würde am liebsten Drehbücher völlig ohne Dialoge verfilmen. Ich bin davon überzeugt, dass er denkt, sie stören nur. Das ist der Grund, weshalb er so wunderbar Spannung aufbauen kann. Es gibt niemanden, der ihm das Wasser reichen kann, wenn es darum geht, in einer Szene Spannung zu erzeugen. Aber ich bin der Erste, der zugibt, dass er unter Taubheit leidet, wenn es um Dialoge geht. Und wir haben noch ein Problem.«

»Welches?«

Carreras blies Rauch aus und blickte Richtung Decke. »Ach, kommen Sie, als Mann vom Fach haben Sie bestimmt etwas gehört.«

»Nun, ich habe gehört, dass Sie Opfer Ihres eigenen Erfolgs geworden sind. Nachahmer angeregt und so etwas.«

»Bei Gott, in der Tat. Dann kennen Sie bestimmt unseren größten Konkurrenten, Amicus.«

»Haben die nicht vor ein paar Jahren *Die Todeskarten des Dr. Schreck* gemacht?«

»Ja, und sie hatten ziemlichen Erfolg damit. Einige der Episoden waren furchtbar abgeschmackt, die Schauspieler haben völlig übertrieben, aber die Idee an sich war nicht ohne. Dumm wie wir waren, haben wir ihnen einige unserer größten Stars ausgeliehen. Milton Subotsky hat sehr genaue Vorstellungen, wie Filme dieser Art funktionieren. Er produziert sie überaus billig.«

»Richtig, die Episoden-Sache.«

»Eine rein wirtschaftliche Erwägung, kann ich Ihnen versichern. Wenn man vier oder fünf Episoden dreht, die jeweils fünfzehn oder zwanzig Minuten lang sind, und sie durch eine Rahmengeschichte verbindet, müssen die Stars nicht während der gesamten Drehzeit anwesend sein, sondern nur für den Teil, in dem sie auftreten. Sehr leicht zu planen, und natürlich kann man die meisten von ihnen am Ende der Woche in bar ausbezahlen. Aber, wissen Sie«, er verzog das Gesicht, »schmuddelige Fünf-Pfund-Scheine in Umschlägen auszuhändigen und das sich ergebende Filmmaterial im Schneideraum zusammenzukleben, ist ganz und gar nicht unser Stil. Wir sehen uns ein paar Stufen über solchen Praktiken. Und dann gibt es Tony Tensers kleine Firma, Tigon. Er verwendet unser Geschäftsmodell, lässt aber an authentischen Drehorten drehen, um ein paar Pfund zu sparen. Einige seiner Sachen sind ziemlich gut. Wir müssen uns in Zukunft mehr als früher vor der Konkurrenz in Acht nehmen.«

»Aber Sie sind immer noch führend.«

»Stimmt, aber wie lange noch? Die Wahrheit ist, dass uns die Monster ausgegangen sind. Frankenstein, Dracula, die Mumie, Dr. Jekyll, das Phantom der Oper, der Wolfsmensch – nun, der war nie wirklich erfolgreich, meiner Meinung nach, auch wenn Ollie Reed furchtbar gut war als Werwolf in *Der Fluch von Siniestro*. Man kann nicht ewig immer nur die drehen. Ich habe das Gefühl, dass wir uns festgefahren haben.«

»Es gibt doch bestimmt noch andere viktorianische Horrorgeschichten, die bisher nicht verfilmt wurden?«

»Ja, aber wir befinden uns im Jahr 1966. Niemand will heute Filme sehen, die auf Büchern beruhen, die unsere Großeltern gelesen haben. Durch die Beatles haben sich die Verhältnisse geändert. Milton bildet sich ein, dass man mit einem Horrorfilm für Teenager Geld machen könnte – er geht mit einem schrecklichen Treatment über eine untote Popgruppe hausieren. Aber wir fühlen uns etwas gehobeneren Produkten verpflichtet. Was halten Sie von unseren Filmen?«

»Ich denke, ich habe sie immer als Fabeln betrachtet. Sie besitzen eine gewisse Art von Eleganz.«

»Ganz genau. Haben Sie jemals richtige Märchen gelesen? Ich meine Hans Andersen, Grimm und so weiter. Die sind unglaublich grausam; Vögel picken Augäpfel aus, Mädchen schneiden sich Zehen ab, um in Pantoffeln zu passen. Der einzige Grund, weshalb John Trevelyan uns so viel Kunstblut durchgehen lässt, ist, dass wir uns an ein gewisses Niveau halten. Und natürlich sind wir normalerweise sorgfältig darauf bedacht, dass unsere Geschichten nicht in England spielen. Es ist weniger anstößig, wenn man die Handlung irgendwo am anderen Ende von Europa ansiedelt, wo die meisten Kinobesucher noch nie gewesen sind.«

»Warum übernehmen Sie nicht etwas von der Konkurrenz und führen neue Monster ein? Das Ganze in dem Stil, mit dem Sie berühmt geworden sind?«

»Das redet sich leicht, mein Freund, ist aber ziemlich schwer machbar, befürchte ich.«

»So etwas lasse ich mir schon seit geraumer Zeit durch den Kopf gehen.«

Carreras nahm die Zigarre aus dem Mund und untersuchte das Ende, um sich zu vergewissern, dass es noch glühte. »Wirklich? Und was denken Sie? Wäre das etwas für Sie? Man muss eine bestimmte Art von Geist haben, um so etwas zu schaffen. Wären Sie der Aufgabe gewachsen?«

»Sie meinen, ein Drehbuch schreiben? Ob ich das machen würde? Aber natürlich.«

»Es tut gut, hier zur Abwechslung mal auf etwas Eifer zu treffen. Wir sind eine sehr enge Gemeinschaft, aber manchmal kann das auch ein bisschen bedrückend sein. Immer auf einem Haufen, sozusagen. Allerdings ist da ein Haken.«

»Und der wäre?«

»Wir haben ein paar Projekte in der Entwicklung. Dreharbeiten für zwei Filme sind zwischen Winter und Frühjahr geplant, aber Peter und Chris wollen an Weihnachten zuhause sein, und deshalb schließen wir dann normalerweise. Weshalb uns eigentlich nur jetzt bleibt.«

»Ich arbeite zurzeit an nichts Konkretem«, sagte Shane. »Ich könnte sofort anfangen.«

Carreras warf einen Blick in den Produktionskalender auf seinem Schreibtisch. »Nun, heute ist Montag, also sagen wir bis Freitag?«

Shane war verdutzt. »Für was?«

»Das fertige Drehbuch.«

»Fünf Tage?« *Viereinhalb, wenn man diesen Morgen mit einbezieht*, dachte er von Panik ergriffen.

»Dann könnten wir es Freddie und den Schauspielern übers Wochenende für Feedback geben – wir müssten es vor den Dreharbeiten auch bei John im Soho Square einreichen, um sicherzugehen, dass wir keine Zeit mit Szenen verschwenden, die dann herausgeschnitten werden müssen. Obwohl Sie vielleicht ein paar besonders grausame Szenen einbauen sollten, damit seine Schere etwas zu tun hat – damit er denkt, dass er die Moral der Nation schützt. Dann bringen wir es zu den Künstlern in der Wardour Street, um zu sehen, welche Ideen die fürs Marketing haben. Normalerweise lassen wir zuerst die Poster anfertigen, damit alle auf der gleichen Wellenlänge sind. Manchmal fällt unseren Künstler etwas wirklich Haarsträubendes ein, das dann im Film landet. Oh, und dann müssen auch die Amerikaner bei Laune gehalten werden, aber wenn denen die Idee gefällt, werden sie uns ihre Zustimmung am Telefon geben.«

»Und was ist mit dem Budget?«, fragte Shane, der von der nebensächlichen Art, in der das Geschäft in Angriff genommen wurde, etwas irritiert war.

»Das ist bereits festgelegt. Sie müssen sich um solche Sachen keine Sorgen machen. Schreiben Sie einfach das verflixte Teil und dann sagen wir Ihnen, was wir davon machen können und was nicht.« Carraras zog geräuschvoll an seiner Zigarre. »Hören Sie, Sie müssen sich nicht sofort entscheiden. Nehmen Sie sich eine halbe Stunde Zeit oder so. Trinken Sie noch eine Tasse Tee. Ich bin mir sicher, dass Miss Winters ein paar Kekse für Sie auftreiben kann. Oder wenn Sie nach Ihrer langen Fahrt etwas Kräftigeres haben möchten, Mrs. Thompson führt eine ziemlich gute Kantine.«

»Ich übernachte bei meiner Schwester und ihrer Familie, habe also keinen Ort, an dem ich arbeiten kann.«

»Nun, wir haben ein paar annehmbare Gasthöfe in der Gegend, wirklich reizende Häuser in Shepperton: das King's Head und das Red Lion. Alle Autoren steigen dort ab. Sie können bleiben, wo immer es Ihnen gefällt, solange es nicht mehr als zehn Pfund die Nacht kostet. Und ich denke, wir können Ihnen ein Büro zur Verfügung stellen.« Er ging zur Tür und öffnete sie. »Miss Winters, können wir Mr. Carter irgendwo unterbringen?«

Emma Winters hatte den Lippenstift erneuert und ihr goldbraunes Haar gelöst. Ihm wurde plötzlich klar, dass sie die Sternchen an den Wänden ihres Büros nachahmte. Vielleicht träumte sie davon, eines Tages für die Firma vorzusprechen. Ihre Beine waren vielleicht eine Spur zu dick geraten, aber ihre Augen hatten etwas Dramatisches. Sie warf ihm plötzlich einen strengen Blick zu. Er fragte sich, ob sie seine Gedanken lesen konnte. »Was benötigen Sie, Mr. Carter?«, fragte sie.

Shane überlegte für einen Augenblick. »Nun, Quellen für Recherche.«

»Wir haben eine gut ausgestattete Bibliothek, und natürlich können Sie den Vorführraum nutzen, wenn Sie sich ein paar unserer früheren Filme in Erinnerung rufen möchten«, bot sie an. »Es gibt ein leeres Büro nebenan, und ich bin mir sicher, dass wir irgendwo noch eine alte Imperial herumstehen haben. Das heißt, können Sie tippen?«

»Natürlich.«

»Einige unserer Autoren bevorzugen es, mit der Hand zu schreiben, und das macht alles viel schwieriger.«

Shane fühlte sich, als ob er durch einen Zauberspiegel in ein Land geraten war, in dem Filme auf der Basis von höflichem Händeschütteln und guten Absichten entstanden. Er wandte sich Carreras zu, der strahlte und sichtlich zufrieden mit sich selbst war. »Gibt es irgendeinen bestimmten Inhalt, der Ihnen vorschwebt?«, fragte er.

Carreras dachte für einen Moment nach. »Nun, vermutlich sollten unsere Markenzeichen enthalten sein«, antwortete er. »Ein exotischer Schauplatz, junge Liebende, furchterregende Kreaturen, eine düstere Warnung, Rituale und Flüche sowie schreckliche Konsequenzen. Übernatürliche Erscheinungen sind immer willkommen – sie geben den Beleuchtern Gelegenheit, ihr Können unter Beweis zu stellen. Wir mögen Regeln; ›Gehen Sie in der Nacht nicht zum Schloss‹ und so was von der Art. Es müsste etwas für Christopher geben. Er ist furchtbar groß und ernst und nicht wirklich für komödiantische Rollen geeignet. Dafür hat er eine wunderbare Ausstrahlung. Er singt einen wirklich guten Bariton, aber wir haben nie die richtige Gesangsrolle für ihn finden können. Der Rest ist hauptsächlich Atmosphäre, und die können wir tonnenweise anbieten. Sie wissen schon, was ich meine, dichter Nebel, umgekippte Särge, Dorfbewohner, die sich im Wald verlaufen haben, Damen, die in tief ausgeschnittenen Miedern in Ohnmacht fallen. Natürlich jede Menge Blut, obwohl Sie diese Teile mit mir absprechen müssen. Ich habe eine ziemlich gute Vorstellung davon, womit wir durchkommen werden.«

»Haben Sie irgendeine Vorstellung von der Geschichte?«

»Nun, Peter und ich haben uns kürzlich darüber unterhalten und uns gefiel die Idee eines Zuges ganz gut«, sagte Carreras schließlich. »Denken Sie, dass Sie das schaffen können?«

»Ich werde noch heute anfangen«, antwortete Shane.

»Die Bibliothek«, sagte Emma, als sie eine große Eichentür im Erdgeschoss öffnete und dadurch den Blick auf einen Raum freigab, der wie ein Herrenklub aussah: Getäfelte Wände, an denen Bücherregale aufgereiht waren, und zwei Ohrensessel aus rotem Leder, die vor einem riesigen Kamin standen.

»Das sieht aus wie der Ort, an dem Jonathan Harker zum ersten Mal auf Graf Dracula traf«, sagte Shane erstaunt.

»Oh, wahrscheinlich ist er das auch«, meinte sie unbestimmt. »Ich lasse Ihnen die Schreibmaschine runterbringen, und wir beschaffen Ihnen ein paar neue Farbbänder. Geben Sie mir Bescheid, wenn Sie etwas benötigen. Egal was.«

Sie lächelte ihn geheimnisvoll an – flirtete sie etwa mit ihm? – und schloss leise die Tür hinter sich.

Shane nahm sich die Trittleiter und begutachtete die Bücher in den Regalen. Die Bibliothek war erstaunlich gut ausgestattet.

Einige der obskuren Bände über Hexerei und Teufelsanbetung konnten sich nützlich erweisen. Er schaute weiter oben. Über einer Reihe von gebundenen Büchern waren mehrere Brettspiele ins Regal geschoben. Ludo, Monopoly und eines, das ›Höllenexpress‹ hieß.

Vorsichtig nahm er die abgenutzte Schachtel aus dem Stapel und trug sie zum Tisch.

Das Spiel

Sie war allein zu Hause und langweilte sich fürchterlich.

Ihre Mutter war zum Bäcker gegangen und hatte wahrscheinlich angefangen, sich mit Frau Malik zu unterhalten. Wann immer sich die beiden trafen, tratschten sie fast eine Stunde lang. Sie hatte keine Ahnung, worüber ihre Mutter sprach; über Kochrezepte, Ehemänner, den neuen Pfarrer mit den meerblauen Augen, der die Peterskirche übernommen hatte. Ihr Vater war bei der Arbeit in der Gießerei und tat dort, was auch immer die Männer dort taten. Er würde erst heimkehren, wenn es schon dunkel war. Er kam immer spät nach Hause, und dann roch er nach Eisenspänen, Feuer und Schweiß.

Sie saß am Fenster und blickte in den herabstürzenden Regen. Sie hatte ihr blondes Haar gebürstet und es zu Zöpfen geflochten, und sie hatte Memory mit einem Satz Karten gespielt, aber die Pikdame hatte gefehlt und so das Spiel verdorben. Ihre Mutter besaß ein Puzzle, das ein farbenprächtiges Gemälde von London ergab, aber es waren schon zu viele Teile verloren gegangen.

Sie blickte sich in dem vollgestopften Wohnzimmer um. Die Luft im Zimmer war abgestanden und muffig, weil sich hier kaum je etwas bewegte. Auf der Kommode befand sich das Gedenkbuch ihrer Schwester, hochkant aufgestellt und geöffnet. Sie war im Alter von fünf Jahren an Tuberkulose gestorben, und für die letzten Fotografien hatte man der kleinen Leiche ihre beste Kleidung angezogen und sie inmitten der Familie, die sie geliebt hatte, platziert. Neben dem Gedenkbuch stand die Spieldose ihrer Mutter mit einer starren Ballerina, die zu Leben erwachte, wenn man einen Schlüssel drehte, und sich dann zum Klang des Kaiserwalzers im Kreis drehte. Es gab auch ein Rätselbuch, aber die meisten der Rätsel waren schon vor langer Zeit gelöst worden; die Antworten waren wiederholt mit Bleistift eingetragen und dann wieder ausradiert worden. Ihr fiel ein, dass es auf dem Dachboden noch andere Spiele gab; alte Spiele, die ihrem armen, verrückten Großvater gehört hatten, und obwohl sie nicht hochgehen sollte, erinnerte sie sich, dass ihre Eltern den Messingschlüssel auf der Küchenanrichte aufbewahrten. Er war schwer zu erreichen, weshalb sie einen Stuhl herüberschob, auf ihn kletterte und sich auf die Zehenspitzen stellte, bis ihre Finger ihn endlich zu fassen bekamen. Sie würde nur einen kurzen Blick wagen und dann den Schlüssel zurücklegen, sodass ihre Mutter es niemals bemerken würde.

Das Haus hatte ein Giebeldach, unter dem sich ein langer, enger Dachboden voller mit Spinnweben bedeckter Wunder verbarg. Es gab kein Licht hier oben, aber sie wusste, wo sich befand, was sie suchte. Hinter der purpurfarbenen Schneiderbüste und dem Schmetterlingskescher, neben den beiden alten Sesseln, die wie eine riesige Muschel verkehrt herum aufeinandergestapelt waren, fand sie die Spiele: Vier bunte Pappschachteln, die mit Gipsstaub bedeckt waren.

Beim ersten handelte es sich um eine Sammlung von Spielen, wie Jungs sie mögen: Puste-Fußball, ein Leiterspiel, Dame und Astragaloi. Nichts, was sie interessierte.

Das zweite war eine Schachtel mit Zaubertricks, auf deren Deckel ein Mann mit Schnauzbart abgebildet war, der einen weißen Hasen aus einem glänzenden Zylinder zog, aber die Anleitungen waren schon lange verloren gegangen, und außerdem musste man für die meisten der Zaubertricks wochenlang proben, bevor man sie aufführen konnte.

Das dritte nannte sich ›Strategische Invasion‹ und schien davon zu handeln, dass man Armeen auf einer Karte von Russland aufstellen musste – was für eine langweilige Idee für ein Spiel!

Aber die letzte – und bei Weitem größte – Schachtel war am vielversprechendsten. Das fing schon damit an, dass die Schachtel mit einer Schnur zugebunden war, an der eine Karte hing, auf der stand: NICHT ÖFFNEN.

Sie trug die Schachtel vorsichtig hinunter in ihr Zimmer, ließ sich auf dem Flickenteppich nieder und studierte den Deckel. Die Illustration zeigte eine viktorianische Lokomotive mit einem Kuhfänger und einer brüllenden Teufelsfratze mit roten Hörnern. Aus der Lok traten Feuerwellen hervor, die aussahen wie böser Atem. Die kunstvolle Aufschrift unter dem Bild lautete: »Wagst du die Fahrt mit dem Höllenexpress?«

Es war seltsam, dass sie es noch nie zuvor bemerkt hatte. Nachdem sie sich feierlich vor das Spiel gesetzt hatte, schob sie die Schnur von der Schachtel, nahm den Deckel ab und entnahm das Spielbrett. Sie faltete es vorsichtig auf, legte es flach vor sich hin und entnahm die Figuren ihren Behältnissen.

Es gab keine Würfel, keine Spielmarken und keine Anleitung, aber je länger sie die Anordnung studierte, desto mehr schien sich alles von selbst zu erklären. Sie stellte die

Passagiere – kleine bemalte Bleifiguren, die Koffer trugen – zu dem Bahnhof, der seltsamerweise den Namen ihrer eigenen Heimatstadt, Chelmsk, trug. Es gab sogar die gleichen Ziegelsteinkamine, den gleichen Marktplatz, die gleiche große Gießerei im Zentrum. Tatsächlich glich die gesamte Gestaltung einer Miniaturausgabe ihrer Stadt. Vielleicht hatte der Künstler hier gelebt und während des Malens zur Inspiration aus dem Fenster geblickt.

Im Spielbrett befanden sich auch die Schlitze eines mechanischen Schienenwegs, der durch niedliche Abbildungen ländlicher Idyllen führte und ein halbes Dutzend kleine Bahnhöfe erreichte. Am unteren Rand der Spielfläche entdeckte sie eine seltsame Beschriftung.

»*Als der Teufel auf die Erde gerufen wurde, schuf er einen Zug, um die Verdammten in die Hölle zu bringen.*«

Ein ziemlich ernster Leitspruch für ein Kinderspiel, das war sogar ihr klar. Ihre Mutter würde bestimmt nicht gutheißen, dass sie sich mit so einem Spiel beschäftigte, wodurch es noch viel aufregender wurde. Was für einen Schaden konnte es denn groß anrichten?

Sie blickte noch einmal in die Schachtel. Was gab es da noch?

Mit großer Vorsicht entnahm sie das größte, detaillierteste und schönste Stück – eine Spielzeuglokomotive zum Aufziehen. Ihr Name war auf dem Kesselblech eingraviert: *ÄRZENGEL*. Das Mädchen warf einen Blick in die minutiös ausgearbeiteten Waggons mit ihren Sitzen und Lampen und Gepäckablagen. Dann verband sie die sechs Waggons miteinander, darunter die Abteile der ersten, zweiten und dritten Klasse. Der letzte Waggon hatte einen Bereich mit privaten Suiten und eine kleine Aussichtsplattform am Ende.

Sie wählte die am wenigsten abgenutzten Figuren – sie waren aus Blei und hatten schon etwas von ihrer bunten Lackierung verloren –, entschied sich schließlich für zwei gut aussehende junge Männer und zwei hübsche Damen mit Hüten und Reifröcken – eine blond, die andere dunkelhaarig – und stellte sie an Bord des Zuges in den ersten Waggon. Das würden ein Ehepaar und zwei junge Liebende sein.

Es waren noch zwei merkwürdige kleine Figuren übrig, die sie in den zweiten Waggon gab. Zunächst ein dicker kleiner Mann, bei dem etwas mit dem rechten Bein nicht stimmte; das Blei war zerquetscht worden, wodurch sein Fuß missgestaltet war. Sie beschloss, dass er ein Handelsreisender mit einem Musterkoffer sein würde. Der andere Mann trug einen Zylinder, hatte einen Kotelettenbart und trug eine große Schachtel. Er sah aus wie ein Schausteller.

Funken sprühten an den Rädern des *Ärzengels*, als sie den Motor mit einem Blechschlüssel aufzog. Dann stellte sie den Zug auf seine schlitzförmige Spur und ließ ihn seine Reise beginnen.

Sie beobachtete gebannt, wie der Zug über das Spielbrett tuckerte, leise Dampflokgeräusche von sich gab und durch schön gemalte ländliche Szenen mit Engelchen, sonnenbeschienene Brücken und Schluchten mit Regenbogen fuhr.

Der Zug hielt an einem Bahnhof an und schien darauf zu warten, dass sie etwas tat. Sie fand einen kleinen Fahrkartenautomaten aus Blech, der Karten ausgab, und nachdem sie den Hebel betätigt hatte, entnahm sie die erste.

Darauf stand: *Frömmigkeit*. Aber was sollte sie damit tun?

Am Ende des Bahnsteigs befand sich ein Stellwerk mit einem Schlitz im Dach. Sie schob die Karte dort hinein und einen Moment später wurden die Weichen verstellt. Der Zug nahm wieder Fahrt auf.

Es war wunderbar gestaltet, aber was war das *Ziel* des Spiels?

Die Uhr auf dem Kaminsims schlug drei. Draußen war die Straße menschenleer und vom fallenden Regen dunstig. Als sie wieder auf das Spiel blickte, sah sie, dass der Zug auf dem nächsten Teilstück der Strecke rollte und ein gemaltes Spruchband passierte, auf dem »Folge den Regeln & Beschäme den Teufel« geschrieben stand.

Das Leben, sagte ihre Mutter immer, *ist eine Reise, die man selbst bestimmen muss.*

Das ist es, beschloss sie. *Ein Spiel über das Leben.*

Das Schema wiederholte sich und an jedem Bahnhof gab sie eine weitere Fahrkarte für die nächste Etappe der Reise aus.

Auf den neuen Karten stand zu lesen: *Ehrlichkeit* und *Anständigkeit.*

Aber während der Zug sich fortbewegte und das Spiel weiterging, kam ihr das Glück mit den Karten abhanden. Die nächsten Karten waren *Alkohol*, *Begierde*, *Gewalt* und *Gottlosigkeit.*

Mit jeder neuen Anweisung wurden Weichen verstellt und der Zug fuhr weiter. Nun entfernte er sich jedoch von den sonnigen, ländlichen Motiven und bewegte sich auf die entfernte linke Seite des Spielbretts zu. Sie sah, dass er sich vom »Pfad der Rechtschaffenheit« entfernte und eine düstere Nebenstrecke nahm, die mit Gefahren gespickt war: Umstürzende Bäume, eine wackelige Brücke über eine Schlucht, ein dichter, finsterer Wald, große schwarze Krähen, sogar etwas, das ein ausbrechender Vulkan zu sein schien. Diese Strecke hieß: *Der sündhafte Weg zu ewiger Verdammnis.*

Wenn es ein Spiel über das Leben war, so schien es auch eines über den Tod zu sein.

Das ist nicht fair, dachte sie. *Meine Passagiere haben keine andere Wahl, als an Bord zu bleiben. Die Entscheidungen liegen nicht bei ihnen, sondern werden vom Schicksal getroffen. Woher wissen sie, ob sie gut oder böse sind? Wer hat das Recht, sie einer Prüfung zu unterziehen?*

Es war zum Verzweifeln. Warum mussten Spiele immer eine Moral haben?

Die Aufziehlokomotive schien nun von selbst zu laufen. Hinein in den dunkelsten, finstersten Teil des Spielbretts. Die Funken, die die Lokomotive schlug, drohten, die Papplandschaft anzuzünden. Aber wohin war sie unterwegs? Der Name der Endstation im linken unteren Bereich des Spielbretts war beschmutzt und unlesbar.

Als sie sich hinabbeugte, um den Weg des Zuges aus der Nähe zu verfolgen, bemerkte sie, dass sich die Räder des *Ärzengels* wirklich zu drehen begannen. Er wuchs und wuchs, donnerte an ihren verdutzten Augen vorbei mit einem Ausstoß von feurigem Dampf und schien von den Gleisen springen zu wollen.

Der Zug wurde mit jeder Sekunde größer. Mit einem Stöhnen und einem Sprühregen aus Stahl und Dampf dehnte er sich aus, um den Raum zu füllen, bis es schien, als ob er aus dem Kamin herausdonnerte. Die Bilder auf dem Kaminsims wackelten und zersplitterten. Das Porzellan zitterte. Eine Vase fiel herab und zerbrach. Der Lärm der Lokomotive dröhnte gegen die Wände und füllte ihren Kopf aus, bis sie nichts anderes mehr hören konnte. Der Zug donnerte durch das Esszimmer.

An den Wänden huschten Rechtecke aus Licht vorbei; die Gemälde wurden von ihren Befestigungen gerissen, während die Waggons vorbeibrausten. Der Schornstein der Lokomotive spuckte Kohlenstaub und Ruß an die Decke und über die Möbel, die Glocke des Zuges bimmelte frenetisch, die Pfeife der Lok gab einen schrillen Schrei von sich, der drohte, die Fensterscheiben zu zersplittern. Durch den Fahrtwind wurden die Notenblätter ihrer Mutter in die Luft gewirbelt. Vom Kuhfänger des *Ärzengels* erfasst, explodierte das Klavier und wurde durch den Raum geschleudert. Die großen Räder drehten sich so nahe an ihren Füßen vorbei, dass es schien, als ob sie die Holzdielen zerfetzen und das Haus in zwei Hälften sägen würden.

Voller Angst konnte sie nur entsetzt zusehen, wie der gewaltige Zug an ihr vorbeidonnerte, am Anfang einer Reise, die, einmal begonnen, nicht mehr abgebrochen werden konnte.

Die Ankunft

Die Nieten waren weißgold und wurden purpur und blutbraun, bis sie endlich an ihren Platz gehämmert worden waren. Eisenplatten und gehärteter Stahl, Stangen und Schrauben, Feuer und Dampf im Kupfergestank von ausglühendem Metall. Das war schon immer die Welt der Lokomotiven gewesen.

Das Ergebnis war ein prächtiger Beleg handwerklicher Fertigkeit, aber vielleicht wurden sie bestraft, weil sie zu stolz darauf waren. Einem Arbeiter, der vom Betriebswerk abgestellt worden war, wurden nur wenige Stunden vor der feierlichen Übergabe vier Finger der rechten Hand von der Kupplung der Lok abgetrennt, und das billige russische Schmierfett, das sie auf den Scheiben verwendeten, infizierte die Wunde so sehr, dass der Arm bei der Ankunft im Krankenhaus bereits ein dunkelvioletter Giftsack war. Eine Amputation hätte die Ausbreitung stoppen sollen, aber dem war nicht so; sie begruben ihn neben den Schienen, weniger als vierundzwanzig Stunden, nachdem der Ärzengel aus seinem Schuppen gerollt war. Niemand behauptete, dass die Arbeit einfach war, aber Arbeitsplätze waren damals schwer zu finden, und die Bahnlinie verhieß Hoffnung, auch wenn die Mittel, mit denen solcher Wohlstand erzielt wurde, eine dauerhafte Schande mit sich brachten …

Nicholas Castleford schreckte aus dem Schlaf auf. Die Erinnerung an seinen Traum verschwamm und löste sich auf wie Rauch in der Luft.

Er blickte aus dem Fenster. Grün, Getreide, einspurige Straßen, Meilen über Meilen des Nichts. Wenn man diese idyllische Landschaft betrachtete, war es schwer, sich vorzustellen, dass sich die Welt im Krieg befand.

Nicholas hatte den Krieg nicht nach seinem Geschmack gefunden. Er war ausgerechnet nach Polen geflüchtet, wo er sich der uralten Kunst des Ausnehmens der Landbevölkerung widmete. Karten hatten sich als die besten Waffen in seinem Arsenal erwiesen, und er gebrauchte sie ohne Gnade, wenn er die verblüfften Dorfbewohner, die es eigentlich besser hätten wissen sollen, um immense Summen erleichterte.

Nach einer Reise nach London, wo er sein hart verdientes Geld deponierte und neue Anzüge bei seinem Schneider bestellte, war er zurückgekehrt, um weiter abzukassieren. Aber dieses Mal war er vom örtlichen Richter ertappt worden und konnte nur knapp der Prügelstrafe entgehen. Weil die Polizei alarmiert worden war, hatte er sich auf Umwegen durch das Land begeben und die Grenze überquert, sodass er sich nun im falschen Zug im falschen Land zum falschen Zeitpunkt der Geschichte befand.

Als er aus dem Fenster blickte, stellte er fest, dass der Name des Bahnhofs unverständlich war, aber ziemlich sicher falsch. Tatsächlich hatte Nicholas das Gefühl, dass die Namen des letzten halben Dutzends an Bahnhöfen nicht richtig gewesen waren.

Vielleicht hatte sich der Zug auf eine Nebenstrecke begeben. Nicholas verglich das Bahnhofschild mit der Bahnlinie in seinem Reiseführer und sah, dass so ziemlich keiner der

Buchstaben identisch war. Es gab überall Akzente und Zirkumflexe. Warum mussten sie alles so verdammt kompliziert machen? Das britische Weltreich hatte den Gebrauch der englischen Sprache auf fast alle zivilisierten Länder ausgedehnt, also warum zur Hölle war sie nicht bis hierher vorgedrungen?

Der ramponierte grüne Zug hatte schon bessere Tage gesehen, aber es war immer noch die zuverlässigste Möglichkeit, durch das Land zu reisen. Auf vielen Straßen waren mit der Hilfe von Stacheldraht und Steinen Blockaden errichtet worden. Die Armee versuchte, die Wege für Zivilisten im Inneren des Landes zu beschränken.

Der Zug kam mit einem Kreischen der Bremsen und quietschenden Kolben zum Stehen. Es gab so viel Rauch und Dampf und verspritztes Öl, dass er dachte, der Zug sei einfach eingefahren und zusammengebrochen und würde niemals mehr Fahrt aufnehmen. Und doch hatte er es gerade noch geschafft, mit seinem Koffer auszusteigen, bevor der Zug seine Kräfte sammelte und die Flucht antrat, indem er langsam schnaufend den Bahnhof hinter sich ließ.

Nicholas stellte seinen Lederkoffer ab und blickte sich um. Er hätte niemals die Grenze zu den Karpaten überqueren sollen, vor allem nicht jetzt, zu dieser Zeit. August 1916, die schwache Neutralität neigte sich dem Ende entgegen, die Mittelmächte standen kurz vor der Invasion. Selbst ein Geschäftsmann von internationalem Ansehen wäre unter diesen Umständen nicht sicher gewesen. Und er war weit davon entfernt, ein solcher zu sein.

Nicholas betrachtete sich selbst am liebsten als Abenteurer. Das hatte einen schillernden, wenngleich nicht unbedingt seriösen Klang und schien angemessen zu sein.

Obwohl er ein Londoner war, hatte er sich immer wieder ins Ausland begeben und Geld durch Glücksspiel, Spekulationen und gelegentlichen Diebstahl angehäuft. Er wusste, dass er sich auf dem falschen Weg befand, aber es war nicht an ihm gewesen, die Wahl zu treffen. Er war auf der Flucht vor Gläubigern, vor Mädchen und vor anderen Dingen …

Als sich der Rauch verflüchtigt hatte, hörte er nichts als Grillen und Lerchen und sah niemanden mit Ausnahme eines ältlichen Mannes in einer fleckigen Uniform, der gerade seine grüne Flagge wegpackte. Außer Nicholas waren keine weiteren Passagiere ausgestiegen. Niemand war dumm genug gewesen.

Er glättete seinen schmalen braunen Schnurrbart und blickte sich um: Gestrüpp, hohe belaubte Buchen und unbestimmbare Büsche, an denen kärgliche gelbe Beeren hingen. Eine von Bäumen gesäumte Straße führte vom Bahnhof weg, eine unbefestigte Straße, kein Makadam. Eine Stadt mit grauen Mauern – womöglich von ihren Bewohnern aufgegeben – lag in der Ferne. Felder und noch mehr Felder. Das Geraschel der Weizengarben. Ein einsamer Hund bellte. Keine menschlichen Geräusche.

Er blickte auf seine silberne Taschenuhr und bemerkte, dass es nur noch eine Stunde bis zum Sonnenuntergang war. Wenn der verdammte Anschlusszug in Sofia pünktlich abgefahren wäre, hätte er vielleicht den richtigen Zug erwischt oder er wäre zumindest rechtzeitig zum Mittagessen irgendwo angekommen. Er fragte sich, was wohl der Bahnhofsvorsteher von ihm denken mochte: ein schneidiger englischer Gentleman, achtundzwanzig, so robust und stattlich wie eines der neuen Automobile, die man nun in der Park Lane sehen konnte, in einer schwarzen Brokatweste, einem silbergrauen Anzug und einem Filzhut, viel zu elegant gekleidet für diese Einöde. Nicholas gehörte nach London, natürlich, und verhielt sich auch dementsprechend, aber er genoss es, auf die Damen Osteuropas einen guten Eindruck zu machen. Perfektion machte sie empfänglich und ermöglichte den Zugriff auf die Geldbeutel ihrer Ehemänner.

Er wartete, bis der Bahnhofsvorsteher bei ihm ankam, und stupste ihn unverschämt mit seinem Rattanstock an.

»He, Sie da. Haben Sie hier das Sagen?«

Alles, was ihm das einbrachte, war ein ausdrucksloser Blick.

»Ah.« Er schlug erneut seinen Reiseführer auf und sagte laut: »*De tren mi-a laut pentru a gresit locul.*«

Der alte Bahnhofsvorsteher verzog das Gesicht wie ein Wasserspeier. »Wir sprechen Englisch in unserer Stadt«, verkündete er.

»Wo bin ich?«

»Sie sind in Chelmsk.« Der Name klang wie das Ausspucken eines Klumpens Schleim.

»Nun, Ihr Zug scheint mich am falschen Halt abgesetzt zu haben.«

»Das geht mich nichts an.«

»Es gibt hier eine Stadt, oder? Ich gehe davon aus, dass hier Kutschen warten.«

»Sie können hier von gar nichts ausgehen.«

»Wo sind die Gepäckträger?«

Der Vorsteher blickte ihn herablassend an. »Wir haben keine Gepäckträger. Hier trägt jeder sein eigenes Hab und Gut.«

Nicholas wurde ungehalten. »Aber ich bin Engländer! So etwas mache ich nicht.«

»Wie Sie wünschen.« Der Vorsteher wandte sich ab, um zu gehen.

»Ah, ja. Die berühmte europäische Gastfreundlichkeit. Hören Sie, guter Mann, sagen Sie mir einfach nur, wann der letzte Zug zurück geht.«

»Heute fährt kein Zug mehr. Und ich bin nicht Ihr guter Mann.«

»Aber ich bin mir sicher, dass ich gehört habe, wie andere Passagiere von einem Zug sprachen, der um Mitternacht fährt.«

»Einen solchen Zug gibt es nicht. Verstehen Sie? Es gibt keinen.« Der Bahnhofsvorsteher spuckte knapp neben Nicholas' Stiefel und marschierte davon.

»Merkwürdige Gestalt.« Nicholas seufzte und hob seinen Koffer. Das war wirklich überaus unangenehm.

Es gab keine wartenden Kutschen, nicht einmal ein bäuerliches Fuhrwerk. Es gab keine andere Möglichkeit. Er musste seinen eigenen Koffer tragen und sich auf der staubigen Straße auf den Weg machen, während die Nachmittagssonne in den Spalt zwischen seinem Kragen und seinem von Brillantine glänzendem Haar brannte. Den Hut abnehmend, hielt er vor einem großen Holzschild an, auf dem absolut unverständliche Worte geschrieben standen. Er versuchte sie in seinem Reiseführer nachzuschlagen, sah sich aber schließlich gezwungen, die richtige Richtung zu raten.

»Lächerliche Bauernsprache«, murmelte er, während er Ziegenkot von seinem Stiefel entfernte.

Nach ein paar Minuten erreichte er eine Kreuzung. Wie um alles in der Welt sollte er wissen, wo sich die nächste Stadt befand? Wohin waren die grauen Mauern verschwunden?

Er wusste, dass er sich die Richtung auf dem Bahnhof hätte merken sollen.

Als er eine Fahrradklingel hörte, trat er gewandt zur Seite und wurde von einer jungen Frau überholt, die ein rotes Dirndlmieder mit einem weißen Bauernrock trug. Der Rock war hochgesteckt, damit er nicht in die Speichen geriet, und ließ ihre wohlgeformten, gebräunten Beine sichtbar werden.

»He, Sie. Passen Sie auf!«, rief er und sie drehte sich überrascht zu ihm um.

Sie war überwältigend hübsch, mit großen blauen Augen und Haar, das wie Getreidegarben hinter ihrem Nacken hervorströmte – aber es war bereits zu spät sie anzuhalten, und einen Moment später war sie verschwunden.

Er benötigte eine weitere halbe Stunde, bis er die Mauern der Stadt erreichte. Aus der Nähe waren sie viel höher und abweisender, als er erwartet hatte. Nachdem er durch eines der großen Holztore geschritten war, befand er sich auf einer verlassenen Straße mit mächtigen hässlichen Kirchen, die praktisch keine Fenster hatten und in denen man beim Beten vermutlich immer am Erfrieren war. Ein Rudel räudiger, streunender Hunde fing an zu bellen. Einer von ihnen humpelte hinter Nicholas' Rücken und sah aus, als ob er nach seinem Bein schnappen wollte.

Irgendwo zu seiner Linken läutete eine traurige Kirchturmglocke, als ob sie die Menschen abschrecken wollte. Er blickte auf die hohen grauen Steinmauern, die gepflasterten Straßen, die breit und leer waren, und die schmucklosen Häuser mit ihren geschlossenen grünen Fensterläden.

Der Anblick hatte etwas so trostlos Zweckmäßiges und Militärisches, dass er fast erwartete, russische Soldaten um die nächste Ecke kommen zu sehen. Irgendwo über ihm, im Glockenstuhl eines düsteren Turms, war das lederartige Flattern von Fledermausflügeln zu hören. Er blickte nach oben und sah eine Wolke von Fledermäusen, die den Himmel ausfüllte. Sie stürzten herab und einige berührten seine Haare, was ihn mit Unbehagen erfüllte. Dinge, die in der Abenddämmerung durch die Landschaft krochen und flatterten, waren ihm unangenehm. Sein natürliches Zuhause war in den Straßen von Belgravia und Mayfair, an den Spieltischen, in den Pubs, und nicht hier, wo es nur durch Inzucht erzeugte Bauern und ihre schweinsgesichtigen Gattinnen gab. Wo waren sie alle?

Als er die Ecke erreichte, schwankten zwei betrunkene alte Männer an ihm vorbei.

»Hören Sie«, rief Nicholas. »Gibt es hier ein Hotel? Ich brauche ein Zimmer für die Nacht. Ich bin aus London. Kennen Sie London?« Ihm wurden noch mehr ausdruckslose Blicke zuteil. »Die wichtigste Stadt der Welt? Das funkelnde Juwel des britischen Weltreiches? Schon mal gehört? Na?«

»Hier ist es nicht sicher«, sagte einer der alten Männer. »Es herrscht Ausgangssperre. Haben Sie die Neuigkeiten nicht gehört? Die Armee hat bereits die nächste Stadt erreicht.«

»Wann wird sie hier ankommen?«

»Heute, nach Einbruch der Dunkelheit. Sie müssen verschwinden. *Verschwinde!*« Einer der Betrunkenen versuchte ihn zu verscheuchen. »Wir wollen nicht noch mehr Schwierigkeiten.«

»Gibt es einen Zug, den ich nehmen kann?«

In der Ferne war das Geräusch einer Zugpfeife zu hören. Verdammter Bahnhofsvorsteher mit seinen Lügen.

»Das war er«, bemerkte einer der Betrunkenen wenig hilfreich. »Es gibt keinen weiteren mehr.«

»Aber es kommt einer um Mitternacht. Ich habe gehört …«

»Nehmen Sie den ruhig, wenn Sie nach der Pfeife des Teufels tanzen wollen.« Die bierseligen alten Männer nutzten die Gelegenheit, ihn ein letztes Mal anzustarren, bevor sie in verschleimtes Gelächter ausbrachen und davonschwankten.

»Schwachsinnige Bauerntölpel«, murmelte Nicholas leise vor sich hin und ging weiter. Vor ihm befand sich irgendeine Art von stinkender Fabrik, aus der der Geruch von geschmolzenem Erz und das Getöse von gehämmertem Eisen drangen.

Die Gießerei bestand aus gewaltigen kahlen Steinmauern, auf denen sich oben ein steiles Ziegeldach befand, und hohen Schornsteinen, die öligen schwarzen Rauch in den Himmel pumpten. Als er vorbeiging, konnte er durch die großen verrosteten Eisentüren hineinblicken und die Vision einer Hölle sehen. Männer, aufgrund der Hitze mit nacktem Oberkörper, zeichneten sich als Silhouetten vor den Flammen des Schmelzofens ab. Sie schaufelten Kohle und zogen glühende Stäbe aus dem Feuerwall, der so aussah und sich so anfühlte wie die Oberfläche der Sonne. Was für ein Leben führten diese Männer? Wie lange dauerte es, bis sie schwarzen Ruß husteten und dahinsiechten? Es wäre ein Wunder, wenn einer von ihnen älter als dreißig Jahre werden würde.

Nicholas schätzte sich selbst als überaus weise für sein Alter ein. Er verstand, wie sich Männer verhielten und wie man Frauen kontrollieren konnte. Doch obwohl er so weise war, schien er sehr oft Fehler zu begehen, die ihn zwangen, so schnell wie möglich aus einer Stadt zu verschwinden.

Er ging weiter. Ein Soldat in einer kakifarbenen Uniform stand an eine Wand gelehnt und zündete sich eine Zigarette an. »He, Kumpel«, rief er Nicholas an. »Hast du gesehen, ob sie über den Hügel kommen?«

»Nein, aber ich habe gehört, dass sie nicht mehr weit weg sind.«

»Gut. Dann werden wir heute Nacht in dieser Stadt unseren Spaß haben.«

»Wird man euch hier einquartieren?«

»Könnte man sagen.« Er schüttelte sein Streichholz, bis es erlosch. »Wir werden trinken, bis die Stadt ausgetrocknet ist. An Orten wie diesem gibt es gutes Bier.«

»Vielleicht werde ich mich euch anschließen«, sagte Nicholas.

»Das überlegst du dir besser noch mal. Nachdem wir unseren Durst an Bier und Frauen gestillt haben, spießen wir jeden Mann auf, der nicht zu uns gehört, und brennen diese verdammten Häuser nieder.« Er nahm einen Zug an seiner Zigarette. »Wenn du das nächste Mal hier vorbeikommst, wirst du nur einen schwarzen Haufen Schutt vorfinden.«

Nicholas beeilte sich, weiterzugehen.

Schließlich wurde die Straße zu einem mit viel Grün umgebenen Weg und es schien, als ob er die letzten Häuser erreicht hatte. Schließlich fand er sich vor einem malerischen Gasthof mit Brunnen und gepflastertem Hof wieder.

Nicholas blickte nach oben auf das Wirtshausschild, auf dem eine feurige, blutrote Dampflokomotive abgebildet war, aus deren Kessel Teufelshörner wuchsen. Sie fuhr über den in Stücke geschnittenen Körper einer nackten Frau, die auf die Gleise gebunden war.

Mithilfe des Wörterbuchs in seinem Reiseführer konnte er feststellen, dass sich der Name des Gasthofs wohl am besten als »Die gepeinigte Jungfrau« übersetzen ließ, obwohl der genaue Wortlaut vermutlich auf etwas viel Schlimmeres hinauslief.

Entzückend, dachte er. Es schien kein anderes geöffnetes Lokal zu geben, weshalb er sich durch die niedrige Vorhalle hineinbegab. In der Türöffnung hielt er an und musterte die betriebsame Schenke. Mit deprimierender Vorhersehbarkeit unterbrachen die Einheimischen – ausschließlich Männer – ihr Gebrabbel und wandten sich ihm zu. Ein paar von ihnen kicherten aufgrund seines Aufzugs. Jemand furzte unverschämt. Dazu entschlossen, unverdrossen zu bleiben, ging er zum Schanktisch.

»Guten Abend, Herr Wirt. Einen Gin mit italienischem Wermut, bitte. Mit viel Eis.«

Der Wirt hatte eine Säufernase. Er war fett wie ein Bauer, mit wild wuchernden Koteletten und einem Gesicht wie eine Bulldogge, die Brennnesseln kaut. Ohne sich die Mühe einer Antwort zu machen, zapfte er ein trübes, schaumiges Glas Bier und stellte den überschwappenden Zinnkrug vor Nicholas. Aus Höflichkeit nahm Nicholas einen Schluck. Es schmeckte, als ob ein tollwütiger Hund hineingefurzt hätte. Er stellte den Krug schnell wieder ab.

»Ich suche ein Zimmer für die Nacht. Ein sauberes, wenn Sie so etwas haben.«

Der Wirt war offenkundig missmutig, aber sein natürlicher Geiz hielt ihn davon ab, einen Gast abzuweisen, selbst wenn der aus der Zivilisation kam. »Engländer, Sie sind kein Freund von uns. Sie können hier nicht lange bleiben.«

»Ich habe Sie nicht darum gebeten, mich zu verstecken, Ich schäme mich nicht, Engländer zu sein.«

Ohne seinen Blick von Nicholas abzuwenden, rief der Wirt über seine Schulter. »Isabella!«

Die Wirtstochter – zum Glück gab es nur eine leichte Ähnlichkeit in den Augen – erschien in der Türöffnung hinter dem Schanktisch. Nicholas fand sich der strammbeinigen Schönheit auf dem Fahrrad gegenüber. Zu jung, zu keck und viel zu unschuldig, aber was für eine Herausforderung! *Vielleicht*, dachte er, *würde sie sich als netter Zeitvertreib für einen feinen Herrn aus der Stadt entpuppen, der etwas Aufmunterung auf einer ansonsten grauenhaften Reise bedurfte.*

»Ja, Vater?« Sie blickte kurz auf ihn, lächelte aber nicht. Sie sah aus, als ob sie fast nie Grund zum Lächeln hätte, und doch waren ihre Augen so voller Hoffnung wie Sonnenaufgänge.

»Wo hast du dich rumgetrieben? Zeig diesem Herrn ein Zimmer.« Er wandte sich wieder Nicholas zu. »Wenn die Soldaten nach Ihnen fragen, werde ich ihnen sagen, wo Sie sind.«

Nachdem sie die Platte des Tresens mit ihrem kräftigen, sonnengebräunten Arm angehoben hatte, trat Isabella einen Schritt zurück. »Folgen Sie mir, bitte.«

Das Zimmer war spärlich möbliert, aber sauber genug. An den Wänden hingen unscharfe Fotografien stämmiger Männer, die vor Lokschuppen posierten; neben einer Vase mit frischen Gardenien befanden sich ein weißer Porzellankrug und eine Wasserschüssel. Nicholas warf seinen Koffer auf das Bett und prüfte die Matratze, nur um feststellen zu müssen, dass sie mit Stroh gefüllt war und ihm vermutlich die schlimmste Nacht seines Lebens bescheren würde.

»Bitte entschuldigen Sie das Zimmer«, sagte Isabella in perfektem Englisch.

»Sie sprechen meine Sprache ganz wunderbar.«

»Unser Lehrer war aus England.«

»Ausgezeichnet. Ich hoffe, er unterrichtet Sie noch weiter.«

»Nein, er wurde erschossen.«

»Wir sind nicht alle schlecht, wissen Sie. Ich bin Nicholas.«

»Ich bin Isabella. Wir haben nur selten Gäste hier.«

»Nun, Sie sind nicht gerade in der Nähe von irgendetwas Wichtigem, oder? Ich bin verblüfft, dass überhaupt jemand diesen Ort findet. Ich sollte gar nicht hier sein. Es gab ein Problem mit dem Zug, der mich nach Hause bringen sollte. Ich bin aus London.«

»London.« Sie ließ sich den Klang auf der Zunge zergehen und genoss es sichtlich.

»Die aufregendste Stadt der Welt. Ich arbeite dort, wissen Sie. Ich habe eine Wohnung in der Park Lane, aber meine Familie kommt aus Herefordshire. Kennen Sie Herefordshire?«

Isabella senkte schüchtern ihre herrlichen Augen. »Ich habe Chelmsk noch nie verlassen.«

»Was, Sie waren noch nie irgendwo anders?«

»Nein.«

Nicholas trat einen Schritt auf sie zu. »Isabella, wissen Sie, wohin es ein hübsches Mädchen bringen kann?«

»Nein, wohin?«

»Überall hin, wohin es möchte.«

Ihre blauen Augen vergrößerten sich. Er beobachtete amüsiert, wie sie aus Verlegenheit rot wurde und aus dem Zimmer flüchtete.

»Und du bist so verdammt hübsch«, vertraute er dem Rücken ihrer sich entfernenden Gestalt an.

Die Verabredung

Noch lange, nachdem Isabella das Zimmer verlassen hatte, konnte Nicholas ihren Duft riechen, der ihn an wild wuchernde Sommerfelder und den weiten blauen Himmel erinnerte. Natürlich war da die Andersartigkeit des Mädchens vom Lande – die Frauen in London waren schlau und setzten ihre Reize geschickt ein, aber sie waren auch zu sehr geschminkt und schon verbraucht. Und in der letzten Zeit hatte er den Eindruck gehabt, dass der Nachwuchs schon gepflückt wurde, bevor seine Knospen aufblühen konnten, weggeschnappt von alten Lüstlingen, als ob sie sich Ansteckblumen für Premierenabende beschafften.

Er stieg die schmale Treppe hinab und stand im Dunkeln, um sie zu beobachten, während sie den Gästen der Schenke die Getränke an die Tische brachte. Die Männer grapschten nach ihrem Hintern und ihren Brüsten, wenn sie vorbeiging. Nicholas wusste, wie wichtig es war, dass er sich nicht in die Karten schauen ließ, aber als sie zum Schanktisch zurückkehrte, griff er unwillkürlich nach ihrem Arm.

»Warum erlauben Sie den Männern das?«

Sie sah überrascht aus, als ob sie noch nie darüber nachgedacht hätte. »Ich habe keine Wahl. Eine Frau bedeutet hier nichts.«

»Können Sie nicht von hier verschwinden?«

»Das ist unmöglich.« Sie blickte verzweifelt zurück zu den schwankenden und grölenden Einheimischen.

»Isabella, der Krieg wird diese Stadt vernichten.«

»Ich weiß nichts vom Krieg.«

»Sie werden ihn bald genug kennenlernen. Wann haben Sie Feierabend?«

»Ich habe niemals Feierabend. Vater schließt nie, bevor nicht der letzte Mann nach Hause zu seiner Frau gegangen ist. Und die meisten von ihnen würden niemals heimgehen, wenn es diese Möglichkeit gäbe.«

Nicholas blickte die Einheimischen an, die an ihren Tischen herumlümmelten, und stellte sich ihre Gespräche vor, die vermutlich selten über Diskussionen von Kompost und den Vergleich von landwirtschaftlichen Gerätschaften hinausgingen. »Dann treffen Sie sich mit mir«, schlug er vor.

Isabella warf einen weiteren Blick auf die hartgesottenen Trinker in der Gaststube. Einer stampfte gerade den getrockneten Schlamm von seinen Stiefeln, um damit die Katze zu bewerfen.

»Isabella, Sie haben nichts zu verlieren und alles zu gewinnen. Welches ist das beste Restaurant in der Stadt?«

»Es gibt nur eines. Es heißt *Zum Schwein*.«

»*Zum Schwein*. Gut, dann treffen wir uns dort.«

Sie wandte sich wieder dem Tresen zu, ihre Gedanken waren in Aufruhr. »Ich weiß nicht, wie lange es dauern wird, bis ich kommen kann.«

»Das ist egal. Ich werde warten.«

Auf dem Weg zum Restaurant ging Nicholas durch die verlassenen Straßen. Die Sonne war unvermittelt untergegangen, ohne den Himmel einzufärben, und von den Blechlaternen, die über der Straße hingen, fielen Kegel kalten Lichts herab.

Unterwegs begegnete er einer unglaublich runzeligen alten Frau, die ein widerspenstiges, quiekendes Schwein trug. Ein betrunkener Bauer wurde aus einem Hauseingang geschleudert und fiel vor ihm in die Gosse, wo er sich heftig und ausgiebig übergab. Nicholas' Unmut wuchs. *Isabella verdient ein besseres Leben als das hier*, dachte er wütend. *Sie gehört an meine Seite in London. Wie gut wir zusammen aussehen würden, wenn wir das Café Royal betreten.*

Er stand vor den Fenstern des Restaurants. Es war leer, mit Ausnahme eines dösenden Kellners, der braune Suppenflecken auf seiner Weste hatte und über der Theke zusammengesackt war.

Auf jedem der unbedeckten Holztische befand sich ein Arrangement aus getrocknetem Weizen, das um einen einzelnen, von Fliegeneiern und Maden befallenen Schweinefuß angeordnet war. Der Gedanke, hier zu speisen, ekelte ihn an. Er atmete tief durch und trat ein.

Es dauerte eine Minute, bis der Kellner sich aufraffen konnte. Vom unerwarteten Erscheinen eines Gastes überrascht, wischte er den Tisch ab und legte eine schmutzige, in Leder gebundene Speisekarte vor Nicholas. Es gab keine anderen Gäste im Restaurant. Nicholas studierte die Speisen mit Widerwillen und deutete auf ein unaussprechliches Gericht.

»Was ist das?«

»Das ist Schwein«, antwortete der Kellner.

»Und das hier?«

»Das ist auch Schwein.«

Seufzend starrte Nicholas aus dem Fenster und sah nach seiner Uhr.

»Was wollte er?«, fragte der Wirt.

»Ich hab's dir gesagt, Vater. Er ist ein englischer Herr.«

»So etwas gibt es nicht. Ich kenne diese Herren. Sie bringen nur Probleme.«

»Er war nur höflich.«

»Höflich!« Isabellas Vater warf ihr einen angewiderten Blick zu. Er berührte sanft den Arm seiner Tochter, aber sie wich zurück. »Ich will nur das Beste für dich. Sei glücklich mit dem, was du hast. Bitte, kümmere dich um deinen zukünftigen Ehemann.«

Isabella blickte zu Josef hinüber, der mit seinen Kumpanen am Kamin saß, und zögerte. Sie liebte ihren Vater und bemühte sich, ihm zu gehorchen, aber manchmal kam ihr das Leben erdrückend und vorhersehbar vor.

Josef war ein gut aussehender Mann aus einer anständigen Arbeiterfamilie. Er war nicht gebildet, neigte aber von seiner Natur her zur Gutmütigkeit. Es war vor längerer Zeit beschlossen worden, dass sie in der Peterskirche heiraten würden. Zweifellos würde sie das Erste seiner Kinder im nächsten Frühjahr zur Welt bringen. Es würden vier werden, meinte der Pfarrer: drei starke Jungs und ein Mädchen, um den Haushalt zu führen. Dieses Schema, vorhersehbar wie die vier Jahreszeiten, war eine Quelle der Freude im Leben der anderen Stadtbewohnerinnen, aber auch die Wurzel von Isabellas eigener Unzufriedenheit.

Nachdem sie ein Tablett mit Bier für Josef und seine ungehobelten Freunde – Ivan und Karek – gefüllt hatte, stellte sie die Krüge vor den Mann, den sie heiraten sollte. Sie konnte sehen, dass Ivan wieder versuchte, ihn betrunken zu machen. Eifersüchtig auf Josefs Erfolg bei ihr, versuchte er andauernd, seinen Freund in ein schlechtes Licht zu rücken.

»Die Koalitionsarmee wird den Bahnhof zerstören«, sagte Josef mürrisch.

»Unsere Kameraden kämpfen an ihrer Seite«, erinnerte Ivan ihn. »Wir bleiben als ihre Verbündeten oder rennen als ihre Feinde davon.«

»Ich kann Isabella nicht hier zurücklassen, Ivan. Schau sie dir an. Sie würden sie nicht am Leben lassen.«

»Oh ja, du hast dir einen kleinen Hitzkopf angelacht«, sagte Ivan laut genug, damit sie es auch hören konnte.

»Ich liebe sie«, gab Josef zu und nahm einen tiefen Schluck.

»Alle Männer der Stadt wollen sie. Und hatten sie vermutlich schon.« Ivan blickte verschlagen in Isabellas Augen.

»Alle außer dir, Ivan«, lachte Karek, der immer Probleme hatte, den Gesprächen zu folgen. Ivan holte aus und traf Karek am Ohr.

»Warum hast du das getan?« Karek hielt sein Ohr wie ein gescholtenes Kind.

»Isabella hebt sich für mich auf«, versicherte Josef seinen Kumpanen.

»Diese alte Leier?«, spottete Ivan. »Glaubst du wirklich daran? Hast du gesehen, wie sie den feinen Herrn aus der Stadt angeguckt hat?« Er schlug seinem Freund auf die Schulter. Isabella stand ein paar Schritte entfernt und lauschte.

»Heirate sie schnell und mach ihr ein Dutzend Babys«, riet Ivan. »Dann wird niemand einen zweiten Blick auf sie werfen. Vor allem nicht, wenn ihr die Brüste bis zum Bauchnabel herunterhängen.« Er schlürfte sein Bier und brüllte vor Lachen.

»Sie wird eine gute Mutter sein«, verkündete Josef.

»Vielleicht«, sagte Ivan. »Aber die Armee wird bald hier eintreffen. Und bei einem Mädchen wie ihr werden die Soldaten zu Tieren.«

»Ich werde sie schützen.«

»Das wird nicht ausreichen. Du musst sie entjungfern«, antwortete Ivan. »Sag ihnen, dass sie eine Krankheit hat. Verunstalte ihr Gesicht. Sorge dafür, dass die Männer sie meiden. Du musst etwas tun, damit man sie nicht zweimal ansieht. Hier, nimm das. Und tue es bald.« Er zog ein gefährlich aussehendes Rasiermesser aus seinem Ledergürtel.

Isabellas Zweifel wurden in diesem Moment übermächtig. Sie überließ die nassen Biergläser ihrem Schicksal und eilte hinter den Schanktisch, wo sie ihre Schürze ablegte.

»Warte, Isabella«, rief Josef, der wusste, dass Ivan diesmal zu weit gegangen war.

»Das Fass muss gewechselt werden«, sagte ihr Vater.

Sie blickte ihm trotzig in die Augen. »Ich werde nur ein paar Minuten weg sein.«

Sie ging zur Hintertür, musste aber feststellen, dass sie abgesperrt war. Die Schlüssel befanden sich in der Lederschürze ihres Vaters. Sie ging zur Theke zurück, schlich sich hinter ihren Vater und zog vorsichtig den Schlüsselbund aus seiner Tasche. Dann rannte sie zur Tür.

Isabella trug keine Jacke, wollte aber auch nicht riskieren, sich eine aus ihrem Zimmer zu holen. Sie flitzte in den Hof, wo sie abrupt stehenblieb, weil sie fürchtete, dass man ihr folgte. Sie drehte sich um und blickte durch das Fenster ins Innere der Schenke, wo Ivan und Karek gerade mit Josef anstießen. Sie hatten sie bereits vergessen.

Sie rannte zum Restaurant.

Dort fand sie Nicholas vor einem Teller mit einem gebratenen, in Scheiben geschnittenen Schweinskopf sitzend und ließ sich neben ihm nieder. Der Kellner erkannte, dass er Zeuge einer heimlichen Verabredung war, goss Isabella ein

Glas Rotwein ein und entfernte sich dann diskret, um das weitere Geschehen aus seinen Augenwinkeln zu beobachten.

»Du bist gekommen.« Nicholas konnte sich gerade noch davon abhalten, sie zu küssen.

»Ich muss verschwinden.« Isabella sah verängstigt aus. »Sie haben davon gesprochen, mir das Gesicht zu zerschneiden. Damit die Soldaten nicht …«

»Hör mir zu, Isabella. Ein Teil deines Landes hat sich mit dem Feind verbündet. Sehr bald wird es unmöglich sein zu entscheiden, wem man trauen kann. Du wirst hier nicht sicher sein, wenn die Soldaten eintreffen.«

»Sie wollen, dass ich Josefs Kinder bekomme, weil er einen Direktionsposten bei der Eisengießerei erben wird. Sie ist das Herzblut der Stadt.« Sie warf einen langen, sehnsüchtigen Blick auf das Poster an der Wand, das für Zugreisen Reklame machte. »Ich habe London in Büchern gesehen«, vertraute sie ihm an. »Und ich war in meinen Träumen dort.«

»Du kannst morgen schon wirklich dort sein. Ich zahle dein Zugticket.« Sie zögerte, aber er rückte näher an sie heran. »Warum nicht? Was hast du denn zu verlieren?«

»Ich bin so verwirrt.« Sie berührte das Kreuz an ihrem Hals und fühlte sich, als ob sie sich rechtfertigen und sich für ihre eigene Unschuld schämen müsste. »Ich soll doch einen Mann aus unserer Stadt heiraten, wie alle Mädchen hier.«

»Bist du sicher, dass es das ist, was du dir vom Leben wünschst?«

Sie beobachteten durch das Fenster, wie draußen ein betrunkener Einheimischer vorbeiwankte und seiner dicken Frau an den fetten Hintern griff.

»Josef ist ein guter Mann.«

»Aber dein Vater hat ihn gewählt, nicht du.«

»Nein, darum geht es nicht …«

»Dann komm mit nach London.«

»Sie würden mir das nie erlauben.«

»Die Gelegenheit ist kein Dauergast, Isabella. Eine Möglichkeit wie diese kommt vielleicht nie wieder. Du wirst niemals wissen, was geworden wäre.«

Isabella blickte wieder auf das gerahmte Bild des Zuges an der Wand. Sie konnte ihr Spiegelbild über den Zug gelegt sehen. Ihr ganzes Leben lang war sie von Bildern des Reisens umgeben gewesen. Nicholas nutzte ihre Unsicherheit.

»Mit jeder Minute kommt die Gefahr näher. Schau dich an – was werden die Soldaten sehen? Ein Vergnügen, das man sich nimmt und dann wegwirft. Das Leben verläuft nicht auf einem Schienenstrang so wie deine Züge. Jetzt ist vielleicht der einzige Moment in deinem Leben gekommen, an dem du eine Wahl treffen kannst. Du bist frei und kannst gehen, wohin auch immer du willst, wenn du …«

»Was?«

»… an die Kraft der Liebe glaubst.«

Die Gunst des Augenblicks nutzend, zog Nicholas ihr Gesicht an sich heran und küsste sie; ein langes, nachhaltiges Treffen der Münder. Sie hatte die Mädchen und ihre Bauernburschen beim Stadtfest beobachtet, aber das hier war eine andere Art von Kuss, anders als die keusche, pflichtbewusste Art wie Josef küsste; es fühlte sich gewagt und feurig an.

Aber sie war diejenige, die den Kuss beendete. Der Pfarrer sagte, dass sich alle Mädchen zwischen der Verdammnis und dem Paradies entscheiden mussten. Mädchen, die einem Mann versprochen waren und mit einem anderen herummachten, würden in der Hölle landen. Aber sie war neugierig darauf, den anderen Pfad ihres Lebens zu sehen, zu wissen, was noch sein könnte. Während die anderen Mädchen kaum über ihr Schicksal nachdachten, war Isabellas größte Schwäche schon immer ihre Neugier gewesen.

»Bitte, Isabella, ich will es für dich.«

»Siehst du denn nicht? Das ist Wahnsinn.«

»Nein, der Krieg ist Wahnsinn, und es ist die einzig vernünftige Antwort für dich.« Nicholas glaubte selbst, was er sagte, auch wenn es nicht das erste Mal war, dass er solche Sätze zu einem Provinzmädchen sagte.

»Ich kann nicht einfach alles zurücklassen und mit dir gehen.«

»Es ist nur die Angst, die dich hier hält, Isabella. Die Angst vor dem Unbekannten. Du musst die Gelegenheit beim Schopf packen.« Er küsste sie noch einmal und berührte ihre Zunge mit der seinen. »Flüchte mit mir. Wir packen unsere Sachen und nehmen den Zug um Mitternacht.«

»Aber mein Vater …«

»Jetzt sind sie bestimmt schon alle betrunken. Ich werde dir die Welt zu Füßen legen. Sag ja.« Er küsste sie ein drittes Mal, noch intensiver als zuvor, und sie fühlte, wie sie unter seinen Bann geriet. Eine neue Welt öffnete sich zu ihren Füßen, und sie war willens, den Sprung zu wagen.

»Ja«, hörte sie sich selbst sagen. »Ich kenne einen Weg.«

Die Warnung

Auf dem Bahnsteig hing noch der beißende Kohlenrauch des gerade ausgefahrenen Zuges in der Luft. Ein junges Paar in englischer Reisekleidung, einem Stil, der sich vor allem durch ungleichmäßig breite Streifen auszeichnete, stand neben seinem Gepäck, zu dem auch Schläger für Tennis, Federball und Kricket zählten. Es grenzte an ein Wunder, dass sie keinen Campingtisch mitgebracht hatten. Der Mann hatte eine beginnende Glatze, deutete seine zunehmende Leibesfülle an und trug ein blau-weißes Cricket-Jackett. Selbst in einem Bastrock wäre er nicht noch mehr fehl am Platze erschienen.

»Verpasst!«, rief Thomas aus. »Wie ist das möglich?«

Miranda war vier Jahre älter als ihr Ehemann und legte bereits die zänkische Natur ihrer Mutter an den Tag. Ihr attraktiver Mund war in der letzten Zeit zunehmend verkniffen, vor allem, wenn sie an Geld dachte. Ihre Augen schienen mit jedem Tag argwöhnischer und schmäler zu werden.

»Du hast behauptet, dass sie niemals pünktlich abfahren«, beschuldigte sie ihn.

»Verdammt und zugenäht!« Thomas versetzte seinem Koffer einen Tritt. Der Bahnhofsvorsteher war verschwunden. Ansonsten war keine Menschenseele zu sehen.

»Thomas, erinnere dich daran, wer du bist! Ich habe dir gesagt, dass wir uns früher auf den Weg hätten machen sollen. Nun, jetzt lässt sich nichts mehr ändern. Wir müssen zurückgehen.« Miranda bückte sich, um ihre Reisetaschen aufzunehmen. Sie war sehr gut in der Lage, für sich selbst zu sorgen. In der Tat, mit einem Ehemann wie Thomas war sie dazu leider auch gezwungen.

»Wir können nicht zurückgehen, Miranda. Selbst wenn wir alles andere außer Betracht lassen, habe ich kein Geld für eine weitere Übernachtung eingeplant.«

»Wie ich dir schon sagte, wir hätten England niemals verlassen sollen«, verkündete sie wenig hilfreich.

»Es muss doch jemanden hier geben, der uns sagen kann, wann der nächste Zug fährt.«

Ausgesprochen albern aussehend stolzierte er den Bahnsteig entlang, bis er zum Fahrkartenschalter kam. Als er mit den Fingerknöcheln auf den hölzernen Tresen klopfte, erhob sich urplötzlich der Bahnhofsvorsteher hinter dem Schalter und versetzte ihm einen Schreck.

»He, Sie da. Hören Sie, haben Sie hier das Sagen? Der Zug ist weg.«

»Dann haben Sie ihn verpasst.«

»Ich gehe davon aus, dass es noch einen geben wird, oder?«

»Nein, es gibt keinen mehr. Sie können hier von gar nichts ausgehen. Heute fährt kein Zug mehr.«

»Aber was sollen wir dann machen? Wir können nicht zurückgehen. Falls es Ihnen entgangen sein sollte, das Land bewegt sich auf einen Bürgerkrieg zu.«

»Dann werden Sie sich für eine Seite entscheiden müssen, Engländer.« Der Vorsteher räusperte sich und spuckte auf den Boden. In der letzten Zeit war das Ausspucken vor Ausländern zu einer Art Nationalsport geworden. Er knallte das Fensterchen des Fahrkartenschalters zu.

Miranda hatte es sich auf ihrem Gepäck bequem gemacht. Es war noch immer heiß und sie schwitzte. »Ist man denn nirgendwo in Europa sicher?«, fragte sie, während sie sich den Hals mit einem Taschentuch abtupfte. »Es ist, als ob die ganze Welt verrückt geworden wäre.«

»Es soll doch noch einen Zug geben«, sagte Thomas verwundert. »Ich bin mir sicher, dass ich gehört habe, wie vorhin jemand im Café davon sprach.«

Miranda fächelte sich Luft zu. »Wann?«

»Ich bin mir nicht sicher. Gegen Mitternacht, denke ich. Aber der Bahnhofsvorsteher ...«

»Und was ist, wenn die Armee vorher eintrifft?«

Thomas überlegte sich gerade eine Antwort, als irgendein Tier einen unheimlichen Schrei im aufsteigenden Dunst in den Weizenfeldern jenseits des Bahnhofs von sich gab.

»Was um Himmels willen war das?« Miranda versuchte einen Blick zu erhaschen.

»Hat sich angehört wie ein Schwein. Ist wahrscheinlich in eine Falle geraten.« Thomas faltete seine Karte auseinander und folgte der Bahnlinie. »Hier sind wir. Chelmsk – Snerinska – Schlopelo – Blankenberg – Zoribskia, nur diese Haltepunkte, dann nichts. Das ergibt absolut keinen Sinn.«

Er drehte die Karte um, um sie seiner Frau zu zeigen. Die Stelle, an der sich die Endstation befand, war abgerieben worden, so als ob sie nicht länger existierte. »Wir sind in dieses Land gekommen. Es muss doch auch einen Weg aus ihm heraus geben.«

Miranda war verzweifelt. »Das ist nicht länger neutrales Gebiet, Thomas. Sie schließen die Grenzen.«

»Wir müssen schneller sein als die Armee.« Thomas schirmte seine Augen gegen die tief stehende Sonne ab, während er nach Anzeichen für Leben suchte. Es gab nichts außer den endlosen grünen und gelben Feldern.

»Und wenn sie hier eintreffen? Vielleicht werden wir erschossen.«

»Dann müssen wir den letzten Zug nehmen.«

»Welchen Zug? Es steht keiner mehr auf dem Fahrplan.«

Ihr Ehemann streckte sein Kinn hervor. »Wir dürfen den Glauben nicht verlieren, Miranda.«

Thomas berührte das Kreuz an seinem Hals, und nicht zum ersten Mal bereute Miranda, dass sie einen Pfarrer vom Land geheiratet hatte. Er sah nach seiner Taschenuhr und blickte sorgenvoll die Schienen entlang.

»Kannst du irgendetwas sehen?«, fragte sie.

Thomas litt unter Sehschwäche, aber er konnte einen fernen Schimmer ausmachen, der sich im dunklen Wald bewegte.

»Ist das der Zug?«

»Nein«, antwortete Thomas bedrückt. »Ich denke, es ist die Armee.«

Die Büsche am Ende des Bahnsteigs raschelten plötzlich und teilten sich. Aus ihnen kam ein schmutziger Junge hervor, der auf die Pflastersteine trat. Seine Kleidung war zerlumpt und er trug keine Schuhe. Seine stechenden blauen Augen zeigten Hinweise auf Wahnsinn.

Thomas wollte sich von einem Kind nicht einschüchtern lassen. Er schritt auf den Bengel zu und sprach ihn an.

»Kleiner Junge, kannst du mich verstehen?«

Der Junge starrte ihn an, dann zog er etwas Lebendiges aus seinen ungekämmten Haaren und nahm es in den Mund. »Wir sprechen alle Englisch. Wir hatten einmal einen Englischlehrer hier. Wir mochten unseren Lehrer sehr.«

»Prima. Wann geht der nächste Zug?«

»Kein Zug.« Der Junge kratzte sich am Kopf, auf der Suche nach weiteren Läusen.

»Ich dachte, es soll einer um Mitternacht kommen.«

»Etwas kommt um Mitternacht.«

»Was willst du damit sagen?«

»Etwas, das wie ein Zug aussieht.« Der Junge untersuchte ein neues, sich windendes Insekt, das er zwischen seinen Fingern hielt. Dann verspeiste er es.

»Wo fährt er hin?«

»Darfst ihn nicht ansehen. Wende dich ab, wenn du hörst, dass die Schienen singen. Halte die Ohren zu, wenn du die Pfeife hörst. Um Mitternacht musst du rennen. Dich verstecken.« Der Junge drehte sich weg, um zu gehen.

»Warte …«

Aber es war zu spät. Der Junge war bereits in dem dunkler werdenden Waldgebiet verschwunden.

»Was hat er gesagt?«, wollte Miranda wissen.

Thomas konnte die Sorge in ihrer Stimme hören. »Nichts, das einen Sinn ergibt«, teilte er ihr mit.

»Was sollen wir tun?«

»Was bleibt uns übrig?«, sagte Thomas. »Wir warten.«

Die Flucht

Nicholas blickte durch das Fenster in das Gasthaus und sah, dass Ärger drohte. Josef und Ivan standen bei Isabellas Vater. Die Männer gestikulierten wild.

»Warte hier«, sagte er zu Isabella, bevor er so nahe, wie er es wagte, zum Fenster ging und lauschte.

»Wacht endlich auf, ihr beiden«, sagte der Wirt gerade. »Ihr müsst den Engländer aufhalten. Und meine Tochter finden. Ivan, reiß dich zusammen und hilf Josef. Er wird seine Frau verlieren.«

Nicholas beobachtete, wie Ivan und Josef mit plötzlicher Entschlossenheit den Schankraum verließen.

»Komm hier lang«, flüsterte Isabella. Sie hielt eine schmale Holztür an der Seite des Gasthauses auf. Er schlüpfte hinein und folgte Isabella zur Treppe.

»Geh in dein Zimmer und pack deinen Koffer«, sagte Nicholas. »Ich brauch ein paar Sachen. Mach so schnell du kannst. Wir treffen uns draußen.«

Isabella rannte leichtfüßig die Treppe hoch, eilte in ihr Zimmer und stopfte ein paar unerlässliche Dinge in die alte Reisetasche ihrer Mutter. Als sie aus dem Fenster blickte, sah sie, wie Ivan und Josef auf den Hof des Gasthofes hinausstürzten. Isabella blies ihre Kerze aus und ging die Treppe hinab durch die Hintertür auf die Gasse neben dem Gebäude.

Vor seinem Zimmer erstarrte Nicholas zu Eis, als die Dielenbretter knarrten. Er lauschte angestrengt, aber als von unten nichts zu hören war, begab er sich in das Zimmer. Leise und schnell, mit einer Geschicktheit, die reichlich Erfahrung verriet, schnappte er sich seinen Koffer und das zusammengebundene Bündel Geldscheine, das er unter der Matratze versteckt hatte. Umständlich seitwärts gehend begab er sich die Treppe hinab.

Am Fuße der Treppe warteten der Wirt und seine Männer auf ihn. Die Gastwirte Osteuropas hatten ein scharfes Auge für Männer, die sich heimlich aus dem Staub machen wollten. »Wohin willst du denn, mein Freund?«, fragte Isabellas Vater, während er mit einem dicken Stock auf seine Handfläche schlug.

Isabella musste hilflos durch das Fenster mit ansehen, wie Nicholas von den Trinkern zurück in den Schankraum gezerrt und gezwungen wurde, sich auf einem Stuhl vor dem Kaminfeuer niederzulassen. Er war von wütenden Einheimischen umgeben, die ihn nicht für einen Moment aus den Augen ließen.

Nicholas überdachte seine Möglichkeiten.

Um die Wahrheit zu sagen, er hatte schon in heikleren Situationen gesteckt. Zum Beispiel damals in Valencia, die Sache mit der Tochter des Bürgermeisters, als sie ihm fast die Finger abgeschnitten hätten. Aber die Tür war zu weit weg, um blitzartig die Flucht antreten zu können. Die Männer in der Schenke würden ihm niemals gestatten zu verschwinden.

»Jetzt ist keine Zeit für so etwas«, warnte er. Er versuchte sich zu erheben, wurde aber auf den Stuhl zurückgedrückt. »Der Feind ist bereits in der Stadt.«

»Wessen Feind?«, fragte der Wirt. »Nicht unserer. Diese Stadt wurde durch die Eisenbahn gebaut. Unsere Familien wurden durch Eisen und Feuer groß. Unsere Männer sind Ingenieure und Metallarbeiter, und unsere Frauen werden Ehefrauen und Mütter. Sie sind keine billige Unterhaltung für gelangweilte feine Herren.« Er hatte Rotwein in einem Eisenbecher im offenen Kaminfeuer erhitzt. Der Wein kochte.

»Und ihr würdet zulassen, dass Isabella vergewaltigt wird, um euch selbst zu retten.«

»Zeigen wir dem Fremden unsere Gastfreundlichkeit. Schenkt ihm ein, Jungs.« Zwei der am kräftigsten aussehenden Burschen in der Gaststube packten Nicholas und zwangen ihn dazu, den Mund zu öffnen. Der eiserne Weinbecher im Feuer war rotglühend, in ihm brodelte es wild. Der Wirt zog einen dreibeinigen Hocker heran und setzte sich vor Nicholas hin. *Vielleicht*, schoss es Nicholas durch den Kopf, *ist die Situation doch schlimmer als in Valencia.* Er wand sich und drehte den Kopf zur Seite.

Draußen beobachtete Isabella das Geschehen entsetzt, unfähig einzugreifen. Sie war schockiert von der Grausamkeit der Männer, die sie ihr ganzes Leben gekannt hatte, Männer, die sie zumindest geglaubt hatte zu kennen. Was sie mit ansehen musste, festigte nur ihre Entschlossenheit zu gehen. Aber es gab nichts, was sie nun tun konnte, um Nicholas zu retten.

Der Wirt langte mit einer Greifzange in das Feuer und nahm den Eisenbecher heraus, um den glühenden Kelch vorsichtig über Nicholas' geöffneten Mund zu heben. Nachdem er ihn ganz nahe an das nach oben gewandte Gesicht des feinen englischen Herrn gebracht hatte, fing er an, ihn zu kippen. Ein zäher alter Bauer hielt Nicolas' Arme an den Seiten seines Körpers fest.

So kräftig zutretend, wie er nur konnte, stieß Nicholas den fetten Wirt von seinem Hocker, wobei sich der kochend heiße Inhalt des Bechers in die Augen des Bauern ergoss. Der Bauer brüllte geblendet auf und fiel nach hinten. Der Becher landete auf seiner Stirn und verbrannte ihm die Haut. Nicholas ergriff die Gunst des Augenblicks, um sein Heil in der Flucht zu suchen. Er packte den Wirt und schubste ihn in das Feuer, wo seine Haare Feuer fingen.

Nicholas stürmte zur Tür und rammte sie auf. Isabellas Hand ergreifend, floh er von dem Gasthaus, während die anderen sie verfolgten.

Die beiden rannten, so schnell sie konnten. Isabella zog Nicholas zur Seite, als Ivan und Josef um die Ecke eines Gebäudes gehetzt kamen und blindlings an ihnen vorbeistürmten.

Die Straßen waren dunkel und leer, ein Segen und ein Fluch gleichermaßen. Als sie die äußere Stadtmauer erreichten, sahen sie, dass ein Trupp schmutziger Soldaten damit begonnen hatte, durch das offene Tor hereinzuströmen.

»Es gibt nur eine Straße in und aus der Stadt«, warnte Isabella. »Wenn wir überleben wollen, müssen wir uns durch die Felder schlagen.« Von Panik erfasst rannte sie noch schneller, eng gefolgt von Nicholas.

In der Halbdunkelheit vor ihnen konnte Nicholas Reihen nach oben stehender Marmortafeln erkennen, die auf den grasbewachsenen Hügelchen wie verrottete Zähne aussahen. »Ist das ein Friedhof?«

»Ja. Wir müssen ihn durchqueren, um zum Bahnhof zu gelangen. Von dort aus können wir den Schienen folgen, um von der Stadt wegzukommen. Das ist der schnellste Weg.«

Während sie in Richtung des schartigen Feldes der Leichen flohen, kamen ihre Verfolger näher. Nicholas wusste, dass sie ihr Gepäck langsamer machte, aber er konnte unmöglich ohne seine Sachen reisen.

Ivan und Josef waren kräftige Burschen vom Land und holten schnell auf. Dann stolperte Isabella, fiel hin und zog ihn hinab in das Gras.

Ein paar Augenblicke später wurde das flüchtende Paar von seinen Verfolgern eingeholt.

Der Zug

Thomas und Miranda hatten gesehen, wie die Fackeln der heranrückenden Armee im Wald flackerten, und waren von Panik ergriffen worden.

Miranda rang die Hände und ging auf dem Bahnsteig auf und ab. In England nahm sie das Heft in die Hand, egal, in welcher Situation sie sich befand. Hier war das unmöglich. Sie hatte sich noch nie so machtlos gefühlt. »Wir haben nicht die richtigen Papiere«, jammerte sie. »Sie werden sehen, dass wir Engländer sind.«

»Wir müssen zu Gott beten«, meinte Thomas.

»Ist das deine einzige Antwort? Es ist zu spät zum Beten«.

»Das ist Gotteslästerung, Miranda. Wir sind alle Kinder Gottes. Die Kriegskonventionen verlangen, dass man uns gefangen nimmt, uns aber nichts tut. Uns wird kein Leid zugefügt werden.«

»Und das ist es dann, oder? Jämmerliches Aufgeben? Betteln um Milde?« Miranda baute sich vor ihrem Gatten auf. »Ich verstehe nicht, wie du so etwas sagen kannst, wo du doch genau weißt, dass die Mittelmächte den Verhaltenskodex der Alliierten nicht befolgen. Die Zeitungen sind trotz der Zensur voll mit nichts Anderem.« Der Pazifismus ihres Ehemanns machte sie zunehmend wütend. Die Welt versank mit rasender Geschwindigkeit in einer glühend heißen Grube, und alles, was sie zu hören bekam, war der feuchte Nieselregen der Beschwichtigung. Warum setzten die Schwachen ihre Hoffnungen immer auf das Mitleid?

Aber Thomas hörte ihr nicht länger zu. Sie hatte dieses Verhalten schon so oft beobachten müssen: Er verschloss einfach die Ohren vor dem, was ihm nicht gefiel. Mit jedem Tag ihrer Ehe verlor sie an Gottesfürchtigkeit. Wenn Gott wirklich durch die Menschen sprechen wollte, dann war sie sicher, dass er keinesfalls Thomas als sein Sprachrohr wählen würde.

Etwas ließ sie aufhorchen. Die Schienen fingen an zu summen, zuerst leise, dann etwas lauter.

»Da kommt etwas«, sagte sie.

Isabella versuchte sich aus Ivans Griff zu lösen. Nicholas wehrte sich gegen seine Angreifer und verpasste dem ersten Mann, der ihn berührte, eine rechte Gerade auf die Nase nach den Queensberry-Regeln, nur um im Gegenzug einen kräftigen Tritt verpasst zu bekommen.

Nun näherte sich ihm ein anderer Angreifer mit einem Flensmesser in der rechten Hand. Nicholas schnellte mit dem Knie nach oben und brach den Arm des Landarbeiters mit einem heftigen Knacken.

Josef sah aus, als ob er gerade erst bemerkt hätte, dass von ihm erwartet wurde, um seine Verlobte zu kämpfen. Körperlich imposant, aber durch seine Masse behindert, näherte er sich langsam dem Engländer. Nicholas nahm seinen festen Gang, seine dicken Arme und seinen Stiernacken mit Verdruss zur Kenntnis. Er wusste, dass ihn ein einziger gut platzierter Schlag des Gießereiarbeiters außer Gefecht setzen konnte. Verzweifelt blickte er sich nach etwas um, das ihm als Waffe dienen konnte.

Zu spät. Josef attackierte ihn. Nicholas hatte in Cambridge die hohe Kunst des Boxens gelernt, schreckte aber auch vor schmutzigen Tricks nicht zurück. So fest er konnte, stieß er Josef mit dem Knie zwischen die Beine, wodurch dieser auf dem Rücken landete. Isabella schrie. Josef streckte eine Hand aus, um nach seinem Gegner zu greifen. Nicholas konnte zwar ausweichen, rutschte jedoch auf dem nassen Gras aus.

Josef ergriff die Gelegenheit und drückte Nicholas auf eine überwucherte Grabplatte, an deren Rand sich große eiserne Schienennägel befanden. Er presste seinen Arm gegen den Hals des Engländers und begann ihm die Kehle zuzuschnüren, indem er sein gesamtes Gewicht auf den Arm legte. Nicholas konnte die eigenen Arme befreien, was ihm jedoch nichts half. Er wollte nach Isabella blicken, konnte sie aber nur schreien hören. Josef nutzte seinen Vorteil und drückte noch fester zu.

Vor Nicholas' brennenden Augen begannen Lichter zu tanzen. Mit der rechten Hand griff er nach dem eisernen Ecknagel des Grabs, um sich abzustützen. Zu seiner Überraschung löste sich der durchgerostete Schienennagel.

Während Josef zudrückte, um Nicholas das Genick zu brechen, stach dieser mit der scharfen Spitze des Nagels in das weiche Fleisch am Hals seines Angreifers. Der Schmerz war stark genug, Josef dazu zu bewegen, den Druck zu mindern. Isabella näherte sich, um sie voneinander zu trennen, und brachte dabei Ivan mit sich. Josef rollte auf den Rücken und Nicholas konnte sich hochrappeln. Er sah, dass Ivan auf ihn zustürmte, packte ihn am Ärmel und schleuderte ihn herum. Dabei trat er gegen sein Bein, sodass Ivan kopfüber zu Boden stürzte. Die Gießereiarbeiter waren stark, aber langsam.

Nicholas griff nach der schluchzenden Isabella und zog sie mit sich, während er sich gleichzeitig ihre Reisetasche schnappte. Im Laufe des Kampfes hatte er seinen eigenen Koffer verloren, aber glücklicherweise befand sich in seiner Brusttasche das Bündel Geldscheine.

Der Tumult hatte die Aufmerksamkeit der einmarschierenden Soldaten erregt, die nun Alarm schlugen. Weitere Fackeln waren in den Straßen der Stadt zu sehen, wo ihr Flackern Schatten auf den Mauern zu Monstern machte. Ihre Verfolger schienen sich zu einem einzigen Lynchmob zu vereinen.

Nicholas und Isabella blieb nur die Möglichkeit, so schnell wie möglich vom Friedhof zum Bahnhof zu fliehen, während die feuerrote Prozession den Abstand zu ihnen verringerte. Nun kam ihnen das Glück zu Hilfe, denn eine Baumreihe hielt das entlarvende Mondlicht ab, sodass sie von den Soldaten, die zwischen den Grabsteinen herumirrten und sich gegenseitig in trunkener Verwirrung zuriefen, nicht gesehen wurden.

Als das erschöpfte Paar am Glockenturm der Friedhofskirche vorbeikam, sah Isabella, dass die beiden Zeiger der Uhr fast auf Mitternacht standen. Vor ihnen konnte sie den niedrigen schwarzen Umriss des Bahnhofsgebäudes erkennen.

»Hier entlang«, rief sie und zog an Nicholas' Ärmel. »Wir müssen schneller laufen.«

Nicholas hatte Seitenstechen. Der Kirchturm fing an, zwölf zu schlagen; der scharfe Klang der Glocke zerschnitt die klare Nachtluft. Sie mussten noch ein schlammiges Feld überqueren, während das Fackeln tragende Gesindel in ihrem Nacken immer näher kam.

Sie erreichten den im Dunst liegenden Bahnhof und eilten die Rampe zum Bahnsteig hoch. Die eingleisige Bahnstrecke war leer. Zwei Gestalten befanden sich am Ende des Bahnsteigs, aber es war zu dunkel, um sie genauer erkennen zu können. Sie hatten ebenfalls Gepäck bei sich, und einer von ihnen schien einen Strohhut zu tragen, etwas, das nur ein Engländer tun würde.

Die Einheimischen hatten sich nun mit den Soldaten vereint und gemeinsam rannten sie mit chaotischem Geschrei den Pfad entlang zum Bahnhof.

Thomas und Miranda drehten sich um, erstaunt über den Lärm der Verfolgung. Genau wie der einfältige Junge prophezeit hatte, fingen die Gleise an zu summen, dann zu rattern. Miranda spürte, wie der Bahnsteig unter ihren Stiefeln erzitterte, und wurde plötzlich von einer schrecklichen Vorahnung erfasst. Sie beugte sich vor, um zu sehen, ob etwas herannahte, aber sie konnte nur eine schwarze Woge aus funkelndem Kohlenstaub ausmachen, die sich im Einschnitt zwischen den Kiefern gebildet hatte. Die Asche glitzerte wie Sternschnuppen, die auf die Erde fielen.

Dann sah sie zwei Lampen wie die Augen eines Tigers, die eine zinnrot, die andere bernsteinfarben. Sie schwankten leicht und wurden größer. Der große Schornstein des Kessels war dunkler als der Himmel und *puff-puff-puffte* mit großen Fahnen erstickenden Glühwürmchenrauchs auf sie zu, eine glänzende Scheibe aus grünem Stahl. Die Lokomotive, der Kohlewagen und die angehängten Waggons rasten auf sie zu, als der gewaltige Zug in den Bahnhof stürmte.

Für den Bruchteil einer Sekunde sah die Vorderseite der Lokomotive aus wie eine Teufelsfratze, eine Illusion, die durch Schatten und Rauch verursacht wurde. Wie eine gewaltige, ausgestorbene Kreatur, die in mechanischer Form wiedergeboren worden war, kam die Lokomotive donnernd und schnaufend mit Ausstößen von beißender Asche und Sprühregen von Öl zu einem Halt.

Isabella blickte in die Waggons und erstarrte, als sich ein ferner Dämon in ihrem Kopf zu regen begann. »Nein«, sagte sie kopfschüttelnd. »Nein, nur das nicht.« Sie wollte zurückweichen, aber Nicholas packte ihre Hand. Er sah selbst in die Waggons, die hell und schmucklos schienen und nichts Ungewöhnliches an sich hatten.

Mittlerweile hatten ihre Verfolger die Rampe zum Bahnsteig erreicht. Die Soldaten unter ihnen hoben ihre Gewehre. Es galt, keine Sekunde zu verlieren. Nicholas riss die Tür zum ersten Waggon hinter dem Kohlewagen auf und wollte Isabella hineinschubsen. Sie versuchte Widerstand zu leisten, aber sie wusste auch, dass sie, wenn sie blieb, die Soldatenmeute nicht überleben würde. In diesem kurzen Augenblick musste sie eine Entscheidung treffen.

Die Soldaten eröffneten das Feuer. Kugeln prallten gegen die Wände des Zuges. Miranda schrie. Die Entscheidung war gefällt. Einer der Einheimischen versuchte Nicholas zu packen, wurde jedoch von einer Kugel getroffen, die über seinem rechten Ohr ein Viertel seines Schädels abriss und dafür sorgte, dass er vom Bahnsteig auf die Gleise fiel. Sein Blut spritzte auf die Räder. Nicholas wurde starr vor Schreck; er war mit Blut und weißen Knochensplittern übersät.

Es gab keine andere Wahl. Er zog Isabella die Stufen zum Waggon hoch. Nachdem der Zug zum Stehen gekommen war, hatte der Lokomotivführer den Tumult auf dem Bahnsteig bemerkt und bereitete sich nun darauf vor, so schnell wie möglich weiterzufahren. An der nächsten Waggontür bemühten sich Thomas und Miranda verzweifelt, all ihr Gepäck an Bord des Zuges zu bekommen. Thomas war entschlossen, nichts zurückzulassen. Für einen Augenblick schien es, als ob sie es nicht schaffen würden. Als der Zug die Bremsen löste und zu rollen anfing, riss Isabella die Tür weit auf und streckte den Arm aus, um sie hereinzuziehen. Ihre Hände fanden sich, von Nicholas und Isabella zu Miranda und Thomas. In diesem einen kurzen Moment hatte Isabella das Gefühl, dass ihre Schicksale miteinander verknüpft wurden.

Thomas griff nach draußen und zog die Tür in genau dem Augenblick zu, als eine Kugel ihm den Strohhut vom Kopf fegte.

Überrascht musste Nicholas feststellen, dass ihre Verfolger plötzlich zurückblieben und anfingen, untereinander und mit den Soldaten zu kämpfen. »Sie folgen uns nicht«, sagte er. »Warum sind sie nicht mehr hinter uns her?«

Die vier neuen Passagiere drängten sich am Fenster und beobachteten, wie der Tumult zurückblieb, als der Zug aus dem Bahnhof ausfuhr. Der Bahnsteig wurde immer kleiner und sie überließen die Einwohner von Chelmsk der Anarchie der einmarschierenden Armee.

Der Zug

Ihre Reise hatte eine Bluttaufe erlebt. Kein guter Beginn.

Thomas und Miranda hatten sich in die üppigen Samtsitze eines Abteils der ersten Klasse fallen lassen und waren sprachlos angesichts dessen, was sie gerade erlebt hatten. Miranda versuchte zu vermeiden, dass sie in Tränen ausbrach. Unter normalen Umständen würden sie sich jetzt gerade gegenseitig ankeifen, wie es englische Reisende auf der ganzen Welt taten; über das Gepäck streiten, darüber diskutieren, wer dafür verantwortlich war, dass sie so viel eingepackt hatten, warum sie nicht einen der Koffer bereits vorab losgeschickt hatten und so weiter, aber stattdessen wurden sie von anderen Fragen bedrängt. Warum war eine Gruppe von Einheimischen hinter ihnen hergerannt und warum waren sie fast ebenso plötzlich stehengeblieben? Und wohin war das andere Paar verschwunden? Der Mann, der aussah wie ein Engländer – wo war er jetzt? Sie blickten sich in dem Abteil mit seinen sechs Sitzplätzen um und mussten feststellen, dass sie allein waren.

»Hast du mit ihnen gesprochen?«, fragte Miranda.

»Nein, aber der Mann war definitiv einer von uns, da bin ich mir sicher. Und wenn das Mädchen nicht gewesen wäre, hätten wir niemals rechtzeitig zusteigen können. Wir sollten sie suchen gehen und ihr danken.«

»Dieser furchtbare Krieg macht die Männer zu Tieren.« Miranda schauderte. »Was für ein schreckliches Erlebnis. Ich wage zu behaupten, dass wir ihnen wieder begegnen werden. Landsleute neigen dazu, sich zu treffen. Gib mir die Karte.«

Thomas kramte in seiner Tennistasche und brachte ein zerknittertes Bündel eng bedruckten Papiers zum Vorschein. »Ich hab es mir vorhin schon angesehen, aber das letzte Feld scheint zu fehlen. Die Strecke hört am Rand einfach auf.«

»Dann kommen wir auf unbekanntes Gebiet. Noch mehr Aufregung.«

»Nicht zu viel, hoffe ich«, sagte Thomas.

Miranda machte sich nicht die Mühe zu erklären, dass ihr Kommentar sarkastisch gemeint gewesen war.

Isabella führte Nicholas den reichlich verzierten Gang entlang. Die untere Hälfte war mit abgeschliffenen Teakholzbrettern verkleidet, auf Hüfthöhe war ein schmales Messinggeländer angebracht. An den glänzend tiefgrünen Wänden darüber befanden sich anmontierte Messinglampen und gerahmte Landkarten. Es roch nach Pfeifenrauch, verstaubtem Stoff, Hobelspänen und Metallpolitur, aber es hing auch noch etwas anderes in der Luft – ein Hauch von Schwefel, wahrscheinlich von brennender Kohle. Sie kamen an einer silbernen Gedenktafel vorbei, auf der der Name des Zuges und ein Datum eingeprägt waren:

Ärzengel – Jungfernfahrt August 1897.

Sie fuhren nun schneller und rasten unter einem schwarzen Himmel, der mit kalt schimmernden Sternen wie

Frostpunkten übersät war, durch die üppige grüne Landschaft.

»Das Paar«, sagte Nicholas. »Offensichtlich Engländer. Vielleicht sollten wir herausfinden, was sie hier machen.«

»Dafür ist später noch Zeit genug. Zuerst müssen wir …«

»Müssen wir was?«

»Hier scheint niemand außer uns zu sein.« Isabella blickte ängstlich durch die Fenster in die Abteile.

»Natürlich nicht. Das hier ist die erste Klasse. Wir sind in ländlichem Gebiet. Die Einheimischen werden alle die Dritte nehmen. Der Waggon hier wird sich erst füllen, wenn wir eine vernünftige Stadt erreichen.«

»Oh. Ich bin noch nie mit einem Zug gefahren.«

»Warum hast du gezögert?«, wollte Nicholas wissen. »Man hätte uns töten können.«

»Ich wollte nicht einsteigen.«

»Um Himmels willen, warum nicht? Aber jetzt musst du keine Angst mehr haben. Mit jeder Sekunde wirst du weiter von der Stadt weggebracht.«

Sie schüttelte den Kopf. »Ich habe erkannt, dass wir keine Wahl hatten.« Mehr wollte sie zu diesem Thema nicht sagen.

»Du bist böse auf mich«, bemerkte Nicholas, nachdem die Stille zwischen ihnen zu lang geworden war. »Ich habe gekämpft, um mich zu verteidigen. Es ging um mich oder ihn.«

»Mein armer Josef.«

»Komm schon, ich bin mir sicher, er hat schon Schlimmeres erlebt. Außerdem kann man jetzt nichts mehr daran ändern. Lass uns lieber herausfinden, wo wir hinfahren.« Er nahm wieder ihre Hand und ging weiter den Gang entlang.

Sie hielt ihn an, um auf eine gerahmte Karte an der Wand zu zeigen. »Schau, auf der Strecke gibt es vier Stationen nach Chelmsk: Snerinska – Schlopelo – Blankenberg – Zoribskia.«

»Du solltest diese Städte kennen.«

»Nein, ich habe meine Heimatstadt noch nie verlassen. An meinem dreizehnten Geburtstag wollten wir an die Küste fahren, aber wir wurden davon abgehalten, die Reise zu machen. Es war der Tag, an dem der Englischlehrer erschossen wurde.«

»Was hatte er verbrochen?«

»Er wollte mit einem der Mädchen aus der Stadt durchbrennen.«

Nicholas schaute mit zugekniffenen Augen auf die Karte und versuchte der blauen Zugstrecke bis zu ihrem Ende zu folgen. »Was ist unsere Endstation? Was kommt nach Zoribskia?«

Isabella fuhr die Linie mit dem Finger nach. »Der Name ist nicht zu erkennen. Jemand hat Tinte darauf geschüttet. Es muss jemanden an Bord des Zuges geben, der es uns sagen kann.«

Sie gingen den schaukelnden Gang bis zu seinem Ende, öffneten die Tür und traten hinüber in den Waggon der zweiten Klasse. Dort fanden sie eine weitere Karte, auf der die Strecke eingezeichnet war, aber wieder ohne die Endstation. Der Name in der linken unteren Ecke war ausgekratzt worden, sogar noch entschiedener als auf der anderen Karte.

Vor ihnen konnte Nicholas eine dunkle Gestalt sehen, die vom Schwanken des Zuges unbeeindruckt war. Er näherte sich dem reglosen Mann, einem großen, dunkeläugigen Kerl mit hervorstechendem Kinn, der in eine blaue Zugführer-Uniform mit doppelten Reihen von Messingknöpfen und schwarzen Seidenpaspeln gekleidet war und eine runde, flache Mütze trug. Er stand in seiner Nische, wo er umgeben von Erinnerungsstücken an frühere Reisen wie eine Statue in einem Schrank darauf wartete, dass man ihn aufforderte, etwas zu tun. Seine Seemannsbeine neutralisierten die Bewegungen des Waggons und hielten seinen aufrechten Oberkörper still, etwas, das wahrscheinlich mit der Erfahrung kam.

»Hören Sie, haben Sie hier das Sagen?«, wollte Nicholas wissen.

Der Mann wandte sich ihm langsam zu und starrte ihn an, als wäre er ein Insekt. Er hielt einen gefährlich aussehenden silbernen Fahrkartenlocher in der rechten Hand. »Ich bin der Zugführer des *Ärzengels*«, antwortete er in perfektem Englisch. Er war fahl wie Elfenbein. Seine tiefe Stimme klang, als käme sie aus unergründlich fernen Abgründen. Obwohl seine glänzenden schwarzen Augen sehr tief in die Höhlen seines Schädels eingelagert waren, entging ihnen kein noch so kleines Detail.

»Nun, was ist unser Ziel?«, fragte Nicholas brüsk.

»Das hängt von Ihnen ab.«

»Vielleicht haben Sie die Frage nicht verstanden. Wo endet dieser Zug?«

»Wir müssen an Bord bleiben, bis wir die Grenze passieren«, sagte Isabella. »Ist das möglich?«

»Sie werden schließlich zu einer Grenze kommen, ja.«

»Dann brauchen wir Fahrkarten bis dorthin.« Nicholas langte in seine Jacke und fing an, ein paar Geldscheine von seinem Bündel abzuzählen.

Der Zugführer blickte auf die Geldscheine in Nicholas' Hand, als ob man ihm benutztes Toilettenpapier angeboten hätte. »Ich kann Ihr Geld nicht annehmen.«

»Wenn es nicht die richtige Währung ist …«

»Es hat nichts mit der Währung zu tun.«

Vielleicht wollte die Eisenbahngesellschaft Unehrlichkeit nicht fördern. »Wie kann ich sonst bezahlen?«, erkundigte sich Nicholas.

»Diejenigen ohne Fahrkarte müssen andere Wege finden.«

Es gab Orte in Osteuropa, wo Dokumente von einer Reihe von Angestellten mehrmals abgestempelt werden mussten, bevor man zahlen durfte. »Selbst wenn das eine lokale Sitte ist, ergibt das keinen Sinn«, sagte Nicholas. Ganz offensichtlich neigte der Mann nicht zu Hilfsbereitschaft. »Warte hier, Isabella. Ich bin gleich zurück.«

Es musste doch noch jemanden in diesem Zug geben. Nicholas ging weiter und kam zum nächsten Waggon der zweiten Klasse. Hier waren zwei der Abteile von allein reisenden Männern belegt. Der eine von ihnen war ernst und bieder, gekleidet in der Mode von vor zehn Jahren. Vielleicht ein Schöngeist oder ein Schauspieler. Er hatte das Kinn auf die Fingerknöchel gestützt und starrte so die vorbeirauschende Landschaft an. Seltsamerweise befand sich auf den Schulterpolstern seines ausgefransten Jacketts frische Erde, so als ob er gerade aus einem Grab herausgezogen worden wäre. Der andere Reisende war ein rundlicher Kerl mit einer Orthese an seinem Bein – ein Mann, der ganz offensichtlich schwere Zeiten durchmachte; ein Handelsreisender, dem Musterkoffer nach zu schließen, der über seinem Kopf verstaut war. Keiner dieser Männer würde dazu bereit sein, die Fahrt nach Hause aufzugeben.

Nicholas ging weiter und suchte ohne Erfolg.

Im dritten und letzten Waggonpaar befanden sich die einfachsten und billigsten Abteile. Hier waren die

Holzlattensitze der dritten Klasse als Großraumabteil angeordnet, mit eisernen Gepäckablagen, die groß genug waren, Koffer und Kisten mit Gemüse aufzunehmen. Ganz am Ende fand er ein schlafendes Bauernpaar, die rotgesichtige Ehefrau lag auf der Schulter ihres Gatten wie eine dösende Kartoffel. Das sah erfolgversprechender aus.

Nicholas nahm den Mann unter die Lupe und stellte fest, dass aus seiner oberen Tasche ein Paar noch nicht gestempelter Fahrkarten hervorstand.

Als er in die Mitte des Zuges zurückgekehrt war, fand er den Zugführer noch immer an der gleichen Stelle stehend vor, als ob er keinen einzigen Muskel bewegt hätte. Nicholas hielt ihm die entwendeten Fahrkarten hin. Der Zugführer warf ihm einen misstrauischen Blick zu, nahm sie aber trotzdem.

»Ich möchte diese Fahrkarten zu erster Klasse hochstufen lassen«, erklärte Nicholas.

»Es gibt keinen Preisunterschied«, sagte der Zugführer. »Die Reisenden suchen sich ihre eigene Klasse und lassen sich in ihr nieder, denn dort fühlen sie sich am wohlsten.«

»Das klingt sehr … kommunistisch. Wie lange wird die Fahrt dauern?«

»Wir werden bis tief in die Nacht reisen.«

»Hm. Keine sehr genaue Angabe. Gibt es an Bord des Zuges Essen und Getränke?«

»Auf dieser Linie werden keine Speisen serviert mit Ausnahme des Tees, den Sie in den über den Zug verteilten Samowaren finden, einer pro Waggon. Andere Nahrung können Sie von den Dienstmännern an den Bahnhöfen bekommen, falls die sich dazu bewegen lassen, zum Zug zu kommen.« Er lochte die Fahrscheine und gab sie zurück, aber als Nicholas sie nehmen wollte, musste er feststellen, dass der Zugführer sie so lange festhielt, bis er sich gezwungen sah, ihm in die Augen zu blicken. »Sie sind nun Reisende an Bord des *Ärzengels*«, verkündete er. »Ich muss darauf bestehen, dass Sie die Anweisungen lesen, die in jedem Waggon angeschlagen sind, und Sie sie befolgen.«

Der Zugführer drehte sich um und trat in seine Nische zurück, wo er seine Hände an seiner Seite herabhängen ließ. Er schien in dieser Haltung, in der er das Wanken und Schaukeln des Zuges neutralisierte, überaus zufrieden zu sein.

Nicholas und Isabella traten den Rückweg zu ihrem Waggon an. Nicholas blieb vor der gerahmten Tafel mit den Anweisungen stehen und las:

Die Passagiere werden höflichst gebeten, dafür Sorge zu tragen,
- dass sie im Besitz einer gültigen Fahrkarte sind
- dass sie an den Bahnhöfen den Zug nicht verlassen
- dass sie bis an das Ende ihrer Reise an Bord des Zuges bleiben

Er starrte die Anschlagtafel verwundert an. »Was für eine eigenartige Sache, und noch dazu auf Englisch, als ob es nur für uns wäre«, sagte er. »Aber was soll das bedeuten? Wofür sind Bahnhöfe gut, wenn man nicht aussteigen darf?«

Er ging zum Fenster und blickte hinaus. Alles, was er sehen konnte, waren vorbeieilendes Grün, dunkle Wälder, eisige Sterne und der gelbe Funkenregen der Räder, die von den Schienen zurückzuckten.

Die Unbekannte

Nachdem Nicholas ins Abteil zurückgekommen war, ging Isabella, um sich frisch zu machen. Als sie zurückkehrte, hatte sie den Schmutz von ihrem Rocksaum gebürstet und ihr Haar hochgesteckt. Nun sah sie wieder wie der Inbegriff des Sommers aus. Ihre jugendliche Leuchtkraft bezwang seine Ängste und gab ihm neue Hoffnung.

»Ein wirklich seltsamer Kerl«, sagte er. »Er spricht in Rätseln. Was kann er nur gemeint haben?«

»Der Zugführer ist in meiner Stadt sehr gut bekannt.«

»Kennst du ihn?«

»Nein, aber ich habe furchtbare Geschichten über ihn gehört. Die Gießereiarbeiter sprechen nur mit gesenkter Stimme von ihm.«

»Geschichten? Ich verstehe nicht.«

»Du weißt doch, wie Männer sind. Sie tratschen schlimmer als ihre Ehefrauen.« Einmal mehr vermied sie seinen forschenden Blick und wandte sich dem Fenster zu. »Uns blieb keine andere Möglichkeit, als zuzusteigen. Und jetzt sind wir hier, also müssen wir das Beste aus unserer Situation machen.«

»Was willst du damit sagen?«

»Ich habe schlimme Befürchtungen, dass …«

Genau in diesem Augenblick kamen Thomas und Miranda gestikulierend und diskutierend an ihrem Abteil vorbei.

Thomas war offensichtlich auf der Suche nach ihnen.

»Oh, hallo!«, sagte er. Sein vorstädtisches Mittelschichtsbenehmen wirkte etwas absurd in der slawischen Atmosphäre des kunstvoll gestalteten Zuges. »Ich dachte mir, dass Sie Engländer sind. Hab ich Miranda gesagt. Danke für Ihre Hilfe am Bahnhof. Wir haben uns ziemlich ungeschickt angestellt. Zu viel Gepäck. Die Stadt …«

»Sie wurde eingenommen. Sind Sie Zivilisten?«

»Wir befinden uns auf einer Rundreise.«

»Aber das hier ist Kriegsgebiet«, sagte Nicholas erstaunt.

Thomas wirkte beleidigt. »Ich glaube, mich zu erinnern, dass es neutrales Gebiet war, als wir aufbrachen.«

»Man hat uns geraten, nicht hierher zu reisen«, sagte Miranda, die Nicholas Seite einnahm. »Jeder hat gesagt, dass es eine groteske Idee ist, aber Thomas wird seine Diözese in Henley-Upon-Thames aufgeben, um eine neue Position in East Anglia anzutreten. Er hat absolut darauf bestanden, dass wir die Reise machen. Schmetterlinge und Wildblumen. Er strebt danach, sie zu katalogisieren.« Sie hätte ihr fehlendes Interesse nicht deutlicher zum Ausdruck bringen können.

»Ich wusste, dass es unsere letzte Gelegenheit für so einen Ausflug sein würde, bevor wir unser neues Pfarrhaus beziehen«, erklärte Thomas.

»Sie sind in Sicherheit, solange sie Richtung Norden reisen«, sagte Nicholas.

»Wissen Sie, wohin dieser Zug fährt?«, erkundigte sich Miranda.

»Wir haben versucht, es herauszufinden, aber die Karten auf den Gängen wurden alle verunstaltet.«

Miranda richtete ihren Hut und prüfte die Bänder an ihren Handschuhen. »Sie müssen glauben, dass wir über alle Maßen unhöflich sind. Unsere seltsame Lage ist einfach keine Entschuldigung für schlechte Manieren. Ich bin Mrs. Wellesley, aber nennen Sie mich Miranda, und das ist mein Gatte, Reverend Thomas Wellesley.«

»Nicholas Castleford aus London. Und das hier ist Isabella.« Falls es ihn kümmerte, dass er ihren Nachnamen nicht wusste, zeigte er es nicht. Isabella bezweifelte ohnehin, dass er in der Lage sein würde, ihn auszusprechen. Sie schüttelten sich alle mit ernster Formalität die Hände.

Miranda machte sich bereits Gedanken über die Beziehung von Nicholas und Isabella und ging vom Schlimmsten aus. Ein kultivierter Londoner und eine Einheimische – besser gar nicht erst nachfragen. Aber das war kein Problem. Sie verstand sich darauf, unschöne Themen zu umgehen, denn diese Fähigkeit zeichnete alle Engländerinnen von Rang aus. »Wohin reisen sie?«, wollte sie wissen.

»Nach London«, antwortete Nicholas. »Auch wenn es dauern wird, bis wir dort ankommen.«

Miranda sah Isabella mit verschmitzten Augen an. »Aber Sie sind sicher keine Engländerin?«

»Nein«, gab Isabella zu. »Ich musste mein Zuhause verlassen.«

»Und Sie haben Angst vor dem, was Sie erwartet.«

»Ich habe schon lange von London geträumt, aber bis jetzt waren es nur Träume.«

Miranda legte den Kopf schief und betrachtete das Mädchen genauer. Eine echte Schönheit. »Meine Liebe, das Leben ist nichts anderes als eine Reise zu unseren Träumen. Wir verfolgen sie, und wenn wir sie endlich einholen, dann sterben sie – so wie Schmetterlinge.« Sie warf Thomas einen verbitterten Blick zu.

»Ich denke, dass es an der Zeit ist, dass ich mein Schicksal selbst in die Hand nehme.« Isabella fühlte sich verloren unter diesen seltsamen Engländern, die es ganz offensichtlich vorzogen, eine Sache zu sagen und eine andere zu denken.

»Aber natürlich müssen Sie das. Wir sind doch emanzipierte Frauen, oder? Aber ich habe Angst um Ihr Land, meine Liebe. Karpatien ist nicht länger neutral und die Soldaten, die da am Bahnhof eintrafen, trugen bulgarischen Uniformen, oder etwa nicht? Sie kämpfen gegen die Türken und die Deutschen. Wir haben in England furchtbare Dinge von ihnen gehört; dass sie neugeborene Babys mit Bajonetten aufspießen und so. Wirklich die abscheulichsten Barbaren. Sagen Sie, wo ist Ihre Familie?«

»Meine Mutter ist letztes Jahr gestorben.«

»Wie traurig. Was hatte Sie denn?«

»Sie litt unter angeborener Enttäuschung.«

»Und Ihr Vater?«

»Ich habe meinen Vater zurückgelassen.«

»Oh, mein armes Kind.«

Miranda nahm Isabellas kalte Hand und tätschelte sie zwischen ihren weißen Handschuhen. »Nun, ich hoffe, dass wir Freundinnen werden.«

Thomas betrachtete interessiert die Einrichtung des Zuges. »Es handelt sich um eine Krupps-Henschel Dampfturbinenlokomotive aus dem Jahr 1897«, verkündete er. »Aber sie ist auf ziemlich außergewöhnliche Art und Weise gestaltet. Der Stil hat etwas Besonderes, das ich nicht in Worte fassen kann. Ich kann mir nicht vorstellen, warum sie auf dieser Strecke fährt. Prachtvolle Lokomotiven, vor Ort gebaut, für die Ewigkeit. Doppelwandige Messingkolben, die niemals austrocknen oder überhitzen.«

Miranda bedachte ihren Ehemann mit einem verzweifelten Blick. Weniger Ehemann als Anhängsel. »Besorge uns bitte einen Tisch im Speisewagen, Thomas. Ich werde mich auf die Suche nach dem Zugführer begeben.«

»Mach dich nicht lächerlich, Miranda, es gibt keinen Speisewagen«, antwortete Thomas, aber seine entschlossene Gattin hatte bereits ihre Röcke zusammengerafft und segelte den Gang entlang. Miranda war schon immer respekteinflößend gewesen. Einmal, auf einem Ausflug in Richmond, hatte sie einem Pferd eine Ohrfeige verpasst, weil es sie angewiehert hatte. Er rief sich das immer ins Gedächtnis zurück, wenn er den Drang verspürte, ihr zu widersprechen.

»Es gibt Tee im Samowar«, rief Nicholas ihr nach. »Der Zugführer befindet sich in der Mitte des nächsten Waggons.«

Miranda fand ihn in seiner gewohnten Stellung in der Nische, genau wie Nicholas es vorhergesagt hatte.

»Hören Sie mal, Entschuldigung.« Miranda wollte den Zugbegleiter auf seine Epaulette tippen, aber etwas an seiner Haltung hielt sie zurück. Sie senkte die Hand, blieb stehen, wo sie war, und zügelte ihren Tonfall. »Können Sie mir sagen, wo wir ankommen werden, wenn wir bis zur Endstation mit diesem Zug fahren?«

Für einen langen Moment erhielt sie keine Antwort. »Der *Ärzengel* wird Sie an die Grenze bringen«, verkündete der Zugführer schließlich, ohne sich ihr zuzuwenden, um sie direkt anzusprechen.

»Ja, aber zu welcher, Bulgarien oder Moldawien?«

»Das Ziel der Reise hängt allein von Ihnen ab.«

»Nun, das ist nicht übermäßig hilfreich, oder? Wir brauchen Fahrkarten. Wir haben kein Papiergeld in Ihrer Währung, aber Sie können meiner Familie eine Rechnung schicken. Wir sind in England wohlbekannt.«

Der Zugführer wandte sich ihr zu, um sie zu betrachten. »Ich denke, es gibt eine andere Möglichkeit für Sie zu bezahlen.«

»Was meinen Sie?«, fragte Miranda.

In Nicholas und Isabellas Abteil herrschte Aufregung. Isabella erhob sich und presste die Hände an das Fenster. »Wir werden langsamer.«

»Der Karte nach müsste das Snerinska sein«, meinte Nicholas. »Wenn es genauso ist, wie die anderen Städte hier, besteht es aus acht Kirchen, einem Dutzend Hauser und einer Schweinefarm.«

Der *Ärzengel* fuhr dampfend in einem niedrigen, grauen Bahnhof ein, dessen Blechdach Regenflecken aufwies. Petroleumlampen schwangen in der dunstigen Nachtluft hin und her und warfen sich bewegende Lichtpfützen auf den Bahnsteig, auf dem Passagiere darauf warteten zuzusteigen. Die Reisenden legten die hartnäckige Eile von Flüchtlingen an den Tag; viele von ihnen hatten ihr Hab und Gut in Bündeln aus Vorhängen und Tischdecken verstaut. Niemand sprach miteinander. Die Menge war reglos und niedergeschlagen, während sie darauf wartete, dass der Zug anhielt.

Nicholas und Isabella öffneten ein Fenster und trotzten der kalten Nachtluft, weil sie sehen wollten, wo sie waren.

Der Zug kam mit einem Ausstoß von Dampf zu einem Halt. Sie befanden sich nun unterhalb von Bergen und die Luft war kühler, feuchter und vom Duft von Kiefernharz geprägt.

»Warte«, sagte Isabella, die sich schnell zurückzog. »Ich kenne den Ort. Ich hab ihn schon einmal gesehen.«

»Aber du bist noch nie mit dem Zug gefahren.«

»Ich hab ihn auf Bildern gesehen«, bestand sie, als sie sich mit einem Ausdruck der Niederlage wieder hinsetzte. »Vielleicht hat meine Mutter …«

Nicholas und Thomas blickten aus dem Fenster und verglichen den Namen des Bahnhofs mit der Karte.

»Die Schilder sind in Affensprache«, sagte Thomas prustend. »Wenn sie Englisch sprechen können, warum können sie dann die Namen nicht auf Englisch schreiben?«

Das Gewirr an Reisenden drängte vorwärts, um den Zug zu besteigen. Es war eine illustre Menge; einige unfreundlich aussehende Proleten in schmutzbefleckten Kitteln, eine alte Zigeunerin, die ein quietschendes Schwein in den Armen hielt, ein blinder Priester, der wie eine Figur aus einem Bruegel-Gemälde von einem Chorknaben geführt wurde, ein paar lärmende englische Soldaten, ein totenkopfgesichtiger alter Mann in einem Rollstuhl, ein älterer Mann in Tropenkleidung, der eine Lederreisetasche und einen Schmetterlingskescher mit sich herumschleppte, ein düster dreinblickender Herr in Begräbniskleidung.

Die Nachhut bildete ein gestikulierender Mann mit einem Seidenzylinder und grauen Koteletten. Er folgte einem Gepäckträger, der sich mit einer großen Kiste abmühte. Auf der Seite der Kiste stand in einer aufgemalten gelben Flagge geschrieben: *Professor Ios Wundersame Nachtigall.* Weiter hinten auf dem Bahnsteig tummelten sich arme Bauern mit Gesichtern, die wie verschrumpelte Äpfel aussahen.

Der Zugführer hatte seine Nische verlassen, um auf dem Trittbrett des Gepäckwagens zu erscheinen, und schickte einige von ihnen weg, als ob er nur eine bestimmte Sorte von Passagieren haben wollte.

Isabella öffnete die Waggontür und riss sie weit auf. Ihr anmutiger Fuß schwebte über dem Tritt.

»Snerinska«, verkündete der Zugführer. »Einsteigen bitte!«

Die Sohle von Isabellas Stiefel verharrte über dem Bahnsteig.

Das Schwein quiekte sie an, woraufhin sie sich vor Schreck in den Zug zurückziehen wollte. Die Zigeunerin packte die Tür, bevor sie sie schließen konnte, und zischte sie mit kehligen Lauten an. Dann eilte sie den Bahnsteig entlang, um in den Waggon der dritten Klasse zu steigen. Erschüttert ließ sich Isabella in ihren Sitz zurückfallen. Nicholas hatte ihr Zögern beim Versuch auszusteigen nicht bemerkt.

»Was hat Ihnen die schmutzige alte Hexe gesagt?«, wollte Thomas wissen.

»Ich glaube … es war Teil eines alten Gedichts, etwas, das wir als Kinder gelernt haben. Wie sagt man – ein Ammenmärchen. Wir dürfen nicht aussteigen.«

»Warum denn nicht?«

»Die Geschichte.«

»Welche Geschichte?«

Isabella blieb resolut. »Nichts. Es ist nichts. Ich glaube nicht an solche Sachen.«

»Sehen Sie sich das an.« Thomas schob das Fenster herab, lehnte sich hinaus und zeigte mit dem Finger. Der Dampf verflüchtigte sich und offenbarte einen erstaunlichen

Anblick: Eine großgewachsene, schlanke Dame mit aufrechter Haltung, ganz und gar in blutrote Chenille gekleidet, der Mantel bis zum Boden reichend und mit Spinnenseide geschnürt, das Gesicht stark verschleiert über roten Krausen und Rüschen. Alles an ihr hatte einen scharlachroten Farbton, sogar die drei Gepäckstücke, die von einem schwarzen Dienstjungen geschleppt wurden.

Für Thomas war das Erscheinen der Dame im Dunst mehr als nur erstaunlich. Als er beobachtete, wie sie das Trittbrett zum Waggon erreichte, fühlte er, wie sich in seinem Körper eine ungesunde Hitze ausbreitete. Er war gefesselt. Er versuchte den Jungen anzuhalten, der ihr Gepäck trug, aber der verärgerte Blick des Dieners schreckte ihn ab. Stattdessen wandte er sich an eine zahnlose alte Frau, die der Unbekannten bewundernd nachfolgte.

»Können Sie mir sagen, wer das ist?«, fragte er.

Das alte Weib blickte ihn mit ihrem guten Auge an. »Das ist die Rote Gräfin, wer sonst. Maria Theodora Grudczinska, ursprünglich aus Österreich, aus der ungarischen Linie.«

»Ich habe noch nie …«

»Man erzählt sich Sachen von ihr, da würden Ihre Ohren abbrennen.« Sie eilte weiter in der Sorge, zurückgelassen zu werden.

Als die Rote Gräfin den Kopf neigte und dem Zugführer etwas zuflüsterte, berührte der ihren Arm und half ihr auf das Trittbrett. Er verfuhr genauso mit einem vom Soldatenleben gezeichneten Brigadegeneral, dem Mann, der wie ein Bestattungsunternehmer gekleidet war, und dem betagten Herrn mit der Reisetasche. Viele der anderen wurden abgewiesen.

Der Zug schien vor Ungeduld zu seufzen. Es gab eine Diskussion über Fahrkarten. Einer der Proleten versuchte sich am

Abteilfenster festzuhalten, aber Thomas schob es schnell nach oben und verschloss es.

Und das will ein christlicher Geistlicher sein, dachte Nicholas. *Wie schnell er die Fremden aussperrt.*

Er war auf der ganzen Welt herumgereist und hatte viel über das Leben anderer Menschen erfahren, aber das Einzige, das er über das Christentum gelernt hatte, war, wie viele Kränkungen dort unvergessen blieben und wie wenig jemals wirklich vergeben wurde.

Nicholas blickte auf die vom Schweiß aufgeweichte Karte in seiner Hand und war sich sicher, dass man sich nicht auf sie verlassen konnte. Hinter dem Bahnhof von Snerinska hatte er kantige grüne Berge gesehen, die von braunem Gebirgsgestein gekrönt wurden. Die Bahnstrecke führte in einem Bogen um sie herum, hinein in die nächtliche Landschaft, und es ließ sich nicht vorhersagen, was sie dort erwarten würde.

»Es scheint eine Verzögerung zu geben.« Nicholas blickte durch das Fenster auf die Reisenden, denen die Mitfahrt verweigert worden war. Sie standen stumm herum, auf die Abfahrt des *Ärzengels* wartend. Er sah zwei Männer in schwarzen Gehröcken, die eine lange Holzkiste in den Gepäckwagen schoben. »Sie laden etwas ein, das wie ein Sarg aussieht.«

Isabella blickte sich plötzlich verängstigt um. »Wo ist Thomas hingegangen?«

Die Gräfin

Thomas verfolgte gebannt die Ankunft und das Einsteigen der Roten Gräfin. Er konnte ihr Parfüm riechen – Nelken und Mandeln – und auch eine Art von Kraut.

Außerhalb ihres Privatabteils stehend, beobachtete er fasziniert, wie sie die Arme hob, damit man ihr den Mantel abnehmen und ihn zusammenfalten konnte. Der Dienstjunge breitete sorgfältig ihr Kleid aus, sodass sich seine Herrin aufrecht mit dem Rücken gegen die roten Samtkissen setzen konnte. Wie er sich um ihr Kreuz sorgte, ließ vermuten, dass sie sehr alt war, aber sie ging weder gebeugt noch langsam. Ihr Hals war lang und schlank, nicht wie der einer alten Frau. Thomas war es immer noch nicht gelungen, ihr Gesicht zu sehen.

Während das Gepäck über ihr verstaut wurde, fächelte sie sich mit dem blutroten Spitzensaum ihres Schals Luft zu, dann machte sie es sich bequem. Sie war von verschwenderischen Stoffen umgeben – Baumwolle, Kaliko, Batist, Cheviot-Tweed, Chiffon, Chenille, Seidenkrepp, Cretonne – und die Luft wurde vom Geruch verbrannter Gewürze erfüllt. Der Junge hatte Räucherstäbchen im Abteil angezündet.

Als sich die Gräfin auf ihrem Platz einrichtete, fiel ein längliches weißes Päckchen aus ihrem Schoß auf den Boden.

Thomas hatte sich unwillkürlich bis zur offenen Abteiltür genähert. Ohne nachzudenken, bückte er sich und hob das Päckchen auf, das sich als übergroßer Satz Karten erwies. Verlegen legte er ihn vor sie auf den Tisch.

Die Rote Gräfin wandte ihm den verschleierten Kopf zu und neigte ihn leicht, um ihre Dankbarkeit auszudrücken. Sie hob ihre schlanke, in einem scharlachroten Handschuh steckende Hand und bedeutete ihm, sich auf dem Platz ihr gegenüber niederzulassen. Unfähig den Blick abzuwenden, tat Thomas, wie sie ihm gebot.

Sie öffnete das Päckchen geschickt, ohne sich der Handschuhe zu entledigen. Die Karten ausfächernd, drehte sie sie um und brachte Vorderseiten mit seltsamen Holzschnitten und kabbalistischen Symbolen zum Vorschein. Skelette, Bauern, strahlende Sonnen, Kelche, Könige, Bettler und Mönche.

»Sie sind wunderschön«, flüsterte Thomas.

»Sie helfen, die Zeit zu vertreiben. Spielen Sie?« Ihre Stimme besaß die Tiefe der Reife, aber auch die Schärfe der Jugend. Sie hatte etwas Beunruhigendes und Dekadentes an sich.

»Nein, ich bin ein Mann Gottes.« Er fühlte den Drang, sich zu rechtfertigen.

»Und die Karten sind ein Spiel des Teufels, oder? Aber sie sind auch der Trost für die Einsamen.«

Die Rote Gräfin entledigte sich matt eines der scharlachroten Ziegenlederhandschuhe und ließ ihn auf den Tisch fallen. Für einen Augenblick schien ihre Hand wie die Klaue einer alten Frau mit altersfleckiger Haut, die durchscheinend über den Sehnen gespannt war. Aber es musste sich um eine Sinnestäuschung gehandelt haben, denn als er wieder hinsah, war ihre Hand jung und frisch wie die einer sechzehnjährigen Jungfrau.

Thomas war verwirrt. Er betrachtete die jugendliche Hand und die schlanke Figur der Gräfin. Der parfümierte Rauch brachte seinen Kopf zum Schwimmen. »Aber Sie sind doch sicher nicht einsam, Frau Gräfin«, sagte er.

»Ich habe eine Vergangenheit. Das erlaubt einer Frau, zu viel zu wissen.«

»Aber Erfahrung ist wertvoll.«

»Man kann unter dem Gewicht seiner Fehler zerbrechen. Drehen Sie die Karte um.« Sie ließ ihre Hand über den Tisch wandern. Er tat, wie ihm geheißen war. Er hatte die Gesellschaft starker Frauen schon immer genossen.

»Sie sehnen sich nach etwas«, sagte sie ihm. »Jugend. Liebe. Genuss. Diese Dinge sind nicht von Dauer. Am Ende bleiben nur die Karten.«

Thomas blickte hinab auf den Tisch. Die Karte vor ihm war die dunkle Herrin, die Pikdame, in Schwarz gehüllt mit einem ausgemergelten, maskenhaften Gesicht, umgeben von Leichen, die auf einem Hügel im Gewitter tanzten.

»Es ist die Karte der Leidenschaft. Fühlen Sie sie. Haben Sie keine Angst.« Nun hatte ihre Stimme die Brüchigkeit grenzenlosen Alters.

Thomas streckte die Hand aus, und die Rote Gräfin bewegte sich in einem Flüstern der Seide leicht nach vorne, um seine Finger zu berühren.

»Einst«, sagte die Rote Gräfin, »sehnten sich alle Männer nach meiner Umarmung, aber nun …«

Thomas Hand bewegte sich nach oben, um die ihre zu berühren.

Miranda erschien in der Abteiltür, außer Atem, die Knöpfe an ihrem Korsett kurz davor abzuspringen. Sie hatte den Waggon durchsucht und ein Gefühl der Panik hatte sich in ihrer Brust ausgebreitet. Für einen Augenblick war sie von dem absurden Gedanken gepackt worden, dass Thomas ausgestiegen war und sie zurückgelassen hatte.

Die Szene vor ihr hätte aus Talk geschnitzt sein können: Die steife Gräfin, die die Hand nach ihrem Gatten ausstreckte; seine Hand, die ihre auf halbem Weg über den Kartentisch traf.

»Nein«, rief sie barsch aus und zerstörte den Moment. Thomas drehte sich in genau dem Augenblick zu ihr um, als die Gräfin ihn berühren wollte.

Miranda zerrte ihn zurück. Es war plötzlich überaus wichtig, dass ihr Gatte diese Frau nicht berührte. Thomas blinzelte, und der Zauber war gebrochen, denn hier war Miranda, ganz Vernunft und Planung, in ihrem Korsett schnaufend wie eine Taube, und sie drängte ihn, sich zu erheben.

Die Rote Gräfin zog sich teilnahmslos in sich selbst zurück. Sie hatte keine Zeit für Ehefrauen.

»Thomas, es gibt eine Lösung für unser Problem«, sagte Miranda aufgeregt, wobei sie die Gegenwart der Gräfin im Abteil kaum wahrnahm. »Du musst mit mir kommen.«

Die Rote Gräfin gab ihn frei. Thomas vollführte eine kurze verlegene Verbeugung und begab sich verärgert über die Unterbrechung auf den Gang zu seiner Frau. Gemeinsam eilten sie durch den noch stehenden Zug.

»Ich denke, du warst gerade sehr unhöflich«, bemerkte Thomas.

»Und ich denke, dass du gut daran tätest, dich von dieser Frau fernzuhalten«, erwiderte Miranda mit. »Komm jetzt, wir werden im Gepäckwagen erwartet. Richte deine Kleidung. Wenn du mehr Geld verdienen würdest, wären wir nicht auf so etwas angewiesen.«

Thomas verstand seine Frau nicht – er konnte ihre Pläne nur selten begreifen –, aber er wischte die Ärmel seines Jacketts ab und richtete seine Krawatte. »Ich ziehe es vor, auf Gott zu vertrauen«, sagte er ihr.

Miranda war unbeeindruckt. »Gott kann uns nicht nach Hause bringen.«

Als sie den schwach beleuchteten Gang entlanggingen, wandte sich der Zugführer von seiner Aufsicht an der Waggontür ab und blickte ihnen nach. Er konnte auch Isabella und Nicholas sehen, die sich aus dem Fenster gelehnt hatten und das Zusteigen der Passagiere beobachteten. Ein leichtes Lächeln zeichnete sich auf seinem Gesicht ab. Er musste nur auf den rechten Augenblick warten. Isabella starrte ihn wütend an. Der Zugführer hielt ihrem Blick stand.

»Mrs. Wellesley wird die Erste sein«, sagte Isabella leise.

»Was meinst du damit?«, fragte Nicholas, der ihrem Blick folgte.

»Ich wollte sagen, dass …« Sie schüttelte verwirrt den Kopf.

»Sag es mir, Isabella. Was weißt du über diesen Zug? Warum wolltest du nicht einsteigen?«

»Ich erinnere mich nur an … eine Legende.«

»Welche Legende?«

»Oh Nicholas, wir sind in höchster Gefahr und müssen den Zug verlassen. Es sind gefährliche Leute an Bord. Leute, die uns Schaden zufügen werden.«

»Was meinst du damit?«

Sie versuchte klar zu denken. »Ich weiß nicht. Ich erinnere mich an etwas aus meiner Kindheit – ein Bilderbuch vielleicht, oder ein Spiel. Etwas, das mir große Angst eingejagt hat – aber die Bilder verschwinden, wenn ich sie genauer betrachten will. Diese Frau, die scharlachrot gekleidet ist, ich bin mir sicher, dass ich sie schon einmal gesehen habe. Ich erinnere mich sogar an ihren Diener.«

»Vielleicht war sie einmal bei euch in der Stadt.«

»Nein, ich habe nur ihr Abbild gesehen.«

»Dann ist das die Erklärung. Eine Zeitschrift. In London wirst du sehr viele feine Damen sehen, das verspreche ich dir.«

Isabella lehnte sich zurück und wandte ihr Gesicht dem Fenster zu. Sie versuchte sich zu erinnern, wo sie die verschleierte Gräfin schon einmal gesehen hatte, aber es ergab sich nichts außer einem schleichenden Frösteln in ihrem Herzen.

Der Monarch

Der Mann in dem Gehrock aus Brokat wartete im Gepäckwagen auf sie.

Mr. Scheffen war Bestatter. Er hatte pergamentartige Haut und buschige Augenbrauen und trug sein spärliches, fettiges Haar über eine Glatze gelegt. Die Glatze schien sich zu weit vor seinen Schultern zu befinden, sodass er immer nach vorne gebeugt wirkte, auch wenn er aufrecht stand. Er hatte sich an Bord des Zuges begeben, um das Verladen des prachtvollen Sarges zu beaufsichtigen, war aber bestrebt, ihn wieder zu verlassen, bevor die Pfeife des Stationsvorstehers erklang.

Mit ziemlichem Erstaunen blickte er von Reverend Thomas Wellesley zu dessen Gattin. In seinem gestreiften Jackett und den Cricket-Hosen sah der Geistliche aus, als hätte er sich für einen Bootsausflug auf der Themse gekleidet. Seine Frau trug einen schönen blauen Hut, der von einer mit Federn besetzten Nadel an Ort und Stelle gehalten wurde. Sie hatte ihren drallen Oberkörper in eine eng geschnürte grüne Jacke gepresst. Warum kleideten sich die Engländer im Ausland immer so, als bettelten sie darum, erschossen zu werden?

»Meine sehr verehrte gnädige Frau«, sagte Scheffen. »Werter Herr.« Er bedachte Mirandas Hand mit einem feuchten Kuss, dann hob er seine roten Augen, um in die ihrigen zu blicken. »Welch jugendlich frische Haut. Zu schade, dass wir am Ende alle austrocknen.«

Miranda entzog ihm ihre Hand. »Der Zugführer hat mir gesagt, dass Sie bereit wären, uns dabei zu helfen, uns die Zugfahrt zu verdienen«, sagte sie, darum bemüht, zum Geschäftlichen zu kommen.

»Die Angelegenheit ist ziemlich delikat. Darf ich offen mit Ihnen sprechen?« Scheffen lächelte freudlos. »Zu den vielen Aufgaben des *Ärzengels* gehört, die Verstorbenen aus dieser Region für die Necropolis Company zu transportieren. Vielleicht haben Sie schon von uns gehört? Wir haben eine Niederlassung in London, am Bahnhof Waterloo. Wir haben uns auf den Transport derjenigen spezialisiert, die entschlafen sind.«

»Ich denke, dass ich schon von so etwas gehört habe«, räumte Miranda ein. »Man sagt, dass es mehr Tote als lebendige Menschen in London gibt und dass die Stadt nichts weiter als ein riesiges Grab ist.«

»In der Tat, gnädige Frau. Aber das ist nichts, worüber man sich Sorgen machen müsste. Das englische Wort *cemetery* kommt aus dem Griechischen, von *koimeterion*, was Ruhestätte oder Garten des Schlafes bedeutet. Wir werden am Ende alle schlafen. Dieser Sarg soll zu seiner Familie gebracht werden. Ich kann nicht bei ihm bleiben.«

»Warum nicht?«

»Liebe Mrs. Wellesley, ich muss hierbleiben, denn der Krieg wird unseren Umsatz bestimmt um das Zehnfache erhöhen. Darüber hinaus ist es mir nicht erlaubt, Ihnen weitere Auskünfte zu geben.«

»Miranda …« Thomas berührte seine Frau an der Hüfte, aber sie entzog sich ihm. Wenn es nach ihrem Gatten ginge, würden sie auf diesem schmutzigen Bahnhof gestrandet bleiben, bis die Soldaten eintrafen, um ihn niederzubrennen.

Scheffen fuhr fort. »Alles, worum ich Sie bitte, ist, dass Sie den Sarg begleiten. Lassen Sie ihn nicht aus den Augen. Es widerstrebt mir, über ein so vulgäres Thema wie Geld zu sprechen, aber zusätzlich zu Ihrem Fahrpreis kann ich Ihnen auch versprechen, dass Sie eine überaus großzügige Belohnung erhalten werden.« Er trat zur Seite, um den Blick auf den kunstvoll verzierten, verschlossenen Mahagonisarg freizugeben, dessen Deckel zweigeteilt war.

»Eine Person von Format und Ansehen«, antwortete er auf Mirandas nicht ausgesprochene Frage. »Er zählt zu den Opfern dieses schrecklichen Krieges.« Scheffen senkte aus Ehrfurcht die Stimme. »Ein Mitglied des karpatischen Königshauses.«

»Aber wo soll er seine letzte Ruhestätte finden, wenn nicht hier?«, fragte Miranda.

»Miranda, denkst du wirklich ...«

»Eine berechtigte Frage, gnädige Frau, und eine, die es verdient, beantwortet zu werden. Der Fürst hat Angehörige auch weit über die Karpaten hinaus, in Rumänien, Lettland und Ungarn, in Deutschland und sogar unter Ihrer großen königlichen Habsburgerfamilie in England.«

»Was ist mit ihm passiert? Hat ihn die Kugel eines Attentäters getötet?«

»Nein – eine gewisse delikate Angelegenheit.« Er senkte die Stimme, als er sie ins Vertrauen zog. »Solche Herren sind anderer körperlicher Verfassung als Sie oder ich. Ihr Blut hat eine andere Zusammensetzung. Ihre Adern liegen an der Oberfläche ihrer Haut. Sie fühlen sich immer kalt. Sie ... neigen, ja, das ist das richtige Wort, zu geistiger

Erschöpfung. Sie tragen tief in ihrem Inneren schlafende Krankheiten, die in Zeiten der Sorge erwachen. Der Krieg war zu viel für ihn. Ein beharrliches Nervenleiden hat zu seinem Zusammenbruch geführt. Man hat entschieden, dass es das Beste wäre, wenn er zu jenen zurückgebracht würde, die für ihn in einer Familiengruft sorgen könnten, die seinem königlichen Status entspricht.«

»Miranda ...«

»Ich bringe uns nach Hause!«, zischte Miranda ihren Gatten an und entzog ihm ihre Hand.

Mr. Scheffen fuhr mit seinen farblosen Fingern die glänzende Riffelung des Sargdeckels entlang. »Ein Spitzenmodell. Nur das Beste, auf königlichen Erlass. Speziell für ihn gefertigt am Tag seiner Geburt. Von Nonnen handgenähtes Seidenfutter. Sie haben es mit ihrem Augenlicht bezahlt, wirklich.«

»Wenn ich sterbe, will ich verbrannt werden«, sagte Thomas. »Das ist heute zeitgemäß.«

»Verzeihen Sie mir, mein Herr, wenn ich das sage, aber in einer Urne werden Sie keine christliche Verabschiedung bekommen.«

»Mein Mann ist klaustrophobisch. Er hat eine Todesangst vor engen Räumen, Mr. Scheffen«, erklärte Miranda.

»Der Tod entledigt uns endgültig unserer irdischen Ängste.« Er wandte sich Mrs. Wellesley zu, die offensichtlich für die finanziellen Angelegenheiten verantwortlich war. Er konnte die Frage des Geldes in ihren Augen sehen. »Sie werden nach Ihrer sicheren Ankunft bezahlt werden.« Die Pfeife der Lokomotive erklang und signalisierte die Bereitschaft zur Abfahrt. »Solange der Sarg versiegelt bleibt, kann nichts ... Unerwünschtes passieren.«

»Was meinen Sie damit?«

Aber Mr. Scheffen hatte bereits wieder seinen Zylinder aufgesetzt und sich den herabhängenden schwarzen Schleier in den knochigen Nacken geschoben. Er eilte zum Tritt, den der Zugführer bereits hochziehen wollte. Die Räder protestierten und die Waggons fingen an zu rollen.

»Denken Sie daran. Bleiben Sie immer beim Sarg. Wenn sich einer von Ihnen entfernt, stellen Sie bitte sicher, dass der andere bleibt. Lassen Sie ihn niemals unbeaufsichtigt, nicht einmal für einen kurzen Augenblick. Meine Firma wird Ihnen Ihr gesamtes Entgelt nach erfolgreicher Ankunft senden.«

Und damit begab sich Mr. Scheffen zurück auf den Bahnsteig und war verschwunden. Der verbleibende Haufen von Reisenden wedelte mit Fahrkarten, begierig darauf, einsteigen zu dürfen, wurde aber ignoriert. Mit einem Seufzer aus Dampf und einem Stöhnen des Stahls hatte sich der *Ärzengel* einmal mehr aufgerafft und begann den Bahnhof zu verlassen. Die Abgewiesenen liefen neben dem Zug her, dann rannten sie und streckten die Hände aus, um ihn zu berühren, als ob seine Wände magische Kräfte besäßen.

Und dann nahm der Zug Fahrt auf und fuhr mit heißem Kessel und Asche ausstoßendem Schornstein vom Bahnhof weg hinaus in die samtene Nacht.

Die Zigeunerin

Bald raste der *Ärzengel* wieder durch eine Landschaft, die schwarz war wie Teer. Auf den zerklüfteten Bergen waren keine Lichter zu sehen. Es gab nur einen fast unmerklichen Unterschied im Farbton zwischen den Baumkronen und dem schartigen Himmel.

Isabella saß neben dem Fenster und hatte die Hände nervös an die Oberschenkel gepresst. Mit jedem Klacken der Schienen entfernte sie sich weiter von ihrem bisherigen Leben.

Nicholas schaute sie an und staunte. Die Art, wie eine einzelne blonde Locke nach vorne über ihr rechtes Auge fiel, die Biegung ihres schlanken Halses, sogar der Schlammspritzer auf ihrem Knöchel schien zu passen. Er würde in London eine prächtige Frau aus ihr machen. Es gab Schmuck und Kleider, die sie tragen konnte; sie waren in seiner Wohnung in Mayfair von einer Tänzerin aus dem Gaiety Theatre zurückgelassen worden. »Bitte«, bettelte er sie an. »Hab keine Angst. Ich weiß, das muss dir alles seltsam vorkommen. Du wurdest plötzlich aus deinem Zuhause herausgerissen, fort von deiner Familie und deinen Freunden. Aber es ist zu deinem Besten. Eines Tages, wenn dieser fruchtbare Krieg vorüber ist, können wir zurückkommen und sie besuchen.«

»Ich werde niemals zurückkommen können«, sagte Isabella traurig. »Mein Vater würde mich umbringen. Josef würde mich jetzt nicht mehr nehmen. In unserer Stadt gehen Feindschaften bis aufs Blut und dauern für Jahrhunderte an. Josefs Familie wird Wiedergutmachung verlangen. Für mich ist dort alles zerstört.«

»Dann können wir Gott danken, dass ich dich in ein zivilisierteres Land bringe. Wir besorgen, was du brauchst, Essen und Kleidung und die notwendigen Papiere – ich habe Geld – und dann nehmen wir ein Schiff über den Kanal nach Dover. Von dort fahren wir nach London. Du wirst tanzen und glücklich sein und keine Zeit für Reue haben. Es gibt nichts, vor dem du dich fürchten müsstest. Ich werde dich beschützen.«

»Es gibt Dinge, vor denen nicht einmal du mich beschützen kannst«, bemerkte Isabella düster.

»Welch' ernste Worte von solch einer jungen Dame.« Er streckte die Hand aus und streichelte ihr Kinn. »Lass mich ein Lächeln zurück auf dein entzückende Gesicht zaubern.«

»Ich weiß nicht einmal, wer du bist.«

»Dann erlaube mir, dass ich dich aufkläre. Ich bin ein Abenteurer. In zwei Jahren werde ich dreißig, und ich war schon zwischen Siam und Südamerika unterwegs.«

»Dann bist du ein Seemann?«

»Vorübergehend, ja, auf gewisse Weise. Ich hatte genug davon, von meinem Vater geschlagen zu werden, und bin nach Portsmouth geflüchtet, um mich an Bord des ersten Paketschiffs zu begeben, das mich nehmen würde. Nach meiner Rückkehr musste ich feststellen, dass mein Onkel gestorben war und ich sein Vermögen geerbt hatte.«

»Woran ist er gestorben?«

»Auf die banalste Weise, die man sich vorstellen kann: Er wurde von einer Droschke auf dem *Strand* überfahren. Als der Krieg ausbrach, beschloss ich, meinen Teil zu leisten und den bunten Rock anzuziehen. Ich habe mich als Soldat verpflichtet, aber das Leben anderer Menschen zu zerstören war nicht wirklich nach meinem Geschmack.«

»Was hat dich nach Karpatien gebracht?«

»Das ist eine andere lange und fade Geschichte, mit der ich dich sicherlich in einer winterlichen Nacht langweilen werde, wenn wir in London nichts Besseres zu tun haben, als am Kamin zu sitzen und uns Sachen zu erzählen.« Er lachte. Es war wahrscheinlich besser, die reine Wahrheit über seine Vergangenheit zu vermeiden: die Hurengeschichten, die Kämpfe, die Eskapaden und Fluchten. Das schwangere Mädchen, das er vor so vielen Jahren in Nizza hatte sitzenlassen. Die Nacht in Konstantinopel mit den bauchtanzenden Zwillingen, der Überfall auf das Bordell und seine Flucht in Frauenkleidern. Er schämte sich für seine Vergangenheit, aber nicht so sehr, dass er öffentlich Abbitte für sie leisten wollte.

Er bemerkte, wie Isabella auftaute und sich die Andeutung eines Lächelns auf ihren Lippen abzeichnete, aber in diesem Moment knallte etwas gegen das Fenster zum Gang. Isabella erschrak, als sie von einem verunstalteten, haarigen Gesicht durch das halb geöffnete Fenster lüstern angeblickt wurden.

Die alte Frau trug ihr Vermögen mit sich herum. Goldzähne funkelten, goldene Ohrringe baumelten, die Halsketten von verstorbenen Verwandten hingen an ihren absackenden Brüsten. Sie fixierte Isabella mit einem wilden grünen Auge und murmelte etwas auf Karpatisch. Dann hob sie den Zeigefinger ihrer linken Hand und führte ihn schnell an ihrer rechten entlang, bevor sie druckvoll auf Isabellas Füße spuckte.

»Verschwinde, du schmutzige alte Vettel!« Nicholas erhob sich und knallte das Fenster zu. Die alte Frau fuhr damit fort, den Kopf zu schütteln und zu starren, bis sie schließlich den Gang entlang davonschlurfte. »Sie muss aus der dritten Klasse gekommen sein«, sagte er. »Bist du in Ordnung?«

Isabella zitterte. »Die Zigeunerin hat mich gewarnt.«

»Du konntest sie verstehen? Was hat sie gesagt?«

»Sie hat aufgesagt, was sie auf dem Bahnsteig begonnen hatte. Es war Teil eines alten Reims, nur ein oder zwei wiederholte Zeilen. Etwas, das wir als Kinder sagten.«

»Kannst du dich erinnern, was es war?«

»Ich kann mich an die Strophe erinnern, als ob es gestern gewesen wäre:

Was du siehst und was du hörst
Im Zug, es ist vielleicht nur Schein.
Für dich steht an in dieser Nacht,
Die große Prüfung, drum hab acht
Auf Schicksal, Leben, Seele dein,
Bevor du triffst im Ziele ein.«

Nicholas hasste Dichtung; für ihn war Lyrik nichts anderes als umher geschobene Worte. »Das ist alles ganz schön, aber was bedeutet es?«

»Ein alberner Kinderreim, nichts weiter.«

»Und trotzdem erinnerst du dich daran.«

»Weil unsere Stadt auf ...« Sie hielt plötzlich inne.

»Was?«

Sie blickte hoch zu ihm und schien ihn zum ersten Mal wahrzunehmen. »Aberglaube. Sie wurde auf Aberglauben errichtet, Nicholas, nichts weiter. Nimm mich mit nach London.«

»Du lügst mich an. Du verschweigst mir etwas.«

»Nein, da ist nichts weiter. Die Wahrheit ist, dass ich mich nicht völlig erinnere. Aber es gibt etwas in meiner Kindheit, ich kann es nicht greifen …« Sie zwang sich zu einem Lächeln, das die Sache nur noch schlimmer machte. »Ich lüge nicht. Wenn ich irgendetwas Bedauerliches tue, ist es nur, um dich zu schützen. Es gibt Dinge hier, die du besser nicht verstehst. Es gibt … Geheimnisse. Wir warten auf ein Zeichen, dass es angefangen hat.«

»Was in aller Welt meinst du damit?«

»Ich denke – es muss einen Akt der Selbstverletzung geben, das Ende eines Lebens.«

»Ich verstehe nicht, wovon du redest.«

»Irgendwo an Bord des Zuges ist noch jemand wie wir. Er befindet sich in großer Gefahr.«

»Noch jemand wie wir? Bitte, Isabella, ich versuche zu begreifen …«

»Ich fühle mich plötzlich so müde. Mir ist schwindelig. Als ob ich es nicht überleben könnte, mein Zuhause zu verlassen.«

»Der Grund dafür ist, dass du noch nie von Zuhause weg warst.«

»Nein, es gibt noch etwas. Der Zug.«

»Er ist unser Glück und unsere Flucht.«

»Nein, Nicholas, das hier ist mehr als ein Zug. Es ist eine Sammlung von Schrecken, die sich bis in die Unendlichkeit entfalten können. Wir begeben uns in furchtbare Gefahr.«

»Bitte, sag mir, was die Zigeunerin meinte.«

»Das kann ich nicht, weil ich fürchte, dass es dann wahr wird.«

»Aber das ist Aberglaube, nichts weiter. Siehst du das denn nicht?« Er erhob sich und setzte sich neben sie. »Ich werde nicht zulassen, dass du zu Schaden kommst, Isabella. Ich war den Frauen in der Vergangenheit nicht immer treu, das gebe ich zu, aber ein Mann kann sein Leben ändern, so wie du deines geändert hast. Jetzt vergiss deine Sorgen und versuche, ein bisschen zu schlafen. Am nächsten Bahnhof werde ich uns einen Imbiss besorgen. In ein paar Stunden wirst du in einem neuen Land aufwachen, wo es so aussehen wird, als seien die Straßen nur gebaut worden, um dir eine Freude zu bereiten.«

»Du bist so lieb zu mir, Nicholas.«

»Siehst du, es gibt nichts, vor dem du dich fürchten müsstest.«

Aber als sie ihren Kopf auf den Schonbezug senkte und, eingelullt vom Schaukeln des Zuges, in einen unruhigen Schlaf verfiel, fragte er sich, was sie so verängstigt hatte.

Der Chauffeur

Im Abteil der ersten Klasse schlummerten Nicholas und Isabella.

Im Gepäckwagen begannen Thomas und Miranda ihre Nachtwache.

In seiner Nische widmete sich der Zugführer dem Papierkram.

Und in einem der Abteile der zweiten Klasse rutschte ein Handlungsreisender ängstlich hin und her. Ohne es zu wissen, war er dabei, zum Katalysator für das Schicksal derer zu werden, die in Chelmsk zugestiegen waren.

Franz Urban war erst seit drei Monaten Handlungsreisender und er hasste die Arbeit. Ihm fehlte das Talent, Angelruten und Jagdgewehre an Osteuropäer zu verkaufen. Zum einen, weil er nur arbeitete, um Geld zu verdienen, zum anderen, weil sich die Osteuropäer momentan mit ernsthafteren Dingen beschäftigten als mit Freizeitsport.

In seiner Jacke suchend, fand er das Fläschchen mit den blauen Pillen, die man ihm in Wien verschrieben hatte. Er nahm noch zwei mit dem Wissen, dass sie zwar den Schmerz in seinem geschienten Bein mildern würden, aber nicht das schreckliche Gefühl der Schuld, das ihn belastete. Franz Urban wusste, dass es Ärzte gab, mit denen er über seinen Geisteszustand sprechen konnte, aber sie verlangten zu viel

Geld für ihre Sitzungen, und sein eigener Arzt vertraute auf Rosskuren und hatte keine Zeit für zartere Gemüter. Tatsächlich hatte Franz davon gehört, dass Soldaten von den Schlachtfeldern mit Schrecken in ihren Köpfen zurückkehrten, die sie nachts aufschreien ließen, die Ärzte sie aber nur für Feiglinge hielten.

Seit Hannah, seine Frau, gestorben war, hatte er niemanden mehr, an den er sich wenden konnte. Er hatte die Stelle als Handlungsreisender angenommen, um genug Geld für die Flucht zu verdienen, hatte jedoch feststellen müssen, dass ihm seine Albträume folgten, wo immer er auch hinging.

Er hatte ganz bestimmt nicht vorgehabt, sich an Bord des *Ärzengels* zu begeben, aber der Zug war in dem Moment erschienen, als seine Laune an einem Tiefpunkt angelangt war – als ob er irgendwie seine Gedanken lesen und ihn forttragen könnte. Es war Franz egal, wohin er unterwegs war, er wollte sich nur von den dunklen Gedanken befreien, die ihn verfolgten. Denn er, Franz Urban, war ein Mörder. Nein – etwas viel, viel Schlimmeres.

Er blickte sich im Abteil um. Der Mann ihm gegenüber schlief, Speichel lief ihm aus dem Mund. Der Zug war überaus eigenartig. Franz hatte noch nie zuvor etwas Vergleichbares gesehen. Er war an einem kleinen Nebenstreckenbahnhof zugestiegen, an dem normalerweise nur klapprige Lokalzüge mit zwei Waggons hielten. Der Zug war nicht auf dem Fahrplan am Bahnsteig aufgelistet gewesen. Er war aus dem Dunst erschienen wie ein rächender Dämon. Und dann waren da die Waggons mit ihrer prächtigen, barocken Einrichtung aus Messing und Mahagoni aus einer vergangenen Zeit. Trotzdem waren sie mit den ungehobeltsten Proleten belegt, Bauern mit stinkenden Schweinen, betrunkene alte

Frauen, rauflustige Soldaten – wer waren diese Menschen und wohin fuhren sie? Auf der Streckenkarte des *Ärzengels* war keine Endstation eingezeichnet. Das alles war überaus verwirrend.

Der Krieg hatte die Welt aus den Fugen geworfen. Die alte Ordnung, so schien es, löste sich mit großer Geschwindigkeit auf. Verhaltensweisen, die noch vor zwei Jahren undenkbar gewesen wären, waren nun in ganz Europa alltäglich. Am schlimmsten war der Grad des Hasses in Menschen, die ansonsten ganz normale, freundlich gestimmte Bürger waren. Freunde und Nachbarn überschütteten sich gegenseitig mit Schmähungen, es kam mit der Spontanität von Buschfeuern zu Schlägereien, auf den Straßen war man nachts nicht mehr sicher – ja, nicht einmal mehr am Tag. Das neue Europa war kein Ort, an dem man jetzt Kinder in die Welt setzen sollte.

Den Pillen gelang es nicht, seine wachsende Besorgnis zu mildern. Hohläugig und grau, rutschte er nervös herum und überließ sich schließlich dem Drang der Bewegung: Er erhob sich und humpelte von seinen Ängsten verfolgt aus dem Abteil. Draußen, in einer unaufgeräumten Nische, fand er den Zugführer, der sich mit Reisedokumenten beschäftigte.

Ohne aufzublicken klappte der Zugführer einen kleinen, an der Wand angebrachten runden Holzsitz auf und lud Franz ein, sich zu setzen, fast als ob er auf ihn gewartet hätte.

»Sie müssen mit mir sprechen«, sagte er und wandte dem Handelsreisenden seinen stechenden Blick zu.

»Ich verstehe nicht. Ich habe den Zug bestiegen …«

»Ohne zu wissen, wohin Sie fahren«, sagte der Zugführer. »Das ist mir bewusst. Ich habe auf Sie gewartet. Es gibt etwas, das Sie mir mitteilen möchten.«

Franz war erstaunt. Es war, als ob der Zugführer in sein Inneres blicken konnte. Oder erkannte er einfach nur das Antlitz eines Passagiers, der sein Reiseziel nicht kannte?

Der Zugführer hob seinen großen, dunklen Kopf und lauschte dem Rattern der Schienen. »Hören Sie das?«, fragte er. »Mit jeder Sekunde sind Sie weiter von der Quelle Ihrer Schrecken entfernt. Und trotzdem …«

»Ich trage meine Schrecken in mir«, ergänzte Franz. »Sie sind überall um mich herum, an Bord dieses Zuges.«

Der Zugführer nahm eine Zigarette von seinem winzigen Pult und zündete sie an. »Und das alles wegen Ihres furchtbaren Geheimnisses. Dem Geheimnis, von dem niemand anders auf der Welt weiß.«

»Woher wissen Sie davon?«

»Sie sind zu mir gekommen, um sich zu erleichtern. Viele der Passagiere dieses Zuges verfahren so. Ich kann helfen, aber vielleicht nicht so, wie Sie sich das wünschen würden. Welcher Art ist Ihr Geheimnis?«

Es war seltsam, aber Franz fühlte den Drang, diesen leichenblassen Fremden über sein Leben aufzuklären. »Sie werden mich für verrückt halten, wenn ich es Ihnen sage.«

»Ich werde Sie für noch verrückter halten, wenn Sie es nicht tun.«

»Ich habe die Welt mit einem einzigen Blick zerstört«, sagte er einfach.

»Das klingt interessant.«

»Ich versichere Ihnen, dass ich unter keiner Geistesstörung außer einem gebrochenen Herzen leide.«

»Ich urteile nicht. Sie müssen Ihre Last teilen«, wies der Zugführer ihn an. »Ich bedeute Ihnen nichts, aber Sie sind mein Passagier und stehen in meiner Verantwortung. Es gibt einen Weg aus Ihrer Zwangslage. Teilen Sie Ihre Last mit mir und ich verspreche Ihnen, dass es die Fahrt des *Ärzengels* verändern wird. Jede Fahrt des Zuges muss so ihren Anfang nehmen.«

»Was muss ich tun?«, erkundigte sich Franz.

»Sie müssen mir von den Umständen erzählen, die Sie an Bord dieses Zuges gebracht haben.«

»Ich habe seit mehr als zwei Jahren nicht gewagt, irgendjemand davon zu erzählen.«

»Und die Last erdrückt Sie. Sie sprechen und ich höre zu. Am Ende werden Sie entscheiden, was getan werden muss.«

Der Zugführer sprach in Rätseln, die aber doch irgendwie Sinn zu ergeben schienen. Beruhigt von den schaukelnden Wänden um sich herum, fing Franz Urban an zu sprechen.

»Ich war nicht immer ein Handlungsreisender. Ich wurde im Jahr 1885 geboren und bin in armen Verhältnissen am Stadtrand von Düsseldorf aufgewachsen. Ich verspürte kein Bedürfnis, ein Bauer zu werden, und bin deshalb bei der ersten Gelegenheit vor meinem gewalttätigen Vater geflohen. Eines Tages sah ich auf einer internationalen Messe etwas, das mein Leben veränderte: einen Benz Motorwagen. In diesem Moment wusste ich, dass die Welt vor einer großen Veränderung stand. Ich konnte sehen, dass es nicht langer Bedarf an Pferden und Karren geben würde. In einen Einzelwagen eingebaut, konnte der Kolbenmotor das Transportmittel für die ganze Welt werden. Ich hörte, dass in Amerika die Oldsmobile-Fabrik mit der Massenproduktion solcher Fahrzeuge beginnen würde, sodass sie für Menschen aller Schichten erschwinglich sein würden.

Natürlich konnte ich mir selbst keinen solchen Wagen leisten oder überhaupt mit so einem Wunderding in Berührung kommen. Deshalb ging ich in die Lehre bei einem Automobilentwickler. Bald wurde ich zum Fahrer des neuen Automobils, ein Berufszweig, den nur wenige gemeistert hatten. Ich erkannte schnell, dass man damit Geld verdienen konnte. Ich habe den ersten Daimler-Mercedes gefahren. Ich war einer der wenigen Männer in Österreich, die dazu in der Lage waren, und meine Dienste waren sehr gefragt. Ich wurde gebeten, nach Amerika zu gehen, um mich dort weiter ausbilden zu lassen. Aber …«

»… da war eine Frau«, beendete der Zugführer den Satz.

»Ja, mein Herr. Da war eine Frau namens Hannah, in die ich mich verliebt hatte. Und ich war mir sicher, dass meine Liebe erwidert werden würde.«

»Erwidert werden würde?« Der Zugführer sah verblüfft aus. »Wurde sie das am Anfang nicht?«

»Nein. Wir wurden durch unsere sozialen Stellungen getrennt. Hannah war ein Kammerfräulein der Herzogin von Hohenberg. Hochwohlgeboren und überempfindlich. Sie hatte kein Interesse an einem Mann wie mir. Und trotzdem beachtete sie mich mit jedem Aufeinandertreffen mehr.«

»Wie haben Sie sie kennengelernt?«

»Ich habe Fahrzeuge an den Palast geliefert. Das königliche Interesse an den neuen Automobilen war groß. Zu dieser Zeit hatte ich das große Glück, als Chauffeur in die Dienste von Graf Harrach treten zu können. Ein Adliger der österreichisch-ungarischen Monarchie, der auch ein enger Freund des Thronfolgers war. Eine überaus wichtige Persönlichkeit, der ich die Ehre hatte, dienen zu dürfen.«

»Nicht schlecht für einen Jungen, der eigentlich ein Bauer werden sollte«, sagte der Zugführer, während er die Asche abtippte. »Brachte Sie diese Beseitigung der Klassenunterschiede Hannah näher?«

»Ich möchte glauben, dass sie sich für mich erwärmte wegen des Menschen, der ich war, und nicht wegen meiner neuen Position«, sagte Franz kühl. »Während der nächsten Monate sahen wir uns häufiger und ich wurde mehrmals dazu eingeladen, mit ihr spazieren zu gehen – natürlich in Begleitung einer Anstandsdame.«

»Und Sie haben ihr einen Antrag gemacht.«

»Bei der erstmöglichen Gelegenheit. Es war schwierig, allein mit Hannah zu sprechen, die nötige Abgeschiedenheit für so ein Gespräch zu bekommen. Wie Sie sich bestimmt vorstellen können, war sie normalerweise immer von Angehörigen des Hausstandes umgeben. Aber eines Nachmittags gelang es mir im Park, sie von den anderen zu trennen und von meinen Absichten zu sprechen.«

»Sie nahm an, vermute ich.«

»Sie erbat sich etwas Zeit, um über meinen Antrag nachzudenken. Die folgenden Nächte konnte ich keinen Schlaf finden …«

»Das ist alles sehr romantisch«, verkündete der Zugführer und wischte ungeduldig den Rauch vor seinem Gesicht weg. »Lassen Sie uns annehmen, dass sie annahm und Ihre Frau wurde.«

»In der Tat, mein Herr, das geschah. Ich durfte sie mit dem Segen ihrer Familie heiraten – obwohl einige Familienmitglieder den Hochzeitsfeierlichkeiten fern blieben, weil sie der Ansicht waren, dass meine Eltern von niedrigerem Stand waren als ihre. Wir begannen als Mann und Frau zu leben, und für eine Weile war alles gut.«

»Aber dann passierte etwas.«

»Etwas passierte.« Franz lachte bitter. »Ich fürchte mich davor, es zu erzählen, weil Sie dann wirklich denken werden, dass ich wahnsinnig bin.«

»Ich bin in diesem Zug an Wahnsinn gewöhnt«, sagte der Zugführer, der das Ende seiner Zigarette untersuchte. Er sah auf die Uhr. »Ich darf Sie zur Eile drängen. Ich muss mich meinen Pflichten widmen und Sie müssen das Ende Ihrer Geschichte erreichen.«

»Dann werde ich Ihnen von meiner fürchterlichen Schande berichten«, sagte Franz. »Sagen Sie mir, glauben Sie an die Fügung?«

»Aber ganz bestimmt«, antwortete der Zugführer. »Unsere Wege durch das Leben sind so fest gesetzt wie Eisenbahnschienen, aber wir alleine schalten die Weichen, über die unser Leben führen wird.«

»Ich habe vor diesen Ereignissen nicht an die Fügung geglaubt, aber jetzt tue ich es. Und wenn, wie Sie sagen, wir die Weichen unseres Lebens kontrollieren, dann kam der schicksalhafte Tag, als ich nicht nur mein Schicksal veränderte, sondern das der ganzen Welt.«

Der Blick

Franz lehnte sich zurück, als er sich erinnerte. Sein Kopf wackelte im Rhythmus des Schienengeratters. »Ich musste oft bis spät arbeiten«, sagte er. »Und manchmal war ich gezwungen, sehr lange Strecken für den Grafen zu fahren, wodurch ich von Hannah getrennt wurde. Häufig gab es ganz triviale Gründe für meine Fahrten – das Abholen einer Vase, das Abliefern eines Briefes. Aber ich wurde sehr gut bezahlt und entwickelte mich zu einem vorzüglichen Mercedes-Fahrer. Zur gleichen Zeit erforderte das Leben im königlich-böhmischen Hausstand, dass Hannah zu jeder Tages- und Nachtzeit ihrer Herrin zur Verfügung stand. Da die nun verheiratete Sophie Gräfin Chotek früher selbst einmal Hofdame gewesen war, erwies sie sich als gütige und verständnisvolle Arbeitgeberin.

Trotzdem schienen Hannah und ich in den ersten Monaten des Jahres 1914 noch weniger Zeit als sonst miteinander zu verbringen, ein Umstand, der uns beide mürrisch und streitlustig machte. Rückblickend ist mir klar geworden, dass ich durch meine neue Stellung verdorben wurde. Ich war in einer Welt gelandet, die niemand aus meiner Familie je zuvor gesehen hatte, und trotzdem konnte ich nicht ganz glücklich sein. Ich weiß jetzt, dass der Untergang von Menschen an winzigen Dingen festzumachen ist – in meinem

Fall ein flüchtiger Blick, ein neuer Schuh, ein Parfümfläschchen, eine Schere. Diese Dinge reichten aus, um die Katastrophe zu verursachen, für die ich mich jetzt verantwortlich fühle.«

»Sie sehen ein wenig blass aus«, sagte der Zugführer. »Ich schlage vor, dass wir Ihnen für den nächsten Teil Ihrer Geschichte ein wenig frische Luft verschaffen.« Er erhob sich zu seiner vollen Größe und half dem kleinen Mann auf die Beine. »Folgen Sie mir.«

Der Zugführer geleitete Franz durch den Zug, vorbei an Nicholas und Isabella, die in ihrem Abteil schliefen. Sie gingen zur Aussichtsplattform, dort, wo das letzte Stück eines Waggons abgeschnitten worden war, um den Reisenden frische Luft zu bieten.

»Atmen Sie die Dunkelheit des Waldes ein«, wies der Zugführer ihn an. »Ich finde die Wirkung überaus wohltuend.«

Franz atmete tief ein und roch Kiefern, Erde, vermodernde Pflanzen und etwas noch Verstörenderes, eine bittere Andeutung von Kordit und Tabak, die die Anwesenheit von Soldaten verriet. Er stand vor der vorbeirauschenden Dunkelheit und erinnerte sich an das, was ihn hierhergeführt hatte.

»Es fing mit einem Mädchen von siebzehn Jahren an«, sagte Franz.

»Es gibt immer ein Mädchen«, seufzte der Zugführer.

»Dieses war von strahlender Schönheit. Sie war die Nichte des Grafen, und wenn Elisabeth bei Hofe erschien, war es, als ob die Sonne hinter den Wolken hervorgetreten wäre. Jeder bewunderte sie. Weil die Herrin meiner Frau und der gute Freund meines eigenen Herrn geheiratet hatten, sah ich Hannah nun am königlichen Hofe, auch wenn wir dort selten Gelegenheit hatten, miteinander zu sprechen.

Eines Morgens trat Hannah auf den Innenhof, als ich gerade den Wagen vorfuhr. Ich sah, dass die junge Fürstin Elisabeth in diesem Augenblick in unsere Richtung ging. Wenn Mitglieder der königlichen Familie erscheinen, sind alle Angestellten dazu angehalten zu verschwinden, und nach einer Weile gewöhnt man sich daran, was auch immer man tut zu unterbrechen und in die nächste Türöffnung zu eilen. Die königliche Familie genießt es, durch eine Welt der Stille zu wandern, die nicht vom Chaos des Lebens gestört wird. Hannah sah, dass sich die Fürstin näherte, und fand schnell einen Torbogen, hinter den sie trat, aber für mich gab es kein Versteck.

In derartigen Situationen wird von uns erwartet, zu Statuen zu werden. Ich erstarrte und wartete darauf, dass sie an mir vorbeiging. Aber sie hielt an und lächelte. Was blieb mir übrig, außer zurückzublicken?

Hanna war eine eifersüchtige Frau und verabscheute den Umstand, dass es andere Frauen vor ihr gegeben hatte. An diesem Abend beschuldigte sie mich, mit Elisabeth geflirtet zu haben. Ich sagte ihr, das sei absurd, aber sie ließ sich nicht beruhigen und weinte bis zum Einschlafen. Zurückblickend erkenne ich, dass dieses irrationale Verhalten das Symptom einer Geistesstörung war.

Am nächsten Morgen stellte ich fest, dass Leopold, der Chauffeur des Erzherzogs, nicht zum Dienst gekommen war. Niemand wusste, wo er sich befand, weshalb ich gebeten wurde, für ihn einzuspringen. Es war allseits bekannt, dass der Erzherzog seinen Chauffeur mochte und schätzte, weshalb man mir sagte, ich dürfe niemanden über den Personalwechsel informieren, damit die Leute den Erzherzog nicht für launisch in Bezug auf seine Angestellten hielten. Ich sollte den Erzherzog durch Sarajevo fahren, wo er eine kaiserliche Garnison inspizieren würde. Ich würde ein wunderbares Automobil fahren dürfen, einen schwarzen Gräf & Stift ›Bois De Bologne‹ Tourenwagen.

Am Abend vor unserer Fahrt kaufte ich ein Fläschchen Parfüm für Hannah, Rosenöl, ihr Lieblingsduft. Es war als Versöhnungsgeschenk gedacht, aber ich fand sie in einem noch schlimmeren Zustand vor. Sie hatte sich eingeredet, dass ich sie für ein Mitglied der königlichen Familie verlassen würde. Ich versuchte ihr zu erklären, wie absolut absurd dieser Gedanke war, aber davon wurde sie nur noch wütender. Ich hatte das Parfüm auf ihre Kommode gestellt, während ich die Chauffeuruniform anprobierte, die man mir besorgt hatte. Es gab ein Problem mit den Schuhen – die Sohlen waren aus Leder und deshalb sehr rutschig.

Hannah öffnete mein Geschenk und schleuderte das Fläschchen mit einem Aufschrei auf den Boden, wo es zerbrach. Ich rannte ins Zimmer und sah das Chaos; überall lagen Glasscherben, der Duft der Rosen war übermächtig und meine geliebte Frau wechselte damit ab, sich das Nachthemd zu zerreißen und sich selbst zu schlagen, während sie wütend schluchzte. Aus Angst davor, dass sie sich noch mehr verletzen würde, wenn sie die Scherben aufsammelte, tat ich es selbst. Dabei wurde mein rechter Schuh mit dem Rosenöl beschmiert. Ich zog den Schuh aus, stellte ihn zum Auslüften auf den Gang und begab mich zu Bett.

Hannah weigerte sich, im selben Zimmer mit mir zu schlafen, und ging in ein anderes Schlafzimmer. Um sechs Uhr am nächsten Morgen wollte ich nach ihr sehen, aber sie hatte sich bereits angezogen und war gegangen. Ich war aufgebracht und wünschte, ich hätte mich von ihr verabschieden können. An diesem Morgen wusste ich jedoch noch nicht, dass wir uns niemals wieder sehen würden.

Ich muss zugeben, dass ich über Elisabeths Blick nachsann, als ich mit dem Gefolge zum Staatsbesuch aufbrach. Ist es nur die Eitelkeit allein, die einen Mann dazu ermutigt zu denken, er könnte die Aufmerksamkeit einer wunderschönen jungen Frau auf sich ziehen, selbst wenn sie gesellschaftlich weit über ihm steht? Es hatte schon seltsamere Dinge gegeben. Der Erzherzog selbst hatte sich in eine Frau verliebt, von der es hieß, dass sie aus einer gesellschaftlichen Schicht weit unter der seinigen stammte.«

»Die Zeit wird knapp«, bemerkte der Zugführer barsch. »Sie müssen Ihre Geschichte beenden und dann eine Entscheidung treffen.«

»Warum ist es so wichtig, dass Sie mir bis zum Ende zuhören?«, fragte Franz, der von der Haltung des Zugführers verwirrt war.

»Ich bin nicht dazu verpflichtet, Ihnen das mitzuteilen«, antwortete der. »Es sollte genügen, wenn ich sage, dass das Ergebnis von größtem Interesse für mich ist, wie sie noch verstehen werden. Bitte fahren Sie fort, aber schnell.«

»Wie Sie wünschen«, sagte Franz, der sich wieder der Dunkelheit zuwandte und sein Haar vom Wind zerzausen ließ. »Nun kommen wir zu dem schicksalhaften Augenblick, der meine Seele auseinandergerissen hat.«

Das Opfer

Franz wirkte wie ein Mann, der von seiner Vergangenheit gepeinigt wird. Es fiel ihm schwer, fortzufahren, bis der Zugführer beschwichtigend die Hand auf seine Schulter legte. »Bitte«, sagte der Zugführer. »Sie müssen mir die Natur Ihrer Last offenbaren.«

»Also gut – wo war ich?«

»Der Staatsbesuch des Erzherzogs.«

»Das ist richtig. Ich holte den Erzherzog vom Zug ab. Er trug den blaugrauen Uniformrock mit roten Paspeln und goldenen Knöpfen; sein Schnauzbart war frisch gewachst. Ich hielt ihm die Tür auf und er bestieg das Automobil mit gebührender Würde. Obwohl er in der Stadt viele Gegner hatte, gab es auch eine ebenso große Anzahl an feurigen Bewunderern. Aber ich wusste wenig von der Stadt und den Lagern in ihr. Ich hatte keine Ahnung, dass es sich um ein Pulverfass handelte, das darauf wartete, angezündet zu werden.

Während wir uns darauf vorbereiteten, loszufahren, hörte ich ihn sagen: *Es duftet hier sehr stark nach Rosen. Sind wir in der Nähe eines Gartens?* Ich blickte nach unten und musste schuldbewusst feststellen, dass mein rechter Schuh noch immer mit Rosenöl beschmiert war.

Der Erzherzog war davor gewarnt worden, nach Sarajevo zu reisen. Ich verstehe wenig von Politik – mir sagt die

Funktionsweise eines Automobils mehr über die Welt als die Zerwürfnisse und Bündnisse der Balkanstaaten. Aber ich wusste, dass Bosnien-Herzegowina vom Kaiser der österreichisch-ungarischen Monarchie einverleibt worden war und dass das für Unruhe unter den slawischen Völkern und beim russischen Zar gesorgt hatte, die den Schritt ablehnten. Was ich nicht wusste, war, dass an diesem Tag entlang des Weges Attentäter auf uns warteten.

Unsere Kolonne bestand aus sechs Automobilen, und am Appel-Kai entlang des Flusses hatten sich sechs Attentäter postiert. Die Attentäter gehörten zu einer Organisation namens ›Schwarze Hand‹ und sollten uns angreifen, wenn wir uns ihnen näherten. Einer Anweisung des Erzherzogs Folge leistend, hatte ich das Verdeck des Wagens zurückgelegt, damit die Menge ihn und seine Frau, Gräfin Sophie, besser sehen konnte.

Gegen zehn Uhr sollte der erste Attentäter zuschlagen, aber das fanden wir erst später heraus, als durchsickerte, dass dieser Mann zu feige gewesen war und darauf verzichtet hatte, seine Bombe auf unsere Kolonne zu werfen. Angeblich habe in seiner Nähe ein misstrauischer Polizist gestanden, was ihn verunsichert habe.

Fünfzehn Minuten später warf der zweite Attentäter eine Granate auf unsere Autokolonne. Ich sah das kleine graue Objekt durch die Windschutzscheibe auf uns zufliegen, beschleunigte und beobachtete, wie die Bombe über unsere Köpfe flog. Sie prallte vom Heck unseres Fahrzeugs ab und verschwand unter dem Automobil hinter uns, dem dritten in der Parade. Die Granate explodierte unter dem Wagen und verletzte die Insassen schwer. Zahlreiche Schaulustige wurden von Splittern getroffen.

Wir fuhren ziemlich schnell und entlang der Strecke befanden sich sehr viele Zuschauer, die die Aktion der Verschwörer behinderten. Der Bombenwerfer wollte sich umbringen, indem er Zyankali schluckte, aber das Gift war zu alt und brachte ihn nur dazu, sich zu übergeben. Er sprang in die Miljacka, neben der wir entlangfuhren, doch der Fluss war an dieser Stelle sehr seicht, weshalb es für die Polizei ein Leichtes war, ihn herauszuziehen und zu verhaften.

Der Erzherzog beschloss, zum Krankenhaus zu fahren, um die Opfer des Bombenanschlags zu besuchen. General Potiorek, der mit uns fuhr, riet, den Stadtkern zu umgehen. Ich verstand später, dass ihm vorschwebte, am Kai entlang bis zum Krankenhaus zu fahren. Leider hatte er mich nicht darüber informiert und so bog ich nach rechts in die Franz-Josef-Straße ein.

Dort gab es ein heruntergekommenes Café, in dem enttäuscht und verbittert ein kleiner, kränklicher Neunzehnjähriger saß, der von der Schwarzen Hand als Mitglied abgelehnt worden war. Er glaubte, dass der Tod des Erzherzogs auf magische Weise die Fesseln lösen würde, die sein Volk an die Monarchie banden. Er hatte seine Chance verpasst, unsere Kolonne anzugreifen, und hatte bereits aufgegeben, als er sah, wie unser Automobil in die Straße bog.

In dem Moment, in dem ich erkannte, dass ich falsch abgebogen war, trat ich auf die Bremse und wollte rückwärtsfahren. Ich muss zugeben, dass ich Angst vor einem weiteren Anschlag hatte. In meiner Eile würgte ich den Motor ab und blockierte das Getriebe. Im Augenwinkel sah ich, wie sich der kränkliche Jüngling erhob und den Arm in unsere Richtung ausstreckte. Er hielt eine Pistole, die er dazu benutzte, einen Passanten aus dem Weg zu schieben.

Ich sah all das, als ob die Zeit selbst plötzlich langsamer geworden wäre.

Ich versuchte schnell rückwärts zu fahren, aber durch das Rosenöl an meinem Schuh war die Sohle noch rutschiger geworden und mein Fuß glitt vom Gaspedal. In dem kurzen Moment, in dem das Auto stillstand, zielte der Jüngling und schoss zweimal. Die Kugeln fanden ihr Ziel; der Erzherzog und seine Gattin wurden getroffen. Die Kugel traf Franz Ferdinand am Hals, aus dem Blut hervorströmte. Graf Harrachs Gesicht wurde damit bespritzt. Der Graf drückte ein weißes Taschentuch an den Hals des Erzherzogs, um den Blutfluss zu stoppen. Ich hörte, wie die Gräfin ausrief: *Um Himmels willen, was ist mit dir?* Aber sie war selbst in den Bauch getroffen worden und fiel von ihrem Sitz. Wir dachten, dass sie in Ohnmacht gefallen war, aber der Erzherzog wusste, was passiert war, und flehte sie um ihrer Kinder Willen an, nicht zu sterben. Sein Zeremonienhut rutschte von seinem Kopf – ich erinnere mich, dass der Boden des Wagens voller blauer Kolibrifedern war.

Ich hielt am Straßenrand an, und wir versuchten Franz Ferdinand den engsitzenden blaugrauen Uniformrock auszuziehen, konnten aber keine Schere finden, um ihn aufzuschneiden. Er starb, bevor wir an die Wunde kommen konnten. Die Menge drängte sich um uns, und in dem Aufruhr wurde mein Bein zerdrückt.

Als ich nach Hause zurückkehrte, musste ich erfahren, dass meine geliebte Hannah tot war. Sie war in einen Zierteich gelaufen, hatte sich darin hingelegt und das Wasser in ihre Lunge eingeatmet, um sich das Leben zu nehmen. Niemand konnte mir sagen, ob sie von der Ermordung des

Erzherzogs gehört hatte, bevor sie starb, oder ob sie aus Furcht, ich würde fremdgehen, einfach den Verstand verloren hatte.

Leopold, der Chauffeur des Erzherzogs war auf wundersame Weise wieder aufgetaucht – es schien ein Geheimnis um seine Abwesenheit zu geben, in das ich nicht eingeweiht wurde –, und ich wurde angewiesen, mich im Hintergrund zu halten. Später verstand ich, dass in allen Verlautbarungen der Eindruck erweckt wurde, er sei beim Erzherzog gewesen, als dieser starb. Ich selbst, ein einfacher Mechaniker, wurde aus der Geschichte getilgt. Nun, mein Herr, sehen Sie die Last, die ich trage.«

»Ich denke, dass ich Sie vollkommen verstehe.«

»Ich bin für nichts weniger verantwortlich als den Tod von Tausenden – vielleicht sogar von Millionen –, denn nur einen Monat nach Franz Ferdinands Tod erklärte Österreich-Ungarn Serbien den Krieg, und dieser große Konflikt, in dem wir uns jetzt befinden, nahm seinen Anfang. Und es scheint, als wenn er nur ein Ende finden wird, wenn die ganze Welt tot ist.«

»Man könnte argumentieren, dass das Attentat auf den Erzherzog nicht der einzige Startschuss für den Krieg war, der jetzt um uns herum tobt«, sagte der Zugführer. »Ich glaube, dass es auch andere Gründe für seinen Ausbruch gab: Nationalismus, Imperialismus, Militarismus.«

»Nein, mein Herr, so leicht kann ich nicht entlastet werden. Tatsache ist, dass wir ohne die Ermordung Franz Ferdinands Serbien zu diesem Zeitpunkt nicht den Krieg erklärt hätten. Und das hat wiederum zu einer Reihe an verhängnisvollen Bündnissen geführt, die Europa zerrissen haben. Und sein Tod hätte verhindert werden können.«

»Ich habe Verständnis für Ihre folgenschwere Rolle«, sagte der Zugführer, der die Tür des Aussichtswagens entriegelte und sie langsam aufschob. »Sie haben die Ereignisse des Tages rückwärts ablaufen sehen: Ihr Fuß, der nicht vom Gaspedal rutschte, das Parfümfläschchen, dessen Öl sich nicht auf der Sohle ihres Schuhs befand, der Blick der jungen Fürstin, der ihre Frau nicht erzürnte. Ein einziger Blick war alles, was nötig war, und nun ist die Welt aus den Fugen geraten. Sie befindet sich auf dem Weg zur Hölle und ewiger Verdammnis.«

»Sie können meine Gedanken lesen«, sagte Franz, der auf die dahinrasenden Schienen hinabblickte. »Ich habe zwei lange Jahre unter dieser Pein gelitten. Mit jedem weiteren Tag steigt die Zahl der Toten, und ich sage mir selbst, dass das alles so einfach hätte vermieden werden können.«

»Aber das macht einen das Schicksal immer glauben«, sagte der Zugführer. »Das ist die Rolle der Vorsehung.«

»Das kann schon sein, aber ich bin jetzt der Ansicht, dass das keine Last ist, mit der ich noch länger leben möchte.«

»Die Welt weiß nicht, dass sie für ihre größte Tragödie verantwortlich sind«, räumte der Zugführer ein. »Oder haben Sie vor, es ihr mitzuteilen?«

Franz suchte im Inneren seine Jacke und zog einen Umschlag hervor. »Und wieder können Sie meine Gedanken lesen. Ich habe mir die Zeit genommen, meine wahre Version der Ereignisse niederzuschreiben. Können Sie dafür sorgen, dass sie in die Hände der zuständigen Stellen gelangt?«

»Sie wissen, dass es einen Weg gibt, Sie zu entlasten.« Der Zugführer trieb ihn an. »Sie können nicht mehr ändern, was sein wird – Sie haben mir unwissentlich in meiner eigenen Sache geholfen, indem Sie davon sprachen –, aber Sie können Ihr eigenes Elend zu einem Ende bringen.«

»Ja«, stimmte Franz zu und blickte nach unten. »Ich gehöre zu den unschuldigen Toten.«

»Welche Trost in dem Wissen finden werden, dass Sie unter ihnen weilen. Alles, was Sie tun müssen, ist, einen einfachen Schritt zu wagen. All der Schmerz kann in einem Augenblick vorbei sein.«

Franz verlagerte sein Gewicht und hielt sein zerdrücktes Bein über den Abgrund. Der Zug donnerte gerade über einen erhöhten Abschnitt der Strecke. Tief unter ihnen endeten die schwarzen Wälder in einer felsigen Schlucht, in der sich hungrige Wölfe herumtrieben.

Franz drehte sich um und blickte in die kohlenschwarzen Augen des Zugführers. »Wir Menschen sind schwach«, sagte er traurig. »Der Blick einer Frau ist alles, was nötig ist, um die Welt der Männer zu zerstören.« Und mit diesen Worten ließ er das Geländer los und fiel aus dem Zug. Sein Körper überschlug sich mehrmals und wurde schließlich von der Schlucht verschluckt.

Der Zugführer verschloss die Tür des Aussichtswagens und wandte sich ab, während er still in sich hinein lächelte. »Ein Akt der Selbstzerstörung, Franz«, flüsterte er genüsslich. »Ein aufopfernder Selbstmord ist alles, was nötig ist, um die Räder des Schicksals einmal mehr zu schmieren. Nun, nachdem du deine Opfergabe gebracht hast, können wir die Neigungen unserer Passagiere prüfen. Oh, wie ich den Beginn einer neuen Reise liebe.«

Er durchquerte den Waggon mit dem zufriedenen Wissen, dass das Spiel ins Laufen gebracht worden war. »Also«, sprach er zu sich selbst, »es beginnt.« Während er zum Gepäckwagen blickte, spürte er, dass gerade etwas Schreckliches aufgeweckt wurde. Sein Lächeln weitete sich.

Das Kratzen

Thomas und Miranda saßen nebeneinander. Der Zugführer hatte ihnen zwei Holzstühle hingestellt, einen auf jede Seite des aufgebahrten Sarges.

»Nun, ich muss sagen, das ist eine schöne Art zu reisen«, beklagte sich Thomas. »Von den anderen Passagieren abgeschnitten, in Gesellschaft der Toten.«

»Wenn du besser geplant hättest, wären wir nicht darauf angewiesen«, erwiderte Miranda. Sie seufzte. »Meine Mutter hatte große Hoffnungen in mich gesetzt. Sie dachte, dass ich im Hutmacherhandwerk eine Zukunft haben würde, mit einem eigenen Laden in der Regent Street. Eine Reihe junger Frauen als Angestellte, die die Kinder der besseren Gesellschaft ausstatten. Und nicht, dass ich als Ehefrau eines Landgeistlichen enden würde, die von schreienden Babys umgeben Tee serviert. Gott sei Dank, dass sie mich jetzt nicht sehen kann.«

»Ja, ich kenne die Pläne deiner Mutter«, murmelte Thomas. »Die haben deinen Vater ins Grab getrieben. Die Frauen in deiner Familie waren schon immer starrköpfig.«

»Nur weil die Männer schwach waren. Meine Mutter vertritt gleiches Recht und gleiche Freiheit für alle, aber für die Freiheit benötigt man Kapital.« Miranda streckte die Hand aus und presste sie gegen das kühle Mahagoniholz des

Sarges. »Ein Mitglied des Königshauses, hat Mr. Scheffen gesagt. Deshalb müssen wir auf ihn aufpassen.«

Thomas erkannte das Schimmern in den Augen seiner Gattin und fürchtete sich davor. »Was willst du damit sagen?«

»Er ist auf tragische Weise jung gestorben. Er soll mit den Familieninsignien bestattet werden.« Sie blickte wieder mit dunklen, leuchtenden Augen auf den Sarg. »Mit seinen goldenen Orden, dem Zepter und einem Schwert, dessen Griff mit kostbaren Edelsteinen gespickt ist. Sie müssen vor Dieben und Räubern beschützt werden. Wir sind in einem Land der Banditen. Diese Aufgabe bringt Verantwortung mit sich. Deshalb wurden wir dafür ausgewählt. Schließlich sind wir Engländer und deshalb absolut vertrauenswürdig.«

Der Waggon schwankte und Mirandas Kopf, der mit Träumen von Glanz und Feierlichkeiten gefüllt war, sank nach vorne. Thomas musste den Sarg allein bewachen. Der Zug wurde langsamer. Er erhob sich und blickte aus dem einzigen Fenster, das nicht viel größer als ein Schlitz war. Es gab eine große Schiebetür, aber sie war verriegelt – nicht wirklich fest, so schien es Thomas zumindest.

Dichte Nebelwogen senkten sich von der sie umgebenden Palisade aus Kiefern und hüllten den Zug ein. Dessen Räder drehten sich immer langsamer; die Kolben seufzten wie Blasebalge.

Der *Ärzengel* kroch vorsichtig durch den Nebel. Thomas schirmte mit den Händen sein Gesicht am Fensterglas ab und versuchte etwas zu sehen, aber das erwies sich als unmöglich.

»Still wie der Tod«, flüsterte er. »Nichts zu sehen da draußen.«

Mirandas Kinn berührte das mit grünen Perlen besetzte Korsett ihres Mantelkleids. Er kehrte zu seinem Stuhl neben dem Sarg zurück. Der Zug war still geworden und es war nichts zu hören, außer dem Knarzen der Waggons.

Er lauschte angestrengt und konnte ein leises Geräusch hören. Ein Kratzen, wie ein Eichhörnchen, das nach einer Nuss scharrt, oder eine Ratte, die hinter einer Wand verendet. Er erhob sich noch einmal, um der Ursache des Geräusches nachzuspüren. Es gab nur wenige Dinge in dem Gepäckwagen, hinter denen sich ein Nagetier verbergen konnte.

Da war es wieder.

Es schien aus dem Inneren des Sarges zu kommen. Aber das war unmöglich. Thomas legte ein Ohr an den Sarg.

Kratz-Kratz.

Erschrocken machte er einen Satz rückwärts.

»Miranda!« Er berührte ihre Schulter, und sie hob ihre schlaferfüllten Augen zu ihm.

»Was ist los?«

»Kannst du nichts hören?«

Sie lauschte für einen Moment. »Nein, nichts.«

Thomas gebot ihr zu schweigen und hob einen Finger. »Da ist es wieder. Hör …«

Sie ließ ihm seinen Willen und lauschte, hörte aber nichts. Als sie den Kopf wandte, sah sie, dass die nebelgeschwängerte Finsternis draußen das Fensterglas mit Tau benetzte. »Es ist der Nebel. Er dämpft alles.«

»Nein, es ist drinnen. Kannst du es nicht hören?«

Sie schüttelte ratlos den Kopf. »Nein.«

Thomas' erhobener Finger senkte sich langsam, bis er knapp über dem Sargdeckel zu einem Halt kam. »Du musst dazu in der Lage sein.« Zu Hause in Henley-Upon-Thames gönnte er sich ab und zu einen Schluck Whisky, und normalerweise hörte sie einen Stock höher, wenn er die Flasche öffnete. »Es kommt aus dem Sarg.«

»Mach dich nicht lächerlich. Da drin ist eine Leiche.«

»Was ist, wenn er nicht tot ist?«

»Wovon redest du?«

»Da drinnen – ich konnte ihn hören, während du schliefst. Er hat am Deckel gekratzt. Was ist, wenn er noch am Leben ist?«

Miranda starrte ihren Gatten an, als ob der auch noch das letzte bisschen Verstand, den er noch besessen hatte, verloren hätte. »Das ist wirklich lächerlich.«

»Hör doch. Kannst du wirklich nichts hören?«

»Nein. Du solltest versuchen, solche Hirngespinste zu vermeiden.«

Aber Thomas beobachtete entsetzt den Sarg, während er nach Geräuschen aus seinem Inneren lauschte. Er malte sich aus, wie das seidene Innere des Sarges von knochigen Fingern in Fetzen gerissen wurde. Hände, die mit abgebrochenen und blutenden Fingernägeln am Sargdeckel kratzten.

Kratz-Kratz.

»Da ist es wieder!« Dieses Mal war das Geräusch deutlicher. Zweifellos ein doppeltes Kratzen wie von Fingernägeln, die das Seidenfutter des Sarges zerrissen. Konnte Miranda wirklich nichts hören?

Thomas starrte den Sarg an, dann streckte er die Hand aus und fuhr mit ihr den Deckel entlang. Er war fest versiegelt, aber Thomas konnte nicht herausfinden, wie er verschlossen worden war.

»Ich frage mich, was in den Papieren steht, die Mr. Scheffen dir gegeben hat«, sagte er.

Miranda warf einen Blick in die Mappe, die der Bestatter ihnen überlassen hatte. Sie entnahm einen dicken Pergamentumschlag, zerbrach das Siegel, riss ihn auf und schüttete den Inhalt aus.

»Miranda!«, rief er entsetzt aus. »Ich wollte sagen, dass es vielleicht eine ärztliche Bescheinigung gibt. Das hier ist vertraulich und nicht für unsere Augen bestimmt.«

»Wir werden sagen, dass der Umschlag unterwegs beschädigt wurde.« Sie überflog die Papiere. »Das sind die Anweisungen für ein Staatsbegräbnis. Die Einladungen sollen in schwarze Seide eingefasst werden. Weihrauchkessel und weinende Trauernde. Bestattung unter dem Gesang eines engelsgleichen Chors. Die Rangordnung der Sargträger. Der Inhalt des Sarges. Goldene Ketten und das königlich-karpatische Siegel, in das Rubine und Smaragde eingelegt sind.« Sie rieb sich die Stirn, von den Bildern in ihrem Kopf überwältigt. »Ich muss nachdenken.«

Thomas starrte weiter den Sarg an. Der Lärm des Kratzens füllte seinen Kopf. Er stellte sich das Innere des Sarges vor, wo ein ausgemergelter Monarch nach Luft schnappte.

Er hielt sich mit den Händen die Ohren zu. »Vielleicht ist es nur … eine Ratte. Genau, eine Ratte. Oder Insekten.«

Als Thomas wieder Miranda anblickte, hörte das Kratzen plötzlich auf. War es nur seine überanstrengte Einbildungskraft gewesen? Der Kriegsstress, die katastrophale Rundreise, ihre Flucht? Thomas starrte weiter seine Frau an. »Und du kannst wirklich nichts hören?«

»Nein, Thomas. Nur das Schnaufen des Zuges.«

»Dann muss ich alleine unter dem Geräusch leiden.«

Miranda versuchte mitfühlend zu sein. »Vielleicht ist dein Gemüt etwas überlastet. Das wäre unter den Umständen nicht überraschend, wo wir uns doch unsere Heimfahrt wie ganz einfache Reisende verdienen müssen.«

Aber das Kratzen begann von Neuem.

Kratz-Kratz.

Thomas betrachtete seine Frau aufmerksam. Es war klar, dass sie nichts Ungewöhnliches hörte. Er untersuchte den Sarg noch einmal, dieses Mal genauer. Unter der Kante des Sargdeckels befand sich ein Streifen mit unverletztem rotem Siegelwachs.

Er blickte auf den Inhalt von Mr. Scheffens Umschlag hinab und durchsuchte ihn. Dabei fand er ein zweites Dokument, das seine Frau übersehen hatte. Nachdem er das Siegel des kleinen rechteckigen Umschlags aufgebrochen hatte, zog er eine Karte daraus hervor und las sie.

»Was ist, wenn er nicht tot ist, Miranda?«

»Wovon redest du?«

Thomas hielt die Mitteilung, die die Leiche begleitete, in die Höhe und zeigte sie ihr.

»Der Totenschein.«

»Du hast mich dafür gescholten, dass ich die Sitzordnung des Begräbnisses durchgegangen bin, und nun untersuchst du seine persönliche Krankenakte?«

»Hier steht, dass er an epileptischen Anfällen litt. Epilepsie! Ich habe gehört, dass sie wie eine todesähnliche Trance auftreten kann. Was ist, wenn er noch am Leben ist?«

»Die Ärzte haben ihn für tot erklärt. Der Sarg ist fest versiegelt.«

»Aber sie waren doch diejenigen, die ihn versiegelt haben.«

»Du hast unseren Gönner gehört. Der Mann im Sarg wurde für tot erklärt, und die Toten kehren nicht ins Leben zurück!«

Kratz-Kratz-Kratz-Kratz. Lauter als jemals zuvor.

Thomas wurde wild. Er versuchte den Deckel des Sarges mit seinen Fingern zu öffnen, aber es gelang ihm nicht. Dann erhob er sich und suchte nach etwas, mit dem er ihn öffnen konnte.

»Du zwingst der Situation deine eigenen Ängste auf, Thomas«, warnte ihn seine Frau. »Du hast Angst, dass jemand anders das Schicksal erleiden könnte, vor dem du dich so fürchtest. Kannst du das nicht sehen?«

»Hilf mir, etwas zu finden, mit dem ich den Deckel aufbekommen kann.«

»Und wenn er an der Pest gestorben ist? Oder einer anderen furchtbar ansteckenden Krankheit? Vielleicht lügt der Totenschein. Vielleicht ist das der Grund, weshalb der Sarg beaufsichtigt werden muss.«

»Der Bestatter wusste von seiner Epilepsie. Er wollte die Wahrheit verschleiern. Stell dir vor, ein Kronprinz, der in Kriegszeiten eine abweichende Meinung vertritt und aus dem Weg geschafft werden muss. Eine Verschwörung. Dieser Mann ist gestorben, als er freizukommen versuchte. Ich weiß es, denn er kratzt noch immer am Deckel.«

Miranda blickte ihren Gatten entsetzt an. »Thomas, das geht jetzt zu weit. Wir müssen tun, was uns gesagt wurde, oder wir werden nicht bezahlt. Trink eine Tasse heißen Tee und reiß dich zusammen. Ich werde uns welchen holen.« Sie erhob sich und verließ den Gepäckwagen.

Thomas saß jämmerlich allein auf seinem Stuhl neben dem Sarg. Es herrschte Stille. Er klopfte sich mit dem Finger versuchsweise an den Kopf, um herauszufinden, was mit ihm nicht stimmte. Zu viele Jahre, die er in stillen Kreuzgängen zugebracht hatte, zu viel Zeit, die er mit schuldbewussten

Verweigerungen verbracht hatte, eine übereilte Heirat, die er nun in aller Ruhe bereuen konnte – hatte das alles ihn jetzt in den Wahnsinn geführt, wie seinen armen Vater? *Bin ich es,* fragte er sich selbst, *oder ist es das, was auch immer sich in diesem großen Mahagoniding verbirgt?*

Und plötzlich kehrte das furchtbare Geräusch zurück, lauter als je zuvor. Als ob er unter Hypnose stünde, näherte sich Thomas dem Sarg.

Er stellte fest, dass es zwei kleine Schlösser gab, die ins Holz eingelassen waren. Eines für jeden Teil des Deckels, der auf Brusthöhe zweigeteilt war. Er nahm sich noch einmal den Umschlag vor und untersuchte ihn genau, aber er fand keine Schlüssel. Wie sollten diejenigen auf der anderen Seite des Ärmelkanals ihrem Verwandten die letzte Würde erweisen, wenn sie den Sarg nicht öffnen konnten? Er beugte sich langsam vor und schielte durch eines der Schlüssellöcher.

Ein einsames rotes Auge, blutig wie ein Sonnenuntergang, erschien plötzlich auf der anderen Seite und starrte ihn wütend an.

Thomas machte entsetzt einen Satz rückwärts, gerade als Miranda mit einem kleinen Blechbecher mit Tee zurückkehrte. Hatte er sich das, was er gerade gesehen hatte, nur eingebildet?

Auf dem Gesicht seiner Frau zeichnete sich der Ausdruck von unerschütterlicher Verschlagenheit ab, den sie immer zur Schau stellte, wenn sie sich etwas ausgedacht hatte. »Ich habe nachgedacht«, verkündete sie, während sie sich neben ihm niederließ. »Ein Mitglied des karpatischen Königshauses. Du hast recht. Die Angehörigen der königlichen Familie sind nicht wie wir. Wir sollten nachsehen, nur um sicher zu sein. Sieh zu, ob du etwas findest, mit dem wir den Sarg öffnen können.«

Das ist die Lösung. Soll sie selbst nachsehen, und dann werden wir wissen, ob ich verrückt geworden bin, dachte er. Sie suchten nach einem Mittel, um den Sarg zu öffnen. Thomas kramte in seinem Koffer und brachte ein kleines Taschenmesser zum Vorschein. Mit diesem versuchte er, das Schloss zu knacken.

»Geh zur Seite, Thomas.« Miranda hatte die Kohlenschaufel eines Heizers gefunden. Die Schaufel war fast so groß wie sie selbst. Sie hob sie und verkeilte das Schaufelblatt zwischen dem Deckel und dem Rest des Sarges. Luft zischte, als das Siegelwachs zerbrach.

»Wir werden behaupten, dass das auch während der Fahrt passiert ist, als der Zug plötzlich bremste«, sagte sie ihm. Sie unternahm noch einen Versuch. »Der Sarg sei schlecht gesichert gewesen.« Beim dritten Versuch löste sich die obere Hälfte des Deckels und öffnete sich. »Komm schon. Steh nicht herum wie ein Ölgötze, hilf mir.«

Thomas klappte den Deckel vollständig auf und nahm das Futter auf der Innenseite in Augenschein. Es war kreuz und quer mit blutigen Kratzern und Stücken verrotteter Fingernägel überzogen. Der Gestank brachte Miranda dazu, die Hand vor den Mund zu nehmen.

»Siehst du, Miranda? Er war noch am Leben. Vielleicht kann er noch gerettet werden …«

»Riechst du das nicht? Das ist Verwesung! Wie könnte er noch am Leben sein?« Miranda beugte sich nach vorne und blickte in den Sarg, aber im Dämmerlicht des Gepäckwagens konnte sie kaum etwas erkennen. »Gib mir die Laterne.« Sie deutete auf die Petroleumlampe in der Ecke. »Hast du ein Streichholz?«

»Warum sollte ich ein Streichholz haben? Du weißt, dass ich mir nichts aus Tabak mache.«

»Thomas, jetzt ist nicht der richtige Zeitpunkt für deine Lügen. Ich weiß, dass du dich in den Garten schleichst, um heimlich Pfeife zu rauchen. Zünde die Laterne an.«

Thomas tat, wie ihm gesagt wurde, und brachte die Lampe. Miranda reckte den Hals.

»Nun, trägt er seinen Zeremonialschmuck? Ist dies das königliche Siegel?«

Nachdem er die Lampe hochgehoben und die Flamme höher gedreht hatte, blickte Thomas zum ersten Mal auf die Leiche. Er stand vor dem offenen Sarg, erstarrt, entgeistert. Seine Kinnlade fiel nach unten.

Der Nebel

Der *Ärzengel* kroch auf Gleisen dahin, die mit Rost überzogen waren, weil sie nicht benutzt wurden. Der dichte graue Nebel schlich sich aus den Kiefern an den Zug heran und bedrängte die Waggonfenster wie ein Pesthauch aus dem Sumpf, der alles, was vorbeikam, infizieren wollte. Feierlich schritt der Zugführer dem Zug voran. Er ging in der Schienenmitte, als sei er der Anführer eines Leichenzugs. Vor sich hielt er eine rote Flagge, wodurch er dem Lokomotivführer erlaubte, ein gleichmäßiges Tempo zu halten. Die Waggons schimmerten in trübem Glanz. Es gab kaum Geräusche. Sogar die durchnässten Vögel waren still geworden.

Nicholas erwachte und sah, dass Isabella aus dem Fenster starrte.

»Wie lange hab ich geschlafen?«

»Ich bin selbst gerade erst aufgewacht. Ich hatte einen schrecklichen Traum. Ich habe geträumt, dass jemand vom Zug gesprungen und ins Tal gestürzt ist, wo er von den Wölfen zerfleischt wurde.«

»Das sind nur deine Ängste, die deinen Schlaf stören. Du solltest dir nicht so viele Sorgen machen.« Er streckte sich und blickte sich im Abteil um. »Mir ist kalt und ich habe Durst. Mein Gepäck ist weg und ich habe kein Rasiermesser. Nicht mal andere Kleidung.« Er war immer stolz auf sein gepflegtes Aussehen gewesen. »Ich werde beim nächsten Halt einkaufen gehen müssen.« Dann erinnerte er sich an die Tafel mit den an die Passagiere gerichteten Warnungen. »Nur, dass wir an den Bahnstationen vor unserem Reiseziel nicht aussteigen sollen.«

»Die Verkäufer kommen zu den Fenstern an den Zug. Das gab es auch in Chelmsk. Viele von ihnen waren blind oder verkrüppelt. Es passieren immer wieder Unfälle in der Gießerei.« Isabella beobachtete das langsame Vorankommen des Zuges durch das Fenster. »Es ist so trüb und grau da draußen, als ob man die Welt einfach weggewischt hätte.«

Nicholas warf erneut einen Blick auf die Karte in seinem Reiseführer. »Unmöglich zu sagen, wo wir uns gerade befinden«, murmelte er. »Und unmöglich zu wissen, wo wir hinfahren.«

»Der Nebel ist wie ein Leichentuch. Er macht mir Angst.« Isabella lehnte sich in ihren Sitz zurück und kaute nervös an einem Fingernagel. Ihre eigene Furcht hatte sie zum Schweigen gebracht. Nicholas wusste, wie wichtig es war, sie zu beschäftigen, damit sie sich nicht in ihren Gedankengängen verlieren konnte. Schließlich war sie trotz allem ein Mädchen vom Lande, und die neigten nun einmal zum Aberglauben.

»Der Zugführer schreitet dem Zug voran«, sagte er. »Hast du die Soldaten gesehen, die in Snerinska zugestiegen sind?«

»Ja. Ich glaube, es sind Engländer.«

»Wir werden die Grenze erst nach Zoribskia überqueren, aber der letzte Halt ist nicht erkennbar. Auf allen Karten ist das so. Vielleicht handelt es sich um einen Druckfehler.«

»Nein. Da stimmt etwas nicht. Sie wollen nicht, dass wir erfahren, wo wir hinfahren.«

»Warum denkst du das?«

»Weil wir, wenn wir es wüssten, unbedingt versuchen würden, den Zug zu verlassen. Wir würden abspringen, wenn wir es könnten.«

»Ich verstehe nicht. Was ist los, Isabella? Wenn du mehr weißt, als du mir gesagt hast …«

»Du würdest mir nicht glauben, wenn ich es dir erzählen würde. Wir gehören zur Landbevölkerung, fürchten uns vor Schatten und glauben an Märchen. Wir bieten dem Frühling Opfer dar und suchen nach Vorzeichen in den Feldern. Und du bist ein feiner Herr aus London.«

»Hör auf damit. Sag es mir einfach.«

»Unsere Legenden, Geschichten und Kinderlieder handeln davon. Unsere Vorfahren sprachen von einem Zug, der um Mitternacht des achten Vollmondes im Jahr durch unsere Stadt fährt. Niemand hat ihn je gesehen. Weil wir ihn nicht sehen durften. Wir haben nur die Pfeife gehört.«

In genau diesem Augenblick, als hätte sie nur darauf gewartet, ertönte die schwermütige Pfeife des *Ärzengels*. Isabella blickte aus dem Fenster in den dichten Nebel. »Diejenigen, die den Zug besteigen, müssen ihre Seelen aufs Spiel setzen. Jeder wird auf sich allein gestellt sein und niemand kann einem anderen bei der Prüfung helfen.«

»Isabella …«

»Wir können nicht aussteigen und wir können nicht bleiben.«

»Meine Liebste, das ergibt keinen Sinn! Hör dir doch selbst zu. Was bedeutet das alles? Du bist niemals zuvor auf Reisen gewesen …«

Isabella wollte sich nicht unterbrechen lassen. »Es ist genau so, wie es die Geschichten vorhergesagt haben. Mein Vater, mein Großvater, ja, alle Männer haben davon erzählt. Die Frauen sollten nichts davon wissen, und deshalb wurden wir abgeschirmt, aber mir schwirren Bilder im Kopf herum. Wenn ich sie nur richtig anordnen könnte.«

Was Nicholas am meisten verunsicherte, war der Umstand, dass Isabella ruhig und vernünftig wirkte. Statt ihren Ängsten jegliche Grundlage abzusprechen, versuchte er mit ihr zu argumentieren. »Aber warum gerade wir, Isabella? Wir haben nichts Schlimmes getan.«

»Es geht nicht um dich, Nicholas.« Sie wandte sich ihm zu, um in seine Augen zu blicken. Ihr Gesicht war bleich vor Scham. »Es ist wegen mir.«

»Wegen dir? Aber was kannst du getan haben?«

»Ich habe meinen Geburtsort verlassen.«

»Verstehst du denn nicht, dass sie dir genau das eingeredet haben, um dich davon abzuhalten? Eure Alten brauchen junges Blut, um Nachwuchs zu erzeugen. Ohne euch würde die Stadt überaltern und sterben. Deshalb haben sie sich diese Märchen ausgedacht; um euch Angst zu machen und gefangen halten zu können.«

»Nein, Nicholas«, sagte sie ernst. »Da ist mehr. Je weiter wir fahren, desto mehr kommt mir in den Sinn. Ich glaube, ich habe zuerst durch das Spiel davon gehört. Meine Mutter hat es im Dachboden weggesperrt gehabt, aber ich wusste, wo sich der Schlüssel befand. Ich habe damit gespielt. Deshalb weiß ich, was uns erwartet.«

»Von einem Spiel für Kinder? Du könntest genauso gut Karten spielen und glauben, dass du bald sterben müsstest, nur weil du die Pikdame aufgedeckt hast.«

»Das Spiel wurde von den Ältesten in der Gießerei geschaffen, damit sie sich die Zeit vertreiben konnten, während sie darauf warteten, dass das Metall ausglühte. Ich kann mich jetzt an den Zug erinnern. Er wurde so groß wie unser Haus. Der Lärm, der Rauch. Ich erinnere mich, wie große Angst ich hatte. Nicholas, was ich dir erzähle, ist keine Einbildung. Es ist die Wahrheit.«

»Bitte, Isabella. Ich glaube, du leidest unter einem Schock nach unserer Flucht aus der Stadt.«

»Wahrscheinlich hast du recht. Mein armer Josef.«

»Ich wünschte bei Gott, dass ich deinen Josef nicht hätte verletzen müssen, aber es war entweder er oder ich. Du solltest dich jetzt ausruhen. Die Reise wird nicht leicht werden.« Er legte die Hand auf ihre Stirn. »Lehn dich zurück und versuch, noch etwas zu schlafen.«

»Du wirst mich aufwecken, bevor wir die nächste Station erreichen?« Sie blickte ihn mit flehenden Augen an.

»Natürlich. Wenn du willst, werden wir in Schlopelo aussteigen und unsere Reise über das Land fortsetzen. Es gibt bestimmt einen Weg, wie wir den Soldaten entgehen können.«

Der Zug kroch weiter durch den alles erstickenden Nebel, als ob er die Vorhölle auf dem Weg zum Fegefeuer durchquerte.

Der Beißer

Im flackernden Licht der Petroleumlampe sah Thomas.

Die Leiche war in ein fleckiges Leichentuch aus weißer Seide gewickelt. Es wurde von einer Goldkette zusammengehalten, die mit ovalen, zackigen Siegel verschlossen war, in das mit roter Emaille der Buchstabe H eingeprägt war. Eingelegt in das Siegel waren Perlen und Opale, die sich mit Saphiren abwechselten. Die königliche Amtskette des Kronprinzen. Die kostbaren Edelsteine schimmerten geheimnisvoll.

»Es tut mir leid, dass ich dir nicht geglaubt habe, Thomas«, sagte Miranda. »Wenn er am Deckel gekratzt hat, müssen wir unverzüglich das Leichentuch öffnen.« Da sie in solchen Dingen wenig zimperlich war, griff sie in den Sarg und nahm behutsam das Siegel von der Brust der eingehüllten Leiche. Dabei musste sie die Kette unter den ranzigen Kopf schieben und ihr eigenes Gesicht den aufgesprungenen gelben Lippen des Kronprinzen annähern, während sie den Verschluss öffnete.

Die beiden Hälften des Siegels lösten sich voneinander. Sie zog die Kette hervor und schwang sie im Licht der Lampe. Dabei beleuchteten die Edelsteine ihr Gesicht. Als sie die Rückseite des Siegels untersuchte, entdeckte sie noch größere Smaragde und Rubine. Ihr Herz schlug schneller und sie ließ das Siegel flink in der Tasche ihrer Jacke verschwinden.

»Miranda, was um alles in der Welt machst du?«

»Das ist ein Vermögen wert«, erwiderte sie. »Ich kenne einen Sammler in London, der uns dafür fürstlich belohnen wird.«

»Du kennst jemanden? Wen? Woher kennst du solche Leute?«

»Weißt du, es gab ein Leben vor dir.«

»Das merke ich gerade. Öffne das Leichentuch und lass mich sehen.«

»Ich denke, das ist eine Aufgabe für einen Mann.« Miranda trat zurück, um Thomas Platz zu machen. Der schluckte mühsam und begab sich an die Seite des Sargs. Vorsichtig griff er hinein und faltete das Leichentuch zurück. Er starrte die gelbliche Kreatur an, die vor ihm entblößt lag.

Obwohl er ihre untere Hälfte nicht sehen konnte, schien die Leiche überaus groß zu sein – sehr viel länger als der Sarg, in den man sie gelegt hatte. Flecken grünen Schimmels und ranzige Auswüchse von Moder bedeckten die offen liegenden Bereiche ihres Kopfes und Halses. Es handelte sich nicht um den Körper eines Jünglings, der in seinen besten Mannesjahren dahingerafft worden war. Auf seinem gelblichen Kopf standen trockene, braune Haarbüschel ab wie Schilf. Die mit Pusteln übersäten Augen waren tief in die Augenhöhlen gesunken, der Kiefer zusammengepresst, als ob er ein Geheimnis bewahren müsste. Etwas bewegte sich im rechten Ohr. Eine Made streckte den Kopf heraus und zuckte blind in der Luft herum.

In der Tat war es schwer, sich vorzustellen, dass das einmal ein normaler Mann gewesen sein sollte. Unter dem

Leichentuch trug er den königlichen Uniformrock seines Hauses. Der Rock war mit Wappen und goldenen Ketten verziert, befand sich jedoch in kaum besserem Zustand als sein Träger. An den Ärmeln waren Teile des Stoffes verrottet. An den Stellen, an denen die Arme bloßgelegt waren, konnte man Stücke gelber Knochen durch die aufgebrochene, pickelige Haut sehen. Die Kreatur gehörte weder in diese Welt noch in die nächste.

Miranda beachtete sie nicht. Sie schielte in ihre Tasche und begaffte das Siegel, von dessen glitzernden Edelsteinen sie fasziniert war. »Das ist die Quelle seiner Macht«, flüsterte sie. »Ich kann es spüren.«

»Wovon redest du?«

»Königliches Blut ist anders. Sie beziehen ihre Stärke auf andere Art.«

»Wer hat dir diesen Unsinn erzählt?«

»Du hast selbst Mr. Scheffen gehört. Außerdem ist es allseits bekannt, dass sie durch die Reinheit der Blutlinie ihre Kraft schöpfen.«

Als sie wieder in den Sarg blickte, schien sich der Prinz bewegt zu haben. Er war nun mehr der linken Seite des Sargs zugewandt. Der Zug hatte den Nebel verlassen, war dabei, wieder Fahrt aufzunehmen, und fuhr über eine Weiche, auf die eine Biegung folgte.

»Miranda, ich bin wirklich der Ansicht, dass du das Siegel wieder zurücklegen solltest. Ich fühle, dass sonst Unheil droht.«

»Wer sieht uns denn? Wer wird es wissen?« Sie ließ die Kette vor seiner Nase baumeln. »Wir können die Dokumente von Mr. Scheffen verschwinden lassen, die ein Siegel erwähnen. Wir können den Deckel wieder schließen und mit Kerzenwachs versiegeln. Du kannst das beschädigte Holz mit Schuhpolitur dunkler machen.«

»Miranda, es ist eine Sünde.«

»Oh, Sünden.« Sie hörte nicht damit auf, die Goldkette vor ihm zur Schau zu stellen. »Es ist eine Sünde, arm zu sein wie eine Kirchenmaus. Ist es wirklich so schlimm, wenn man sich ein angenehmes Leben wünscht?«

»Eigentlich, ja – die Bibel sagt, dass den Bescheidenen Gutes vergolten wird.«

»Die Bibel, immer die Bibel.«

»Miranda, du hast einen Pfarrer geheiratet.«

»Du hattest damals Aussichten auf einen besseren Sprengel.«

»Miranda!«

»Um Himmels willen, Thomas!« In diesem Augenblick wurde ihr klar, dass er sie nicht tadeln wollte, sondern hinter sie deutete. Sie drehte sich langsam um, während sie das Gefühl anwachsender Furcht verspürte.

Hinter ihr bewegte sich etwas.

Es erhob sich aus dem Sarg. Von dem bindenden Siegel befreit, setzte es sich auf. Es war überhaupt nicht glücklich darüber, wiedererweckt worden zu sein. Es wuchs und wuchs.

Seine Augen befanden sich nun vorne in den Augenhöhlen, glühend rot. Es stellte ein schreckliches Totenschädelgrinsen zur Schau, mit dem breitesten Mund, den Thomas je gesehen hatte. Die Zähne glichen braunen Nadeln, das Zahnfleisch war abgefault. In seinem stinkenden Leichentuch und seinem zerfallenden Uniformrock ragte es über Thomas empor. Seine Augen waren auf seine Befreier fixiert.

Es war unglaublich groß.

Thomas suchte nach einer Fluchtmöglichkeit. Die Tür zum Gepäckwagen befand sich auf der anderen Seite des Sargs. Sie war geschlossen. Miranda konnte nur schockiert und stumm starren, während sie sich umdrehte. Der Ghul besaß einen Mund, der wie ein freudloses Lachen wirkte – ein klaffendes Grinsen, das seinen knochigen Schädel spaltete. Sein Kopf schien fast die Decke zu berühren.

Thomas war wie gebannt und musste feststellen, dass er sich ehrfürchtig auf den Ghul zubewegte. Ein Fehler, wie sich herausstellte, denn der Kronprinz von Karpatien beugte sich mit einem Knall wie von einem Pistolenschuss unvermittelt nach vorne, packte ihn mit seinen Nadelzähnen und biss zu. Er schüttelte Thomas wie ein Hund und riss ein Stück Stoff und Fleisch aus seiner Schulter.

Thomas schrie auf. Er versuchte sich zu verteidigen und die nach ihm greifenden Klauen der Kreatur abzuwehren. Aber sein lächerliches Strampeln half ihm nicht – der Ghul war zu mächtig. Der gewaltige Mund war in der Lage, alles anzugrinsen und nach allem zu schnappen, wonach ihm der Sinn stand.

Sie wankten durch das Abteil. Die Kraft der Kreatur beschränkte sich zwar noch auf Hebelkraft, aber sie wurde von mächtigen Trieben angestachelt, die Energie in ihre noch unkoordinierten Glieder schickten.

Miranda hatte schockiert auf den Kampf geblickt, der sich vor ihren Augen entfaltete, aber durch Thomas Schmerzensschreie erwachte sie aus ihrer Verzauberung. Sie versuchte das skelettartige Monster von ihm wegzuziehen, doch es versetzte ihr mit einem knochigen Ellbogen einen Schlag gegen die Schläfe. Sie wurde zu Boden geschleudert.

Der Ghul wandte sich wieder Thomas zu und packte ihn erneut wie ein Hund, der eine Ratte quält, bis er das feine Onyxkreuz an seinem Hals sah. Knurrend hob er ihn in die Höhe und schleuderte ihn auf den Boden des Waggons in der Hoffnung, das Kreuz zu entfernen. Miranda steckte das große Siegel in ihre Jackentasche und wich zurück. Dann rief sie nach der Kreatur und verhöhnte sie. Sie tat dies, das verdient festgehalten zu werden, eher in Erfüllung ihrer Pflichten als Ehefrau denn als Ausdruck irgendeiner Art von wirklichen Gefühlen für Thomas.

Der Karpaten-Ghul starrte sie für eine oder zwei Sekunden an, bevor er seine Aufmerksamkeit wieder dem kleinen Pfarrer zuwandte. Er hob ihn fast spielerisch vom Boden auf, bohrte seine Klauen in sein Fleisch, stieß ihm in die Brust und packte ihn mit seinen langen Fingern an den Schultern. Schließlich stopfte er ihn in den offen stehenden Sarg und knallte den Deckel zu. Dann blickte er sich gelangweilt um auf der Suche nach etwas Neuem, mit dem er spielen konnte.

Im Gepäckwagen herrschte plötzlich Stille. Es gab nur den verschlossenen Sarg mit dem Ghul auf der einen und die Frau des Pfarrers auf der anderen Seite. Er beobachtete sie, wägte ab und hielt den Kopf zur Seite, als ob er Botschaften aus dem Jenseits bekäme. Er blickte sich um und begann, seine Umgebung zu verarbeiten. Sein Gehirn hatte nicht wirklich funktioniert, als er noch am Leben gewesen war, und leistete jetzt noch viel weniger. Er schien Probleme zu haben, das Gleichgewicht zu halten.

Miranda wich bis zur Tür des Gepäckwagens zurück und öffnete sie einen Spalt. Sie schlüpfte gerade hindurch, als die Kreatur ihre Seite des Waggons in einem einzigen Schritt erreichte und die Tür packte. Der Ghul blickte auf den dunklen Spalt zwischen den Waggons und auf die dahinrasenden Schienen darunter. Dann ließ er seinen Nacken knacken und blickte an seinem Leichentuch hinab. Er suchte vergeblich nach dem Siegel, an das er sich vage erinnern konnte. Er blickte finster aus Enttäuschung, die sich in Wut verwandelte.

Und dann folgte er Miranda.

In der dritten Klasse, die sich an den Gepäckwagen anschloss, hatten tief schlafende Bauern einander die Köpfe auf die Schultern gelegt. Ein Schwein schlenderte auf der Suche nach Leckerbissen auf dem Boden herum. Eine schnarchende alte Frau hielt einen Kaminrost im Arm, der in Zeitungspapier eingewickelt war. Vom Lärm aufgeschreckt, erhob sich der älteste und schmutzigste Bauer und zog in Erwartung von Unannehmlichkeiten ein Fleischermesser hervor.

Der Ghul schob seinen langhalsigen Kopf in den Waggon. Seine Größe war außergewöhnlich. Er beugte sich vor, um durch die Tür schreiten zu können, und betrat den schwankenden Mittelgang. Sein Mund weitete sich noch mehr und es schien, als ob er gähnte. Der alte Bauer blickte auf. Miranda hatte den Eindruck, dass er wenig überrascht davon schien, hier eine Engländerin von einem toten Mitglied des karpatischen Königshauses gejagt zu sehen. Der Ghul beugte sich an Miranda vorbei und biss die Hälfte des Kopfes des Bauern ab. Er spuckte den Schädel aus, als ob es sich um den oberen Teil eines Eis handelte.

Seine Beißattacken rissen sichelförmige Stücke ab. Die Spuren seiner Zähne im Fleisch seines Opfers sahen aus wie Kuchenkrusten. Blut spritzte aus einer arteriellen Quelle hervor. Der Ghul biss und biss, bis der Bauer zusammensackte.

Er landete in gekauten Stücken auf dem Boden und war nicht mehr als Mensch zu erkennen.

Der Ghul war frei und gewann an Stärke; er war eine übernatürliche Macht, die sich an ihrer Kraft erfreute, sich aber auch danach sehnte, wieder zu Staub werden zu können. Er benötigte das Siegel, aber Miranda hatte seine Blutgier ausgenutzt und war weitergelaufen. Zornig eilte er hinterher, sprang und schnappte und biss Stücke aus dem Holz, dem Eisen und dem Zug selbst. Er lebte, um zuzubeißen und zu fressen. Dann sauste er den Gang entlang auf der Suche nach der kleinen fetten Bürgerlichen, die nur rennen und schreien konnte. Die, die ihm seinen wichtigsten Besitz gestohlen hatte.

Miranda knallte die Tür zwischen den beiden Waggons der dritten Klasse zu und floh in den zweiten. Als sie entsetzt durch das Fenster in der Tür zurückblickte, wurde sie plötzlich unschlüssig. Sie presste die Hände an die Augen und versuchte nachzudenken, aber die einfachste Antwort – das Siegel aufzugeben – wollte ihr einfach nicht einfallen. Sie überlegte kurz, es zu verstecken, wie eine Elster, um später zu ihrem Schatz zurückzukehren, aber selbst diese Trennung schien ihr zu schmerzlich. Das Siegel hatte sie unter seinen Bann gebracht, wie schon so viele zuvor.

Der große Ghul mit dem breiten Mund beobachtete einen Moment lang, wie sie sich entfernte. Er wusste, dass es keinen Ort gab, an dem sie sich verstecken konnte, weshalb er sich zurück zum Gepäckwagen begab – vielleicht, um den Sarg zu untersuchen, aber wer konnte wissen, was der Ghul dachte? Er stand im Gepäckwagen und lauschte aufmerksam dem Hämmern aus dem Inneren des Sargs.

Thomas' schlimmster Albtraum war wahr geworden. Er war in einen stinkenden Sarg eingesperrt und schnappte nach Luft. Er tastete die gefütterten Wände ab und fühlte, wie sich der Sarg bewegte, während er verzweifelt versuchte, sich zu befreien.

Dann spürte er, wie der Sarg kippte und seine Füße in die Höhe gehoben wurden. Sein Schädel knallte gegen das Kopfende des Sargs.

Die Kreatur hatte die Ladetür des Gepäckwagens geöffnet. Sie schwankte für einen Augenblick von der vorbeieilenden Dunkelheit umrahmt, dann versetzte sie dem Sarg einen Tritt.

Innen wurde Thomas von seinen eigenen Schreien taub.

Der Sarg machte einen Satz und fiel, stoppte aber auf halbem Weg – er hing nun an der Seite des Zuges, weil er sich in den Ladeketten verfangen hatte, die sich zwischen den Rädern befanden. Der Ghul blickte auf den Sarg hinab, aber seine wässrigen Augen konnten den herabhängenden Sarg nicht genau erkennen. Selbst als er noch am Leben gewesen war, hatte der Kronprinz sich nicht durch höfischen Witz und militärische Entschlossenheit ausgezeichnet. Er war froh, dass er sich seines Gefängnisses entledigt hatte, aber nun versuchte er sich an das wichtigste zu erinnern, und ihm fiel wieder ein, dass sein königliches Amtssiegel von einer Bürgerlichen gestohlen worden war. Es war immer das Gleiche. Als er noch lebte, hatten sie versucht, den Saum seines Zeremonialmantels mit ihren schmutzigen Fingern zu berühren und ihn angefleht, ihr abscheulich ärmliches Hab und Gut zu segnen.

Mit einem leidvollen Seufzer machte er sich erneut auf den Weg durch die Waggons.

Alle Gedanken an ihren Ehemann waren verschwunden und Miranda konzentrierte sich nur noch darauf, ihr eigenes Leben zu retten. *Es kann nicht mehr weit sein bis zum nächsten Bahnhof,* dachte sie. *Dort kann ich aussteigen. Gelegenheiten, die sich bieten, sollte man ergreifen. Aber ich muss das Ding von mir fernhalten, bis wir anhalten. Es muss an meiner Stelle ein anderes Opfer bekommen.*

Auf ihrer Flucht durch den Zug stolperte sie von Abteil zu Abteil und klatschte dabei an die Fenster, um die Aufmerksamkeit verständnisloser Landwirte und ihrer teiggesichtigen Frauen zu erregen. Es schien, als ob niemand an Bord des *Ärzengels* bereit war, ihr zur Hilfe zu kommen. Was war mit ihnen los? Sie war eine vornehme Dame – warum fühlten sie sich nicht geehrt, ihr helfen zu dürfen? Sie würde bitten und betteln und auf ihr Mitleid bauen und sie dann an das Monster verfüttern. Vielleicht würde es einschlafen, wenn es satt geworden war.

Sie konnte hören, wie das Ding den Gang entlangkam.

Als sie in ein weiteres Abteil voller leer vor sich hinstarrender Bauern blickte, überkam Miranda ein ungutes Gefühl. Irgendetwas war nicht in Ordnung mit diesen Provinzlern, wenn sie die Not einer englischen Dame ignorierten. Sie zeigten absolut keine Reaktion auf ihre missliche Lage.

»Hilft mir denn niemand? Bitte!«, rief sie hoffnungsvoll, während sie versuchte, ein paar Tränen aus sich herauszupressen. Aber die Bauern starrten in stummem Unverständnis und packten ihre hässlichen Kinder und sogar ihr Vieh, als ob sie sie vor einem Feind beschützen wollten.

Nachdem sie eine Brut gackernder Hühner aus dem Weg getreten hatte, sprang sie in den nächsten Waggon hinüber und setzte ihre Flucht durch den Zug fort. Schließlich kam sie zu dem Abteil, in dem sie Isabella und Nicholas zurückgelassen hatte.

Isabella sah, wie Miranda sich mit der Tür abmühte und wollte ihr helfen. Sie probierte es an ihrer Seite, aber die Tür ließ sich nicht öffnen. »Nicholas«, rief sie. »Sie geht nicht auf. Hilf mir.«

Nicholas schob das Fenster neben der Tür herab, um Miranda in das Abteil zu ziehen. Die Pfarrersgattin bot einen unwürdigen Anblick, wie sie auf halbem Weg in dem Fenster eingezwängt hing. Als sie an ihr zerrten, platzte der Ghul auf den Gang und packte ihre Beine, um sie wieder herauszuziehen.

Nicholas und Isabella zogen, so fest sie konnten, aber es war ein vergeblicher Kampf. Der Ghul packte mit seinen Klauen zu und schleppte die schreiende Miranda durch den Gang davon. Dabei drehte er sich um und blickte Nicholas und Isabella mit entblößten Zähnen an wie ein ausgemergelter Wolf, der sie herausforderte, ihm zu folgen.

Nicholas trat gegen das Schloss der Abteiltür, die nun aufging, als ob der Zug entschieden hätte, dass es nun unbedenklich war, sie herauszulassen. »Was in Teufels Namen war das für ein Ding?«, fragte er. »Wohin geht es?«

»Wir sollten den Zugführer suchen«, sagte Isabella. »Vielleicht weiß der, was zu tun ist.« Sie griff nach seiner Hand und zog ihn in die Richtung, aus der Miranda gekommen war.

»Nein, wir müssen ihr helfen. Diese abscheuliche Kreatur hat sie in ihrer Gewalt.«

»Allein sind wir machtlos«, warnte Isabella. »Wir müssen Hilfe holen.«

Der Zugführer befand sich auf seinem gewohnten Posten in seiner Nische. Er schien über die Störung verärgert, aber er musste doch den lauten Kampf gehört haben, der sich gerade unweit von ihm auf dem Gang abgespielt hatte?

Er blickte an ihnen vorbei, sichtlich unglücklich darüber, bei seiner Tätigkeit unterbrochen worden zu sein. Eine Schreibfeder verursachte mit ihrer Tinte Flecken auf seiner Hand. Nicholas konnte ein kleines mit Holz ausgekleidetes Büro sehen, in dem sich eine Lampe auf einem schmalen Pult befand. Darunter gab es einen kleinen Ofen, um Wasser für den Tee zu erhitzen. »Was wollen Sie?«, fragte der Zugführer ungeduldig. »Ich bin gerade dabei, meinen Reisebericht abzufassen.«

»Haben Sie nichts gehört?«, fragte Nicholas voller Unglauben. »Eine ekelhafte Kreatur in einem weißen Tuch hat eine Reisende angegriffen und sie davongeschleppt.«

»Ihre englische Freundin, deren Überfahrt ich arrangiert habe?« Der Zugführer erlaubte sich ein schwaches, hilfloses Schulterzucken. »Sie muss den Sarg geöffnet haben, entgegen aller Warnungen, es nicht zu tun.«

»Sie ist in der Gewalt dieses Unholds. Wir müssen etwas tun.«

»Es gibt nichts, was getan werden könnte«, verkündete der Zugführer. »Und der Unhold ist königlicher Abstammung, mein Herr. Er gehört zu einer seltenen Blutlinie, ebenso wie Ihre eigene königliche Familie.«

»Ist er kein Opfer des Krieges?«

»Nein, das ist er nicht. Er erlag seinem Leiden vor langer Zeit. Aber nun musste er fortgeschafft werden, bevor die Soldaten ihn finden und seinen Sarg auf der Suche nach Schätzen aufbrechen würden. Wir dachten, dass er in der Gesellschaft einer ehrlichen englischen Dame sicher sein würde. Ein Irrglaube, wie sich herausgestellt hat. Es gibt nichts, was sie tun können, um sie zu retten.«

»Aber was ist er?«

»Im Leben war er ein Mann, der nur durch das Verspeisen des Fleisches seiner Untergebenen überleben konnte. Im Tod, ein Beißer, ein gedankenloser Ghul, der stirbt und wiedergeboren wird, um noch einmal warmes menschliches Fleisch zu fressen.«

»So etwas gibt es nicht.«

»Wirklich? Und doch denke ich, dass Sie ihn selbst gesehen haben. Dann kann ich Ihnen nicht helfen.« Er wollte die Tür vor ihrer Nase schließen, aber Isabella stoppte ihn.

»Wie kann man so eine Kreatur besiegen?«

»Das ist unmöglich.«

»Bitte. Ich kenne Sie. Ich habe Sie schon einmal gesehen.«

»In der Tat haben Sie das, junge Frau«, räumte der Zugführer ein. »Und im Laufe dieser Reise werden Sie sich vielleicht erinnern, wann und wo das war. Ich wage zu behaupten, dass wir noch einmal darüber sprechen werden. Aber für jetzt denke ich, dass Sie besser zu Ihrem Abteil zurückkehren und sich mit Ihrem eigenen Wohlbefinden beschäftigen. Es ist an der Zeit, dass sich die Pfarrersfrau ihren Dämonen stellt, und entweder bewährt sie sich oder sie unterliegt. Es gibt nichts, was Sie oder ich tun könnten.«

»Aber sicher können wir sie doch auf irgendeine Weise unterstützen?«

»Menschen sterben grundlos überall in diesem großen Land. Wollen Sie denen auch allen helfen? Leute aus dem Westen wie Sie lieben es, sich in Dinge einzumischen, die Sie nicht verstehen. Haben Sie jemals darüber nachgedacht, dass der Rest der Welt vielleicht gar keinen Wert auf Ihr Eingreifen legt?«

Und damit war er hinter der verschlossenen Tür verschwunden.

»Nicholas, wir müssen sie suchen«, sagte Isabella und packte ihn. »Wir können sie nicht einfach ihrem Schicksal überlassen.«

»Er hat recht, Isabella. Was können wir denn tun?«, fragte er. »Das ist nicht unser Land. Wir sind hier nur Eindringlinge, nichts weiter.« Die Wahrheit war, dass er nicht gegen etwas so Scheußliches kämpfen wollte. Wenn es gekommen war, um Miranda zu holen, musste sie etwas getan haben, um es wütend zu machen. »Lass uns tun, was der Zugführer sagt. Wer weiß, welches Schicksal uns blühen würde, wenn wir seinen Anweisungen zuwider handeln. Und woher wissen wir, dass das nicht alles eine albtraumhafte Einbildung ist?«

Isabella blieb nichts anderes übrig, als sich zu fügen. Allein konnte sie nichts ausrichten. Zögernd stieg sie über die Blutschmierer und -flecken und folgte Nicholas zurück in die Sicherheit ihres Abteils.

Die Entscheidung

Miranda blickte über ihre Schulter und merkte, dass der Beißer Probleme hatte, klar zu sehen. Mit seinen Augen schien etwas nicht zu stimmen – einst musste er den Aufstieg und Fall ganzer Königreiche mit angesehen haben, aber jetzt konnte er kaum seinen Weg voran finden. Auf den Hornhäuten hatte sich eine Ablagerung gebildet, die durch Krankheit und Tod hart geworden war. Er wollte ganz offensichtlich sein Siegel zurück. Sie hatte sich aus ihrer Jacke herausgewunden und sich so aus seinem Griff befreit, aber wie konnte sie ihm entkommen, wenn es keinen Ausweg gab?

Und warum hatte sich Nicholas nicht stärker bemüht, eine Landsfrau zu retten? Er war mit Isabella in die entgegengesetzte Richtung gegangen, und ihr Ehemann war im Sarg der Kreatur eingesperrt. Die anderen Passagiere würden ihr nicht dabei helfen, den Ghul abzulenken. Sie war allein.

Der Beißer schien es nicht eilig zu haben. Er bewegte sich auf außergewöhnliche Weise, als ob er furchtbare Schmerzen hätte oder mit alten und rissigen Knochen gegen einen starken Wind ankämpfen müsste. Jeder Schritt bedeutete eine Anstrengung, aber er saugte an den blutigen Fäden von Bauernfleisch zwischen seinen Zähnen und bekam Kraft. Vielleicht war er zu lange eingesperrt gewesen und musste mehr essen.

Miranda kam der Gedanke, dass sie sich retten könnte, indem sie ihm das Siegel zurückgab. Aber warum sollte sie das tun? In Kriegszeiten gehörte die Beute dem Sieger. Sie hatte das Ende des Waggons erreicht und versuchte die Tür zu öffnen, aber das Schloss wollte nicht nachgeben. Sie drehte sich um und sah, wie der Beißer näherkam. Plötzlich verließen seine Beine den Boden und fanden Halt an den Seitenwänden des Ganges. Er streckte seine Glieder nach den Wänden aus wie eine blasse Spinne. Es schien, als ob er an ihnen besseren Halt fand und so schneller vorankam als auf dem schaukelnden Boden.

Dann, als er fast bei ihr war, öffnete er den Mund und brachte reihenweise schimmernde, blutige Nadelzähne zum Vorschein. Er kaute noch an einem Stück des Bauern, war aber auch schon bereit, erneut zuzubeißen.

Der Zug ruckte unvermittelt, wodurch der Beißer seinen Halt im Gang verlor. Miranda stolperte rückwärts und fiel zu Boden. Als sie sich aufrichtete, trat sie gegen die Tür, die sich nun öffnete und ihr gestattete, den Waggon zu verlassen. Sie schien sich umgedreht zu haben und war nicht mehr in der Lage zu entscheiden, in welche Richtung sie blickte. Der Zug spielte mit ihr und hatte sich um sich selbst gewunden, wie ein Möbiusband, auf dem man sich nicht orientieren konnte. Mit mehr Gewissheit, was Diamanten und Smaragde anbetraf, presste sie die Hand an die Brust und fühlte die Goldkette mit dem königlichen Siegel, das behaglich in ihrem Hemd lag.

Aber der Beißer folgte ihr. Mit erneuerter Kraft krabbelte er der Schwerkraft trotzend über ihr auf der Decke entlang.

Am nächsten Übergang zwischen den Waggons herrschte ein Chaos aus wehendem Wind, Dampf, Rauch und Nebel.

Miranda versuchte den Nebel ihrer eigenen Angst zu durchblicken und weiterzueilen. *Sei vernünftig*, sagte sie sich selbst. *Die Kreatur ist ganz offenbar nicht im Vollbesitz ihrer Kräfte.* Manchmal wenn der Zug ruckte, fiel der Beißer fast von der Decke. Sie konnte ihm entkommen.

Der Beißer machte einen Satz und packte sie von hinten. Als er seinen stinkenden Mund öffnete, schoss seine Zunge daraus hervor, teilte sich der Länge nach und wand sich um Mirandas Hals.

Er versuchte sie zurück in den Waggon zu ziehen, aber Miranda hielt sich an den Griffen zum Waggon mit der Aussichtsplattform fest. Er war zwar stark genug, wenn er seine Opfer überrumpeln konnte, aber seine Kraft reichte noch nicht für mehr als das. Sie war sich sicher, einem kränklichen toten Mitglied eines Königshauses gewachsen zu sein. Der Gedanke, dass er sie mit seiner Zunge festhielt, war ekelerregend genug.

Aber dann presste der Beißer seine Finger an ihre Kehle.

Thomas war so sicher in dem Sarg gefangen, als hätte man ihn nach seinem eigenen Tod darin versiegelt. Der große Totenschrein verschob sich über den dahinrasenden Schienen, als der Zug sich auf einem erhöhten Abschnitt in eine Kurve begab. Er fühlte, wie der Boden unter ihm nachgab, und vermutete, dass er nur wenige Zentimeter vom Eintritt ins Jenseits entfernt war.

Er versuchte sein Gewicht hin und her zu verlagern, um den Sarg in eine stabile Lage zu bewegen, aber ohne die Hilfe seines Sehvermögens konnte er nicht entscheiden, ob er seine Situation womöglich nicht noch verschlimmerte. Er würde seine eigenen Ängste besiegen und darauf warten müssen, dass ihn jemand befreite.

Aber die ihn umgebende Dunkelheit ließ ihn an neue Schrecken denken und er fühlte, wie die Wände ihn zu erdrücken begannen. Er trat und hämmerte gegen den Sargdeckel, aber der Sarg selbst wurde jetzt so sehr hin- und hergeschleudert, dass Thomas nicht in der Lage war, seine Anstrengungen lange aufrechtzuerhalten. Er wusste jedoch, dass seine Angst vor dem Dunkeln ihn überwältigen würde, wenn er einen Augenblick lang damit aufhörte, und er dann der Hysterie anheimfallen würde.

Der Wind traf die Seitenwand des Waggons mit einer Breitseite. Als der Sarg herumgeschleudert wurde und gegen den Gepäckwagen knallte, zerbrach das Wachs und ein Lichtschimmer kroch in die Dunkelheit.

Mit einem Schrei des Triumphs trat Thomas gegen den Sargdeckel, dessen obere Hälfte aufgeschleudert wurde. Er musste feststellen, dass er in einem schrägen Winkel über den Schienen hing. Als er sich aufzusetzen versuchte, wurde er vom Fahrtwind zurückgeworfen. Deshalb packte er den Rahmen der Türöffnung und versuchte den Sarg wieder in den Waggon zu schieben. Das Gewicht des Holzes arbeitete jedoch gegen ihn und er fiel noch tiefer in Richtung der Schienen.

»Hol dich der Teufel, Miranda!«, schrie er. »Das ist alles deine Schuld!«

Er erkannte nun, dass er den Fehler begangen hatte, eine habgierige, eitle, egoistische Aufsteigerin geheiratet zu haben. Und es hatte dieser furchtbaren Reise bedurft, um ihm seinen Missgriff vor Augen zu führen. Er packte die

Ketten, in denen sich der Sarg verfangen hatte, und zog mit all seiner Kraft daran.

Miranda war dabei, das Bewusstsein zu verlieren. Schwarze Funken tanzten vor ihren Augen wie herumfliegende Asche. Sie erinnerte sich an das Siegel und zog es aus ihrem Hemd, um einen der schmückenden Stachel in die zweigeteilte Zunge des Beißers zu bohren. Er schrie auf und sie fühlte, wie sich das klebrige Fleisch in seinen Mund zurückzog.

Die Höllenkreatur hatte den Vorteil der Größe und einen gefährlichen Mund, aber Miranda hatte Verstand. Sie versuchte zu entkommen, indem sie kurz Anlauf nahm und über die Kupplung sprang. Der Beißer musste sich zwischen die beiden Waggons spreizen, um sie zu erreichen, hatte aber dank seiner Reichweite keine Mühe und packte sie wieder, indem er schnell wie eine zupackende Kobra nach ihr griff. Er bereitete sich darauf vor, sie zu verspeisen, und nahm als Kostprobe einen Bissen aus ihrer linken Schulter.

Miranda kreischte und trat mit ihrem Stiefel nach hinten aus. Sie traf das angefaulte Schienbein des Beißers und brachte ihn aus dem Gleichgewicht. Ihr Schultergelenk brannte, als ob es im Feuer einer Schmiede geätzt werden würde. Der Ghul mühte sich wieder auf die Beine, schüttelte sich und wich zurück, um sie zu beobachten. Er versuchte zu verstehen, warum sie so wenig Angst hatte.

Man durfte Miranda nicht unterschätzen. Schon von frühester Kindheit an hatte sie sich in ihrer Familie in Leigh-on-Sea gegen fünf tyrannische Brüder behaupten müssen. Sie hatte einen Mann geheiratet, der ihr Sicherheit versprach, aber auch gewusst, dass er nicht in der Lage sein würde, Macht über sie auszuüben. Ihr ganzes Leben lang hatte sie auf eine echte Gelegenheit gewartet, zeigen zu können, was in ihr steckt, und nun war der Augenblick gekommen.

Sie würde nicht so einfach aufgeben. Der Ghul starrte sie aus seiner Ecke heraus an wie ein geprügelter Hund, der seinem Herrchen beim Essen zusieht.

Mit einem Schmerzenslaut riss sie die bestickte Bordüre vom Ärmel ihres Hemds und band sie so fest sie konnte um die Bisswunde. Sie konnte nur hoffen, dass sich nicht entzünden würde. Das kostbare Siegel verlagerte sie in die Tasche ihres Rocks.

Sie hatte sich schließlich das Recht verdient, es zu behalten. Sie würde einige der kostbaren Edelsteine aus ihrer Fassung lösen und sie irgendwo verkaufen, an wen auch immer. Dann würde sie den Rest nach London bringen und an den Höchstbieter versteigern. Selbst wenn sie nur einen Bruchteil des wirklichen Werts erhielt, würde sie in der Lage sein, ein neues Leben anzufangen – fern von ihrem wehleidigen Ehemann mit seinen umherstreifenden Augen, seinen feuchten kleinen Händen, seinen abfälligen Bemerkungen, seinen erbärmlich geringen Bestrebungen. Sie war froh darüber, ihn los zu sein. Wie typisch, dass sie dazu gezwungen war, diese Prüfung allein auf sich zu nehmen. Sie hatte immer gewusst, dass Thomas im Falle einer Krise zu nichts nutze sein würde. Er hatte immer Angst vor seinem eigenen Schatten gehabt. Und sich immer hinter seinem Erlöser versteckt. Wie würde er reagieren, wenn sie ihm mitteilte, dass sie nicht länger an Gott glaubte und dass ihre Eltern nur wegen seiner gesellschaftlichen Stellung für die Heirat waren?

Dem Zug war zu verdanken, dass sie herausgefunden hatte, wer sie war. Er hatte ihr diese Chance gegeben. Sie brachte dem *Ärzengel* ihren stillen Dank dar.

Dann sank sie zu Boden und begann zu weinen.

Der Halt

Sie weinte wegen ihrer sinnlosen, nutzlosen Ehe. Sie saß heulend und blutend, allein und hilflos, mit dem Rücken an der Wand des Waggons. Der Beißer kroch langsam näher, wie ein Schakal, der den Tod riechen konnte. Er hatte sich neben sie gestreckt und öffnete seinen Mund Zentimeter um Zentimeter in Vorbereitung eines neuen Angriffs. Er wollte vorsichtig – fast zärtlich – in ihre Schulter beißen, an genau derselben Stelle wie zuvor.

Dieses Mal war sie darauf vorbereitet. Sie riss die Arme hoch und versuchte den Kiefer des Beißers aufzustemmen. Die Nadelzähne bohrten sich in ihre Handballen, aber sie ließ nicht zu, dass sich die Zähne trafen – ebenso wenig, wie sie sich erlauben würde, auf das Siegel zu verzichten und es zurückzugeben.

Unter ihnen trafen die Räder auf eine Weiche und der Waggon wurde heftig geschüttelt. Der Beißer kämpfte um seinen Halt, aber seine Füße fingen an zu rutschen. Im nächsten Moment würde er gezwungen sein, sie freizugeben.

Der Schmerz in ihrer Schulter verhinderte, dass Miranda klar denken konnte, aber sie wusste, dass sie keine Sekunde länger an Bord des Zuges bleiben durfte. Angesichts des Umstandes, dass sie nicht mehr genug Kraft hatte, sich die

Kreatur vom Leib zu halten, bestand ihre einzige Hoffnung darin, den Arm nach oben zu der Messingkette über ihrem Kopf zu strecken und die Notbremse zu ziehen.

Der Beißer bewegte sich mit Wucht nach unten, als sich Miranda von der Wand abstieß. Sie griff nach der Kette und zog mit einem kräftigen Ruck daran.

Die Pfeife des *Ärzengels* ertönte schrill. Die Räder blockierten, als ob die Lokomotive einen Herzinfarkt erlitten und sich verkrampft hätte. Der Zug kam zum Stehen. Das Gravitationszentrum verschob sich. Koffer fielen aus Gepäckablagen und Passagiere, die in den anderen Waggons auf ihren Füßen standen, wurden nach vorne geschleudert. Auf seinen spindeldürren Beinen aus dem Gleichgewicht gebracht, verlor der Beißer seinen letzten Halt an Miranda und glitt den Gang entlang davon.

Am anderen Ende des Zuges wurde der Sarg durch die unvermittelte Vollbremsung mit Wucht durch die offene Ladetür zurück in den Gepäckwagen geschleudert. Unglücklicherweise knallte der offenstehende obere Teil des Deckels dabei gegen die Wand und fiel zu. Thomas war wieder gefangen. Er schrie, bis er heißer war, aber im Chaos des plötzlichen Halts gab es niemanden, der ihn hören konnte.

Es war der Zugführer, der Miranda fand und ihr auf die Beine half. Er bot ihr weder Unterstützung noch Mitgefühl an, aber er öffnete das Schloss an einer Waggontür und schwang sie weit auf. Draußen waren Sterne und Baumspitzen zu sehen. Ein Fluchtweg.

Die frische Nachtluft, die durch die offene Tür hereinströmte, brachte Miranda wieder zur Besinnung. Sie begutachtete ihre Schulter und stellte fest, dass sie aufgehört hatte zu bluten, aber entzündet zu sein schien. Als sie sich aus dem Waggon herauslehnte, sah sie eine Reihe leuchtender Öllampen in der Ferne. Der *Ärzengel* war unmittelbar vor der nächsten Station, Schlopelo, am Anfang des Bahnsteigs zum Stehen gekommen. Ohne groß nachzudenken, stolperte sie aus dem Waggon und humpelte neben den Schienen entlang.

Der Bahnhof sah verlassen und verfallen aus. Es gab keine Passagiere, die auf den Zug warteten. Sie lief die Rampe zum menschenleeren Bahnsteig hoch. Feine Nebelfäden hingen wie Spinnweben unter dem Vordach des Bahnhofsgebäudes. Nachdem sie an den Kreisen dünnen Lichts, die von den hängenden Lampen auf den Boden geworfen wurden, vorbeigegangen war, begab sie sich vorsichtig in die Dunkelheit und rief: »Ist hier jemand?«

Es musste jemand hier sein. Warum sollten sonst die Lampen brennen? Sie blickte zurück und sah, wie der große Zug im Leerlauf stand und dabei Dampf ausstieß. Er verschnaufte, als ob er darauf wartete, dass sie einen Entschluss fasste. Es schien, als ob der *Ärzengel* und die Bahnhöfe sich gegen sie verschworen und bewusst diese ekelhafte Kreatur auf sie losgelassen hätten, um ihre niedrigsten Instinkte zum Vorschein zu bringen.

Der Gedanke war absurd, aber eigentlich auch nicht viel unwahrscheinlicher als das blasse, stinkende Monster, das sie verfolgt hatte. Der Zugführer war vermutlich gerade dabei, die Abteile zu überprüfen, um herauszufinden, warum die Notbremse gezogen worden war. Thomas war zu nichts nutze, verschwunden, nur um sich selbst besorgt. Sie würde ohne fremde Hilfe einen Ausweg aus ihrer schlimmen Lage finden müssen. Ein kalter Teil ihres Herzens hatte immer gewusst, dass es eines Tages so weit kommen würde.

Miranda blickte in die dunklen Schatten und sah Gepäckstapel, die an der Wand aufgeschichtet waren. Also musste jemand hier gewesen sein. Bei näherer Betrachtung sah sie jedoch, dass die Koffer voller Staub und Spinnweben waren. Zumindest gab es einen Wartesaal, auch wenn es so aussah, als sei seit einem halben Jahrhundert niemand mehr hier gewesen. Sie würde hier schlafen, wenn sie musste, und sich am Morgen auf den Weg in die nächste Stadt machen.

Sie wandte ihre Aufmerksamkeit wieder dem Bahnsteig zu und hörte ein Scharren hinter den verrosteten Geräten, die an die Wand des Gebäudes gelehnt waren. Die Ratten beobachteten sie, aber es gab keinen Hinweis auf den Ghul. Vielleicht war er nicht in der Lage, den Zug zu verlassen. Wer konnte die undurchsichtigen Regeln verstehen, auf deren Grundlage er überlebte?

Während sie ging, stellte sie fest, dass die Fenster des Bahnhofs mit Dreck verschmiert und gesprungen waren. Das Gebäude schien vor langer Zeit aufgegeben worden zu sein. Aber der Karte nach lag es an einer der wenigen Bahnstrecken durch das Land.

Sie fröstelte und wägte die Lage ab. Sie benötigte Wärme, Nahrung, ärztliche Hilfe für ihre Schulter, und es schien nicht so, als ob sie etwas davon hier finden würde. Aber sie konnte auch nicht zurück zum Zug gehen, solange dieses Ding an Bord war. Dieser verdammte Scheffen musste gewusst haben, was passieren konnte. Deshalb hatte er so bereitwillig das Geld seiner Firma ausgegeben – er hatte die Aufgabe nicht selbst übernehmen wollen. Er hatte sie tanzen lassen wie eine Marionette. Und ihr Ehemann hatte das Schicksal erlitten, vor dem er sich am meisten gefürchtet hatte.

Etwas huschte über den Bahnsteig und verschwand im Nebel. Sie versuchte zu erkennen, worum es sich handelte, und vermutete einen Fuchs oder eine Katze. Sie stammte vom Land und ließ sich nicht so einfach von Tieren erschrecken, deren Vorlieben sie verstehen konnte.

Miranda betrat die hölzerne Schalterhalle, indem sie die Spinnweben beiseiteschob. Innen fand sie ein mit einer Staubschicht bedecktes Fenster und blickte hindurch. Der Raum dahinter schien unbewohnt zu sein, und trotzdem bewegte sich etwas darin.

Sie brachte ihr Gesicht näher an das Fenster, um besser zu sehen, und schreckte dadurch eine große, rotäugige Ratte auf.

Zurückweichend ließ sie das Tier passieren und beobachtete, wie sein rosafarbener Schwanz über den Boden glitt. Sie sehnte sich danach, mit einen Besen auf die Ratte einschlagen zu können.

Es war zu kalt, um hierzubleiben, und zu gefährlich, zum Zug zurückzugehen. Sie hatte keine Jacke, kein Gepäck und ihre Schulter verursachte Höllenschmerzen.

Obwohl sie sich auf dem Bahnhof zunächst sicherer gefühlt hatte, spürte sie nun, dass etwas nicht stimmte. Es gab einen seltsamen, bitteren Geruch von Erde und Tieren und Tod, der von Sekunde zu Sekunde kräftiger wurde, und ein leises Geräusch, das sich wie das Atmen einer Kuh anhörte. Es kam von oben.

Sie blickte langsam hoch.

Der Beißer hing kopfüber von der Decke. Er hatte seine Klauen in den Verputz gekrallt, der auf sie herabrieselte. Sein Leichentuch war ihn herum drapiert, als ob er eine große bleiche Fledermaus wäre.

Keine Zeit mehr für Schreie. Miranda rannte. Der Beißer ließ sich fast lautlos fallen und wuselte hinter ihr her mit Genuss an der Jagd. Wieder auf den Bahnsteig gelangt, erreichte sie die Schienen, sprang hinab und setzte ihre Flucht über Asche und Schotter fort. *Am Bahnhof kann ich zu leicht entdeckt werden*, dachte sie. *Ich werde dort, wo kein Licht mehr ist, sicherer sein. Königliche Familie! Jagt seine Beute wie Ungeziefer. So viel zur Würde der Aristokratie.*

Er folgte ihr nicht. Das war gut. Nein – nicht gut. Vom Nebel eingehüllt, hatte sie nicht bemerkt, dass sie dem Abstellgleis des Bahnhofs gefolgt war und in einer Sackgasse gelandet war.

Ihr Jäger hatte es nicht eilig. Er wusste, dass sie gefangen war, und konnte nach eigenem Gutdünken zum entscheidenden Schlag ansetzen.

Ihr wurde klar, was sie beunruhigte. Er war schon einmal hier gewesen. Er kannte sich auf dem Bahnhof aus. Aber wie war das möglich?

Mit dem wartenden Zug im Rücken folgte der Beißer ihr im Schlendergang. Er hob den Kopf, um zu schnuppern, näherte sich ihr im sich teilenden Nebel, wartete auf den Moment zum Zuschlagen. Sie blickte auf und sah ihn, wie er sich von Siegesfreude überwältigt an sie heranschlich, unglaublich groß und verrottet, in Fetzen funkelnder Nachtluft gehüllt. Er verbreitete den Eindruck verkommenen Adels, als ob er schon zu Lebzeiten genossen hätte, Jagd auf seine Untertanen zu machen.

Miranda erreichte das Ende des Abstellgleises, wo Kohle für die Tender aufgestapelt war. Mit bangem Herzen stellte sie fest, dass es keinen Ausweg für sie gab. Den Zaun zu überklettern und den Damm hochzusteigen, würde zu lange dauern.

Die bleiche Kreatur hatte genug gespielt. Der Ghul wollte fressen. Er schlug ein Rad, erreichte sie und ließ sich auf ihr nieder wie eine gewaltige Fledermaus. Er öffnete die Nadelzähne, um ihr in den Hals zu beißen. Er rutschte herum, um die beste Position zu finden.

Als der Ghul sich darauf vorbereitete, sich an ihrem Blut zu laben, wusste Miranda, dass die letzten Augenblicke ihres Lebens gekommen waren, hier in der Dunkelheit eines fremden Landes, weit weg von ihrer geliebten Heimat, verlassen sogar von ihrem feigen Ehemann, den sie aus eigener Blödheit geheiratet hatte. Alles, was sie nun fühlte, war die Enttäuschung, dass sie sich nicht an die Spielregeln gehalten hatte.

Der Karpate senkte eine seiner Klauenhände und packte sie an ihrer verwundeten Schulter, weshalb sie vor Schmerzen aufschrie. Mit der anderen Hand brachte er das königliche Siegel wieder in seinen Besitz. Sie sah seinen Mund, der mit ihrem Blut verschmiert war. Seine Augen leuchteten immer heller.

Das Eisenbahnsignal änderte seine Position mit einem metallischen Scheppern. An Bord des Zuges hörte Nicholas einen furchtbaren, unmenschlichen Schrei, der aus der Nacht kam. Er eilte zum Fenster. »Mein Gott, was war das?«, fragte er Isabella. Er löste eine Taschenlampe von der Gepäckablage und leuchtete damit in die Dunkelheit.

Dort, auf dem Abstellgleis, schien etwas Weißes vornübergebeugt zu sein und zu fressen.

»He, Lokomotivführer«, rief er aus dem Fenster gelehnt. »Mehr Licht!«

Der Lokomotivführer hörte den Ruf und richtete den grellen Hauptscheinwerfer der Lokomotive höher aus. Das Licht fiel auf das Signal und die Szene, die sich dahinter abspielte. Der Beißer hatte sich über Miranda aufgebäumt, zeigte seine blutigen Zähne und gab sich lustvoller Völlerei hin.

Nicholas sah, wie das Licht des angehobenen Scheinwerfers auf das Signal für das Abstellgleis traf. Es warf einen riesigen Negativ-Schatten in Form eines Kruzifixes auf den Ghul und lähmte ihn. Miranda nutzte ihre unerwartete Chance und schob die gottlose Kreatur ins Zentrum des Kreuzes.

Der Beißer zuckte vor Schmerzen zusammen, als er spürte, dass er im Schattenkreuz gefangen war. Zu seiner eigenen Überraschung fing er an, in Flammen aufzugehen, und Miranda kreischte vor Freude.

Der Körper des Beißers wurde in blutige Stücke geteilt, während er sich hin und her wand, um sich zu befreien. Der Kruzifixschatten versengte seine Haut. Miranda ergriff die Gelegenheit, sich das Siegel zurückzuholen. Als sich der Zug langsam näherte, rappelte sie sich hoch und begann in seine Richtung zu laufen.

Die Räder des *Ärzengels* drehten sich schneller und schneller, als er an Fahrt aufnahm und aus dem Bahnhof ausfuhr. Miranda hatte Blut verloren und war nahe daran, auch das Bewusstsein zu verlieren, aber sie hatte ihre Beute zurückerobert, und jetzt hatte sie nur noch einen Gedanken: *Steig wieder in den Zug, bevor die Gelegenheit verpasst ist.* Im Todeskampf gelang es dem brennenden Ghul, sich aus der Falle zu befreien. Die letzten Reste seiner zur Neige gehenden Kräfte sammelnd, richtete er sich auf und lief hinter ihr her.

Jäger und Gejagte wurden vom Scheinwerfer des Zuges erfasst. Je näher der Zug kam, desto heller wurde das Licht. Miranda blickte gerade rechtzeitig zurück, um zu sehen, wie sich die in Flammen stehende Gestalt des Beißers mit schmerzverzerrt aufgerissenem Maul auf sie stürzen wollte. Er litt Höllenqualen und nichts würde seinen Angriff stoppen können.

Isabella hatte vom Abteilfenster aus gesehen, wie der Ghul Feuer gefangen hatte. Nun rannte Miranda blutverschmiert und heulend in ihre Richtung, während die Kreatur ihr immer näher kam. Isabella öffnete die Tür, lehnte sich hinaus, soweit sie konnte, streckte den Arm aus und rief nach ihr.

Miranda wusste, dass sie dem Beißer doch noch entkommen konnte, wenn sie Hilfe bekam. Aber selbst jetzt, wo sie eine winzige Chance auf Rettung hatte, kämpfte sie um den Besitz des goldenen Königssiegels, das sie fest an ihre Brust gepresst hielt. Es war alles, was ihr geblieben war.

»Scher dich zum Teufel«, schrie sie der Kreatur ins erstaunte Gesicht, als sie neben ihr erschien. »Habe ich mir das nicht verdient? Du bist tot, wozu brauchst du das?« Aber natürlich benötigte der Ghul das Siegel noch mehr als sie, denn ohne es konnte er keine wahre Ruhe finden.

Miranda hatte es geschafft, das Siegel zu behalten, aber seine Zacken bohrten sich in ihre Handfläche. Trotzdem würde sie es nicht aufgeben.

Sie hatte fast den Waggon erreicht.

Isabellas Finger berührten diejenigen Mirandas – sie ergriff ihre Hand, aber Miranda hielt das goldene Siegel in ihrer anderen und der Dämon schnappte danach. Seine Hände öffneten und schlossen sich in Greifbewegungen, dann erwischte er die Kette und packte sie, dazu entschlossen, sich nun nicht mehr abschütteln zu lassen.

Miranda zog an dem goldenen Strang, aber er wollte nicht freikommen. Der Beißer nutzte seinen Vorteil und zog sich mithilfe der Kette näher an Miranda heran. Die spindeldürren Beine der Kreatur hielten Schritt mit dem Tempo des Zuges. Die rechtschaffenen Flammen, die seine Haut gequält hatten, waren erloschen, und er begann sich zu erholen.

Miranda versuchte die Kette an sich zu ziehen, aber der Beißer gab sie nicht frei. Ihre Gier hatte sie beide in dieser Situation gefangen und ihre Schicksale verknüpft. Der Zug näherte sich schnell einem Signal, das sich vor ihnen erhob wie ein großes stehendes Kreuz.

Der Beißer wich zum Zug hin aus, um das Signal zu vermeiden, aber dahinter gab es noch ein niedrigeres Signal. Sie sah in Zeitlupe, was passierte: Der Metallflügel des zweiten Signals glitt durch das verrottete Fleisch des Beißers, riss Hand und Schulter auf, trennte seinen Arm ab und enthauptete ihn. Der gelbe Kopf prallte auf den Boden und rollte davon, während der Rest des Körpers in sich zusammenfiel. Es war ein unwürdiges Ende für einen Mann, der einst ein europäischer Kronprinz gewesen war. Sie wollte dem Kopf, der im Rollen immer noch das Siegel im Auge behielt, ins Gesicht lachen.

Plötzlich freigegeben, ließ sich die mit dem Blut des Beißers bespritzte Miranda zurückfallen – sie war frei und hielt noch immer die brennende Kette, während der Zug an ihr vorbeifuhr. Aber warum wurde die Kette heißer? Das Siegel stand weiter unter der Kontrolle seines Besitzers; es war, als ob es seinen eigenen Geist hätte. Als sie hinabblickte, sah sie, dass die abgetrennte Hand des Beißers noch immer die Kette fest umklammert hielt.

Sie war frei und lief neben dem Zug. Seine Türen und Fenster waren verlockend nahe.

Miranda spürte, wie sich die Kette bewegte, und blickte hinab, als sich das Ende mit dem Verschluss in die Dunkelheit schlängelte und unter dem dahinrollenden Waggon verschwand. Sie versuchte stehenzubleiben und die Kette zurückzureißen, aber es war zu spät.

Es fühlte sich an, als ob sich die Kette um die Achse der Waggonräder wickelte, und obwohl Miranda versuchte loszulassen, haftete ihr Fleisch nun fest daran. Das Siegel hielt sie fest. Plötzlich wurde die Kette straff, dann zog sie kräftig.

Die Kette zog Miranda unter den rasenden Waggon, ihr Körper wurde auf die Schwellen geworfen. Die kleine Frau des Pfarrers wurde zu blutigen Stücken von Fleisch und Knochen verarbeitet, bis sie nicht mehr als Mensch zu erkennen war.

Und der Beißer …

… der Beißer …

… Beißer …

… Biss …

Das Studio

»Biss.«

»Was?«

»Ein Biss. Schau, hier. Du Monster.«

Emma bewegte sich vor dem Spiegel hin und her und untersuchte die kleine blaue Bisswunde in ihrem Nacken. Im Fremdenzimmer des Gasthauses war es unerträglich heiß, aber es war ihnen nicht gelungen, den Heizkörper abzustellen.

»Zeig«, sagte Shane. »Mein Gott, hab ich das gemacht? Und auf deinem Arm. Das wollte ich nicht. Manchmal lasse ich mich hinreißen.«

»Manchmal?« Emma zog eine Augenbraue hoch. Sie trug einen überaus ungewöhnlichen Büstenhalter, der aussah wie ein geriffelter weißer Brustpanzer. Er hatte den Versuch, ihn abzubekommen, aufgegeben. Vielleicht trugen alle Engländerinnen so etwas. Emma war von einer anderen Sorte, als die Frauen, mit denen er in Kalifornien zu tun gehabt hatte; blasser und ruhiger, mit einem verwirrenden Sinn für Zurückhaltung, der ihn davon abhielt zu wissen, welche Themen man nicht ansprechen durfte. Andererseits war sie aber auch überraschend aufgeschlossen im Bett.

Sie erhob sich, ging zum Fenster und schob es ein Stück weit nach oben, während er eine Zigarette anzündete. Das

Holz war feucht und klemmte im Rahmen. Sie konnte die Bäume riechen, den Fluss, die Nacht. Sie nahm ein abgewetztes Taschenbuch vom Tisch und studierte es. »Holst du dir daraus Ideen?«

»Was, die österreichisch-ungarische Monarchie und die Geschichte des Ersten Weltkriegs? Ja, schon. Es geht alles in meinen Kopf und kommt über die Schreibmaschine wieder heraus. Keine Idee kommt von selbst.«

»Interessant. Ich werde nie verstehen können, wie Autoren arbeiten. Ich vermute, das hier ist ein Urlaubsflirt für dich. Fünf Tage, um ein Drehbuch zu schreiben. Ende des ersten Tages. Du hast eine Menge geschafft.« Er hatte sie die geschriebenen Seiten lesen lassen und wusste nun nicht, ob sie sich über ihn lustig machte.

»Wenn das Drehbuch auf Anklang stößt, werde ich bleiben«, sagte er. »Es gibt keinen Grund für mich, schnell nach Hollywood zurückzukehren.«

»Ich bin mir nicht sicher, ob das so eine gute Idee ist. Ich denke, du wirst dich hier eingeengt fühlen. Und du wirst mich irgendwann hassen. Ich will nicht, dass du dich gefangen fühlst.«

Sie wandte sich ihm zu, strahlend und schicksalsergeben zugleich. »Was ich sagen will: Es ist gut so, wie es ist. Ich hab kein Problem damit.«

»Dachte ich mir.«

Sie versuchte sich etwas präziser auszudrücken. »Was ich sagen will: Dein Ruf eilt dir voraus. Mir war klar, worauf ich mich einlasse.«

Shane hatte eine Beziehung mit einem der weiblichen Stars von Corman gehabt. Er war überrascht, dass sie davon gehört hatte. »Ich vermute, so was verbreitet sich schnell.

Aber du solltest nicht alles glauben, was du hörst. Und vergiss nicht, dass wir miteinander arbeiten werden.«

»Ich bin mir nicht sicher, ob das hier deine Art von Stil ist. Wenn du wüsstest, wie die Firma arbeitet …«

»Wie arbeitet sie denn?«

»Wie Gott, auf unergründliche Art und Weise. Michael hat einen ausgeprägten Geschäftssinn, genau wie sein Vater. Aber wie irgendwas genau abläuft – das ist eine gute Frage. Wir haben uns immer irgendwie durchgeschlagen. Niemand hatte den Erfolg der Horrorfilme vorhergesehen. Es war das X-Zertifikat, das uns den Erfolg brachte. Wir machten Krimis, Kommerzfilme, furchtbar langweiliges Zeug. Jimmy Sangsters Drehbücher waren immer gut, aber es war die Verwendung des Buchstabens ›X‹ in unseren Titeln, das die Jugendlichen anzog. *XX unbekannt*, *Das Quatermass Xperiment*, so eine einfache Idee. Sie bekamen das Gefühl, dass sie etwas sehen würden, was ihren Eltern missfiel, etwas Verbotenes.«

»Aber die Neuerfindung von Dracula und Frankenstein, das war doch ein Geniestreich …«

»Diese Filme waren nur ein Sechstel unserer Produktion. Wir wussten nicht, dass sie erfolgreich sein würden, bis sich der Zensor beklagte. Und dann die Zeitungen – nun, jetzt kann man sich den Aufschrei nicht mehr vorstellen, aber damals schien es, als ob wir die Jugendlichen zu Morden anstacheln würden. Danach waren wir so etwas wie ein rotes Tuch, und ich vermute, dass wir den guten alten John Trevelyan geködert haben. Du weißt schon, ein wenig zusätzliches Blut in die Drehbücher, damit er etwas zum Herausschneiden hat. Und alles in wunderbarem Technicolor. In ganz Großbritannien liefen die Landpfarrer und ihre Gattinnen Sturm.«

»Und jetzt?«

»Michael macht sich mehr Sorgen wegen der Amerikaner, als er zugibt. Sie schnappen sich einen größeren Teil des Profits und wollen im kreativen Bereich das Sagen haben. An jedem neuen Film sind mehr Anwälte beteiligt als vorher. Und die Einnahmen an den Kinokassen sind auch nicht mehr das, was sie einmal waren. Wir können nicht ewig so weitermachen. Michael leidet darunter, dass wir nie Erfolg im amerikanischen Fernsehen hatten. Wir haben es 1958 mit einer Serie versucht …«

»*Frankensteins Geschichten*. Was lief schief?«

»Oh, das Übliche. Die Sender wurden nervös. Probleme mit dem Inhalt. Die Amerikaner sind noch immer ein Rätsel für uns. Keine Manieren, glauben unsere Produzenten, nur aufs Geld aus. Sie haben die finanzielle Kontrolle. Das aufstrebende Imperium kommandiert immer das untergehende herum. Michael denkt allerdings nicht, dass sie auf Dauer die Oberhand behalten werden. Er meint, dass der Osten den Westen noch zu Bettlern machen wird. In Hongkong gibt es eine sehr stabile Filmindustrie. Er bemüht sich bereits um einen Vertragspartner dort. Du könntest dazu beitragen, dass sich das Blatt für uns wendet, Shane. Wir brauchen frisches Blut.«

Sie lachte. »Wie passend.«

»Nun, ich denke, ich habe den ersten Teil des Drehbuchs geschafft. Wenn ich den Rest richtig hinbekomme und am Freitag abgeben kann, gelingt uns vielleicht ein Hit und wir retten die Firma.«

»So schlecht stehen die Dinge noch nicht, aber man kann sehen, woher der Wind weht. Weißt du, sie wissen nicht, in welche Richtung wir uns entwickeln sollen. Ich denke, unseren Filmen fehlt der gewisse Pep. Wir haben nicht viel Glück mit unseren jungen männlichen Stars. Einige von ihnen sehen ganz gut aus, aber sie erwachen nie richtig zum Leben, wenn du weißt, was ich meine.«

»Hast du Film studiert?«

»Ich hab einen Kurs an der London Film School belegt, aber ich denke, man hat mir den Job gegeben, weil ich tippen kann und schöne Beine habe. Frauen kommen nicht auf den Gedanken, in diesem Geschäft zu arbeiten. Ihnen fehlt das Selbstvertrauen.«

»Würdest du mir helfen?« Shane erhob sich vom Bett und suchte nach seinem Hemd. »Ein paar Seiten durchlesen und darauf aufpassen, dass ich den Stil des Hauses treffe?«

»Und was bekomme ich dafür?« Auf ihren Lippen zeichnete sich ein Lächeln ab.

»Wenn ich den Job bekomme, bleibe ich.«

Sie versetzte ihm einen Stoß gegen die nackte Brust und drückte ihn zurück auf das Bett. »Nur nichts überstürzen.«

»Wir haben die ganze Nacht.«

»Du brauchst deinen Schlaf. Außerdem kenne ich den Besitzer hier, und ich möchte nicht, dass er auf falsche Gedanken kommt. Bei ihm kommt eine Menge unserer Leute unter. Ich muss an meinen Ruf denken. Nicht, dass so etwas bei mir die Regel wäre. Ich bin ein anständiges Mädchen.« Sie erhob sich und zog sich an, dabei ihre Frisur richtend. »Ich werde dich gegen halb neun abholen und ins Studio bringen. Ich erwarte von dir, dass du morgen ausgeschlafen und voller Ideen sein wirst.«

Nachdem sie gegangen war, schloss er das Fenster, um ihren Geruch im Zimmer einzufangen. Er drehte den Verschluss einer Flasche Haig-Whisky ab und nahm die Schutzhaube von der Schreibmaschine.

Dann begab er sich wieder an Bord des Zuges.

Der Zugführer

Sie waren wieder unterwegs. Isabella rannte auf der Suche nach Thomas den Gang entlang. Er und Miranda waren kurz nach dem Beginn ihrer Reise zum Gepäckwagen gegangen, um die mysteriöse Aufgabe zu erfüllen, mit der sie sich die Fahrt verdienen würden. Nur Miranda war wieder aufgetaucht, gejagt von einer Art knochengelbem Höllendämon, und nun war sie tot.

Isabella rieb sich die Stirn und fragte sich, ob sie unter Halluzinationen litt. Doch bereits als ihr dieser Gedanke kam, war sie sich sicher, dass das, was sie beobachtet hatte, wirklich passiert war. Der Zug – sie hatten seine Einladung angenommen, sich an Bord zu begeben, und jetzt gab es keine Möglichkeit mehr auszusteigen, keinen Weg zurück.

Sie kam zur Tür des Gepäckwagens und öffnete sie. Im Inneren befand sich ein abgestoßener, prachtvoller Sarg, der in Ketten gewickelt war. Aber vom kleinen Pfarrer fehlte jede Spur.

Allerdings gab es Spuren eines Kampfes – es musste zu einem Gewaltakt gekommen sein; sie sah Holzsplitter und Schleifspuren zur Ladetür des Gepäckwagens, die weit offen stand. Sie schob sie zu. Die Kreatur, die Miranda verfolgt hatte, musste aus dem Sarg hervorgekommen sein.

Aber wenn sie aus dem Sarg gekommen war, warum war der Deckel jetzt geschlossen? Und welche Geräusche kamen aus seinem Inneren? Sie kniete neben dem Sarg nieder, legte eine Handfläche auf das Holz und lauschte. Thomas musste darin gefangen sein. Von seinen Anstrengungen, sich zu befreien, erschöpft, war er still geworden, aber sie konnte hören, wie er nach Atem rang. Bestimmt gab es darin nur wenig Luft.

Isabella fühlte, wie etwas in ihre Hand stach, und sah Blut auf ihrer Handfläche. Ein goldenes Kreuz stand aus einem Spalt im Deckel hervor. Sie wischte sich die Hand ab und beobachtete, wie sich das Kreuz hin und her bewegte. In einem letzten verzweifelten Befreiungsversuch hatte Thomas sich das Kreuz von seinem Hals gerissen und es in die Versiegelung des Deckels gedrückt.

Sie erhob sich und suchte hektisch nach einem Hilfsmittel. Dann entdeckte sie die Schaufel. Sie nahm sie und stieß das Schaufelblatt in den Spalt zwischen den beiden Hälften des Deckels. Es drang problemlos ein und sank tief ein, bis es auf den Widerstand menschlichen Fleisches stieß. Aus dem Inneren drang ein Schmerzensschrei. Isabella drehte die Schaufel mit all ihrer Kraft und spürte, wie das Holz zersplitterte.

Schnaufend und würgend befreite sich Thomas aus dem zerstörten Sarg. Er fasste sich an den Hals und versuchte zu sprechen. Er war mit Schweiß überströmt und kreidebleich, seine von Furcht gezeichneten Augen standen hervor.

»Isabella – die Kreatur …«

»Beruhigen Sie sich. Man kann nichts mehr tun.«

»Meine Frau – ich habe alles gesehen, wie in einem furchtbaren, fieberhaften Albtraum! Ich befürchte, dass ich den

Verstand verloren habe – die Lakaien des Leibhaftigen, hier auf der Erde, und nur einem Diener des Herrn steht es zu, sie zu sehen!«

»Nein, ich habe die Kreatur auch gesehen. Bleiben Sie hier«, wies sie ihn an. »Und beruhigen Sie sich. Ich werde Nicholas holen.« Sie konnte es nicht über sich bringen, ihm zu berichten, was geschehen war.

»Ich muss mich ...« Er streckte als Geste der Dankbarkeit die Hand aus.

»Keine Zeit. Sie müssen sich ausruhen und Ihre Kräfte sammeln. Bitte, ich bin gleich zurück. Ich muss jetzt gehen.«

Sie rannte den Gang entlang, dorthin zurück, wo sie Nicholas zuletzt gesehen hatte. Sie fand ihn in sich zusammengesackt in einem Abteil sitzend, wo er sich mit den Händen den Kopf hielt.

»Du hast gesehen, was mit Miranda passiert ist«, sagte Isabella. »Warum konntest du sie nicht retten? Warum konnte keiner von uns ...?«

Nicholas schüttelte verwirrt den Kopf. »Ich hab es gesehen und doch nicht wirklich. Du etwa?«

»Ja, aber es war wie in einem Traum – und doch erschien mir alles so klar und deutlich. Und die anderen Passagiere schienen alle im gleichen Zustand zu sein. Was geschieht mit uns, Nicholas? Der Zugführer – er besitzt den Schlüssel zu allem hier.« Isabella griff nach seiner Hand und zog ihn hoch.

»Was willst du damit sagen?«, wollte Nicholas wissen, während er ihr gestattete, ihn mit sich zu ziehen.

»Der *Ärzengel* ist kein normaler Zug.« Sie blickte in die Abteile, an denen sie vorbeikamen. Die Passagiere starrten leer vor sich hin oder schliefen, gleichgültig gegenüber den schrecklichen Ereignissen, die sich außerhalb des Zuges abgespielt hatten. »Guck sie dir an. Man könnte glauben, dass sie tot sind. Sie sind nicht von dieser Welt.« Sie deutete nach vorne. »Spürst du es nicht? Wir sind anders als sie. Wir leben und atmen, und wir fühlen. Dort, schau. Ich sehe ihn am Ende des Waggons.«

Die Lampen flackerten, als der *Ärzengel* über schlecht verknüpfte Gleisstränge holperte. Isabella und Nicholas wurden gegen die Wand des Ganges geschleudert, aber der Zugführer stand unbeeindruckt. Er hatte ihnen den Rücken zugewandt, seine blassen Hände auf dem Rücken ineinander gelegt. Er schien von den Ereignissen der letzten Minuten absolut unberührt zu sein. Ihr kam ein furchtbarer Gedanke. Vielleicht spielte sich das, was gerade passierte, auf jeder Fahrt des Zuges ab, immer wieder, und wenn es einmal seinen Anfang genommen hatte, konnte es nicht mehr aufgehalten werden.

»Wir müssen noch einmal mit Ihnen sprechen«, verlangte Isabella. »Sie müssen uns erklären, was los ist.«

»Sie sind nur Passagiere auf Ihrer Reise, wie andere vor Ihnen und andere, die nach Ihnen kommen werden.« Der Zugführer wandte sich um und bedachte sie mit einem Friedhofsblick.

»Du musst ihm konkrete Fragen stellen, sonst spricht er nur in absurden Rätseln«, warnte Nicholas.

»Wir wollen etwas über den Zug wissen«, sagte Isabella. »Was ist der *Ärzengel*?«

»Sie haben sich das Recht zu diesem Wissen noch nicht verdient«, beschied der Zugführer.

»Sie reden, als ob es sich um eine Art Spiel handelt. Nun, was ist, wenn wir nicht mitspielen wollen? Wir können einfach am nächsten Bahnhof aussteigen.«

»Wenn Sie das tun, ist das Spiel vorbei und Sie sind verloren.«

»Was heißt das, wir sind verloren?«

»Als Sie den *Ärzengel* bestiegen haben, haben Sie einen Vertrag geschlossen. Wenn Sie aussteigen, bevor Sie geprüft wurden, verlieren Sie Ihre Seele. Wenn Sie Ihre Prüfung nicht bestehen, sind Sie verdammt in alle Ewigkeit.«

»Oh, was für ein Irrsinn!«, entfuhr es Nicholas. »Wir leben im zwanzigsten Jahrhundert. Ihre ländlichen Vorstellungen besitzen keine Glaubwürdigkeit mehr. Der Krieg hat dem Aberglauben ein Ende bereitet. Menschen werden durch Maschinen getötet, die sie gebaut haben, um einander zu zerstören, nicht von …«

»Was wäre, wenn wir einen Weg finden, um zu gewinnen?«

»Nun, dadurch würde sich alles ändern.« Der Zugführer ließ es scheinen, als ob der Gedanke undenkbar wäre.

»Das heißt, dass noch nie jemand gewonnen hat?«

»Natürlich nicht. Wie könnte jemand?«

»Wir verschwenden unsere Zeit mit ihm«, sagte Nicholas. »Komm.«

»Was sollen wir jetzt tun?«

»Wir werden einfach aussteigen«, sagte er, während er beobachtete, wie außerhalb des Fensters die dunkle Landschaft vorbeieilte.

»Wie soll das möglich sein?« Isabella ließ sich auf den nächstbesten Sitz fallen. Sie war überfordert. »Du hast die Bedingungen gehört. Wenn wir aussteigen, bevor der Zug die Endstation erreicht hat, verlieren wir unsere Seele. Wir werden in alle Ewigkeit verdammt sein.«

»Nur, wenn man an so ein Geschwätz glaubt.«

»Das tue ich, Nicholas. Ich wurde so erzogen.«

»Und was ist mit denen, die nicht glauben? Was passiert mit denen?«

»Jeder glaubt an irgendetwas.«

»In deiner kleinen Welt vielleicht. Nicht in meiner. Nicht nach dem, was ich über das Verhalten der Menschen gelernt habe. In London kann ein Mann verdammt sein und sich großartig amüsieren. Und du glaubst dieses absurde Geschwätz.«

»Du hast selbst gesehen, wie eine Frau von einem übernatürlichen Wesen verfolgt und unter dem Zug in Stücke gerissen wurde«, rief sie. »Was braucht es noch, um dich zu überzeugen?«

Aber bereits als sie die Frage stellte, wusste sie die Antwort. Wenn Nicholas geprüft würde, würde er sicherlich zum Glauben finden.

Der Major

Sehet den *Ärzengel.*

Eine teuflische Maschine, die durch die stürmische Nacht donnert. Die Kolben pumpen, der Dampfdruck wächst, die Lichter flackern. Aufblitzende Vierecke mit unterschiedlichsten Szenerien, ihre silhouettenhaften Figuren eingerahmt und erstarrt; jedes erzählt seine eigene Geschichte von Liebe und Verrat, von anhaltendem Hass, hartem Leben und gewaltsamem Tod. Einen Augenblick lang werden die Waggons von dunklen Bäumen verschluckt, dann erscheinen sie wieder und rasen schwankend durch die vom Krieg zerrissene Welt.

Der Zug folgte wieder mit hoher Geschwindigkeit seiner vorherbestimmten Route. Nicholas blickte aus dem Fenster, verärgert darüber, dass Isabella glaubte, er wäre nicht länger Herr seines eigenen Schicksals.

»Miranda ist gescheitert«, sagte Isabella klagend. »Thomas ist im Gepäckwagen. Er wäre auch fast gestorben.« Nicholas versuchte sie zu beruhigen, war aber nicht in der Lage, etwas Sinnvolles zu tun. »Es gibt nur noch zwei Bahnhöfe vor der Endstation. Wer von uns muss jetzt dem Teufel gegenübertreten? Wer wird der Nächste sein?«

Nicholas hatte genug. Er sprang auf die Beine und flüchtete aus dem Abteil auf den Gang. Er benötigte frische Luft und Vernunft.

»Das ist entsetzlicher, abergläubischer Blödsinn«, erklärte er. »Niemand wird *der Nächste* sein!«

Plötzlich erschienen wie aus dem Nichts zwei englische Soldaten, schlugen ihm mit den Griffen ihrer Pistolen auf den Kopf und zogen ihn davon.

Isabella schrie. Der Zugführer baute sich in der Türöffnung auf und verhinderte, dass sie das Abteil verließ. »Sie können ihm nicht helfen«, sagte er. »Vor allem Sie sollten wissen, dass er das allein durchstehen muss.« Er schloss die Abteiltür, und sie stellte fest, dass sie nicht in der Lage war, sie zu öffnen. Sie hämmerte mit den Fäusten gegen die Glasscheibe, aber das Innenrollo senkte sich herab, als ob es von einem Eigenleben erfüllt würde. Es schien, als ob sich der Zug selbst erneut gegen sie stellte.

Nicholas kam langsam wieder zu Bewusstsein. Der Zug bewegte sich durch die dunkle Nacht und schaukelte sanft wie ein düsteres Schlaflied. Alles schien wieder ruhig und friedlich geworden zu sein. Sein Hinterkopf schmerzte. Der furchtbare Tod Mirandas … hatte es sich dabei in Wirklichkeit nur um einen Fiebertraum gehandelt? Wenn dem so war, wohin war sie dann verschwunden?

Er blickte sich um. Ihm gegenüber saß in sich zusammengesackt ein beleibter, kahl werdender Mann mit fettem, schwach ausgeprägtem Kinn und gestutztem Oberlippenbart. Er schlief mit offenem Mund.

Nicholas rieb sich den schmerzenden Kopf. Der Mann trug die olivgraue Uniform eines britischen Offiziers. Nicholas sah auf die Schulterstücke; der Mann trug Kronen. Ein Major.

Etwas stimmte nicht. Er fühlte sich gefesselt. Die Soldaten, die ihn überwältigt hatten, hatten seine linke Hand am Türgriff angekettet. Armeehandschellen, billig verarbeitet, aber stabil und bruchsicher. Der Offizier ihm gegenüber grunzte, änderte seine Haltung und schnarchte. Der Waggon wurde durchgeschüttelt. Der Mann erwachte und blickte sich um.

»Was zum Teufel …? Oh, Sie.« Die blauen Augen des Majors blitzten ihn kurz an, dann verloren sie das Interesse.

»He«, sagte Nicholas. »Warum bin ich hier?«

»Keine Ahnung«, antwortete der Major. »Was haben Sie mit Ihrer Uniform gemacht?«

»Welche Uniform? Was ist los?« Nicholas rasselte mit den Handschellen.

»Der Krieg mag für Sie vorüber sein, Leutnant, aber Sie werden mich verdammt noch mal als Major Carstairs ansprechen.« Er berührte Nicholas' linkes Handgelenk mit seinem Offiziersstöckchen, eine Geste, die Nicholas daran erinnern sollte, warum er am Türgriff angekettet war. »Dieses Mal werden Sie nicht entkommen. Normalerweise erschießen wir Männer wie Sie. Sie hatten gedacht, dass Sie sich in Zivilkleidung heimlich nach Hause durchschlagen könnten, und stattdessen haben Sie es fertiggebracht, dass eine ganze Stadt hinter Ihnen her war. Nicht sehr klug, oder?«

»Ich weiß nicht, wovon Sie reden.«

»Es wird Sie vielleicht überraschen zu hören, dass Sie immer noch zur britischen Armee gehören«, sagte Carstairs. »So leicht kommen Sie uns nicht davon.«

Der an die Tür gefesselte Nicholas sank entgeistert in seinen Sitz zurück.

Im nächsten Abteil zog Isabella am Türgriff, aber die Tür blieb fest verschlossen. Dann, ganz von allein, rutschte sie plötzlich auf, eine Einladung des *Ärzengels*.

Ebenso verwirrt wie erleichtert, eilte sie auf den Gang und sah in das nächste Abteil. Sie schob die Tür auf. »Nicholas, bist du in Ordnung? Was um Himmels willen ist …«

Der Major tippte sich gegen die Stirn. »Es tut mir leid, Mam'selle, keine Gespräche mit dem Gefangenen.«

»Isabella, er verwechselt mich mit jemandem.«

»Ah«, dämmerte es dem Offizier. »Sie haben es ihr nicht gesagt.«

»Mir was nicht gesagt?«

»Ihr Liebhaber ist ein Deserteur, junges Fräulein.«

»Ich verstehe nicht.«

»Offenbar war die britische Armee nicht nach seinem Geschmack, gnä' Frau. Er hat uns verlassen, gerade als es interessant wurde. Durch einen glücklichen Zufall scheinen einige von uns den gleichen Zug nach Hause genommen zu haben.«

Hinter Isabella erschienen zwei Soldaten. Der Major schwenkte seinen Stock in ihre Richtung. »Begleiten Sie diese junge Dame zurück in ihr Abteil.«

Nicholas sah Isabella flehend an, als sie unter Protest weggeführt wurde. Jeder der beiden Soldaten hielt einen ihrer Arme. »Nein!«, rief sie. »Nicholas! Das ist deine Prüfung! Sei vorsichtig!« Sie wurde weiter den Gang entlang in ein leeres Abteil geschubst.

»Du wirst deinen Liebsten nicht wiedersehen, schönes Kind«, sagte einer der Soldaten zu ihr. Er grinste sie an. »Wenn du einsam bist, klopf einfach an die Wand. Dann kommen wir und vertreiben dir die Zeit.«

Sie schlossen unter Gelächter die Tür und sperrten sie ab. Sie verstand es nicht; die Türen schienen zu verschiedenen Zeiten unterschiedlich zu funktionieren. Der *Ärzengel* konnte sich gegen sich selbst kehren wie ein Irrgarten auf einem Rummelplatz. Es blieb ihr nichts anderes übrig, als Nicholas seinem Schicksal zu überlassen.

Auf seinem Platz, dem Major gegenüber, zerrte Nicholas an den Handschellen.

»Wissen Sie, Sie hätten es zum Hauptmann bringen können, wenn sie nicht solche absurden Anschuldigungen gegen den Brigadegeneral vorgebracht hätten«, sagte Major Carstairs. »Sie sollten bei der Verhandlung auf Unzurechnungsfähigkeit plädieren.«

Nicholas konnte kaum sprechen. »Ich weiß nicht, wovon Sie reden.«

»Sie erinnern sich nicht, warum Sie desertiert sind?«

»Nein. Sagen Sie es mir.«

»Sie haben behauptet, Ihr befehlshabender Offizier sei wahnsinnig geworden. Sie hätten gesehen, wie er einem Soldaten mit einem Rasiermesser die Kehle durchgeschnitten hat. Aber das stimmt nicht. Unter Beschuss haben Sie sich als Feigling entpuppt und sich das eingebildet. Es war Ihre eigene Angst vor dem Tod, die Ihnen das eingeredet hat. Und nicht, weil wir einen Verrückten in unserer Mitte haben. Wir sind die Armee, hier ist niemand verrückt.«

Nicholas versuchte zu denken. Was der Major sagte, schien nicht die ganze Wahrheit zu sein, aber es war auch nicht völlig unwahr. Hämmernder Schmerz tobte in seinem Kopf.

Er bemühte sich zu verstehen, was passierte. »Ich erinnere mich nicht … nur Bruchstücke.«

Der Major beugte sich nach vorne und sprach in einem vertraulichen Tonfall: »Hören Sie, wir haben alle die schrecklichsten Dinge an der Front gesehen, Dinge, die fast unmöglich erscheinen, wenn man auf sie zurückblickt. Der Krieg setzt uns allen zu, und er ist noch lange nicht vorbei. Ich muss zugeben, ich hatte große Hoffnungen für Sie. Ihre Männer haben Sie geschätzt. Ich werde dafür sorgen, dass Sie eine faire Verhandlung bekommen.«

Jemand klopfte an die Tür. Ein höherer Offizier steckte den Kopf in das Abteil. Unrasiert und mit länglichem Gesicht; kleine dunkle Augen unter einer wuchtigen Stirn. »Ah, Carstairs. Wir haben Brandy gefunden. Wir sind im vorderen Waggon. Wollen Sie uns Gesellschaft leisten?«

»Oh, das klingt prima, General«, sagte der Major. »Ich werde gleich kommen.«

Nicholas starrte den Brigadegeneral an, als in seinem Kopf eine blutige Szene aufblitzte. Er sah den Offizier, wie er sich gebeugt und bewaffnet in einem Schützengraben, in dem Wasser stand, befand und einem jungen Soldaten mit einem Rasiermesser aus Armeebeständen die Kehle durchschnitt.

»Oh Gott, das ist er!«, sagte er. »Er ist wahnsinnig.«

»Er ist nicht wahnsinnig, er ist ein britischer Offizier. Hören Sie, junger Mann, Sie müssen versuchen, sich unter Kontrolle zu bekommen.«

»Ich habe ihn gerade mit einem Rasiermesser in der Hand gesehen. Wie er das Blut seiner eigenen Männer getrunken hat.«

»Nein«, erwiderte der Major geduldig, »Sie haben ihn hier in der Türöffnung gesehen.«

»Ich meine vor meinem inneren Auge. Ich erinnere mich jetzt. Wir waren im Piccadilly-Graben.« Die Einheit hatte die Gänge in der Erde nach Straßen in London benannt, damit sich neue Rekruten zurechtfinden konnten. Das Problem war jedoch, dass die Hälfte von ihnen vom Lande kam und Oxford Street nicht von einer Latrine unterscheiden konnte. Von Zeit zu Zeit verirrte sich jeder. Und bei einer dieser Gelegenheiten war Nicholas auf eine Szenerie gestoßen, die er versucht hatte, aus seinem Gedächtnis zu löschen: Ein Offizier, der einen seiner eigenen Männer tötete. Und nun erinnerte er sich von Minute zu Minute an mehr Einzelheiten.

»Wissen Sie, was Sie falsch gemacht haben?«, fragte der Major. »Ihr Fehler war, in Panik zu verfallen. Das einzige Verbrechen in der britischen Armee ist Ungehorsam.«

Nicholas erinnerte sich vage daran, dass er einer Prüfung unterzogen werden sollte. Er versuchte schnell zu denken. Sein Kopf fühlte sich wie benebelt an. Er musste sein Verhalten an das anpassen, was er wusste.

»Kann ich eine Zigarette haben?«

»Sie trauen sich 'was. Um Gefälligkeiten bitten. Aber gut, dieses eine Mal. Ich werde sehen, was ich tun kann.«

Der Major erhob sich schwerfällig von seinem Platz und verließ das Abteil. Er schien froh zu sein, eine Gelegenheit zu bekommen, seine Glieder zu strecken. Nicholas prüfte die Handschellen, mit denen er an die Tür gefesselt war. Versuchsweise trat er ein paar Mal mit seinem Stiefel dagegen. Sie waren zu solide, um zu zerbrechen, und es gab keinen Weg, sie vom Türgriff zu entfernen.

Was zur Hölle habe ich mir eingebrockt?, dachte er, und dann: *Vielleicht ist dies das Leben, das ich gehabt hätte, wenn ich im Krieg geblieben und nicht zurück Richtung England geflohen wäre. Wie ich mich verhalte, wird darüber entscheiden, ob ich meine Seele behalten darf oder sie verliere.*

Wenn sie nicht in den *Ärzengel* eingestiegen wäre, hätte Miranda Jahrzehnte als Pfarrersgattin in Henley-Upon-Thames, oder wo auch immer Thomas eine Pfarrstelle akzeptiert hätte, verbracht, den Nähzirkel geleitet und sich bitterlich über ihr Los beklagt. Stattdessen hatte sie eine andere Version ihres Schicksals durchlebt, eine, in der sie sich gegen ihren Ehemann stellte und den Preis für ihre Gier bezahlen musste. Nicholas malte sich aus, wie sich die Schienen vor ihnen in einhundert verschiedene Richtungen teilten, in alle erdenklichen Lebenspfade. Der *Ärzengel* hatte ihn auf ein anderes Gleis geführt, um zu prüfen, was in ihm steckte.

Ich darf mich durch meine schlimmsten Fehler nicht zerstören lassen, dachte Nicholas. *Der Zug sucht nach meinen Schwächen. Er darf sie nicht finden.*

Der Brigadegeneral

Major Carstairs kam zu dem Abteil, in dem er den Brigadegeneral vermutete, aber seltsamerweise war das Innenrollo heruntergezogen.

Er versuchte am Rand des Rollos vorbei in das Abteil zu blicken. Das blutunterlaufene Auge des Brigadegenerals erschien plötzlich in dem Spalt und ließ ihn zusammenfahren. Das Auge starrte ihn an und suggerierte dem Major, dass er verschwinden sollte. Als er verwundert einen Schritt rückwärts machte, stieß er an einen jungen Soldaten. »Robertson«, fuhr er ihn an. »Was zur Hölle machen Sie hier?«

»Verzeihung, Sir«, entschuldigte sich Robertson. »Ich suche den Brigadegeneral. Ich wurde herbefohlen.«

Der Major deutete auf die Abteiltür. »Nun, er ist da drinnen, aber ich denke nicht, dass er …«

»Danke, Sir.«

In genau diesem Augenblick öffnete der General die Tür zu seinem Abteil einen Spalt. »Ich übernehme das, Major«, sagte er, zog Robertson in das Abteil und schob schnell die Tür wieder zu. Das Innenrollo schoss kurz nach oben, wurde aber hastig wieder nach unten gezogen.

Major Carstairs versuchte unter dem Rollo hindurch einen Blick ins Innere zu erhaschen. Er näherte sich mit dem Gesicht an die Scheibe. Plötzlich hörte er ein Keuchen und dann ein furchtbares, vertrautes Gurgeln. Ein einzelner scharlachroter Spritzer besudelte das Rollo.

»Ist da drinnen alles in Ordnung?«, erkundigte sich der Major.

»Ja, danke«, antwortete der Brigadegeneral. Ein heftiger Tritt. Mehr Gurgeln und dumpfe Geräusche. Danach Stille.

»Oh, na dann – alles klar.« Der Major ging verwirrt davon.

Er kehrte in sein eigenes Abteil zurück und gab Nicholas eine seiner Zigaretten. Sie waren von besserer Qualität als die mit Stroh gefüllten Sargnägel, die er den Soldaten abzunehmen pflegte, aber er beschloss, eine von ihnen zu opfern. Er nahm seinem Gefangenen gegenüber Platz. »Eine überaus seltsame Sache«, fing er an. Dann schüttelte er den Kopf und blickte verunsichert zurück auf den Gang.

»Was ist?«, fragte Nicholas. »Was haben Sie gesehen?«

Der Major runzelte die Stirn. »Nichts. Ich bin müde. Das hat man davon, wenn man sich Ihren verdammten Blödsinn anhört.«

»Ich habe einmal einen Offizier getroffen, der seine dritte Dienstzeit absolvierte. Er erzählte mir, dass er Geschmack am Blut seiner Männer gefunden hätte«, sagte Nicholas. »Es war der einzige Weg, wie er den Wahnsinn überstehen konnte.«

»Ich glaubte, dass ich Blut gesehen habe«, sagte der Major nachdenklich, während er weiter nach draußen blickte.

»Ich wusste es.« Nicholas triumphierte. »Ich hatte recht.«

Der Major fasste einen Entschluss. »Nein. Es liegt an Ihnen. Sie müssen von den anderen ferngehalten werden.«

»Sir?«

»Sie stehen unter Quarantäne. Wir dürfen nicht zulassen, dass Sie noch mehr leicht zu beeinflussende Burschen mit diesen paranoiden Wahnvorstellungen anstecken. Was wäre, wenn sie alle anfangen so zu denken wie Sie? Was würde aus der britischen Armee, wenn die Leute anfingen zu glauben, dass ihre Führer verrückt sind?«

»Aber andere könnten in Gefahr geraten.«

Der Major war mit den Nerven am Ende. Es war eine höllische Dienstzeit gewesen, die mit einer Schlappe geendet hatte. Er war auf mehr europäischen Straßen herumgewandert als eine lettische Hure. »Lassen Sie es dabei bewenden, mein Freund. Mir zuliebe. Wir sind alle erschöpft.«

Nicholas ließ sich in seinen Sitz zurückfallen und beobachtete den Major. *Du musst die Prüfung überstehen*, dachte er. *Du musst das durchdenken. Du brauchst einen Plan. Du musst …*

»Ich muss auf die Toilette.«

Der Major seufzte. Er würde auf dieser Reise keine Ruhe finden können. »Ich sehe, dass Sie mir die ganze Nacht hindurch auf die Nerven gehen werden. Kommen Sie.« Er suchte in seiner Uniform, brachte einen Schlüssel zum Vorschein und sperrte die Handschellen auf.

Isabella wartete, bis die Soldaten verschwunden waren, bevor sie noch einmal versuchte, die Tür zu öffnen. Auch jetzt ging sie fast von alleine auf. Der Zug war wie ein mechanischer Trickbetrüger, der Zugänge nach Gutdünken öffnete und schloss, und dabei all diejenigen manipulierte, die sich in seiner Gewalt befanden. Sie und Nicholas waren Teil von Mirandas Prüfung geworden. Konnte sie nun ein Teil derjenigen von Nicholas werden?

Nachdem sie sichergestellt hatte, dass die Luft rein war, begab sie sich auf den schwankenden Gang. Er war nun leer. Sie konnte die Soldaten am anderen Ende des Waggons lachen hören. Sie arbeitete sich durch den Zug, bis sie zum Gepäckwagen kam. Dessen Tür war abgesperrt.

»Thomas«, bettelte sie. »Öffnen Sie die Tür. Ich bin es.«

Thomas entsicherte die Verriegelung und setzte sich neben den zerstörten Sarg. Er sah furchtbar aus.

»Thomas? Wie geht es Ihnen?«

»Ich weiß nicht. Ziemlich seltsam, wenn Sie es wissen wollen. Alles ist so durcheinander. Wo ist Miranda? Warum ist sie nicht hier?«

Isabella wusste nicht, wie sie beginnen sollte. »Sie erinnern sich nicht?«

Thomas richtete sich unsicher auf. »Was ist mit meiner Frau passiert?«

»Thomas, es tut mir so leid …«

»Mein Gott, jetzt erinnere ich mich. Dieses entsetzliche Ding im Sarg; der Kampf.«

»Miranda ist tot. Und jetzt schwebt Nicholas in Gefahr.«

»Tot. Sie hat mich eingesperrt – nein, das war die Kreatur.« Er versuchte das Puzzle der Ereignisse zusammenzusetzen.

»Ihre Frau wurde unter den Zug gezogen. Sie hatte eine goldene Kette in ihrer Hand …«

»Das ist furchtbar. Sie war entschlossen, sie zu stehlen. Wollte sich von mir nichts sagen lassen. Nie.«

»Zumindest fand sie ein schnelles Ende.« Das entsprach nicht ganz der Wahrheit, aber der Anlass ließ eine kleine Lüge angebracht erscheinen.

»Stellen Sie sich vor, sie war seit unserer Hochzeit unglücklich.«

»Sie war nett zu mir.«

»Nett? Lassen Sie uns ehrlich sein. Sie war eine gierige Schlampe, und sie hat mir das Leben zur Hölle gemacht.« Er schlug sich leicht ins Gesicht, um wach zu werden. »Gut, lassen Sie uns von hier verschwinden.«

Isabella ging zur Tür, musste aber feststellen, dass die sich irgendwie selbst abgesperrt hatte. »Es ist der Zug«, erklärte sie. »Er hält uns voneinander getrennt.«

»Wovon reden Sie? Die Leiche in dem Sarg war noch am Leben. Epilepsie. Das hatte nichts mit dem Zug zu tun.«

»Wie können Sie so etwas sagen? Die Kreatur war nicht von dieser Welt, Thomas! Sie haben gesehen, was passiert ist.«

»Massenwahn. Hysterie. Passiert ständig in der Kirche. Sie sollten einige meiner Gemeindemitglieder nach dem Proben der Kirchenlieder hören. Man könnte glauben, dass der Erzengel Gabriel höchstpersönlich zu ihnen hinabgestiegen wäre und ihnen Avancen gemacht hätte.« Er schob sie zur Seite und knurrte das Türschloss an. »Lassen Sie mich mal. Es ist nur verklemmt.« Er nahm die Schaufel und begann auf den Riegel einzuschlagen. »Treten Sie zurück, wir werden sofort hier raus sein.«

Der Major führte Nicholas zur Toilette am Ende des Ganges und hieß ihn eintreten. Eine Keramikschüssel, ein Waschbecken, keine Handtücher, ein schmales Fenster. Nicholas blickte sich auf der Suche nach einer Fluchtmöglichkeit um. Er versuchte sein Glück mit dem Fenster, aber es ließ sich nicht öffnen.

Einer der jungen Soldaten, die Isabella weggeführt hatten, kam angerannt. »Sir, der Brigadegeneral möchte mit Ihnen sprechen. Will unser Reiseziel wissen. Es scheint ein Problem zu geben.«

Der Major blickte auf die geschlossene Toilettentür und wägte das Für und Wider ab. »Gut. Bleiben Sie bei dieser Tür. Lassen Sie ihn nicht aus den Augen. Warten Sie hier mit ihm, bis ich zurück bin.«

Nicholas hörte die Worte des Majors. Er wartete und versuchte zu erahnen, was der Junge auf der anderen Seite der Tür tat. Der Soldat war näher gekommen und lauschte ebenfalls. Nicholas packte den Türgriff und stieß die Tür mit aller Kraft auf, sodass sie dem Soldaten ins Gesicht knallte. Er eilte um die Tür herum, packte den jungen Mann und rammte seinen Kopf gegen die Wand. Zweimal, dreimal, bis er das Bewusstsein verloren hatte.

Nicholas ging durch den Zug und blickte nacheinander in die einzelnen Abteile. Als er dasjenige des Brigadegenerals erreicht hatte, sah er das weiße Innenrollo mit den blutroten Flecken. Er bewegte sich langsamer, von Vorahnung erfüllt.

Er legte die Hand auf den Türgriff. Er war sich sicher, dass er, wenn er die Tür öffnen würde, seinem schlimmsten Albtraum ins Gesicht sehen müsste.

Dein Test wartet drinnen auf dich.

Er schob die Tür auf und blickte hinein.

Der General stand in dem schaukelnden Abteil über den Jungen gebeugt. Die Stiefel des Soldaten schlugen gegen den Boden, als ob er unter einem Anfall litt. Was ging da vor sich?

Als der Brigadegeneral hörte, wie sich die Tür öffnete, erhob er sich langsam und drehte sich um. Die Wandleuchter warfen einen gespenstischen Schimmer auf sein Gesicht. Sein Kinn war mit purpurfarbenem Blut verschmiert; in der rechten Hand hielt er ein geöffnetes Rasiermesser. In seinen Augen funkelte der Wahnsinn. Nicholas blickte auf den Boden. Die Kehle des dort liegenden Jungen wies ein tiefes Loch auf. Auf dem Boden hatte sich eine dunkle Blutlache gebildet.

»Kommen Sie herein«, sagte der Brigadegeneral, nachdem er sich geräuspert hatte, um seine Stimme leidenschaftslos erscheinen zu lassen. »Schön, Sie wiederzusehen, Leutnant. Ich erinnere mich an Sie aus dem Piccadilly-Graben.«

Isabella und Thomas schlugen abwechselnd auf die Tür des Gepäckwagens ein, aber es nutzte nichts. Thomas keuchte vor Anstrengung. »Ich verstehe das nicht«, sagte er. »Sie war nicht abgesperrt.«

»Ich habe Ihnen doch gesagt, dass der Zug uns voneinander fernhalten will.«

»Aber warum?«

»Damit wir uns nicht gegen ihn verbünden können.«

Thomas fuhr damit fort, mit der Schaufel auf das Schloss einzuhämmern. Schließlich fiel ein Stück davon ab. Dann setzte sich der Schließmechanismus auf wundersame Weise selbst wieder zusammen: Holz und Metall bogen und dehnten sich, bis schließlich wieder ein robustes Ganzes entstand. Thomas wich entgeistert zurück. Er dachte einen Augenblick lang nach. »Hm, vielleicht hatte ich unrecht. Wir könnten uns doch im Reich des Übernatürlichen befinden. Wenn dem so ist: Wie können wir uns retten?«

»Im Moment mache ich mir mehr Sorgen darüber, wie wir Nicholas retten können«, antwortete Isabella.

Nicholas stand in der Abteiltür und starrte den blutverschmierten Brigadegeneral und sein hingestreckt liegendes Opfer an. Der junge Soldat hatte versucht, sich zu erheben, war aber auf die Sitze gefallen. Ein zweiter blutiger Mund klaffte an seiner Kehle. Der Brigadegeneral führte eine weitere Bewegung mit dem Rasiermesser durch, bei der noch mehr Blut verspritzt wurde. Er senkte die Hand in die Wunde und saugte dann an seinen Fingern, als ob er gerade eine Portion Butterspargel verspeiste.

»General …«, begann Nicholas.

Der Soldat fiel wieder auf den Boden und gab ein schreckliches, gequältes Gurgeln von sich. Der General wandte seine Aufmerksamkeit Nicholas zu und näherte sich ihm verstohlen wie ein listiger alter Panther, der sich an ein Reh heranpirschte. Nicholas war klug genug zurückzuweichen. Der Brigadegeneral schien plötzlich zu bemerken, dass er mit Blut beschmiert war, und wischte sich das Kinn ab.

»Ich bin im Schützengraben auf den Geschmack gekommen«, erklärte er.

»Was sie tun, ist gegen Gott.«

»Die Welt ist zu dunkel geworden für Götter. Haben Sie schon mal jemanden getötet?«

»Nein.«

»Dann wissen Sie nicht, was Ihnen entgeht.«

Erstaunlicherweise war der Junge auf dem Boden noch immer nicht tot. Er versuchte erneut sich aufzusetzen, aber eine erstaunliche blutrote Woge floss aus seiner aufgeschlitzten Kehle. Der Brigadegeneral grinste; dickes Blut trat zwischen seinen Zähnen hervor. Er kam auf Nicholas zu.

Nicholas drehte sich um und fing an, den Gang entlangzurennen. Der General verfolgte ihn.

»Wieder vor dem Gefecht davonlaufen?«, rief der Brigadegeneral. »Zeigen Sie Haltung, Bursche.«

Der General hatte ihn fast eingeholt, als Nicholas mit Major Carstairs zusammenstieß, der aus der Gegenrichtung gekommen war.

»Was zur Hölle machen Sie unbeaufsichtigt?«, fragte Carstairs. »Wo ist mein Junge? Ich kann Sie nicht mal für eine Minute allein lassen, oder? Zurück ins Abteil mit Ihnen.«

Der Major schubste ihn zurück in sein Abteil, kettete ihn wieder an den Türgriff und steckte den Schlüssel ein. Nicholas war wieder dort, wo er angefangen hatte.

»Er hat wieder zugeschlagen«, sagte Nicholas. »Wenn Sie mir nicht glauben, sehen Sie in seinem Abteil nach. Der Mann ist komplett wahnsinnig geworden.«

»Fangen Sie wieder mit diesem Unsinn an? Ich denke, das reicht jetzt wirklich. Schlafen Sie ein wenig. Schonen Sie Ihre Nerven.«

Nicholas konnte nicht schlafen. Er blickte nervös auf den Gang hinaus und erwartete, dort in jedem Augenblick den Brigadegeneral zu sehen. Einmal mehr im Abteil angekettet, konnte er nichts tun, außer auf den Angriff zu warten.

Die Schleife

Der Brigadegeneral streckte den Kopf aus der Tür eines anderen Abteils, um nachzusehen, ob die Luft rein war. Seine Augen waren so wild wie die Nacht. Das Blut, das er verzehrt hatte, hatte ihn nur hungrig auf mehr gemacht. Es brannte in seiner Kehle, ließ seine Brust anschwellen und verschaffte ihm eine Erektion. Er hatte zwei Jahre im aktiven Kampfeinsatz an einigen der schlimmsten Orte Europas verbracht und war dadurch zu einem anderen Menschen geworden. Etwas an der Einfachheit, mit der unschuldiges Leben ein Ende fand, hatte die Weise, wie er die Welt sah, verändert. Seine Ermordung des jungen Soldaten ihn entsetzt, aber sie hatte ihn auch erkennen lassen, wie einfach es war. Er hatte den Drang unterdrückt, es noch einmal zu tun, und das Verlangen war verborgen geblieben – bis er diesen Zug bestiegen hatte.

Plötzlich und schockierend klar hatte sich sein Ziel herauskristallisiert, und er konnte das tun, wonach ihm der Sinn stand. Der Zug würde sein Verhalten gutheißen, denn er konnte dadurch tatsächlich Gutes vollbringen, indem er verhinderte, dass diese armen Jungs die Schrecken einer Rückkehr an die Front durchleben mussten. Er konnte ihnen hier an Bord des Zuges das Leben nehmen, einfach und schnell, und ohne dass irgendjemand davon erfuhr.

Außer diesem verdammten Leutnant, Castleford. Er würde sich um ihn kümmern müssen. Er beobachtete nachdenklich die gespiegelten Bäume und Berge, die hinter seinem Rücken vorbeieilten.

Der Major war wieder eingeschlafen. Nicholas wartete, bis sein Kopf auf seine Brust gefallen war, dann langte er hinüber und löste vorsichtig den Schlüssel für die Handschellen von der Kette. Er hatte einen Vorteil: Die Männer an Bord des Zuges waren hundemüde.

Er schloss die Handschellen auf, so leise er konnte, und steckte den Schlüssel ein. Dann schlich er vorsichtig auf den Gang hinaus.

Der Zugführer beobachtete ihn.

Keiner von beiden bewegte sich. *Hat er die Aufgabe, mich zu stoppen?*, fragte sich Nicholas. *Oder muss ich meine Handlungen alleine ausführen?*

Als der Zug über eine Weiche rollte, flackerten die Lampen auf dem Gang und erloschen. Nicholas wusste, dass er sich in großer Gefahr befand. Er versuchte die Regeln zu verstehen, an die sein eigenes Überleben gekoppelt war. Er wurde einer Prüfung unterzogen, ebenso wie Miranda geprüft worden war, und er würde seine Seele verlieren, wenn er scheiterte. Der Zug war ein Seelenfänger, der durch das Land fuhr, um die Verletzlichsten aufzusammeln und sie einer Prüfung zu unterziehen. In Karpatien herrschte Chaos wie nie zuvor – und so war nahezu die Seele eines jeden zu haben. Der *Ärzengel* hatte die besseren Karten. Nicholas musste zeigen, dass er der Aufgabe gewachsen war.

Als er zu dem Abteil zurückkam, in dem er den Brigadegeneral zuletzt gesehen hatte, musste er feststellen, dass es leer war. Wohin war sein Erzfeind verschwunden?

Er öffnete und schloss der Reihe nach die Türen zu den anderen Abteilen, um einen Blick hinein zu werfen, bis er am Ende des Waggons angekommen war. Als er die letzte geschlossen hatte, stand der General plötzlich vor ihm und grinste ihn durch seinen Bart aus rissigem getrocknetem Blut an. In seiner erhobenen rechten Hand befand sich die glänzende Klinge des mit einem Knochengriff versehenen Halsabschneider-Rasiermessers.

Der Brigadegeneral führte einen ungestümen Hieb aus und schnitt dabei in Nicholas' Wange. Durch den Geruch frischen Blutes erregt, griff er erneut an. Nicholas rannte davon, aber der General war schneller. Er schlug Nicholas ins Gesicht, sodass dieser zu Boden fiel. Die Klinge an seinem Hosenbein abziehend, beugte der Brigadegeneral sich hinab, um Nicholas' breiten, gebräunten Hals aufzuschlitzen.

In genau dem Augenblick, in dem er die Klinge senken wollte, kam ein Soldat aus dem Abteil hinter ihm.

»Verzeihung, Sir«, begann er, bevor er mit »Oh Gott« fortfuhr, als er sah, was vor sich ging. Der Brigadegeneral drehte sich blitzartig um, die Klinge durchschnitt die Luft. Das Gesicht des Soldaten wurde tief aufgeschnitten und Nicholas auf dem Boden mit Blut überströmt. Mit Entsetzen beobachtete er, wie der General geräuschvoll an der Wunde des Soldaten saugte.

Sein Instinkt gebot ihm zu fliehen. Er kämpfte sich auf die Beine und wollte in den nächsten Waggon eilen, als er anhielt, weil er erkannte, dass er in eine Falle getappt war.

Das war, was von ihm erwartet wurde. Er würde davonlaufen, und der Brigadegeneral würde ihn verfolgen. Dabei würden diejenigen, die zurückblieben in Gefahr geraten, genau wie Miranda es mit Thomas gemacht hatte. Es war an der Zeit, das Davonlaufen zu beenden.

Bring es zu einem Ende, dachte er, schloss die Augen, drehte sich um und öffnete sie wieder – nur um sehen zu müssen, dass der Offizier verschwunden war. Mit gespreizten Beinen am Ende des Waggons stehend, blickte Nicholas den mit Nebel gefüllten Gang entlang.

Die blutige Leiche des Soldaten wurde davongezogen; er sah, wie ihre Beine um eine Ecke verschwanden. Einen Augenblick später hörte er, wie eine Tür geöffnet wurde. Die Leiche verschwand, in die vorbeieilende Nacht getreten. Der Brigadegeneral beseitigte die Spuren seiner Taten.

So ist das also, dachte er. *Niemand außer mir wird seine Untaten sehen.*

Nachdem er einen Entschluss gefasst hatte, ging er los. *Stelle dich deiner Angst, versuch nicht zu fliehen. Das Ding muss attackiert und besiegt werden, von Angesicht zu Angesicht.* Er war fast an der Stelle, an der er die Leiche des Soldaten hatte verschwinden sehen, als der Major den Kopf aus seinem Abteil streckte und ihn packen wollte.

»Sieht aus, als ob ich mich nicht darauf verlassen kann, dass Sie sich wie ein Gentleman verhalten«, sagte Carstairs. »Geben Sie mir den Schlüssel zurück. Los.«

Entsetzt musste Nicholas sehen, wie sich hinter dem Rücken des Majors der Brigadegeneral näherte.

»Nein«, sagte er. »Er ist hinter …«

»Machen Sie es nicht noch schlimmer.«

»… hinter Ihnen.«

»Ich bin nicht von gestern. Geben Sie mir Ihr Handgelenk.«

»Er ist genau hinter Ihnen!«

»Wir sind hier nicht im Kaspertheater. Ich weiß, dass viele denken, ich sei zu weich …«

Nicholas konnte nur mit dem Finger deuten. Aber es war zu spät. Das Rasiermesser des Generals schnitt von hinten in den Hals des Majors und ließ eine Fontäne Arterienbluts austreten. Die Menge, die er trank, steigerte nur sein Verlangen. Der Brigadegeneral wischte sich den Mund ab und grinste. »Genug Männer«, sagte er, »ich brauche etwas Vollmundigeres.«

Nicholas blieb keine Zeit, sich einen Plan auszudenken. Es war unmöglich, einem Mann ein Rasiermesser abzunehmen, der damit umzugehen wusste. Er konnte sich nur umdrehen und fliehen. Die stumme, verzweifelte Jagd ging den Gang hinunter weiter.

Ein Bauernpaar erschien in einer Türöffnung, wo sie sich mit ihrem Gepäck abmühten. Der Mann trug einen lebendigen Hahn. Der Brigadegeneral packte Nicholas am Hals und hielt ihn eng an sich gepresst, bis die Bauern vorbei waren.

»Ich bin dein befehlshabender Offizier«, zischte er. »Besorge mir eine Frau.« Er drückte das Rasiermesser an Nicholas Kehle und verursachte einen Einschnitt. *Nein, es ist Blutgier,* dachte Nicholas. *Wenn er mein Blut fließen sieht, gerät er wieder in Fahrt.* Er versuchte sich zu befreien, wurde aber festgehalten.

Zwei Soldaten kamen den Gang entlang mit großen Tornistern und mussten sich an ihnen vorbeiquetschen. Der General ließ das Rasiermesser verschwinden, hielt Nicholas aber weiter fest gepackt. Mörder und Opfer warteten, bis die Soldaten verschwunden waren.

Das ist sie, dachte er, *die Art meiner Prüfung. Aus irgendeinem Grund kann der General nicht handeln, ohne sich zu entlarven, und ich kann ihn nicht offen anklagen, ohne wieder gefangen zu werden. Eine Pattsituation. Wir könnten bis in alle Ewigkeit so weitermachen.*

Im Gepäckwagen starrten Isabella und Thomas ungläubig das Schloss an, das sich von selbst wieder gebildet hatte.

»Das ist gottlos«, sagte Thomas. »Aber ein ziemlich geschickter Trick.«

»Ihr Kruzifix. Es hat bei dem Sarg gewirkt und bei der Kreatur, die Ihre Frau angegriffen hat. Wir müssen hier raus, um Nicholas zu helfen.«

Isabella suchte auf dem Boden, fand das goldene Kreuz und drückte es gegen das Türschloss. Das Metall zischte und schmolz. »Wenn der Zug aus der Hölle kommt, muss er mit dem Gegenteil bekämpft werden«, sagte sie.

Sie trat gegen das Schloss, das nun zerbrach, ohne großen Widerstand zu leisten. Gemeinsam flohen sie auf den Gang.

Sobald die Soldaten sie passiert hatten, schlug Nicholas mit dem Ellbogen in die Magengrube des Brigadegenerals und befreite sich von dem um sich schlagenden Offizier. Der war kein hirnloses Monster wie das Ding, das Miranda angegriffen hatte. Bei diesem speziellen Ablauf der Ereignisse war etwas anders. Er benötigte ein wenig Zeit, um darüber nachzudenken, hatte aber keine.

Während er beobachtete, was sein Feind machen würde, musste er erschreckt sehen, dass Isabella gemeinsam mit Thomas auf ihn zulief. Er rief ihr zu, aber es war zu spät. Der General hatte sich ihr in den Weg gestellt.

»Isabella, nein! Halte dich aus meiner Prüfung raus!«, protestierte er.

Der Offizier befand sich in einem Zwiespalt. Er stand mitten zwischen zwei potenziellen Opfern. Er wollte das Mädchen – was für Augen, was für ein Körper! –, aber er musste seinen Gegner zum Schweigen bringen. Herumwirbelnd stieß er Nicholas in das Abteil des Majors und ließ mit geübten Griffen die Handschellen zuschnappen.

»Es ist zu lange her«, zischte er. »Ein Mann kann seltsam werden, wenn er keine Frau hat. Ich bin in einer Minute zurück.«

Er warf einen Blick auf Isabella. »Oder sagen wir, fünfzehn Minuten.«

Nicholas blickte erschüttert auf die Handschellen, denen es ihm unmöglich schien zu entkommen. *Es ist eine Schleife*, dachte er. *Er wird in alle Ewigkeit so weitergehen, wenn ich keinen Weg finde, ihn zu zerstören.*

Die Handschellen

Der Brigadegeneral näherte sich Isabella. Ihr unschuldiges Fleisch schien im Lampenlicht des Ganges zu glühen. In den Schützengräben war er von Knochen und verdorrter Haut umgeben gewesen. Mädchen vom Lande waren drall, braungebrannt und reif.

»Bitte«, flehte Isabella. »Es handelt sich um ein Missverständnis. Nicholas ist nicht der, für den Sie ihn halten.«

Der General war nicht daran interessiert, die Angelegenheit zu diskutieren. »Mein Kind, du solltest dich nicht mit ihm beschäftigen. Er hat den Verstand verloren. Er hat furchtbare Dinge sehen müssen.«

»Was hat er gesehen?«

»Das kann ich dir zeigen.« Der Brigadegeneral lächelte sie an; Blut trat zwischen seinen Zähnen hervor. Er drückte Isabella gegen die Wand des Waggons, legte eine Hand auf ihren Mund und riss ihre Bluse auf. Während sie versuchte sich zu wehren, leckte er ihre Brust ab und hinterließ einen breiten, blutroten Streifen auf ihrer Haut. »Ich hoffe, was in dir ist schmeckt genauso gut«, sagte er und grinste sie lüstern an.

Nicholas versuchte sich aus der Handschelle zu befreien, aber sie war fest zugezogen und schnitt in sein Handgelenk. »Thomas!«, rief er, während er sich hin und her wand. »Wo zur Hölle sind Sie, wenn man Sie braucht? Befreien Sie mich von diesem verdammten Ding.«

Er trat gegen den Türgriff. Jeder Tritt brannte und grub sich in das Fleisch seines Handgelenks ein. Er zerrte, so sehr er konnte, trat mit dem Absatz seines Stiefels gegen den Griff und warf sich mit vollem Körpergewicht gegen die Tür. Schließlich löste sich der Griff, aber mit ihm auch ein großes, spitzes Stück Holz. Nicholas blieb keine andere Wahl, als das Holzstück mit sich zu nehmen.

Als er auf den Gang kam, sah er, wie der Brigadegeneral an Isabellas entblößter Brust saugte. Sie war in Ohnmacht gefallen und lag in seinem Arm.

»Lass sie in Frieden, du dreckiger Unmensch.«

Nicholas schwang das Stück Abteiltür und traf damit den Offizier am Kopf. Der Schlag erschütterte ihn kaum, sorgte aber zumindest dafür, dass er für einen Augenblick mit dem Saugen aufhörte. Blut hustend, warf er Isabella zur Seite.

Nicholas sah, wie Thomas am anderen Ende des Waggons erschien, aber er wusste, dass der kleine Pfarrer nichts tun konnte. Der Brigadegeneral packte Nicholas und schleuderte ihn den Gang entlang, doch Nicholas raffte sich auf und attackierte den General erneut mit seinem provisorischen Speer.

Das Bruchstück traf den Offizier am Hals, riss seine Haut auf und verursachte einen Schmerzensschrei. Der Brigadegeneral zog das Holzstück heraus, aber er konnte dem Geruch seines eigenen Blutes nicht widerstehen. Nicholas beobachtete entsetzt, wie er seine knochigen Finger in die

Wunde tauchte und sie ableckte. »Ich habe Ihnen gesagt, man gewöhnt sich schnell daran«, rechtfertigte er sich mit der Miene eines Suchtkranken. Dann wollte er sich wieder auf Nicholas stürzen.

Nicholas floh zum Ende des Ganges und kam zur offenen Spalte zwischen den beiden Waggons. Dank seiner Blutmahlzeit war der Brigadegeneral schneller und stärker geworden. Er holte Nicholas ein, brachte ihn zu Fall und ließ seinen Kopf gegen die Tür des nächsten Waggons knallen.

Nicholas versuchte das Gleichgewicht zu halten, aber der Zug schlingerte. Er rutschte in den Spalt zwischen den beiden Waggons und war sich einen Augenblick lang sicher, dass er von den donnernden Rädern zermalmt werden würde. Es gelang ihm, sich hochzuhieven, aber er blieb zwischen den beiden Waggons stecken. Seine Arme waren nicht stark genug, ihn noch höher zu wuchten. Der Brigadegeneral baute sich triumphierend über ihm auf.

»Sie sind wahnsinnig«, brüllte Nicholas.

»Alle großen Führer sind wahnsinnig.« Der General stieg auf das Fahrwerk und hob ein Bein, um Nicholas' Oberkörper nach unten zu drücken. Unter Nicholas rasten die Schwellen ineinander verschwimmend vorüber.

»Ich werde den *Ärzengel* beim nächsten Halt verlassen«, sagte der General. »Mein Werk in der Welt hat gerade erst begonnen.«

»Wenn Sie mich am Leben lassen, werde ich Sie zur Strecke bringen.«

»Alle von uns?« Der Brigadegeneral gab ein heiseres Lachen von sich. »In Kriegszeiten vermehren sich Männer meiner Art. Aber, mein Freund, für Sie ist der Moment der Trennung gekommen.« Er griff nach unten und riss am Entriegelungshebel zwischen den beiden Waggons, wodurch sich die Kupplung löste. Nicholas fühlte, wie er hinabrutschte. Jeden Moment konnte er zu Tode stürzen. Nicholas sank tiefer, je weiter sich die Kupplung öffnete. *Ich muss eine minimale Chance haben*, dachte Nicholas. *Der Zug hätte mir nie erlaubt, die Tür zu zerbrechen, wenn er mich auf jeden Fall verlieren lassen wollte.*

Er schwang seine Faust, die noch immer das Stück der Tür hielt, verfehlte aber sein Ziel. Sein Arm fiel nach unten, der Holzspeer ratterte und zerbrach auf den Gleisen. Der General hörte den Lärm und beugte sich vor, um zu sehen, ob sein Opfer einen Arm verloren hatte. All seine Kraft aufbietend, schwang Nicholas noch einmal den Arm. Dieses Mal gelang es ihm, den Rest des Holzstücks tief in der Brust des Brigadegenerals zu versenken und ihn aufzuspießen.

Nicholas packte die Stiefel des Generals und zog sich nach oben. Er nutzte die Gelegenheit, den Spieß tiefer in den Körper des Brigadiers zu treten. Dann trat er noch einmal zu und der Spieß brach aus dem Rücken des Offiziers hervor.

Als der Zug zu bremsen begann, packte Nicholas seinen kollabierenden Widersacher bei den Ohren und schob seinen Kopf zwischen die sich wieder schließenden Puffer. Er hielt ihn mit dem Fuß an Ort und Stelle. Die Waggons trafen sich und der Schädel des Offiziers wurde von den Puffern mit dem Geräusch einer zerplatzenden Melone zerquetscht. Es gab einen Sprühregen aus Gehirn und Schädelknochenstücken, der entstellte Körper sackte in sich zusammen.

Nachdem Nicholas sich hochgerafft hatte und wieder zurück in den Waggon gestiegen war, wurde er sofort von Soldaten gepackt.

»Das ist er«, sagte einer von ihnen. Sie schleppten ihn in ein Abteil und ketteten seine rechte Hand an einen neuen Türgriff an. »Hat seine eigenen Männer im Stich gelassen«, sagte der Soldat zu seinem Kameraden. »Hat sie dem Tod überlassen. Konnte dem Krieg nicht standhalten. Ich hab gehört, dass Männer an der Front den Verstand verlieren. Schau ihn dir an, er hat in dem Zeug gebadet.« Sorgfältig verschloss er die Handschelle um Nicholas' Handgelenk. »Keine Sorge, Kumpel. Dieses Mal wirst du uns nicht entwischen.«

Nicholas blickte an seinem mit Blut bespritzten Körper hinab, dann auf die Handschellen. Er fing an zu kichern, und aus dem Kichern wurde ein Lachen, und er musste feststellen, dass er nicht aufhören konnte. Die Leichen des Majors und des kopflosen Brigadegenerals lagen hinter ihm. Isabella weinte und wurde von Thomas zurückgehalten.

Im Hintergrund stand der Zugführer, der das Geschehen teilnahmslos beobachtete.

Nicholas erkannte, wie es ausgesehen haben musste, aber er wusste auch, dass es an der Zeit war, etwas anderes zuzugeben. »Es ist wahr, Isabella«, rief er ihr mit heiserer Stimme aus seinem Gefängnis zu. Er war entschlossen, aufrichtig zu sein. »Ich habe dir gesagt, dass ich ein Abenteurer bin, aber zuvor war ich Soldat. Nach drei Wochen ununterbrochenem Beschuss, Tag und Nacht, hab ich es nicht mehr ertragen. Unsere höheren Offiziere waren alle tot. Die letzten Männer, die noch am Leben waren, verließen sich auf mich, damit ich sie da rausbrächte. Stattdessen bin ich davongerannt und habe meine Männer dem Tod überlassen. Ich bin ein Deserteur.«

»Aber du hast diese Männer hier gerettet, indem du einen Wahnsinnigen getötet hast«, sagte Isabella. »Du hast etwas

Gutes getan. Das ist nicht dein Leben, es ist nur der Zug, der dich prüft. Erinnere dich daran, wer du wirklich bist.«

»Ich war schon gescheitert, bevor ich diesen Zug bestiegen habe.« Er zuckte erschöpft mit den Schultern. »Der *Ärzengel* hat meinen Makel gefunden und ihn bloßgelegt, ebenso wie er es mit der Frau des Pfarrers gemacht hat.« Er wandte sich den Soldaten zu, die ihn verhaftet hatten. Sie waren höchstens neunzehn Jahre alt. »Hört zu, Jungs, ein Kriegsgericht ist eine Sache, aber eine Mordanklage hilft euch beiden, dem Krieg zu entkommen. Man wird euch als Zeugen benötigen. Lasst mich frei, und ich werde den richtigen Ausweg wählen, das verspreche ich euch. Ich bin noch immer ein ehrenhafter Mann. Ihr habt gesehen, was passiert ist. Ihr müsst für euch selbst entscheiden.«

»Nein, Nicholas.« Isabella schrie auf. »Bitte.«

Die Soldaten diskutierten die Angelegenheit, dann stritten sie sich und schließlich kamen sie zu einer Entscheidung. Einer von ihnen trat vor und schloss die Handschellen auf.

Nicholas rieb sein blutendes Handgelenk. »Es tut mir leid, Isabella. Verstehst du denn nicht? Ich bin gescheitert, weil ich dich getäuscht habe.« Er ging zur Tür des Waggons, öffnete sie und bereitete sich darauf vor, sich in die vorbeieilende Nacht zu stürzen.

Und plötzlich rief der Zugführer vom Ende des Ganges her: »Der nächste Halt ist Blankenberg. Nächster Halt, Blankenberg.«

Die Soldaten erkannten, was passierte und wollten Nicholas festhalten, aber sie waren zu langsam. Der Zug anfing zu bremsen an, die Bahnstation wurde sichtbar und Nicholas riss die Tür ganz auf, um mit einem Satz in der Dunkelheit zu verschwinden.

Isabella versuchte zu sehen, wo er hingefallen war, aber es gab keine Möglichkeit zu entscheiden, ob er überlebt hatte. Als der Zug schließlich in Blankenberg völlig zum Stillstand gekommen war, gab es keine Spur von Nicholas. Sie konnte nur beten, dass ihm die Flucht tatsächlich gelungen war.

Es war unwahrscheinlich, dass sie ihn jemals wiedersehen würde. Aber hatte Nicholas seine Prüfung bestanden oder war er gescheitert? Hatte er seine Seele verloren oder überlebt? Er hatte ohne Zweifel die Herausforderung besiegt, aber was, wenn das Verlassen des Zuges seinen Sieg null und nichtig gemacht hatte? Sie wünschte sich, besser verstehen zu können, wie der Zug über sein Schicksal entschied, denn sie war sich sicher, dass das auch ihr eigenes Leben bestimmen würde.

Das Studio

Shane hielt die Handschellen in den Händen und fühlte ihr Gewicht. Emma hatte ihm gesagt, dass sie von den Dreharbeiten zu *Frankenstein schuf ein Weib* stammten. Eine Szene, in der die Hauptdarstellerin, die atemberaubend hübsche Susan Denberg, ihren Geliebten an das Ende ihres Bettes fesseln sollte, war gestrichen worden, weil man Probleme mit der Zensur befürchtete.

»Die Zensurbehörde hat eine Manie, was die Verbindung zwischen Sex und Horror betrifft«, sagte Emma. »Aber sie legen sich so undeutlich fest, dass niemand genau weiß, was Sache ist. Du solltest die Briefe sehen, die gewechselt werden: zwei Sekunden wogender Busen im Tausch gegen eine Sekunde spritzendes Blut. Blut auf Brüsten ist ihr größtes Schreckgespenst – ziemlich lächerlich, meiner Meinung nach. Wir wissen alle, dass das Übernatürliche nicht existiert. Diese Geschichten sind Märchen.«

»Aber sie loten wirkliche Zustände der Moral aus«, sagte Shane. »Sie haben die Logik von Träumen.«

»Traumlogik – ja, das gefällt mir.« Emma war dabei, ihm die Kulissen zu zeigen, ein osteuropäischer Schankraum mit einer Bar, einem Kamin und dem Teil einer Treppe. Die Möbel waren weggeräumt, die Schenke sollte am nächsten Morgen abgebaut werden. Der Blick aus den Fenstern des

Gasthauses fiel auf ein Dorf beziehungsweise einen Wald, beides wunderbare Rundgemälde. »Die Zimmermänner werden morgen kommen und das hier zum Teil der Kulisse für *Der Fluch der Mumie* umgestalten«, erklärte sie. »Aus Bayern wird Kairo. Oder doch Mayfair? Ich glaube, wir haben uns noch nicht entschieden.«

»Ich habe leere Filmkulissen immer genossen«, sagte Shane. »Es hat einen besonderen Reiz, dort herumzuspazieren, nachdem die Crew zusammengepackt hat und nach Hause gegangen ist, wenn man weiß, dass sich dort noch vor kurzem ein Drama abgespielt hat. Ich vermute, dass die Illusion aus der Nähe betrachtet zu ihrer eigenen Realität wird.«

Er war auf der Suche nach Anregungen. Emma musste heute Abend nach Hause fahren und frische Kleidung holen. Sie lebte in Henley und ihre Schwester war zu Besuch, auf der Durchreise auf dem Weg zur Universität in Bristol. Deshalb hatte er beschlossen, später ins Gasthaus zurückzukehren und weiter an dem Drehbuch zu arbeiten. Es war Dienstagabend und Carreras hatte ihn aus dem Konzept gebracht, weil er ihn – sehr höflich – gefragt hatte, ob es vielleicht möglich wäre, das Drehbuch am Freitagmorgen zu bekommen, damit er es mit den anderen besprechen könne. »Die anderen« hieß offenbar Peter Cushing, Christopher Lee, Andre Morell und eine Reihe potenzieller Hammer-Schönheiten, auf die man sich verlassen konnte, wenn man eine Geschichte mit der Zurschaustellung tiefer Ausschnitte und dem notwendigen Umfang an Gekreisch aufpeppen wollte.

Shane war davon überzeugt, dass seine Geschichte eine starke Hauptdarstellerin benötigte. Hammer hatte seinen

Frauen zu lange die Funktionen des Kreischens und In-Ohnmacht-Fallens zugeschrieben. Schließlich befanden sie sich im Jahr 1966 und nicht mehr in den Fünfzigern. Er wusste, dass ein paar der für Hammer traditionellen »Kreatur schleppt Mädchen im Nachthemd davon«-Situationen notwendig waren, um den Film zu vermarkten, aber er wollte, dass seine Hauptdarstellerinnen ebenso wenig auszumerzen waren wie die Männer.

Nachdem er sich auf einem Stuhl vor dem falschen Kamin niedergelassen hatte, versuchte er sich in das ländliche Osteuropa des Jahres 1916 zu versetzen. Er würde für sein Drehbuch wahrscheinlich auf einen fiktiven Staat zurückgreifen. Karpatien war die gängige Wahl, aber wenn man nach einer Entsprechung in der Wirklichkeit suchte, wäre es wahrscheinlich Rumänien gewesen.

»Ich will den Schauplatz richtig hinbekommen«, erklärte er Emma. »Stell dir die Angst vor, die die gesamte Nation während des Krieges in Europa erfasst haben musste. Die Unsicherheit, die Unfähigkeit, anderen zu trauen. Rumäniens umsichtige Neutralität überdauerte die ersten paar Jahre und führte dann zu einem Gemetzel. Die Bevölkerung versuchte vor dem Ansturm der Soldaten aus Ungarn, der Türkei und Bulgarien zu fliehen.«

»Das ist keine Geschichtsstunde, sondern ein Horrorfilm«, erinnerte Emma ihn. »Den Zuschauern ist es egal, ob es Transsylvanien oder Sibirien ist. Hammer-Filme drehen sich in Wirklichkeit sowieso immer nur um England und die Engländer. Nicht das gute alte England, von dem du vielleicht in Amerika gehört hast, sondern etwas, das du weitaus seltsamer finden wirst.«

»Was meinst du damit?«

»In unseren Filmen geht es um menschliche Schwächen, Grausamkeit, Sex und Tod. Also all die Themen, die wir amüsant finden.«

»Du hast recht, das ist ziemlich seltsam.«

»Was du nicht verstehst«, sagte sie, nachdem sie sich auf die Bar gesetzt hatte und ihre langen Beine baumeln ließ, »ist, dass in dieser Gesellschaft Horrorfilme den Kern einer besonders grausamen Spielart des englischen Wesens treffen. Ich glaube, unsere Filme sind erfolgreich, weil sie in einem moralisch scheinheiligen Land entstehen. Das Übernatürliche wird zu etwas Ungesundem und Sinnlichem, und das steht in Verbindung mit der wachsenden Freiheit in unserer Zeit. Das Thema ist wie geschaffen dafür, die alte Garde darüber jammern zu lassen, dass das soziale Gefüge ausgehöhlt wird, und das ist immer eine gute Sache; es sorgt für die Aufmerksamkeit der Presse. Wir sind auf ein Rezept gestoßen, das alle überrascht hat, am meisten uns selbst. Das ist paradox, oder?«

»Das musst du mir erklären.«

»Nun, die aufwendigen Kulissen, klassische Schauspielkunst wie im Theater, vorzügliche Darbietungen von Peter und Christopher, und trotzdem die Unmengen an Blut – man sollte meinen, das passt nicht zusammen. Aber es funktioniert perfekt. Dieses Land ist noch immer von Problemen zwischen den Gesellschaftsschichten geprägt. Wir greifen das herzlose Verhalten der englischen Oberschicht auf eine völlig neue Weise auf. Es ist nur unterschwellig, aber es ist immer vorhanden. Aber natürlich, wenn du versuchst, mit Michael darüber zu sprechen, wird er so tun, als verstünde er nicht, worum es geht.«

»Und, versteht er es wirklich nicht?«

»Wie wir auf das magische Rezept gestoßen sind? Ich denke doch. Aber ich bin mir nicht sicher, dass er weiß, warum es mit uns bergab geht.«

»Mit einem weiteren Horrorfilm wird sich das nicht ändern lassen.«

»Das weiß ich, Schätzchen. Wenn du mich fragst; der Zyklus kommt einfach zu seinem natürlichen Ende. Niemand kann für immer auf der Welle des Erfolges schwimmen.«

»Dann bin ich zur falschen Zeit hierhergekommen. Typisch für mich.«

»Ein letzter großer Abgesang. Wäre das nicht großartig?« Sie lächelte bei dem Gedanken daran. »Du und dein Drehbuch, ihr könntet uns den Abschied mit einem Höhepunkt des B-Movies ermöglichen.«

»Was für ein Gedanke.«

»Du könntest die Episodenstruktur mit einem traditionellen Drehbuch verknüpfen und eine Rahmengeschichte hinzufügen, die in der Gegenwart spielt. Damit alle wichtigen Zuschauergruppen angesprochen werden. Die Jungs vom Marketing denken nie wirklich über so etwas nach.«

»Du könntest recht haben. Weißt du, irgendwie glaube ich, dass du zu klug für deinen Job bist. Und es gibt eine Parallele zwischen der Gegenwart und dem Drehbuch. Wenn man denkt, dass während des Ersten Weltkriegs alles so ungewiss war – die Leute hatten keine Ahnung davon, wie es mit ihrem Leben weitergehen würde. Und jetzt sind wir in den Sechzigern und die alte Garde tritt ab und die Zukunft ist ebenso ungewiss.« Er brachte einen Flachmann zum Vorschein, füllte seine Tasse mit Whisky und prostete ihr zu.

»Ich bin mir sicher, dass du uns alle stolz machen wirst«, sagte Emma und nahm ihm die Tasse aus der Hand.

Später, als er es sich einmal mehr in seinem heimeligen, zu blumigen Zimmer im Obergeschoss des Red Lion gemütlich gemacht hatte, lehnte er sich in seinem Stuhl zurück, schloss die Augen und begab sich wieder an Bord des dahindonnernden *Ärzengels*.

Die Toten

In der glühenden Hitze des Führerraums der Lokomotive hielt der Heizer kurz vor der offenen Feuertür inne, weil er lauschen wollte, wie die Seele Nicholas' in den Flammen prasselte und knisterte. Aber es war nichts zu hören. Er blickte stirnrunzelnd den Zugführer an, der mit den Schultern zuckte.

»Nicht mein Fehler«, sagte der Zugführer. »Er war noch nicht an der Reihe.«

»Was soll das heißen, er war noch nicht an der Reihe?«

»Passagier Castleford hatte das Pech, auf Angehörige seines alten Regiments zu treffen«, erklärte der Zugführer. »Alles, was ihm widerfahren ist, ist ihnen zu verdanken, nicht dem Zug. Ich hatte nichts damit zu tun.«

»Was zur Hölle suchten dann die Soldaten an Bord des Zuges?«

»Sie müssen in der Nähe gestorben sein. Ich versuche, ein Auge auf alle zu haben, die zusteigen wollen, aber sie müssen irgendwie durchgeschlüpft sein.«

»Aber Castleford hat den *Ärzengel* verlassen – er hat verspielt.«

»Nur wenn er auf der Flucht vor seiner Prüfung aus dem Zug springt. Was er eindeutig nicht getan hat. Ich habe die Regeln nicht gemacht. Befürchte, wir haben einen verloren.«

Der Zugführer schritt zurück durch die Waggons und sah dabei auf seine silberne Taschenuhr. »Der Zug hat Blankenberg erreicht«, verkündete er, als der *Ärzengel* zum Stillstand kam.

Isabella raffte sich an der Stelle, an die sie der Brigadegeneral geschleudert hatte, hustend auf. Sie musste sich abstützen und fragte sich, wie viel von dem, was sie gesehen hatte, Wirklichkeit war und wie viel nur Einbildung. Sie war gekränkt, weil Nicholas sie zurückgelassen hatte, aber sie verstand auch, dass ihm keine andere Wahl geblieben war. Sie wollte plötzlich zu Hause in Chelmsk sein, an Josef geschmiegt im Gasthaus ihres Vaters, aber sie war sich darüber im Klaren, dass das nicht länger möglich war. Die Soldaten mussten die Stadt bereits überrannt haben. Die Gießerei würde für die Herstellung von Waffen in Beschlag genommen worden sein. Die Einwohner würden entschieden haben, auf welcher Seite sie standen, Truppen würden im Gasthaus einquartiert worden sein, Frauen würden in Gefahr sein und die Stadtbevölkerung würde zu Gefangenen in ihren eigenen Häusern geworden sein. Die Welt war auf den Kopf gestellt und dabei gut durchgeschüttelt worden. Nichts würde mehr so sein können, wie es einmal gewesen war.

Aber was wäre, wenn sie ihre Reise mit dem *Ärzengel* überlebte und es ihr gelänge, den Teufel zu besiegen? Das Spiel, das sie als Kind gespielt hatte, hatte ihr die Wahl zwischen der Verdammnis und dem Paradies gelassen. Falls sie gewinnen würde, wäre es ihr dann möglich, alles in die Ausgangslage zurückzuführen?

Ihr blieb keine andere Möglichkeit, als es zu versuchen. Sie war allein an Bord eines Zuges ohne Ziel und nur mit dem Teufel als Mitfahrer.

Nein, da war auch Thomas. Er war gerade an ihrer Seite erschienen und griff nun nach ihrem Arm, um ihre Gedanken zu unterbrechen. In seiner linken Hand hielt er seinen Koffer. »Sie können es genauso spüren wie ich, oder?«, sagte er. »Die Trennung zwischen Wirklichkeit und Schein wird immer undeutlicher, je weiter wir fahren. Ich bin dazu entschlossen auszusteigen, und Sie müssen mit mir kommen.«

»Wir dürfen nicht aussteigen«, erklärte sie ihm widerspenstig. »Sie wissen, was passieren wird, wenn wir das tun. Erinnern Sie sich, wie Sie in den Sarg eingeschlossen wurden. Und ich habe gesehen, was mit Nicholas passiert ist. Wir sind jetzt ein Teil davon. Wir müssen uns gegenseitig helfen, zu überleben und es bis zum Ende durchzustehen.«

»Ich versuche mein Glück lieber da draußen im Dunkeln. Wenn wir an Bord des Zuges bleiben, werden wir sicher sterben.«

»Nein, nur wenn wir die Prüfungen nicht bestehen. Wir haben immerhin eine geringe Chance.«

»Ich bin nicht so stark wie Sie, Isabella. Ich weiß, dass ich Schwächen habe, und ich befürchte, dass der Zug auf sie stoßen wird.«

»Aber wenn Sie aussteigen, werden Sie nicht einmal diese geringe Chance haben.«

Es war nicht zu leugnen: Der Bahnhof sah abweisend aus, leer und in Nebel gehüllt. Thomas war bereit gewesen, ohne sie auszusteigen, aber vielleicht hatte sie recht.

»Nicholas hat gesagt, dass er nicht wegen dem gescheitert ist, was er getan hat, als er mit dem General konfrontiert wurde, sondern weil er seine Männer im Stich gelassen hat. Aber das war nur das, was er über sich selbst dachte. Er fühlte sich als Versager. Ich denke, dass der Zug das Wesen seiner Passagiere kennt. Er spürte das selbstsüchtige Herz Ihrer Frau, Gott sei ihrer Seele gnädig. Vielleicht sah er eine Feigheit, die einmal in Nicholas existiert hat, oder Nicholas ist aus Zufall auf die Soldaten gestoßen. Ich bin mir nur in einer Sache sicher: Wenn wir unsere Schwächen überwinden können, können wir überleben.«

Thomas schien nicht glücklich mit diesem Gedanken. Er führte Isabella in ihr Abteil zurück und setzte sich neben sie. »Aber gewiss haben wir doch alle Charakterfehler? Wenn uns der Teufel prüfen will, wie können wir dann jemals hoffen zu gewinnen?«

»Wir müssen für das, was richtig ist, kämpfen. Das ist die menschliche Natur.«

»Aber ich bin nur ein Mensch, wie Sie auch, und ich muss Ihnen sagen, dass ich die Neigung habe zu sündigen.«

»In welcher Weise, Thomas?«

»Meine Gefühle gegenüber Frauen …« Er blickte auf seine Hände hinab, sichtlich unwohl. »Sie sind meine Last und meine Schwäche. Es ist schwer für mich, das zu erklären.«

»Dann müssen Sie einen Weg finden, sich im Zaum zu halten. Ich bin mir auch meiner eigenen Fehler bewusst. Auf mir lastet Pandoras Fluch der Neugier. Schon als kleines Kind hat mich das in furchtbare Schwierigkeiten gebracht. So sehr ich mich auch bemühe, ich scheine nicht in der Lage zu sein, meine Neugier zu zügeln.«

Thomas rang verdrießlich die Hände. »Es ist so ärgerlich. Ich fühle mich, als ob das Böse versucht, uns zu erdrücken. Als ob es tief ins Innere unserer Knochen eindringen will.

Ich habe noch nie zuvor eine solche Kraft gespürt. Zu Hause in meiner Kirchengemeinde predige ich jeden Sonntag über den Teufel. Ich rede die ganze Zeit über ihn von der Kanzel herab, ohne wirklich daran zu glauben, dass er existieren könnte. Aber nun sehe ich seine Macht überall um mich herum, in den Gesichtern der armen Passagiere, deren Seelen er sich geschnappt hat. Zum ersten Mal in meinem Leben beginne ich zu begreifen, wie er arbeitet.«

Er blickte nach unten und sah, dass unsichtbare Hände an seinem Ärmel zogen. »Was zum …?« Er wurde von seinem Sitz und aus dem Abteil gezerrt. Die Tür schloss sich von selbst und sperrte ihn auf den Gang aus; die Rollos senkten sich vor den Fenstern zum Gang.

»Isabella! Ich kann die Tür nicht öffnen«, schrie er.

»Thomas, Sie müssen stark sein. Sie sind der Nächste«, rief Isabella ihm zu. »Sie dürfen nicht schwach sein.«

Mit einem gewaltigen Dampfstoß setzte sich der *Ärzengel* in Bewegung und verließ den Bahnhof von Blankenburg. Thomas wurde den Gang entlang geschoben, auf dem Weg zu dem Schicksal, dass der Zug für ihn vorbereitet hatte. Der Zugführer blickte ihn unbeteiligt aus seiner Nische heraus an, bevor er sich abwandte.

Thomas wurde schonungslos durch den Waggon gezerrt. Ein plötzlicher Regenschwall prasselte auf den Zug nieder und spritzte durch die ein Stück weit geöffneten Fenster herein. Die Scheiben wurden durch den Donner erschüttert. In den anderen Abteilen starrten die Passagiere vor sich hin und weigerten sich, Thomas anzublicken, als er an ihnen vorbeigetrieben wurde.

»He Sie!«, rief er der nächstbesten Mitfahrerin zu, einer rotgesichtigen Bäuerin, die ein Ferkel im Schoß hatte.

»Bitte, helfen Sie mir. Wenn Sie wissen, wo wir hinfahren und was mit mir passieren wird, bitte sagen Sie es mir!«

Die alte Frau starrte ihn an, als ob sie ihn mit einem Fluch belegte. Im nächsten Abteil tranken die beiden Soldaten, die Nicholas verhaftet hatten, düster schweigend. Während Thomas durch den Waggon getrieben wurde, wuchs seine Verzweiflung. Die ausdruckslosen Gesichter beobachteten, wie er an ihnen vorbeikam. Sie drehten ihre Köpfe in einer synchronen Bewegung. Aber je mehr er ihnen zurief, desto mehr ignorierten sie ihn.

Die Erkenntnis traf ihn wie ein Schlag in die Magengrube. Warum hatte er es nicht früher bemerkt? Alle anderen, die den Zug bestiegen hatten, waren tot. Ihre Seelen waren ihnen genommen worden. Die Soldaten, die Bauern, die Stadtbewohner – er und Isabella waren die Einzigen, die noch unversehrt waren. Der *Ärzengel* beförderte diejenigen, die in die Hölle geschickt wurden. Zu viert hatten sie sich auf eine Reise mit den Verdammten begeben – Miranda war bereits verloren, und wer wusste, welches Schicksal Nicholas ereilt hatte?

Die Macht, die an seiner Kleidung gezogen und ihn getrieben hatte, verschwand wie ein absterbender Wind. Thomas richtete sich auf und versuchte aus dem mit Regen überzogenen Fenster zu schauen. Die Regentropfen flossen rückwärts die Glasscheibe hoch, als ob sich die Zeit umkehrte. Im Licht vorbeihuschender Signalleuchten sahen sie wie Blutstropfen aus.

Die Welt schien langsamer zu werden. Er fühlte sich nun ruhiger. Er atmete tief ein. Vielleicht war er einfach nur von seinen Ängsten überwältigt worden. *Soweit ich weiß*, dachte er, *schlafe ich noch immer in meinem bequemen*

Erster-Klasse-Abteil und träume. Vielleicht tun wir das alle vier.

Er stellte fest, dass er zu einem Abteil gelangt war, in dem die Rote Gräfin mit einem jungen Bauernmädchen beim Kartenspiel saß. Ein hübsches junges Ding in einem schwarzen Samtdirndl und blauen Bändern im blonden Haar.

Die Gräfin blickte hoch und sah ihn durch die Glasscheibe an. Ihre schwarzen Augen funkelten unter ihrem blutroten Schleier. Sie wies das Mädchen an, ihre Karte umzudrehen.

Es war die Pikdame.

Die Rote Gräfin beugte sich vor und legte ihre Hand auf die des Mädchens. Sie sprach sanft zu ihr, dann erhob sie sich und trat schnell aus dem Abteil. Das Mädchen war wirklich entzückend, auf eine unverdorbene ländliche Weise. Thomas blickte die Gräfin an, als sie mit einem Rascheln von Seide an ihm vorbeieilte, das Kinn hoch angehoben, ihre Aufmerksamkeit auf etwas anderes gerichtet.

Ein plötzliches Geräusch führte dazu, dass er sich wieder dem Mädchen mit der Karte zuwandte. Sie war neben dem Fenster in sich zusammengesackt, ihr Kopf war mit einem dumpfen Schlag gegen das Glas geknallt. Thomas überschritt die Schwelle des Abteils und beugte sich nieder, um zu sehen, was ihr fehlte. Er nahm plötzlich einen furchtbaren Verwesungsgestank wahr. Nachdem er ihr das Haar von der Wange geschoben hatte, musste er schockiert feststellen, dass sie innerhalb von Sekunden um Jahrzehnte gealtert war. Ihre Haut war gelblich und pergamentartig, so runzelig und alt wie vertrocknete Blätter. Um ihren Mund herum befanden sich blutrote Pusteln, ihr Zahnfleisch war ausgetrocknet wie alte braune Äpfel. Sie wurde noch kränker, während er sie beobachtete.

»Was geschieht mit dir?«, flüsterte er. »Was fehlt dir?«

Ihre heisere Antwort in einem karpatischen Dialekt war ihm unverständlich. »Ich verstehe nicht«, sagte er.

Vorsichtig darauf bedacht, ihre Haut nicht zu berühren, knöpfte er ihr den Kragen auf und wandte sich ab, um das Fenster zu öffnen. Aber während er ihr frische Luft verschaffen wollte, fing sie an zu würgen.

Sie war einen Moment lang still. Er prüfte ihren Puls, wusste aber nicht, was er sonst noch tun konnte. Als sie sich ihm zuwandte, erlosch das Licht in ihren Augen, die in ihre Höhlen zurücksanken. Tief aus ihrem Inneren erklang ein Geräusch, ein brodelnder Erguss von zerreißendem Gewebe. Sie packte seinen Arm und schrie. Sie spuckte und sprühte Blut, während sie an seinem Hemd zerrte. Er versuchte sie wieder auf ihren Platz zu drücken, aber die alte Frau – denn nun sah sie aus wie achtzig und nicht mehr wie achtzehn – griff nach seinen Augen und ließ ihn rückwärts taumeln.

Thomas sperrte sie im Abteil ein, wo sie sich mit einem markerschütternden Schrei gegen die Glasscheibe warf. Dabei zerbrachen ihre Fingernägel und ihre Nase wurde zerschmettert. Er hielt die Tür fest geschlossen, ebenso wie seine Augen, und wartete darauf, dass der schreckliche Lärm aufhören würde. Die Frau starb auf grauenvolle Weise, ihre blutige Hand hinterließ einen Abdruck auf der Glasscheibe.

Der Schausteller

Isabella wollte nicht eine Minute länger auf ihrem Platz verharren. Sie war sicher, dass sie irgendwie Nicholas' Schicksal beeinflusst hatte, ihm ermöglicht hatte, den Zug zu verlassen, während noch über sein Schicksal entschieden wurde. Was wäre, wenn sie dasselbe für Thomas tun könnte? Der kleine englische Pfarrer war ihr nicht sonderlich sympathisch, aber das zählte jetzt nicht. Sie konnte ein Leben retten.

Noch vor ein paar Stunden war ihre Welt starr und eingefahren gewesen, seit ihrer Kindheit ohne Veränderungen. Eine einzige unüberlegte Entscheidung hatte das alles beendet. Nun hatten ihre Handlungen Konsequenzen. Sie fing an, sich zu fragen, ob sie womöglich dafür verantwortlich war, dem Schicksal aller Passagiere an Bord des Zuges eine neue Richtung gegeben zu haben.

Sie konnte die Tür nicht öffnen, weshalb sie, nachdem sie ihre Faust mit dem Rock geschützt hatte, auf die Fensterscheibe einschlug. Nach dem dritten Versuch war das Glas kaputt genug, dass sie hindurchlangen und die Tür von außen öffnen konnte. Blutend aber entschlossen ging sie los, um Thomas zu suchen. Sie fand ihn im Gang des nächsten Waggons in einem Zustand der Panik.

»Isabella, Gott sei Dank, es geht Ihnen gut«, sagte er, während er sie packte. »Sie müssen mir helfen. Ein junges

Mädchen ist gestorben – was ich gesehen habe, war wirklich, dort hinten …«

»Sie werden geprüft«, sagte sie ihm mit Nachdruck. »Wir werden bald Zoribskia erreichen. Sie müssen bis dahin durchhalten.«

»Nein, das ist keine Halluzination – es passiert im ganzen Zug. An Bord befindet sich eine Krankheit. Vielleicht Cholera. Ich habe schon früher Anzeichen gesehen. In einer der Städte, durch die ich mit Miranda gekommen bin, war eine Quarantäne verordnet. Die Pfarrer hatten die Infizierten in ihre Häuser eingesperrt und ließen sie dort sterben. Die Krankheit wird ursprünglich durch den Genuss von infiziertem Wasser verursacht, aber sie kann auch von Menschen übertragen werden. Schauen Sie.« Er ging voran und führte sie zu dem toten Mädchen im Abteil. »Sie wurde von der Roten Gräfin berührt und ist gealtert und ausgetrocknet. Wir müssen aussteigen, bevor sie uns alle infiziert.«

»Das ist eine Illusion«, sagte Isabella. »Der einzige Weg, unsere Überlebenschance zu wahren, ist, an Bord des Zuges zu bleiben. Das sollten Sie jetzt doch wissen.«

»Das ist keine Einbildung, Isabella. Sehen Sie sich ihr zerstörtes Gesicht an! Wir dürfen diese Seuche nicht nach Zoribskia bringen.«

»Wenn es wahr ist und es eine Seuche gibt, dann muss die Rote Gräfin eine Trägerin sein, obwohl sie selbst davon unberührt scheint.«

»Ich habe gesehen, wie sie das Abteil verlassen hat. Sie hat das Mädchen berührt. Was ist, wenn die Krankheit durch ihre Berührung übertragen wird?«

Weiter hinten im Waggon fanden sie ein nächstes Opfer. Passagiere standen um einen alten Mann herum, der im

Zustand der Verflüssigung auf dem Boden des Abteils lag. Körperflüssigkeit rann ihm aus Augen, Ohren und Mund. Weil er keine Luft bekam, wurde er rot im Gesicht und schlug um sich. Die Sehnen seines Halses waren geschnürt wie Peitschen. Die Menge blickte teilnahmslos auf ihn hinab.

»Sehen Sie sich diesen armen Kerl an«, sagte Thomas. »Was können wir nur tun, um ihm zu helfen?«

Das Opfer hämmerte mit seinen Stiefeln auf den Boden. Seine Muskeln verkrampften sich und zuckten. Mit einem letzten Keuchen fiel er zurück, tot.

»Der Zug ist ein Betrüger«, warnte Isabella. Sie blickte die totäugigen Passagiere an, die stumm herumstanden und sich im Einklang mit dem Schaukeln des Zuges hin und her bewegten. In ihrer Nähe zu sein verursachte ihr Gänsehaut. »Wir können unseren Sinnen nicht trauen. Wir müssen uns daran erinnern, dass wir immer noch leben und atmen und über die Kraft des rationalen Denkens verfügen. Wir müssen tun, was wir für richtig halten, und unseren Grundsätzen treu bleiben. Das ist der einzige Weg, unberührt zu bleiben von … all diesem.«

»Woher wollen Sie das wissen, Isabella?« Thomas schwitzte vor Angst. »Was mit Nicholas passiert ist, war das wirklich oder nur seine Einbildung? Er war ein Deserteur – das ist eine Tatsache. Er ist aus dem Zug gesprungen. Wie können wir entscheiden, was wirklich ist und was nicht?«

»Aber das ist die Vorgehensweise des Teufels: Er bringt einen dazu, an sich selbst zu zweifeln. Er sorgt dafür, dass man an den Dingen zweifelt, die man mit den eigenen Augen sieht.«

»Ich habe Medizin studiert, bevor ich zum Priester wurde. Ich kann nicht zulassen, dass Unschuldige leiden müssen.«

Er kniete nieder und hob einen roten Spitzenhandschuh vom Boden auf. Die Gräfin hatte ein Beweisstück zurückgelassen und forderte ihn heraus, ihr zu folgen.

»War sie hier?«, fragte er die Menge, während er sich wieder erhob. »War die Rote Gräfin gerade hier?« Die Reisenden blickten ihn nur stumm an.

»Das sind verdammte Seelen, Thomas. Sie haben kein Interesse, Ihnen zu antworten oder gar zu helfen. Dieser sterbende Mann war bereits gestorben und wird wieder sterben. Sie dürfen kein Mitgefühl mit ihm haben.«

»Ich kann mir nicht erlauben, an diesen abergläubischen Unfug zu glauben, Isabella.«

»Wenn Sie an Gott glauben, müssen Sie doch auch an die Existenz des Teufels glauben.«

»Ja, aber es kann nicht sein, dass er auf diese Weise wirkt, die Toten verdammt, um die Lebenden zu überlisten. Dieser Zug wird bald an einem wirklichen Bahnhof halten, mit der Krankheit an Bord. Ich muss verhindern, dass sie sich ausbreitet.« Thomas entnahm dem Mantel des Opfers die Ausweispapiere und studierte sie. Er zeigte sie Isabella.

»Hier steht, dass dieses … *Ding* sechsundzwanzig ist. Das ist unmöglich. Keine Krankheit kann einen Menschen in Sekunden achtzig Jahre altern lassen. Das ist ihr Werk. Sie haben recht, Sie können mir nicht helfen, und wenn das hier meine Prüfung ist, muss ich mich der Herausforderung stellen. Vielleicht ist der Teufel am Werk, vielleicht ist es Ansteckung. Bis ich die Wahrheit herausfinde, muss ich ihr allein gegenübertreten.«

Thomas entfernte sich von der Menschenansammlung und ging durch den Zug. Am Ende des Ganges sah er eine prächtige blutrote Schleppe den Boden entlang schleifen, als sich die Rote Gräfin in den nächsten Waggon zurückzog. Als er sie einholte, stand sie gerade neben einem Abteil und langte hinein, um eine schlafende Reisende zu berühren. Sie streichelte ihr zärtlich das Gesicht.

Die Reisende, eine Stadtbewohnerin mittleren Alters, verkrampfte und vertrocknete im Schlaf. Innerhalb von Sekunden war ihre Haut ausgetrocknet und sie hatte angefangen zu bluten. Ihre Augen rollten nach hinten in den Augenhöhlen. Ihre Lippen wurden dünner, ihre Brüste verwelkten, ihre Arme wurden zu Winterästen. Sie alterte im Laufe weniger Sekunden. Thomas verfolgte den Vorgang mit hilflosem Entsetzen, während er den Handschuh umklammerte. Ein widerwilliger Beobachter – und doch war er im Sog der Roten Gräfin gefangen, abgestoßen und fasziniert zugleich.

Sie langte in ein anderes Abteil, um ein schlafendes Kind zu berühren, ein kleines Mädchen mit Zöpfen und einer Stoffpuppe in den Armen.

»Nein!«, schrie er und rannte los. Was war, wenn das Mädchen ebenso unschuldig an Bord des Zuges gelangt war wie er? Was, wenn sie noch im Besitz ihrer Seele war?

Das Mädchen erwachte und blickte auf. Die unbehandschuhte rechte Hand der Roten Gräfin hielt inne.

»Warten Sie. Bitte.«

Die Hand schwebte über dem Gesicht des Mädchens, dann senkte sie sich auf ihre Stirn und verbreitete schwarze Fäulnis. Das Mädchen wurde von Krampfen geschüttelt, aber die Rote Gräfin hatte bereits das Interesse verloren und ging weiter.

»Ich muss wissen, wer Sie sind«, sagte Thomas. »Warum machen Sie das?«

Sie drehte sich, um um ihn gebieterisch anzustarren.

»Was erlauben Sie sich, mich anzusprechen? Sie, ein einfacher Bürger, der nicht einmal mit einer einsamen alten Frau Karten spielen möchte?« Sie griff nach der Schleppe ihres Kleides und machte sich auf den Weg in den nächsten Waggon.

Das ist ein Problem, dachte Thomas. *Wie kann ich einen Feind besiegen, wenn der sich nicht einmal herablässt, ehrlich zu jemandem zu sprechen, den er als unter seiner Würde betrachtet?*

Der *Ärzengel* verlangsamte das Tempo. Thomas konnte das Bahnhofsschild von Zoribskia sehen, der letzte Halt vor ihrer namenlosen Endstation. Er drehte sich um und sah den Zugführer, der auf dem Trittbrett zwischen den Waggons balancierte. Um ihn herum flogen Funken, als der Lokomotivführer die Bremsen einsetzte.

»Was soll ich tun?«, fragte Thomas den Zugführer.

»Sie können nicht ändern, was sein muss«, antwortete der. Er bemerkte Thomas' Qual und weidete sich daran.

»Das werden wir sehen«, erwiderte Thomas mit zunehmender Entschlossenheit.

Als der Zug in den Bahnhof von Zoribskia einfuhr, rannte Isabella zum Fenster. Am liebsten wäre sie ausgestiegen, aber sie wusste, dass das tödlich sein würde. Vielleicht gab es einen anderen Weg. Ein Junge stand in der Nähe auf dem Bahnsteig. Sie rief nach ihm.

»Ich geb dir diese Münzen, wenn du den Bahnhofsvorsteher holst und ihm sagst, dass er die Reisenden aus dem Zug aussteigen lassen soll.«

Der Junge wandte sich von ihr ab. Sie lehnte sich aus dem Fenster und griff mit der Hand nach seiner Schulter. »Bitte, du musst uns helfen. Nimm das Geld!«

Der Junge drehte sich zu ihr um und offenbarte dunkle, trockene Löcher an der Stelle seiner Augen und seines Mundes. Isabella fuhr vor Schreck zusammen. Sie sah nun, dass der Bahnhof von Toten bevölkert wurde. Passagiere stiegen ein und aus, ein jeder von ihnen eine verdammte Seele.

Es war offensichtlich, was die Endstation sein würde. Hatte es darüber jemals einen Zweifel gegeben? Kein Wunder, dass sie von jeder Karte und von jedem Schild getilgt worden war. Aber gab es noch andere wie sie, Reisende, die lebendig und mit unversehrter Seele zugestiegen waren? Vielleicht konnte man sie erkennen und sich ihrer Hilfe versichern.

Oder vielleicht waren Isabella und Thomas allein.

Als der *Ärzengel* den Druck in seinem Dampfkessel wachsen ließ und sich zur Weiterfahrt bereitmachte, rief Isabella nach einem aussteigenden Passagier, einem Bauern, der Zeitungsbündel trug.

»Bitte, mein Herr, können Sie uns helfen?«

Der Bauer drehte sich um, um sie anzublicken, aber seine Augen waren blinde weiße Kugeln, so hart und trocken wie Murmeln. Sein Mund öffnete sich und der trockene Stummel seiner Zunge zuckte darin herum. »Fahr zur Hölle«, krächzte er unter Schwierigkeiten. Es schien, als ob der Zug die Toten nur in einem guten körperlichen Zustand bewahren konnte, solange sie sich an Bord befanden.

Isabellas Schreie gingen im Lärm der zuknallenden Waggontüren und dem schrillen Pfeifen der Bahnhofspfeife unter. Der *Ärzengel* verließ Zoribskia.

Sie beschloss, die anderen Abteile abzusuchen. Selbst wenn es nur einen einzigen weiteren Passagier an Bord des Zuges gab, der noch im Besitz seiner Seele war, würde sie ihn finden.

Im Waggon der zweiten Klasse sah sie die große Kiste mit der aufgemalten gelben Flagge, in der zu lesen stand: *Professor Ios Wundersame Nachtigall.* Die Kiste war gegen einen Sitz gelehnt und sah aus wie ein Sarg. Der Mann mit den grauen Koteletten, der neben ihr saß, blickte von seiner Zeitung auf, lächelte und fuhr mit der Hand grüßend an den Rand seines Seitenzylinders.

»Einen schönen Tag, gnä' Frau.« Seine ausgesprochene Höflichkeit entlarvte ihn als Amerikaner. »Sind Sie auf der Suche nach einem Sitzplatz? Ich denke, die Plätze hier sind noch frei.«

Isabella war misstrauisch. Sie erinnerte sich daran, wie er in Snerinska zugestiegen war. Wie konnte es sein, dass ihn der Tumult, der sich im ganzen Zug abgespielt hatte, völlig unbeteiligt gelassen hatte? Sie öffnete die Tür und trat vorsichtig in das Abteil.

»Ich befürchte, Sie müssen etwas lauter sprechen«, sagte er beinahe schreiend. »Ich bin taub wie eine Nuss. Ich habe für Barnum & Baileys Menschliche Kanonenkugel gearbeitet und das Schießpulver hat meine Trommelfelle zerstört. Da draußen könnten sie mit Gewehren herumschießen und ich würde nichts hören. Gestatten, Professor Io. Nach dem Tod von Phineas Barnum habe ich die Welt mit meinen Wunderdingen bereist und das Volk in Staunen versetzt. Zumindest tat ich das, bis mich der Krieg des Publikums beraubt hat.« Er schüttelte ihr energisch die Hand. »Ich bin Schausteller. Teils Illusionist, teils Profitmacher, zugegeben, aber ich biete immer eine verdammt tolle Show. Wir Amerikaner sind die besten Schausteller der Welt.«

»Professor Io«, sagte Isabella, unsicher, wie sie anfangen sollte. »Vielleicht erscheint Ihnen die Frage seltsam, aber erinnern Sie sich noch, wo Sie zugestiegen sind?«

Der Professor überlegte einen Augenblick lang und strich dabei über seine rechte Kotelette. »Wissen Sie, es fällt mir verflixt noch mal nicht ein. Es liegt mir auf der Zunge. Der Name begann mit einem S, aber das ist so ziemlich alles ...«

»Snerinska.«

»Das ist es, junge Dame. Ich musste meine Tour abbrechen. Die Truppen marschierten ein und sie waren nicht übermäßig interessiert an meinen kleinen Nummern, kann ich Ihnen sagen. Ich bin gerade noch mit dem Leben davongekommen.«

»Ihre Nummer – befindet sich die in der Kiste?«

Der Professor brachte einen Stumpen zum Vorschein und zündete ihn an. »Zum Teil, ja. Ich musste meine dressierten Hunde zurücklassen. Wollen Sie sie sehen?«

Ja, tun Sie, was Sie können, um mir zu zeigen, auf welcher Seite der Schwelle Sie sich befinden, dachte sie. »Ja, bitte«, sagte sie laut, und er erhob sich, entriegelte den Deckel der Kiste und öffnete sie. Er griff hinein und zog etwas aus der schützenden Strohfüllung hervor.

»Das ist mein schwedischer Singvogel«, sagte der Professor und trat zurück, um ein Mädchen zu präsentieren, das offenbar aus Porzellan gefertigt war. Es war in ein hauchzartes Kleid aus Silberfäden gekleidet, das hoch über seinen Knien endete. Langes goldenes Haar fiel in Zöpfen auf seine weißen Brüste. Seine blauen Augen saßen in einem glatten, ausdruckslosen Porzellangesicht.

»Gestatten Sie mir, sie Ihnen vorzuführen.« Er drehte die Figur um und bediente einen großen Blechschlüssel, der sich in ihrem Rücken befand. Danach richtete er sie wieder mit dem Gesicht nach vorne aus, wobei er durch das Schaukeln des Zuges Schwierigkeiten hatte, sie hinzustellen. Eine Spieluhr begann einen Walzer von Strauss zu spielen, und die Puppe hob die Arme, um die Pose einer Ballerina einzunehmen. Dann öffnete sie ihren winzigen Mund und fing an zu singen. Der Klang ihrer Stimme war erstaunlich, hoch und rein wie Bergluft.

»Sie ist wunderschön«, sagte Isabella fasziniert und näherte sich der Puppe.

»Nicht wahr? Sie kann mehr als zwanzig Lieder singen. Sie ist mein Ruhm und mein Reichtum.«

Isabella konnte ein Lächeln nicht unterdrücken. Es war der erste angenehme Klang, den sie in den letzten Stunden gehört hatte. Das Lied endete und die Musik verstummte.

»Wohin fahren Sie?«, fragte Isabella.

»Zur Endstation«, antwortete der Professor und zog an seiner Zigarre. »Wissen Sie, ich habe diese Strecke schon mehrmals bereist. Möchten Sie noch ein Lied hören?«

»Danke, aber ich muss …«

»Ach, kommen Sie, nur noch eines.« Erfreut über ihre Reaktion, zog er die Spieluhr erneut auf. »Es ist gut, endlich wieder ein dankbares Publikum zu haben, kann ich Ihnen sagen. Die Nachtigall hat einmal für alle Kinder an Bord des Zuges gesungen.«

»Es gab Kinder?«

»Ja, gewiss. Eine Fahrt an die Küste. Die Jungfernfahrt. Aber das war vor langer Zeit.«

»Was wollen Sie damit sagen?«

»Nun, Sie sollten doch von der ersten Fahrt des *Ärzengels* gehört haben.«

»Ich scheine mich an etwas zu erinnern«, fing sie an. »Etwas, das die Leute in unserer Stadt erzählten. Aber ich war noch jung und sollte es nicht hören. Meine Mutter sagte immer, dass kleine Mädchen ...«

»... weder gesehen noch gehört werden sollten. Oh ja, das kommt mir bekannt vor.«

»Aber ich denke, dass mein Onkel dabei war.«

»In der Tat war er das.« Aber bevor der Professor weiterreden konnte, begann die Nachtigall wieder zu singen, eine Arie aus Gounods *Faust*. Das Porzellanmädchen streckte die Arme und breitete sie aus, während ihre Stimme höher sang. Der Klang war nun anders, etwas rauer. »Es gibt ein kleines Problem mit der Tonlage«, räumte der Professor ein. »Aber nichts, das man nicht mit ein wenig Muskelschmalz beheben könnte.«

Sie fühlte, wie seine Hand auf ihrem Rücken sie drängte, die Puppe aus der Nähe zu betrachten. Ein Alarmsignal ertönte in ihrem Kopf. Nun drückte er fester, seine Finger waren an ihr Rückgrat gepresst, und die Stimme der Puppe gewann an Höhe und wurde schriller. Das Lied der Nachtigall hatte sich zum überraschten Schrei eines Kindes mit Schmerzen gewandelt.

»Warten Sie«, sagte Isabella. »Halt.«

Das Gesicht der Puppe war ein rosafarbenes Herz aus Porzellan, aber ihre Augen zeigten einen gepeinigten Ausdruck. Isabella versuchte einen Schritt rückwärts zu machen, doch die Arme der Nachtigall glitten nach vorn und schlossen sich um sie. Sie packten sie fest.

Sie hatte ihren Fehler zu spät erkannt. Sie versuchte sich zu bewegen, musste aber feststellen, dass sie gefangen war.

Die Arme der Puppe schlossen sich weiter und begannen Isabella zu erdrücken. Der Puppenmund ging auf und zu, auf und zu, und sie konnte einen Blick auf etwas glitzernd Rotes in seinem Innern erhaschen. Es sah aus wie die Innereien eines Tiers. Isabella schrie vor Angst auf.

»Gut so, junge Dame, schrei nur«, sagte der Professor lachend. »Wird dir aber nichts nützen, denn alle im Zug sind tot, außer dir und deinem Pfarrer-Freund, und der wird es auch nicht mehr lange machen. Oh, und es gibt jemanden an Bord, den du nicht treffen wirst. Er ist verantwortlich für das ganze Theater. Wir sind nur seine Sklaven. Jawohl, du solltest beten, dass du ihn nicht treffen wirst, denn es gibt Dinge, die schlimmer sind als der Tod, wenn du weißt, was ich meine. Also schrei nur schön brav, und alles was du erreichst, ist, dass die anderen Passagiere erregt werden.«

Isabella drehte und wand sich, während ihr die Puppe ins Gesicht brüllte und ihr Griff um sie immer fester wurde.

Die Flucht

Nicholas war in das hohe Gras am Rand des Bahnsteigs in Blankenberg gefallen und lag nun keuchend auf dem feuchten Boden. Er versuchte herauszufinden, ob er sich ernsthaft verletzt hatte. Sein rechtes Bein schmerzte am Knie, und er war ungeschickt auf seiner linken Hand gelandet, aber er schien sich nichts gebrochen zu haben. Mit einer Grimasse setzte er sich auf. Unter ihm wanden sich die Schienen in einer großen Schleife, wie eine Bahnstrecke auf einem Brettspiel. Der *Ärzengel* fuhr in den Bahnhof von Zoribskia ein. Von seiner Position aus war es schwierig, sie genau zu erkennen, aber die wartenden Reisenden wirkten genauso ungepflegt und seltsam wie die Passagiere, die er an Bord des Zuges gesehen hatte.

Als er sich hochgerappelt hatte, stellte er fest, dass er noch immer mit dem Blut des Brigadegenerals beschmiert war. Aber seine Gedanken fühlten sich anders an, ungetrübt und klarer. Nun, da er sich vom Zug entfernt hatte, schien er sich von dessen unheilvollem Einfluss gelöst zu haben.

Er dachte an die Ereignisse zurück, die dazu geführt hatten, dass er aus dem *Ärzengel* gesprungen war. Er hatte seinen Erzfeind überwunden, aber noch wichtiger war, dass er die Wahrheit über seine Fahnenflucht zugegeben hatte. Nur Sekunden später hatte er den Sprung in das Unbekannte unternommen.

Miranda war tot, ein Opfer ihrer eigenen Gier, und Thomas war nicht zu trauen. Nicholas hatte den lüsternen Blick in seinen Augen gesehen, und er war sich sicher, dass das der Weg zu Thomas' Untergang sein würde. Jeder bloßgelegte Fehler würde zur Vernichtung führen, genau wie seine eigene Furcht vor dem Sterben fast zu seiner Verdammnis geführt hatte. Lust war die Schwäche des Pfarrers, aber was war die von Isabella? Ihre Unschuld? War das ein Zeichen menschlicher Schwäche? Ihre Neugier? Egal, was es war, sie würde den Listen des Zuges nicht gewachsen sein.

Aber was kümmerte ihn das? Er klopfte sich den Staub von der Kleidung und prüfte sein Bein. Isabella war nur ein weiteres Mädchen in einer langen Reihe von gelangweilten und langweiligen Provinzschönheiten, die sich vom ersten Mann mit einer wohlklingenden Stimme und einem fleckenlosen Hemd den Kopf verdrehen ließen. Er hatte überall, wohin er gereist war, Mädchen wie sie getroffen. Er schuldete ihr keine Loyalität. Wenn er sie in Chelmsk zurückgelassen hätte, hätte sie eines von zwei möglichen Schicksalen ereilt: Entweder wäre sie von den einmarschierenden Soldaten vergewaltigt worden oder es wäre Josef gelungen, sie zu schützen, bis die Soldaten wieder abgezogen waren. Aber Josef lag weit hinter ihnen, und er selbst hatte Isabella ihrem Schicksal überlassen.

Aber wenn es ihm egal war, warum zur Hölle konnte er sie dann nicht vergessen?

Isabella war anders als die anderen. Sie war mehr als einfach nur unschuldig. Sie war die Quelle des Lebens.

Nunmehr scharfsinniger denkend, erkannte Nicholas, dass er ein Narr gewesen war. Sie hatte einen Weg gefunden, ihn zu berühren, und vielleicht hatte er entgegen aller

Wahrscheinlichkeit endlich ein Mädchen getroffen, das ihn zähmen konnte. Und dennoch hatte er sie im Augenblick ihrer größten Not im Stich gelassen.

Nun wurde er vom Bedürfnis nach Wiedergutmachung gepackt. Er musste sich noch einmal an Bord des Zuges begeben. Das war der einzige Weg, wie er Gewissheit bekommen konnte. Sie war vermutlich verängstigt und hasste ihn dafür, dass er sie auf diese Weise zurückgelassen hatte, aber was hätte er sonst tun können? Ihm war bewusst gewesen, dass sie sich dem Bahnhof näherten, den anderen nicht. Es war der einzige Ausweg gewesen.

Er konnte Isabella nicht alleine kämpfen lassen.

Nicholas humpelte den Hügel hinab in Richtung des fernen Bahnsteigs. Der *Ärzengel* stand im Bahnhof, fast als ob er auf ihn wartete und ihn herausforderte, ob er es wagte, wieder einzusteigen. Je weiter er den Hügel im Gras hinabging, desto schneller kam er voran. Die Bahnhöfe waren in Wirklichkeit gar nicht so weit voneinander entfernt, aber die Bahnlinie war durch unzählige Felsvorsprünge zu ihrem weitschweifigen Weg gezwungen.

Nach ein paar Minuten war er nicht mehr als zehn Meter vom letzten Waggon entfernt. Die Kolben der Lokomotive pumpten und sie stieß Dampf aus, als sie sich zur Weiterfahrt bereit machte.

Nicholas ignorierte den Schmerz in seinem Bein und rannte schneller. Der Bahnsteig war in Dunkelheit gehüllt. Er konnte keinen Schaffner oder Bahnhofsvorsteher sehen, nur Passagiere, denen das Recht zuzusteigen verweigert worden war. Die Waggons rollten los und die Lokomotive nahm schnell Fahrt auf, aber er konnte neben dem Zug herlaufen. Er blickte durch die Fenster hinein und sah hell erleuchtete, leere Abteile

– genau das, was er und Isabella gesehen hatten, als sie zum ersten Mal dem Zug hinterherrannten. Eine Illusion, um die Unschuldigen zu verlocken. Nach allem, was er wusste, konnte da drinnen auch gerade die Hölle ausgebrochen sein.

Er befand sich nun neben einer Waggontür, dazu bereit, zuzusteigen und das Glück gemeinsam mit Isabella herauszufordern. Er streckte den Arm aus, um sie zu öffnen, aber sein schwaches rechtes Bein gab nach und er fiel zu Boden. Um ein Haar wäre er vom Bahnsteig gefallen und unter den vorbeiratternden Rädern gelandet. Von Schmerzen gepeinigt packte er sein Bein, rollte zur Seite und beobachtete, wie der *Ärzengel* an ihm vorbeidonnerte, viel zu schnell, um ihn zu besteigen.

Ich habe sie im Stich gelassen, dachte er. *Jetzt gibt es nichts mehr, was ich tun kann.*

Als er zurück zum Bahnhofsgebäude humpelte, sah er, wie zwei bulgarische Soldaten von ihren Motorrädern stiegen und auf den Bahnsteig traten. Sie gingen zum Fahrkartenschalter und begannen betrunken mit dem Fahrkartenverkäufer über eine vermeintliche Verfehlung zu streiten.

Nicholas zog sich zurück und rannte zu einem der Motorräder. Der Motor war noch warm und der Anlasser wurde mit einem einzigen Schalter betätigt.

Er war bereits mit Motorrädern gefahren, hatte aber zunächst Probleme damit, den Scheinwerfer anzuschalten. Der Zug gewann an Fahrt und ließ den Bahnhof hinter sich. Nicholas folgte ihm.

Die Straße war übersät mit Schlaglöchern und schlecht beleuchtet, aber sie schien der Bahnlinie zu folgen. Es gab keinen Verkehr. Er gab so viel Gas, wie er wagen konnte, und fuhr der dahineilenden Lokomotive hinterher.

Zoribskia war die letzte der auf den Karten eingezeichneten Stationen gewesen. Wenn der *Ärzengel* keinen unplanmäßigen Halt mehr einlegte, würde er versuchen müssen, vom fahrenden Motorrad aus zuzusteigen. Das hieß, dass er neben der offenen Aussichtsplattform herfahren und hinüberspringen müsste, doch dazu musste er die Straße verlassen und irgendwie den Schotter überqueren. Ihm war klar, dass das bei diesem Tempo nahezu unmöglich war. Er konnte beim Versuch sterben, aber es blieb ihm keine andere Wahl.

Endlich habe ich die Freiheit, die ich wollte, und nun riskiere ich alles für ein Mädchen, das ich kaum kenne, dachte er. *Was bin ich doch für ein Narr.* Er hatte den Zug fast eingeholt. Nun musste er warten, bis die Schienen auf gleicher Höhe mit der Straße waren. Im Licht des Scheinwerfers sah er die Anhäufung an Büschen, kaputten Zäunen, Gestrüpp und Steinen, die ihn von der Bahnlinie trennten. Er musste näher herankommen.

Die rote Schlussleuchte des Zuges schaukelte im Strahl seines Scheinwerfers hin und her, als ob sie ihn herausforderte. Der *Ärzengel* schien so verlassen zu sein wie der Fliegende Holländer. Sein Vorderrad war fast auf gleicher Höher mit dem hinteren Puffer. Er gab Gas und das Motorrad machte einen Satz nach vorne.

Weiter vorn konnte er einen Punkt sehen, an dem die Straße die Schienen kreuzte – die Bahnlinie senkte sich, um bündig mit den Steinen zu liegen. Als er sich näherte, packte er den Lenker mit der rechten Hand und streckte die linke aus, aber das Motorrad wurde unberechenbar und fing an zu schwanken.

Er blickte hoch und konnte am Ende des Zuges eine dunkle Gestalt ausmachen. Der Zugführer stand am Geländer und beobachtete ihn. Der Bahnübergang näherte sich schnell. Noch mehr beschleunigend, steuerte er das Motorrad neben den Zug, erhob sich aus seinem Sitz und machte sein rechtes Bein frei.

Dann sprang er.

Die Puppe

Isabella bekam keine Luft mehr.

Die Porzellanpuppe verstärkte den Griff ihrer Arme um sie herum. Wie konnte etwas, das so anmutig und grazil war, so kräftig sein? Sie wurde an die Puppe gepresst und hatte Schwierigkeiten, überhaupt noch Atem zu holen. Ihr Haar war in den Gelenken der Puppe gefangen. Sie fühlte, wie sie auf dem schaukelnden Boden den Halt verlor, während die Puppe weitersang, noch schriller als zuvor.

»Bitte«, keuchte sie, »stoppen Sie sie, ich kann nicht …«

Der Gesang wurde mit jeder Sekunde schriller. Der Lärm war unerträglich, aber der Professor schien es nicht zu bemerken. Er lächelte in sich hinein und klopfte mit dem Fuß im Takt.

»Ist das nicht eine schöne Melodie?«, fragte er, ihre Qualen ignorierend. »Ich könnte Gounod immer wieder hören und nie seiner überdrüssig werden. Was auch gut so ist, denn mir bleibt kaum eine andere Wahl.«

Sie spürte, dass sie dabei war, das Bewusstsein zu verlieren. Ihre Arme schmerzten, die Gelenke knackten. Es fühlte sich an, als ob ihr das Mark aus den Knochen gedrückt wurde. Wogen des Feuers schossen ihre Wirbelsäule hoch. Sie konnte nun das Uhrwerk ticken hören, das Knirschen der Zahnräder, das Zischen winziger Kolben. Die Augen im

Porzellangesicht schienen zu einem lebenden Mädchen zu gehören und waren mit Schmerzen gefüllt.

Isabellas Seh- und Hörvermögen schwand.

Plötzlich machte der Zug einen Satz, als er über eine Weiche fuhr. Die Puppe schwankte und war kurz davor umzufallen. Isabella nutzte die Gelegenheit und stieß sich fest mit den Zehenspitzen ab. An die Puppe gefesselt, spürte sie, wie ihr Gewicht sie beide umkippen ließ.

Der Professor war gerade damit beschäftigt, Asche von seinem Stumpen abzuklopfen, und konnte nicht verhindern, dass sie umfielen. Isabella und die Puppe knallten auf den Boden; die Porzellanarme öffneten sich. Nachdem sie sich freigemacht hatte, trat Isabella der Puppe kräftig ins Gesicht, während der Professor schreiend eingreifen wollte.

Sie blickte auf die Nachtigall und sah die Wahrheit; in ihrem Inneren befand sich ein Mädchen. Das Gesicht war aufgeschürft und blutig, die Zähne und der Kiefer lagen bloß. Die Haut an den Armen war aufgerissen, Fleisch und Knochen traten hervor. Der Professor gab einen Schrei der Verzweiflung von sich. »Mein liebster Schatz«, rief er. »Mein kleiner Singvogel, meine arme Tochter.«

In diesem Moment wurde Isabella klar, dass der Professor bei seiner eigenen Prüfung an Bord des Zuges vor vielen Jahren gescheitert war. »Wie konnten Sie Ihrem eigenen Kind das antun?«, fragte sie entsetzt.

»Mir blieb keine andere Wahl«, stöhnte er und griff nach dem zerbrochenen, blutenden Kopf. Eine Reihe von Porzellanzähnen war ausgefallen. Eine tote Zunge lag schlaff zwischen den Porzellanlippen. »Sie war dabei, an einer seltenen Anämie zu sterben, und ich bekam die Möglichkeit, ihr Leben zu retten.«

Er zog die Porzellanplatten von ihrem Gesicht und brachte das kranke, verrottete Fleisch darunter zum Vorschein. Isabella sah den Uhrwerkmechanismus, den man in ihren Körper eingebaut hatte, damit sie sang und tanzte: Zahnräder und Drähte und blutige Kolben, die in ihre von der Krankheit zerstörte Gestalt eingefügt waren.

»Die Männer, die den *Ärzengel* geschaffen hatten, sagten, dass sie alles auf der Welt wieder erbauen könnten. Sie haben sie gerettet.«

»Aber zu welchem Preis?«, fragte Isabella bestürzt.

»Auch du würdest deine Seele dafür hergeben, jemanden, den du liebst, zu retten«, sagte der Professor, während er die zerbrochene Puppe zärtlich an sich drückte. »Jeder würde das tun. Das ist die wahre Liebe. Mein armes, armes Kind. Und jetzt verschwinde, kleines Mädchen, verschwinde, bevor ich dir den Kopf von den Schultern reiße.«

Isabella erhob sich und floh.

Der Bahnwärter

Nicholas wusste sofort, dass sein Bein nicht vom Motorrad losgekommen war. Führerlos schlingerte das Motorrad und fiel zur Seite. Dabei erwischte es seinen linken Fuß und sein Körper drehte sich.

Er würde es nicht schaffen.

Um seinen Kopf zu schützen, riss er die Arme nach oben. Gleichzeitig zog er die Beine an, aber der Sprung war zu kurz. Er landete, rollte sich ab und fand sich in einem Haufen dichter Büsche wieder. Die Stängel waren weich und mit federnden Blättern versehen, wodurch der Aufprall gedämpft wurde.

Er hob gerade noch rechtzeitig den Kopf, um sehen zu können, wie sich die blutrote Lampe des Zuges hin- und herschaukelnd von ihm entfernte. Die Pfeife gab ein trauriges, zweimaliges Heulen von sich.

Wenigstens hatte er sich nichts gebrochen. Nachdem er sich erhoben hatte, blickte er sich um: dunkle Hügel im Norden, niedriger Wald im Süden, weder Straßenlaternen noch Ansiedlungen. Vor ihm leuchtete ein einsames Lichtquadrat aus einer Hütte. Ihm blieb keine andere Wahl, als in diese Richtung zu gehen.

Die schmale, braune Holzhütte sah aus wie ein Signalhäuschen. Als er sich näherte, konnte er sehen, dass sich innen ein bärtiger Mann von der Gestalt eines Bären bewegte. Als er die Hütte erreicht hatte, trat der Mann heraus. Er hielt eine Schrotflinte im Anschlag.

»Immer mit der Ruhe, mein Freund«, sagte Nicholas und hob die Hände. »Ich will Ihnen nichts tun.«

»Engländer«, sagte der Bahnwärter überrascht und senkte die Waffe. »Nun, Sie haben sich eine schlechte Zeit für einen Besuch bei uns ausgesucht. Was machen Sie hier draußen?«

»Ich war an Bord des Zuges, der gerade vorbeigefahren ist.« Nicholas deutete auf die Schienen. »Ich bin abgesprungen.«

»Moment, Sie waren an Bord des *Ärzengels*?« Er hob erneut die Waffe.

»Ja, aber ich konnte fliehen, bevor mir etwas geschehen ist.«

»Sie lügen. Niemand kann von diesem Zug fliehen. Ich arbeite seit zwanzig Jahren an dieser Strecke und ich sehe ihn jedes Jahr zu dieser Zeit vorbeifahren, bei Vollmond im August. Ich weiß, was er ist und was er mit den Menschen macht.«

»Dann wissen Sie, dass jeder Passagier eine Wette mit dem Teufel abschließen muss und dass das Ergebnis sein Schicksal bestimmt.«

»Ich komme aus Chelmsk«, sagte der Bahnwärter. »Natürlich weiß ich das.«

»Das ist der Grund, warum Sie Englisch sprechen.«

»Ja, wir hatten einen Lehrer aus England, aber …«

»Er wurde erschossen, ich weiß. Ich bin Nicholas.« Er streckte die Hand aus.

»Und ich bin Dimitri.«

»Ich muss zurück an Bord des Zuges gelangen.«

»Was? Sind Sie verrückt? Wenn es Ihnen wirklich gelungen ist zu fliehen, wie sie behaupten, dann wissen Sie doch, dass Ihre Seele auf dem Spiel stand.«

»Es gibt ein Mädchen an Bord. Sie wurde noch nicht geprüft, aber es wird passieren und ich fürchte, dass sie scheitern wird. Ich brauche Informationen.«

»Es gibt Dinge, die man vom *Ärzengel* besser nicht weiß, Nicholas. Nicht, wenn man seinen Verstand schätzt.«

»Waren Sie jemals an Bord des Zuges?«

Dimitri gab ein heiseres, freudloses Lachen von sich. »Ich wurde zur Furcht vor dieser verfluchten Lokomotive erzogen. Seitdem bin ich ihr immer aus dem Weg gegangen.«

»Sagen Sie mir, wo fängt die Reise an und wo endet sie?«

»Nun, das ist eine interessante Frage. Der Zug kommt auf der Strecke hinter der Gießerei in Chelmsk, aber ich weiß nicht, von welchem Bahnhof oder ob dort überhaupt einer existiert. Und die Reise endet …« Er hob die Hände und bewegte sie in entgegengesetzte Richtungen.

Im Nichts.

»Die Karten im Zug sind alle unkenntlich gemacht. Was geschieht?«

»Nachdem er Zoribskia passiert hat, fährt er hier vorbei weiter die Strecke entlang. Unweit von hier teilen sich die Schienen in mehrere Richtungen, ins Landesinnere und zur Küste, und eine weitere Linie führt über einen Viadukt, aber der *Ärzengel* nimmt keine von ihnen. In einem Augenblick befindet er sich noch auf den Schienen, im nächsten ist er verschwunden. Es gibt etwas, dass Sie über den Zug wissen müssen. Er wurde in dieser Welt gebaut, aber er gehört zur nächsten. Was man von außen sieht und was man innen sieht, stimmt nicht überein.«

»Woher wissen Sie das?«

»Mein Sohn ist mitgefahren und unmittelbar, bevor der Zug verschwand, ist er ebenfalls abgesprungen. Aber er hatte nicht so viel Glück wie Sie. Er hat mir von den Dingen erzählt, die er sah, und davon, dass seine Seele an Bord bleiben würde, egal was mit seinem Körper geschah. Sekunden später ist er in meinen Armen gestorben. Ich habe ihn neben meinem Signalhäuschen begraben, dort, wo er als Kind immer so gern spielte.«

»Das tut mir leid.«

»Viele von uns haben Kinder an dieses Monster verloren«, sagte Dimitri, dessen Stimme voller Bitterkeit war. »Es gibt keinen Weg, es zu besiegen, ebenso wenig wie man den Teufel selbst besiegen kann. Glauben Sie mir, wenn es einen gäbe, hätte ich schon davon Gebrauch gemacht.«

»Trotzdem muss ich es versuchen«, antwortete Nicholas. »Ich kann Isabella nicht allein ihrem Schicksal ins Auge sehen lassen. Wie weit ist es noch, bis der Zug verschwindet?«

Dimitri deutete hinter sich. »Ein paar Kilometer von hier.«

»Dann habe ich verloren.«

»Es ist nicht mehr weit, das stimmt. Aber der Zug muss langsamer fahren, wenn er in den Wald kommt. Er kommt hier nur einmal im Jahr vorbei und bis er sich in das Totenreich begibt, unterliegt er unseren Naturgesetzen. Der *Ärzengel* ist größer als die anderen Züge, die hier entlangfahren, und der Wald wächst dicht und stark, sodass die niedrigsten Äste der Bäume neben der Strecke seine Waggons behindern. Wenn er den Wald erreicht, wird er langsamer und der Heizer muss die Äste wegschneiden.«

»Könnte ich ihn dort besteigen?«

Dimitri warf einen Blick auf die Uhr an der Wand.

»Sie müssten sich beeilen. In diesem Moment nähert er sich dem Wald.«

»Haben Sie ein Fahrzeug?«, fragte Nicholas.

»Nein«, antwortete der Bahnwärter. »Aber ich habe ein Pferd.«

»Dann muss ich es versuchen.«

»Mein Freund, ich zweifle nicht an dem, was Sie sagen, aber ich würde niemals einem Menschen, den ich gerade erst getroffen habe, mein Pferd geben, selbst wenn er mit mir verwandt wäre. Aber ich werde Sie hinbringen.« Er schloss die Tür und rannte zu einem baufälligen Stall. »Wir müssen sofort aufbrechen, wenn Sie eine Chance haben wollen.«

Es blieb keine Zeit, den riesigen schwarzen Hengst zu satteln, den Dimitri aus dem Stall holte. Er schwang sich auf den Rücken des Pferdes und fasste dann hinab, um Nicholas hochzuziehen, als ob der völlig gewichtslos wäre. »Halten Sie sich fest«, warnte er. »Jede Sekunde, die wir verlieren, entfernt den Zug weiter von uns.«

Sie ritten los, kamen zu einer Kreuzung und schnitten dann den Weg quer über Weideland bis zum Wald ab.

Der Hengst galoppierte in hohem Tempo, aber Dimitri schlug trotzdem auf ihn ein, bis er wütend schnaubte. Nicholas hielt sich am breiten Rücken des Bahnwärters fest. »Ich kann ihn durch die Bäume sehen«, rief der über seine Schulter. »Seien Sie bereit, an Bord zu springen, wenn ich es sage.«

Sie hatten den Wald erreicht. Die Äste peitschten ihnen ins Gesicht, die Hufe des Pferdes flogen über losen Schiefer. Mehrmals wäre Nicholas fast abgeworfen worden, als der Hengst über am Boden liegende Kiefernäste sprang und sich seinen Weg durch enge Waldpfade bahnte. Weil das verschwommene Mondlicht nicht durch die Baumspitzen drang, mussten sie sich an den Lichtern des dahinfahrenden Zuges orientieren.

Nicholas konnte das vertraute Rattern des Zuges hören. Es wurde lauter und auch langsamer, wie das Ticken eines abgewickelten Uhrwerks. Einen kurzen Moment lang wurden die Waggons mit dem quecksilbrigen Licht des Mondes überzogen. »Am Ende des Zuges gibt es eine offene Plattform«, rief Nicholas. »Wenn Sie mich dort heranbringen können, kann ich aufspringen.«

»Wenn Sie es schaffen, müssen Sie mir etwas versprechen. Sie müssen den Mistkerl töten, der meinen Sohn ermordet hat«, schrie Dimitri. »Es ist der, den sie den Zugführer nennen.«

»Wenn ich es schaffe, bringe ich Ihnen seinen Kopf«, brüllte Nicholas zurück.

Dimitri trat mit den Fersen seiner Stiefel in die Seiten des Hengstes, bis der blutete. »Also los.«

Die Verführung

Thomas rannte durch den schaukelnden Zug und sah dabei die Spur von Krankheit und Tod, die die Rote Gräfin hinterließ.

Unzählige Passagiere starben an der bösartigen Seuche, die ihre Knochen altern und ihre Haut verrotten ließ. Sie lagen zusammengebrochen in ihrem eigenen Blut, ihre Augen waren verschwunden. Die Luft wurde ansteckend und verdorben, die albtraumartige Szenerie verbreitete den süßlichen Geruch der Verseuchung. Er hielt es nun für offensichtlich, dass alle an Bord des Zuges außer ihm und Isabella tot waren. Es gab nichts, das getan werden konnte, um die anderen zu retten, aber das war auch nicht seine Aufgabe; vielleicht sah er sie so, wie sie in Wirklichkeit waren – wie sie sein würden, wenn der Zug seine Endstation erreicht hatte. Wie sie in jeder anderen Nacht außer dieser einen hier waren.

Thomas drang weiter vorwärts durch die Gänge auf der Suche nach der Frau, die er zur Rede stellen musste. *All diese Jahre in England, in denen ich Familien erklärt habe, dass man dem Bösen ins Gesicht sehen und es besiegen muss*, dachte er. *All diese leeren Worte, wenn das hier – das hier ist das, was ich hätte tun sollen: wirkliches Unheil bekämpfen. Seuchen, Krieg, Korruption, Zerfall, Gesellschaften, die von ihnen heraus verfaulen. Und in meiner sicheren kleinen Welt konnte ich die Wahrheit nicht sehen, weil ich ihr gegenüber blind war. Ich bin froh, dass ich geprüft werde. Wenn ich scheitere, kann ich zumindest sagen, dass ich meinen Dämonen ins Auge gesehen und eine Art der Erlösung gefunden habe.*

Er näherte sich dem privaten Bereich des Waggons der ersten Klasse. Er wusste, dass er sie hier finden würde. Es gab vier Suiten, die kunstvoll eingerichtet und mit Samtvorhängen, Quasten und unzähligen Kissen ausgestattet waren. Sie waren für die wohlhabendsten Reisenden vorgesehen. Und hier hatte sich die Rote Gräfin auf einer prachtvollen, filigranen Chaiselongue niedergelassen und drehte geistesabwesend im Rhythmus mit dem Schaukeln des Waggons die Karten auf dem vor ihr stehenden Tisch um. Räucherstäbchen brannten in den Ecken; sie beseitigten den bitteren Geruch des Todes und füllten das Abteil mit einer ekelerregenden Süßlichkeit. Das Licht der Wandleuchter flackerte über ihr verschleiertes Gesicht.

»Sie sind die Ursache für das alles«, klagte Thomas sie von der Türöffnung aus an. »Sie brauchen es gar nicht zu leugnen.«

Die Gräfin blickte hoch und sah ihn durch ihren Schleier an. »Habe ich Sie angesprochen? In meiner Welt spricht die Gräfin zuerst.«

»Aber Sie sind nicht in Ihrer Welt.«

»Ach, kommen Sie herein«, lockte sie ihn. »Ich spreche normalerweise nicht mit Bürgerlichen, aber ich vermute, als Geistlicher sind Sie zumindest zum Teil über die menschlichen Erfahrungen erhoben.«

»Sie können mir keine Angst machen«, sagte er. »Aber Sie müssen aufgehalten werden.«

»Bitte setzen Sie sich und ersparen Sie sich weitere Peinlichkeiten. Ich kann sehen, dass Sie wie Espenlaub zittern. Schauen Sie sich nur Ihre Hände an. Sie müssen keine Angst haben. Ich wusste, dass Sie zurückkehren würden. Männer kehren immer zurück.«

»Es gehen schreckliche Dinge vor sich, ein furchtbares Übel ist am Werk, und ich weiß, dass Sie dafür verantwortlich sind.«

»In dieser Welt ist die Krankheit schrecklich, aber unvermeidlich. Finden Sie, dass ich auch ein Übel bin, oder ist es nur die Krankheit?«

»Ich … weiß nicht.«

»Sie können den Kranken nicht helfen. Sie sind ein Mann Gottes und können die Welt nicht vergessen, aber Sie sollten auch wissen, dass Sie sie nicht ändern können. Setzen Sie sich für einen Augenblick und trinken Sie ein Glas Tokaier mit mir.«

Die Rote Gräfin zog ihn in ihren Bann und verwirrte ihn. Eine Karte, die Pikdame, lag neben ihrem Glas. Sie nahm einen Schluck des bernsteinfarbenen Weins aus dem Kristallkelch und schenkte in ein zweites Glas ein, das sie ihm zuschob. War es mit der Verseuchung behaftet? Thomas starrte es an.

»Nur zu! Kosten Sie.«

Thomas fühlte, wie er völlig unter ihre unwiderstehliche Macht geriet. Trotz der ekelhaften Gräuel an Bord des Zuges war die Atmosphäre in ihrem Salonabteil geheimnisvoll und berauschend, anders als alles zuvor in seinem Leben und genau so wie alles Dunkle in seinen Träumen.

Seine Hand bewegte sich auf das Glas zu. Sie führte ihr eigenes erneut an ihre Lippen.

»Lassen Sie uns auf die Leidenschaft trinken. Sollen die Schrecken der Krankheit draußen bleiben, außerhalb der Grenzen unserer sicheren Heimstatt. Seien Sie ehrlich. Ist das nicht der Grund, weshalb Sie der Kirche beigetreten sind?«

»Ich bin beigetreten, um Gutes zu tun, aber irgendwie habe ich das aus den Augen verloren.« Er beobachtete, wie ihre rubinroten Lippen den Rand des Glases berührten und einen Abdruck hinterließen.

»Den Glauben verloren? Trinken Sie mit mir. Es ist so viel einfacher, einfach zu trinken.«

Er wusste, dass das hier zu seiner Prüfung gehörte, und war entschlossen, keine Furcht zu zeigen. Er hob das Glas an die Lippen und nahm einen Schluck. Es war kein gewöhnlicher Tokaier. Es war stärker als Wein, mit dem süßen Geruch von Manzanilla, aber der Schärfe von *Eau de vie*. Feuer breitete sich in seinem Hals aus.

»Schon besser. Und nun kommen Sie näher, setzen Sie sich neben mich.« Sie tätschelte den Platz neben sich, als ob sie einen Hund ermutigte. Von ihr angezogen, ließ Thomas sich neben ihr nieder. Sie war berauschender als das Getränk, und sie wusste es.

»Näher.« Sie lehnte sich in seine Richtung. Er konnte ihre mit Kajal umrandeten Augen hinter dem Schleier funkeln sehen und streckte die Hände nach ihr aus. Es war plötzlich sehr wichtig, herauszufinden, wer sie wirklich war. Den Kern ihres Geheimnisses zu enthüllen. Jeder an Bord des Zuges hatte eines.

Seine Finger berührten den Saum des Schleiers und begannen ihn langsam anzuheben. Er versuchte sich darauf vorzubereiten, was er darunter entdecken würde.

»Noch näher«, flüsterte sie. Er konnte die Kühle ihres Körpers neben dem seinen spüren. Sie schien tatsächlich die Temperatur im Abteil zu senken, die Fahlheit der Krankheit auszukühlen und eine tödliche Ruhe zu verbreiten.

Seine Finger hoben den Schleier. Er versuchte nicht zurückzuweichen. Alter, Seuche, eine gepeinigte Seele – er war auf alles vorbereitet, aber nicht auf das, was er fand.

Eine atemberaubend schöne Frau Anfang zwanzig. Lange dunkle Augenbrauen, blasse hohe Wangen, muschelförmige Lippen, zeitlose Perfektion.

»Aber … Sie sind wunderschön.«

Ihre Augen waren nach unten gerichtet und traurig. »Einst bin ich an Bord dieses Zuges aus meinem Land geflohen …«

Er schloss die Augen und ließ zu, dass ihre Worte in seinen Kopf eindrangen.

Wir alle bekommen heute Nacht Geschichten erzählt, dachte er. *Eine regelrechte Kaskade davon, aber welche der Geschichten sind wahr und welche sind dazu gedacht, uns zum Verrat zu führen?*

Mit geschlossenen Augen lauschte er ihren zuckersüßen Worten. Während sie sprach, nahmen die Bilder in seinem Kopf Gestalt an. Er sah einen prächtigen russischen Ballsaal des Fin de Siècle in französischen roten Samt gehüllt, der Parkettboden abgewetzt, ein Orchester in Abendkleidung, tanzende Paare, flackernde Kronleuchter, draußen fallender Schnee. Ein Gebäude mit einem Zwiebelturm, gefertigt aus weißem Holz, mit Goldauflage versehen. Eine elegante *dacha,* weit entfernt vom bäuerlichen Gesindel in den städtischen Straßen.

Er sah die Gräfin umgeben von gut aussehenden jungen Männern in gestärkten weißen Hemden und Fräcken. Bei einem, der hinter ihren Verehrern stand, handelte es sich um einen einfachen Landgeistlichen, ähnlich wie er selbst, mit sonnenverbrannter Haut, schlecht gekleidet, fehl am Platze. Zwei der anderen Männer machten sich heimlich über ihn lustig.

»Ein Mann Gottes. So jung und so sehr in mich verliebt. Ach, Sie könnten an seiner Stelle gewesen sein.« Die Rote Gräfin seufzte. »So viele Verehrer. Ich machte mir einen Spaß daraus, dass sie mich begehren sollten. Meine Landsleute starben in der Revolution und ich kümmerte mich nur um mein Vergnügen. Die Überheblichkeit von Reichtum, Jugend und Gesundheit. Ich frage mich noch immer, warum ich den kleinen Pfarrer gewählt habe.«

Thomas beobachtete, wie der eifrige junge Mann nach vorne eilte, um ihre Hand zu küssen. Er bemerkte nicht, dass sich die anderen Verehrer über ihn amüsierten.

»Ich vermute, ich gab mich ihm hin, um etwas Neues zu erleben. Die anderen waren alle aus meiner Schicht, alle so leicht zu bekommen, alle so voller Anspruchsdenken. Für den Pfarrer war schon meine Gegenwart eine besondere Ehre. Das gefiel mir. Wie jeder Frau. Aber natürlich war ich keine gewöhnliche Frau.«

Er sah ihr Schlafzimmer in der *dacha*, die Rote Gräfin hingestreckt liegend, blass und nackt und träge in ihrem Boudoir, während der Pfarrer sie hastig und ungeschickt liebte. Thomas hörte die Entschuldigungen, sah die aufgeregten Hände, das plumpe Stoßen, die sich abnutzende Neuheit, die Wiederkehr des vertrauten *ennui*.

Er hörte die Gräfin seufzen, während sie ihre üppigen Brüste mit ihren Roben bedeckte und sich von ihrem Bett erhob, um das Schlafzimmer ohne einen einzigen Blick zurück zu verlassen. Er sah, wie die sorgfältig formulierten Briefe des Pfarrers zurückgeschickt wurden; wie sie ignoriert wurden und unbeantwortet blieben; wie die Blätter zerrissen wurden und das Regenwasser in den Gossen von Sankt Petersburg die Tinte zerlaufen ließ.

»Für die, die verschmäht werden«, sagte die Rote Gräfin, »ist die Liebe so ernst wie der Tod.«

Es war ein absurdes Bild – der kleine bolschewistische Priester, der an den Hof zurückkehrte, in kalten Vorzimmern bei herablassenden Dienern wartete, vor ihrem Sommerhaus lauerte. Diejenigen, die von der Roten Gräfin verschmäht wurden, waren nie in der Lage, ihr zu vergeben, aber diejenigen, die sie erhört hatte und dann von sich stieß, waren nie in der Lage, sich selbst zu vergeben.

Zuerst bereitete es ihr Vergnügen, ihn warten zu lassen, aber schon bald wurde sie seiner Beharrlichkeit überdrüssig. Die Zurschaustellung von Gefühlen war vulgär und gewöhnlich. Er schickte ihr Sträuße protziger Blumen und Flaschen mittelmäßigen Weins, die er sich nur schwer leisten konnte. Als er sich einmal Zugang zu einem Tanzsaal verschaffte, wo sie gerade von ihren Verehrern mit Champagnerglas-Pyramiden gefeiert wurde, kämpften die jungen Männer mit ihm, die Gläser zerbrachen und er wurde in den Schnee hinausgeschmissen.

Um sicherzustellen, dass der Pfarrer nicht noch mehr Szenen machen würde, ließ sie ihm einen Brief persönlich überreichen. Sie war bei der Wahl ihrer Worte sorgfältig auf Grausamkeit bedacht gewesen, und sie verfehlten ihre Wirkung nicht. In seiner Verzweiflung warf der Pfarrer ihren Abschiedsbrief auf den Boden und trampelte darauf herum, bis er völlig geschwärzt war. Thomas konnte einzelne Wörter erfassen, als sie in seinem Traumbild an ihm vorbeiflatterten.

Laune – Torheit – beschämt – verbiete.

Der Pfarrer kehrte in seine kleine Wohnung in der Stadt zurück und kletterte mit einem Strick in der Hand auf einen Stuhl. Sorgfältig band er ihn um ein großes Eisenrohr, das sich an der Decke befand.

Er sagte ein Gebet auf, eines der kürzesten, die er kannte, und trat dann den Stuhl zur Seite.

Aber das Rohr war nicht stark genug. Als das Seil in seinen Hals schnitt und sein Körper in Todesqualen zu zucken begann, bog es sich und zerbrach dann unter seinem schaukelnden Gewicht.

Thomas verfolgte vor seinem inneren Auge, wie sich das Rohr senkte. Es war die Verbindung zwischen den Toiletten oben und der Kanalisation unten, aber nun war es zerbrochen. Stinkendes Abwasser ergoss sich über den sich krümmenden Körper des Pfarrers.

Vor seinem inneren Auge verfolgte Thomas den Weg des Abwassers. Er beobachtete, wie es durch den Boden in die Kanalisation und die Behälter und die Brunnen floss, in den Trinkwasservorrat der Stadt. Er sah die galanten Verehrer der Gräfin in ihren Stadtwohnungen, beobachtete, wie sie durstig tranken und krank wurden, wie sich die Krankheit über Sankt Petersburg ausbreitete wie ein Wasserfleck.

Das scheußliche Abwasser quoll aus den Brunnen über, ergoss sich in die Abflüsse und die Kanäle, floss nach unten zum Bahnhof, auf den Bahnsteig und tropfte in die Gosse.

Er sah, wie der Zug seinen Wasservorrat aus dem verseuchten Tank auffüllte. Das trübe Gift fiel über sauberes Wasser her wie ein bösartiger Luftwirbel, der alles mit seiner

Berührung vergiftete. Das Wasser lief vom Tank über das Rohr zum offenen Abteilfenster, wo ein einzelner verkeimter Tropfen von einem plötzlichen Windstoß getragen im Glas der Gräfin landete.

Ihren neuen Liebhaber, einen Unteroffizier mit kalten Augen und einem üppigen Schnurrbart, kokett anlächelnd, hob die Rote Gräfin das Glas und trank daraus. Als sie zusammenbrach, wogte die blutrote Seide um sie herum wie Nebel.

»Aber Sie haben überlebt«, sagte Thomas. *Vielleicht*, dachte er, *ist ein Teil des Geistes des todgeweihten Pfarrers in dich gelangt. Vielleicht hat das allein ausgereicht, dich zu retten.*

»Würde ich so aussehen, wenn ich tot wäre? Sieh mich an!« Die Rote Gräfin lehnte sich zurück und öffnete ihre blutrote Robe, um ihren makellosen nackten Körper zu enthüllen. Thomas hatte noch nie so alabasterfarbene Haut gesehen. Das Glas rutschte ihm aus der Hand und zerbrach auf dem Boden.

Sie näherte sich ihm und drückte ihre Lippen auf die seinigen. Ihre heiße Zunge eroberte seinen Mund. Seine Hände umschlossen ihre Brüste. Sie lockerte sein Hemd. Ihre blutroten Fingernägel zerkratzten seine Brust und seinen Rücken. Seine Kniehose wurde geöffnet, ihre Schenkel spreizten sich. Die Rote Gräfin gab einen leisen Seufzer der Lust von sich, als sich ihre Robe über sie beide schloss.

Der Zug dröhnte und schaukelte. Die Kerzen flackerten. Die Räucherstäbchen hüllten sie in einen Geruch der Dämmerung. Thomas wurde von einer außergewöhnlichen Leidenschaft gepackt. Es verstand sich von selbst, dass das völlig anders war als alles, was er mit seiner Frau in Henley-Upon-Thames erlebt hatte. Als er den Höhepunkt erreichte, sah er, dass die Rote Gräfin ihre Augen in ekstatischer Erfüllung geschlossen hatte. Er genoss es, ihre Bedürfnisse befriedigt zu haben.

Ermattet löste er sich von ihr und blickte auf ihren Körper hinab.

Er war in eine alte, skelettartige Frau eingedrungen, eine Frau mit ranziger Haut, strähnigem grauem Haar, von Adern gezeichneten grauen Brustwarzen und klauenartigen, mit Altersflecken überzogenen Händen. Ihre Umarmung war nicht von Leidenschaft, sondern von Starrheit geprägt. Sie öffnete ihren Mund mit den abgebrochenen, schiefen Zähnen, saugte seine Zunge ein und biss zu.

Thomas schrie vor Entsetzen auf und versuchte sich von ihr zu befreien.

Ihre Nägel rissen blutige Streifen aus seinem Rücken. Angeekelt riss er sich von ihr los und sank in eine Ecke, wo er versuchte, sein zusammengeschrumpftes Gemächt zu bedecken und den Geschmack der Fäulnis aus seinem Mund zu wischen. Er zitterte heftig, während ein Gedanke durch seinen Schädel hallte: *Ich habe verloren. Ich habe verloren. Ich habe verloren.*

Die Sirene

Aber wir müssen unseren Blick auf einen anderen Ort an Bord des *Ärzengels* richten, denn dort spielte sich in diesem Augenblick ein weiteres Drama ab.

Isabella hatte den Zugführer am Übergang zum letzten Waggon stehend gefunden, von wo aus er auf die offene Aussichtsplattform starrte. Als sie den Blick in die gleiche Richtung richtete, musste sie überrascht sehen, wie Nicholas vom Rücken eines galoppierenden Pferdes auf die Plattform kletterte. Ein riesiger bärtiger Mann schob ihn von hinten und vergewisserte sich, dass Nicholas das Schutzgeländer gepackt hatte, bevor er sich vom Zug entfernte.

Sie rannte zu ihm, packte ihn und zog, bis er sicher auf der Plattform gelandet war. »Du bist zurückgekommen«, rief sie und umarmte ihn so heftig, dass er kaum atmen konnte.

Der Zugführer beobachtete die Szene mit höchstem Erstaunen. Nie zuvor hatte jemand versucht, wieder an Bord des *Ärzengels* zu gelangen. Einen Augenblick lang verlor er jegliches Gefühl für die Regeln.

»Bist du in Ordnung?«, fragte Nicholas Isabella.

»Ich lebe. Und du?«

»Ich bin noch im Besitz meiner Seele. Wo ist Thomas?«

»Er ist bei der Roten Gräfin, und ich befürchte, dass er ihr erlegen ist.«

»Dann suchen wir ihn. Vielleicht ist es noch nicht zu spät, ihn zu retten.«

»Stopp.« Der Zugführer versperrte ihnen den Weg. »Diesmal kann ich Sie nicht dem Pfarrer zu Hilfe kommen lassen wie zuvor, als Sie ihn aus dem Sarg befreiten.«

»Warum nicht?«

»Ich habe zugelassen, dass Sie ihm helfen, weil er noch nicht an der Reihe war, sondern seine Frau. Nun muss er sich alleine seinen Dämonen stellen, so wie auch Sie es tun werden.«

»Bitte«, flehte sie. »Er hat nichts Schlechtes getan. Ich bin diejenige, die aus der Stadt geflohen ist. Thomas und seine Frau sind unschuldig.«

»Er hat den *Ärzengel* aus eigenem Antrieb bestiegen«, erinnerte der Zugführer sie. »Er hätte seinen Mann stehen und sich mit den Soldaten am Bahnhof auseinandersetzen können.«

»Aber er ist ein Mann Gottes, er hätte nicht kämpfen …«

»Das geht mich nichts an. Wir werden sehen, ob er die Kraft hat zu überleben. Warten und beobachten wir. Und vergessen Sie nicht, Sie sind als Letzte vorgesehen. Und nun zu Ihnen, Deserteur.« Er wandte sich mit mürrischem Gesicht Nicholas zu. »Sie sind entweder sehr mutig oder noch viel dümmer, als ich gedacht hatte. Sie hatten ihre Möglichkeit zur Flucht und nun sind sie wieder hier, zurückgekehrt.«

»Was auch immer Isabella widerfährt, soll auch mein Schicksal sein«, sagte er und nahm ihre Hand. Das Wiedersehen mit ihr hatte seine Gefühle gefestigt. Man würde sie nicht mehr so einfach voneinander trennen können.

»Ich sehe, dass Sie nicht verstehen«, sagte der Zugführer. »Sie haben sich an Bord des Zuges begeben. Sie kennen die Regeln. Sie werden auf die Probe gestellt. Jedes lebendige

Wesen, das den Zug besteigt, muss sich einer Prüfung unterziehen.«

»Aber ich habe bestanden …«

»Das war nicht das Wirken des Zuges. Ihre Schwierigkeiten wurden durch Ihre eigenen Umstände verursacht. Die Herausforderungen werden vom *Ärzengel* festgelegt, nicht von den Passagieren. Ihre Einheit ist in den Schützengräben gestorben, nachdem Sie sie verlassen hatten, aber einige der Soldaten haben durch Zufall den *Ärzengel* bestiegen.«

»Dann sind Sie nicht unfehlbar. Es wirken hier Mächte, die jenseits Ihrer Kontrolle sind.«

»Der *Ärzengel* wurde geschaffen, um menschliche Unvollkommenheiten aus dem Kampf zwischen Gut und Böse zu tilgen«, sagte der Zugführer ungehalten. »Etwaige Fehler, die passieren, werden immer durch Kräfte von außen verursacht. Das Verhalten der Passagiere kann nicht leicht vorausgesagt werden.«

»Sie denken, dass das Böse triumphieren wird, wenn es keine menschliche Einmischung gibt?«

»Ich bin kein Narr. Vielleicht wird dieser Krieg nie eindeutig entschieden werden, denn beide Seiten müssen sich fair gegen einander verhalten. Aber wir können sicherstellen, dass die Frommen und die Zweifelnden niemals in der Lage sein werden, unser Reich zu zerstören.«

Er trennte die beiden Liebenden, indem er mit seinen kegelförmigen blassen Händen zwischen sie fuhr. »Genug jetzt. Sie«, er deutete auf Isabella, »gehen voran. Und Sie.« Er drückte Nicholas auf einen Sitzplatz nieder. »Sie müssen hierbleiben und sich vorbereiten. Ihre Zeit naht.«

In der Suite der Roten Gräfin wich Thomas zur Wand zurück, als sich ihm das vom Alter gezeichnete Gesicht seiner Verführerin näherte.

»Wie du siehst«, sagte die Rote Gräfin, »bin ich an Bord des Zuges gestorben und wurde als lebendige Tote wiedergeboren. Verdammt dazu, in alle Ewigkeit mit dem *Ärzengel* zu fahren und die Krankheit durch meine Berührung zu verbreiten.«

Die Rote Gräfin war sehr nahe an Thomas herangekommen. Sie war wie ein Skorpion – sie konnte sich nicht zügeln. »Wenn Schönheit mit Grausamkeit gepaart ist, wird sie zu einem Fluch«, erklärte sie. »Ich war sehr schön und sehr grausam.«

Sie berührten einander beinahe. Thomas war wie hypnotisiert, aber auch entsetzt. Er blickte auf die Rücken seiner Hände und erwartete dort zu sehen, wie die Haut in Pusteln ausbrach.

»Ich verstehe nicht. Ich bin unberührt.«

»Aber du hast verloren.« Die Rote Gräfin lächelte betrübt.

»Was bedeutet das?«

»Du kennst den Preis bereits. Du bist tot und verdammt. Du wirst uns an Bord des Zuges begleiten. Ich werde dafür sorgen, dass du jung bleibst, und dich jede Nacht lieben. Bis ich deiner überdrüssig werde. Mein dämonischer Liebhaber.«

»Niemals – ich würde eher …«

»Was? Selbstmord begehen?« Das mädchenhafte Lachen der Roten Gräfin wurde zum keuchenden Gackern einer alten Frau. »Und wie genau willst du das anstellen?«

»Scher dich zum Teufel.« Thomas bahnte sich einen Weg aus der Suite und taumelte auf den Gang.

Die Rote Gräfin erhob sich und folgte ihm. Sie schien sich zu bewegen, ohne zu gehen. Hinter Thomas hereilend, hielt sie vor einem Abteil inne, in dem sich ein schlafender Landarbeiter befand. Sie langte hinein und saugte die Jugend und Lebenskraft aus ihm, aus einer Laune heraus und um sich zu stärken. Die Aufnahme solcher Unschuld versetzte sie in ihren früheren Zustand zurück und sie wurde mit jeder Sekunde schöner. Jugend und Sinnlichkeit kehrten zu ihr zurück. Sie schien in der Düsternis des Ganges zu glühen, sie erhellte ihn mit ihrer Anwesenheit.

Thomas hatte einen leeren Bereich im ersten Waggon der zweiten Klasse erreicht. Er lehnte sich gegen die Wand und warf einen Blick zurück, aber seine ewige Geliebte war plötzlich verschwunden.

Er war von sich selbst angewidert. Er hatte sich geschämt, nachdem er auf einer ökumenischen Dienstreise in Rotterdam die Huren besucht hatte, aber das hier war weitaus schlimmer. Er riss sich das Hemd vom Leib, ging zu einem Fenster und öffnete es, damit ihm der reinigende Regen auf die Brust prasseln konnte. Er beobachtete, wie der vom Sturm gepeinigte Wald vorbeiraste. Der Zug war stickig, gottlos, klaustrophobisch. Jeder Reisende an Bord hatte seine eigene groteske Geschichte des Versagens und Untergangs zu erzählen, und eine jede von ihnen schien zu einer weiteren entsetzlichen Welle an Ereignissen zu führen. Er lehnte sich aus dem Waggon, um die Regentropfen auf seinem Gesicht spüren zu können.

Als er die Augen hob, nahm er die Rote Gräfin über sich wahr. Sie befand sich auf dem Dach des Waggons, ihre blutrote Seidenrobe wogte. Sie drängte zu ihm herab, eine rächende blutrote Sirene. Sie war außerhalb des Zuges und blickte zu ihm hinein, den Gesetzen der Schwerkraft enthoben.

»Ich bin noch nicht fertig mit dir«, schrie sie. »Dir ist nicht gestattet, das Ergebnis deiner Prüfung zu entscheiden.«

»Das ist Hexerei!«, schrie er. »Ich hatte nie eine Chance gegen dich.«

»Ihr Geistlichen seid so eitel«, zischte sie ihm ins Ohr. Sie langte in den Waggon, ergriff ihn bei den Schultern und zog ihn nach oben, aus dem Waggon heraus und auf das vom Regen rutschige Dach.

»Lass mich in Frieden, du gottlose Hure!«

»Oh, es ist immer dann Gott, wenn es euch passt, oder? Ich werde dir zeigen, was ich wirklich bin.«

Während der Sturmwind auf sie einhämmerte und die Äste von Bäumen vorbeipeitschten, fing ihr runzeliges Gesicht an, schwarz zu werden und abzufaulen. Stücke ihrer Haut flogen davon in die Nacht, ihr Fleisch schmolz verfaulend dahin, bis ihre Zähne und ihr Schädel in der Dunkelheit strahlten wie Elfenbein.

Sie stürzte sich mit all ihrer wilden Wut auf ihn und schloss ihre verrottenden Hände um seinen Hals, aber Thomas war entschlossen, nicht kampflos unterzugehen. Sein Fuß fand Halt an der stählernen Zierleiste des Zuges und er kämpfte sich hoch, während sie versuchte ihn niederzudrücken und ihm mit den Fingern durchs Gesicht fuhr.

Er trat nach ihr. Er hatte noch nie einer Frau körperliches Leid zugefügt, aber die Gräfin war schon seit langer Zeit keine Frau mehr. Er kroch auf dem vibrierenden Dach davon, während sie ihm wie ein Raubtier folgte. Ihre Fingernägel quietschten schrill auf dem Metall.

Die Rote Gräfin belauerte Thomas.

Selbst halb enthäutet war sie immer noch von majestätischer Gestalt. Sie stand aufrecht und prachtvoll, die rote Seide flatterte um sie herum im Strudel aus Regen und Dampf.

Wie ein Tiger sprang sie ihr Opfer an.

Während der *Ärzengel* sich bergab in hohem Tempo seiner Endstation näherte, kämpfte das Paar auf dem Dach des dahineilenden Zuges. Die Rote Gräfin versuchte Thomas vom Dach zu stoßen. Die steinigen Abhänge rasten in heißen Dampfstößen vorüber.

Thomas griff nach ihrem Gesicht, nur um feststellen zu müssen, dass sich die Reste in seinen Händen lösten wie ein Spüllappen aus Fleisch, das zwischen seinen Fingern zerrann. Zurück blieb nur eine verfaulte Schale.

Die Rote Gräfin entledigte sich elegant ihrer Seidenrobe und ihrer Haut, als ob sie sich vor einem Liebhaber entkleidete. Sie wurde zu einem zackigen Skelett, das seine sterbliche Hülle ablegte. Ihr knochiger Arm fuhr aus, um Thomas an der Kehle zu packen. Ihre lederartige Zunge zuckte lüstern in ihrem Schädel – sie beugte sich nach vorne und stieß sie in Thomas' Mund, um ihn an seine ewige nächtliche Pflicht zu erinnern.

Bitte, lass mich sterben. Alles ist besser, als das hier, dachte Thomas. Die Rote Gräfin hatte die Augen in Ekstase geschlossen.

Sie hatte nicht gesehen, dass sich der Zug einem Tunnel näherte.

Sie umarmte ihren neuen Liebhaber und drückte das Leben aus ihm heraus, und er erwiderte ihren Griff, um zu verhindern, dass sie sah. *Warte*, sagte er sich selbst. *Warte.*

Im allerletzten Augenblick schob er sie von sich, als die Wand des Tunnels unmittelbar vor ihnen war.

Sie prallte gegen die Randeinfassung aus Backsteinen und wurde zu Splittern zerschlagen wie Zündhölzer, die gegen eine Wand geworfen wurden. Die Splitter landeten unter den donnernden Rädern des *Ärzengels* wie gespenstische Innereien. Nur der Zug konnte ihr das Leben wieder nehmen.

Erschöpft ließ sich Thomas auf das Dach fallen, rutschte und glitt dann zurück durch das Fenster ins Innere des Waggons, wo er auf den Boden krachte. Eine herabschwebende Karte – die Pikdame – landete auf ihm. Sie war alles, was von der Roten Gräfin geblieben war.

Er fühlte, wie ihn der Boden hin- und herschaukelte. Rückblickend vermutete er, dass die Prüfung zu einfach gewesen war.

Nach ein paar Minuten rappelte er sich hoch und machte sich auf den Weg, um Isabella zu suchen. Er traf auf sie, als sie ihm im Gang entgegenkam.

»Ich habe gewonnen!«, rief er aufgeregt, wobei er es selbst nicht ganz glauben konnte. »Ich dachte, ich wäre gescheitert, aber ich habe sie besiegt.«

Isabella rannte zu ihm und umarmte ihn, dankbar, dass er seine Prüfung überlebt hatte. Und doch sah er irgendwie nicht richtig aus.

»Geht es Ihnen gut?«, fragte sie. Sie wich zurück, um sein Gesicht zu studieren und dem Gestank zu entgehen, der von ihm ausging.

Thomas starrte sie an und schüttelte seinen nassen Kopf. »Es geht mir gut, aber diese Frau … wie alle ihrer Art«, fauchte er. »Wie sie uns täuschen.«

»Thomas, Nicholas ist wieder an Bord und muss sich einer Prüfung durch den Zug unterziehen. Wir nähern uns der Endstation. Es muss etwas geben, das wir tun können. Wenn wir nur die Lokomotive anhalten könnten.«

Er blickte sie merkwürdig an. Seine Augen funkelten wild. »Warum sollte ich Ihnen trauen? Miranda stirbt, dann verschwindet Nicholas. Woher weiß ich, dass Sie die Wahrheit sagen? Und was diese Schlampe betrifft …«

»Thomas, Sie wissen, dass sie geschickt wurde, um Sie zu prüfen.«

Er ignorierte sie. »Schlampen. Wie ich sie hasse. Wie ich sie immer gehasst habe. Sie sind alle gleich. Es sind immer die Frauen. Hinter jedem Despoten, jedem Tyrannen, jedem Politiker, jedem Veruntreuer, jedem Zensor steht eine Frau, die drängt und drängt und drängt. Und Sie. Alles hat mit Ihnen angefangen. Sie sind an allem schuld.«

»Nein, ich musste die Stadt verlassen. Nicholas sagte, dass er mich wegbringen könne …«

Zu ihrem Entsetzen konnten sie seinen wahren Charakter sehen.

Der Frauenhasser. Der Verführer. Der Betrüger. Und wenn ich es sehen kann, kann es der Ärzengel auch …

Als er sich auf sie stürzte, glaubte sie, dass sie in der Lage sein würde, ihn abzuwehren, aber er war stärker, als sie gedacht hatte. Er packte sie mit einer Hand fest an der Schulter und legte die andere um ihren Hals.

Ihre Fingernägel blieben an seiner Lippe hängen und rissen sie einfach von seinem Kiefer ab wie altes Fleisch. Vor ihren entsetzen Augen verfaulte seine Haut und löste sich mit fetten Maden bespickt von seinem Gesicht. Seine Nase fiel ab. Eines seiner Augen fiel auf seine knochige Wange. Er schien nicht zu verstehen, was geschah. Seine Ohren glitten an den Seiten seines Kopfes hinab. Sein Schädel schimmerte durch ranzige Haut wie ein Karamellapfel. Dennoch ließ er nicht von ihr ab.

Schreiend versuchte sie sich von seinen Armen zu befreien, aber sie hielten sie fest gepackt, auch wenn sie nicht länger mit seinem Körper verbunden schienen. Thomas verbleibendes Auge rollte nach innen und er fiel zusammen wie ein Haufen stinkendes Aas.

Isabella musste feststellen, dass sie den einzigen Teil von ihm, der noch intakt war, in ihren Händen hielt – sein pochendes, blutiges Herz.

Die Rollenverteilung

Shane Carter drehte die Karte in seiner Tasche um. Die Pikdame. Ein Glücksbringer für seine Besprechung bei Hammer.

Der Regen prasselte gegen die Bleiglasfenster des eichengetäfelten Speisesaals von Bray. Er hörte knarzende Bäume, das Knallen und Zischen von Heizkörpern, ein leises Lachen im Korridor. Der Geruch des Mittagessens, das gerade zubereitet wurde, hing in der Luft, ein behagliches Aroma von Pudding und Pasteten.

Er hatte erwartet, sich zu fühlen, als ob er vor Gericht erscheinen müsste, aber er war als Erster eingetroffen, und nun schien es, als ob er die anderen geladen hätte. Als Engländer hätte er sich deshalb verlegen gefühlt, aber er hatte eine Entschuldigung: Er war ein ausländischer Eindringling. Nach der Bewältigung seines Pensums letzte Nacht hatte er versucht, englisches Fernsehen zu schauen. Er hatte sich vor die Wahl zwischen zwei Kanälen gestellt gesehen, auf denen in erster Linie Windmühlen, Marionetten und Töpferscheiben zu sehen waren, unterbrochen von bejahrten, Pfeife rauchenden Männern, die im gehobenen Akzent ehemaliger Eton-Schüler Harold Macmillan diskutierten. Eine völlig eigene Welt, die für Außenseiter kaum Sinn ergab.

Auf dem Tisch befanden sich mit Blumen gemusterte Teetassen; die Plätze waren zugewiesen, als ob es sich um ein tägliches Ritual handelte. Im Korridor waren Schritte zu hören.

Zuerst trat Michael – unmöglich, ihn nun weiter als Mr. Carreras zu betrachten – durch die Tür, gefolgt von Emma, die von Tag zu Tag strahlender aussah. Ein eitler Teil seiner Persönlichkeit vermutete, dass ihr Wohlbefinden auf seine sexuelle Leistungsfähigkeit zurückzuführen war.

Dann erschienen zwei vertraute Gesichter, obwohl sie ausnahmsweise einmal nicht von Licht auf eine riesige Leinwand gebannt wurden: Thorley Walters, größer als erwartet, rundlich und mit fröhlichem Gesicht, ein Weihnachtsmann im Herbst; und Francis Matthews, schlank und charmant, in einem seidig glänzenden grauen Anzug mit Manschettenknöpfen, ganz der Schwarzweißheld, freundlich und vernunftbetont.

Freddie Francis war ebenfalls angekommen und entpuppte sich als ebenso entspannt wie gesprächig, während er die Hände in die Taschen gesteckt hielt. Streng genommen arbeitete er noch für Amicus, nachdem er ihnen mit *Dr. Schreck* einen Hit beschert hatte, aber zwischen den beiden Studios schien es kein böses Blut zu geben. Shane hatte gehört, dass Francis noch immer die Atmosphäre bei Hammer bevorzugte. Obwohl sich der Chef von Amicus, Milton Subotsky, den gleichen filmischen Idealen hinsichtlich Stimmung und Atmosphäre verschrieben hatte wie Francis, war er für seine Feindseligkeit berüchtigt und schwierig, was die Zusammenarbeit betraf. Amicus war ein Produktionshaus und kein wirkliches Studio, obwohl man Stars von Hammer abwarb und sich selbst als auf gleicher Höhe sah. Doch jeder wusste, dass Amicus ein Prätendent war, der hochtrabende künstlerische Versprechungen machte, bevor man sich dort immer wieder auf die Saldozeile des Finanzplans konzentrierte.

Shane erhob sich und gab allen die Hand. Er fühlte, wie seine Nervosität wuchs, als die Gruppe um zwei weitere Personen erweitert wurde, die zusammen eintrafen – ein ungleiches Paar, das in ein leises Gespräch versunken war. Peter Cushing war in den Fünfzigern, hager und feingliedrig, aber die Geschmeidigkeit seiner Bewegungen deutete Jugend und Fitness an. Christopher Lee schien sogar noch größer und erhabener zu sein, als Shane erwartet hatte. Es gab Gerüchte, dass Lee der Sohn einer italienischen Gräfin war und aristokratischen Leidenschaften wie Fechten und Fremdsprachen frönte, aber auf der Leinwand schien er oft kalt und distanziert. Lachte er jemals mit seinen Augen?

Vielleicht war dies das Geheimnis seiner Freundschaft mit Cushing. Jeder mochte Peter; seine Wärme und Autorität retteten das langweiligste Drehbuch. Shane fragte sich, wie erfolgreich Hammer ohne die beiden geworden wäre.

Christopher Lee schüttelte ihm ernst die Hand. Peter Cushing lächelte ihn mit großen, feuchten blauen Augen an. Shane fühlte sich aufgrund der Achtung, die man ihm entgegenbrachte, verlegen und spielte nervös mit den Seiten des Drehbuchs, das auf dem Tisch lag. Emma war bei ihm gewesen und hatte bis zwei Uhr morgens getippt, aber der letzte Abschnitt war noch nicht fertig.

»Lasst uns Tee trinken«, sagte Carreras. »Er stammt aus einem Teegarten im Hochland von Ceylon. Dachte, wir sollten zur Abwechslung mal das gute Zeug auftischen.«

Der Tee wurde eingeschenkt, dazu Kuchen serviert. Jeder entspannte sich auf seinem Stuhl. Shane bemerkte, dass Carreras darauf wartete, dass er begann. Er räusperte sich.

»Ich weiß, dass Mr. Cushing der Presse gesagt hat, dass er schon immer einmal einen Film in einem Zug drehen wollte. Und als – Michael – vorgeschlagen hat, dass ich etwas schreiben sollte, dass sich an einem Ort abspielt, traf sich das mit meinen eigenen Ideen für so ein Projekt. Ich hatte immer das Gefühl, dass es in den Dracula-Filmen ein Grundthema gibt, das ewige Bemühen, den Teufel in Schach zu halten. Mein Vorschlag ist, diesen Gedanken ausführlicher zu entwickeln. Ich betrachte den Zug als großartigen Verwahrungsort von Schicksalen und Fabeln, wie ein chinesisches Schachtelspiel. Ich weiß, das hört sich etwas hochgestochen an. Lassen Sie mich versuchen, mich einfacher auszudrücken.«

Er gewann an Selbstvertrauen, während er das Drehbuch erläuterte. Seine Zuhörer blieben stumm und unterbrachen ihn nur, um zuzustimmen oder einen Kommentar abzugeben. Er konnte sich nicht vorstellen, dass ein derartiges Treffen in Hollywood auf diese Weise ablaufen würde. Zu diesem Zeitpunkt hätten die Anzugträger bereits mit ihren Machtspielchen begonnen und würden versuchen, sich gegenseitig die Eingeweide herauszureißen.

Lee legte die Spitzen seiner langen Finger aneinander und hörte ernst und aufmerksam zu. Wenn Cushing etwas sagen wollte, beugte er sich nur leicht nach vorne, und jeder wandte sich ihm zu. »Ich frage mich – haben Sie schon irgendwelche Vorstellungen von den Rollen, die wir spielen sollen?« Er rollte elegant das R. Seine Aussprache war kristallklar, weshalb er nie die Stimme heben musste.

»Nun, ich hatte noch nicht wirklich …«

»Ich denke nur, dass ich ein wenig zu bejahrt für ihren Pfarrer bin. Aber ich bin mir sicher, Christopher könnte den

Deserteur, Nicholas, spielen. Wäre ich nicht besser geeignet, den Brigadegeneral zu verkörpern?«

»Ich könnte mir denken, dass er mich für den Zugführer vorgesehen hat«, sagte Lee. »Ein Vertreter des Bösen.« Er gab ein tiefes, freudloses Lachen von sich. Alle anderen lachten mit ihm, um zu verhindern, dass sie in Stein verwandelt wurden.

»Das ist genau das, was mir vorschwebte«, sagte Shane.

»Veronica Carlson wäre gut als Isabella«, sagte Freddie Francis. »Und Barbara Shelley als Miranda?«

War das wirklich die Art und Weise, wie man in diesem Land Filme machte? Es schien ihm ein seltsamer Ablauf für eine Drehbuchbesprechung zu sein. Sie diskutierten bereits über die Besetzung, ohne auch nur ein Wort von dem gelesen zu haben, was er geschrieben hatte. Sicher gab es einen Punkt, an dem die Höflichkeit ein Ende fand?

»Vielleicht könnten wir mit Doppelrollen arbeiten«, sagte Carreras. »Roy Ashton versteht sich darauf, das Aussehen von Menschen zu verändern, und man könnte das Team besser auslasten, wenn man sie mehr als eine Rolle spielen lässt.«

»Ein interessanter metaphysischer Gedanke«, sagte Francis. »Als ob die Prüfungen immer wieder mit denselben Figuren ablaufen würden.«

»Heißt das, dass wir auch die doppelte Gage bekommen werden?«, fragte Thorley Walters. Alle lachten. *Nein.*

»Nun, ich denke, das ist relativ gut gelaufen«, sagte Emma, die zurückgeblieben war, als die anderen gingen.

»Ich kann es noch immer nicht glauben«, sagte Shane. »Ich bin schweißnass. Meine Hände haben gezittert.«

»Ich weiß nicht warum. Sie schienen zu denken, dass deine Ideen sehr vernünftig sind. Wir haben hier manchmal entzückende junge Autoren, sehr ernst und völlig ahnungslos. Michael hört sie sich alle an. Übrigens, er erwartet das fertige Drehbuch noch immer morgen früh. Sie werden alle vor der Mittagszeit verschwinden.«

»Dann muss ich noch eine Rolle für Peter Cushing schreiben«, sagte Shane. »Die Gelegenheit ist zu gut, um sie verstreichen zu lassen. Hast du später Zeit?«

»Ich muss noch bis gegen sieben Drehbücher abtippen. Weitere Überarbeitungen von *Der Fluch der Mumie*. Nicht, dass es irgendwas nützen wird, meiner Meinung nach. Ich könnte dich im Gasthaus treffen.«

»Abgemacht. Allerdings ist es in meinem Zimmer kalt und um das Bett herum versammeln sich tote Käfer.«

»Das ist die Jahreszeit. Vielleicht könnten wir uns ins Nebenzimmer des Gasthauses zurückziehen und dort arbeiten.«

»Emma …«

»Ja?«

»Wenn das hier nicht klappt, wenn sie es ablehnen, habe ich keinen Grund zu bleiben. Ich weiß nicht, was dann aus uns wird.«

Sie lächelte ihn an. »Schau, das ist eine einmalige Gelegenheit. Wir haben eine Besetzung. Wir brauchen ein Drehbuch. Wenn es nicht klappt, dann mach dir keine Sorgen. Es bedeutet nur, dass ich dich nie wiedersehen werde.«

Er beobachtete, wie sie ihre Handtasche über die Schulter schwang und zur Tür ging. Sie schien völlig sorglos zu sein. Das hier war ihr Zuhause. Sie passte perfekt hierher, wie Isabella in ihre Heimatstadt. Wenn er nichts abliefern konnte oder es abgelehnt wurde, würde sie bestimmt Enttäuschung oder sogar Bedauern zum Ausdruck bringen, aber er wusste, dass sie nicht auf ihn warten würde. Schreiberlinge gab es wie Sand am Meer. Trotz des herzlichen Empfangs, den man ihm bereitet hatte, war er sich sicher, dass man am Montag einfach jemand anderen herholen konnte, um ein Drehbuch zu verfassen, und der gleiche Prozess würde von Neuem beginnen. Das Lächeln. Der Tee. Das gute Zureden. Die grenzenlose Höflichkeit.

Für ihn gab es keine anderen Möglichkeiten mehr. Los Angeles war verbrannte Erde. Er hatte seine Brücken hinter sich abgebrochen und keinerlei Aussicht auf andere Arbeit.

Morgen stand seine Zukunft auf dem Spiel.

Er hatte einen Vorteil. Er konnte Geschichten erzählen. Er konnte das überall tun, über fast alles schreiben, vorausgesetzt, es gab die Möglichkeit zur Recherche. Wenn er jetzt sein Bestes gab, wer wusste, was die Zukunft bringen würde? Der nächste Auftrag war immer derjenige, der den Schlüssel zu seinem Schicksal hielt. Und die Briten schienen ehrlicher zu sein. In Los Angeles hatte er sich eher wie das Opfer in einem seiner eigenen Horrorfilme gefühlt, ausgeblutet von finsteren Kreaturen, die auf seine Lebenskraft aus waren.

Er kehrte in den Gasthof zurück und machte sich wieder ans Werk.

Das Exemplar

Isabella blickte wieder auf ihre Hände, aber die hielten jetzt kein pochendes Herz mehr.

War sie das Opfer einer Halluzination? Sie dachte nach, versuchte zu verstehen, was wirklich war und was nicht, und ging die Ereignisse noch einmal in Gedanken durch.

Als Miranda ihrer Prüfung unterzogen wurde, war Thomas im Sarg eingeschlossen gewesen. Sie selbst hatte gesehen, wie Nicholas sich seinen Dämonen stellen musste, aber die hatten sich als real entpuppt. Die Soldaten, die ihn verhaftet hatten, saßen noch immer am anderen Ende des Waggons. Sie alle hatten gesehen, wie die Rote Gräfin den Zug bestiegen hatte, und die sterbenden Opfer waren von verdammten Passagieren gespielt worden.

Der *Ärzengel* griff seine Darsteller je nach Bedarf an den Bahnhöfen auf. Es waren Marionetten, die herbeigerufen und eingesetzt wurden, damit der Teufel seinen Spaß haben konnte. Das war der Grund, weshalb der Zugführer bei jedem Halt eine strenge Auswahlprozedur durchgeführt hatte.

Das bedeutete, dass die Karten gezinkt waren, um zu verhindern, dass die Lebenden ihre Prüfungen bestanden.

»Wenn Nicholas scheitert, werde ich die letzte Lebende sein«, sagte sie laut, als ihr der ganze Schrecken dieses

Gedankens bewusst wurde. *Die letzte Lebende an Bord eines Zuges, der voller seelenloser Toter ist.*

Erschöpft und verängstigt betrat sie das nächste Abteil und ließ sich auf einen Sitzplatz fallen, nur um feststellen zu müssen, dass sie nicht allein war. Ihr gegenüber saß ein älterer Mann in cremefarbener Tropenkleidung. Seine kurzsichtigen, feuchten Augen blickten sie aus einem freundlichen Gesicht heraus an, als ob er sich danach sehnte, mit ihr zu kommunizieren. Sie hatte gesehen, wie er in Snerinska zugestiegen war. Auf der Gepäckablage über ihm befanden sich mehrere Lederkoffer, ein Schmetterlingskescher und eine Stahlkassette mit Riemen.

Er wirkte harmlos, aber sie hatte mittlerweile gelernt, dass sie niemandem trauen konnte.

»Du meine Güte«, sagte der alte Herr. »Geht es Ihnen gut?«

»Es tut mir leid – es ist nur, nun, es war eine ereignisreiche Reise.« Sie versuchte ihr Haar in Ordnung zu bringen, während sie ihn heimlich studierte. Als er zugestiegen war, hatte er wie alle anderen Passagiere ausgesehen, aber das galt auch für den mörderischen Professor Io. War der ein Teil ihrer Prüfung gewesen? Wirklich oder eingebildet? Lebendig oder tot? *Wie konnte man das entscheiden?*

Vielleicht befanden sich nicht alle Verdammten unter der Kontrolle des Zugführers. Sie fühlte, dass Professor Io aus Kummer gehandelt hatte und als gerissener Schausteller nicht leicht in Zaum gehalten werden konnte. Außerdem, wenn er ein Teil ihrer Prüfung gewesen sein sollte, welche Charakterschwäche hatte er enthüllen sollen? Sie musste auf der Hut sein. Sie konnte sich noch immer in Gefahr befinden.

»Können Sie mir sagen, wie der nächste Bahnhof heißt?«

»Ich befürchte, ich weiß es nicht«, antwortete Isabella. »Ich bin in den letzten Tagen mit so vielen Zügen gefahren, dass ich mich zu erschöpft fühle, mich damit zu befassen. Aber ich vermute, wir fahren zur Grenze. Was ist unsere Endstation?«

»Sie wurde von allen Streckenkarten getilgt.«

»Ah, vermutlich wegen des Krieges. Man ist sehr vorsichtig, was die Sicherheit betrifft.« Er beugte sich vor und reichte ihr die Hand. »Dr. Arthur Freely. Ich sollte eigentlich nicht an Bord dieses Zuges sein.«

»Ja, das gilt für uns alle.«

»Und mit wem habe ich das Vergnügen?« Seine gütigen Augen zwinkerten ihr zu.

»Ich bin Isabella.«

»Nun, Isabella, was macht eine nette junge Dame wie Sie ganz allein mitten in der Nacht in einem Zug, nicht wissend, wohin sie fährt?«

»Ich bin mit einem Engländer gereist, aber er ist aus dem Zug gefallen.«

»Du lieber Gott! Denken Sie, dass es ihm gut geht? Geht es Ihnen gut?«

»Ich weiß nicht. Es ist alles so …« Sie unterbrach sich selbst, weil sie sich davor in Acht nehmen wollte, zu viele Informationen preiszugeben. Er sah aus wie ein älterer Engel, aber bei allem, was sie wusste, konnte er eine Echse, ein Vampir oder der Teufel persönlich sein.

»Verzeihen Sie mir meine Fragerei. Sie müssen denken, dass ich furchtbar unhöflich bin. Eine allein reisende, unbeaufsichtigte junge Dame, bitte erlauben Sie mir, Sie zu beruhigen. Ich bin auf der Reise zurück aus dem Fernen Osten«, erklärte er. »Burma, um es genau zu sagen. Ich habe meinen Anschlusszug verpasst. Durch den Krieg ist alles durcheinandergeraten. Eine schreckliche Überfahrt, verpasste Züge, und dann taucht dieser hier aus heiterem Himmel auf. Er steht auf keinem Fahrplan, wussten Sie das? Der Gepäckträger war nicht in der Lage, mir Auskunft zu geben. Ein ziemlich unhöflicher Knabe, muss ich sagen.«

»Es ist alles sehr rätselhaft«, stimmte Isabella ihm vorsichtig zu.

»Aber so ist das im Krieg. Ich hatte Glück, überhaupt so weit gekommen zu sein.«

Über ihm wackelte plötzlich die Stahlkassette und ihre Riemen erzitterten. Dr. Freely blickte besorgt nach oben. »Ich habe Exemplare für den Botanischen Garten in London gesammelt. Man hat mich nach Burma geschickt, um entomologische Anomalien zu suchen. Ich konnte dort einen tollen Fang machen. Allerdings glaube ich nicht, dass er sehr glücklich darüber ist, von seinem heimischen Territorium weggebracht und dabei durchgeschüttelt zu werden.« Er deutete nach oben zur Gepäckablage.

Isabella war erstaunt, so ein absurd vernünftiges Gespräch zu führen. Sie dachte noch immer an Thomas' blutiges Herz in ihren Händen. »Es tut mir leid«, sagte sie. »Was wollen Sie damit sagen?«

Er deutete auf die Kassette. In ihr surrte es wild. »Er wird mich berühmt machen. Eine völlig unbekannte Art, aus dem dichtesten Teil des Dschungels herausgeschmuggelt.«

Der Zug schien zu beschleunigen. Isabella blickte zu den dunklen Fenstern. »Ich denke, unser Ziel …«, fing sie an. »Wir müssen unbedingt einen Weg finden, den Zug zu verlassen.«

»Ich stimme Ihnen zu. Vorhin gab es einen furchtbaren Tumult in den Gängen. Irgendwelche raufllustigen Soldaten, viel Geschrei. Ich habe einen furchtbaren Gesang gehört, der wie kreischende Katzen klang. Dann hörte es sich an, als ob jemand auf dem Dach entlanglief. Was war da draußen los?«

»Ein Unheil, mein Herr«, antwortete sie. »Ein mächtiges Unheil.«

»Dann sind wir vielleicht sicherer, wenn wir hier drinnen bleiben. So ist die Welt nun mal im Augenblick. Alles ist in Aufruhr, und ich befürchte, das wird nur dazu führen, dass wir unseren Mitmenschen misstrauen.«

Sie blickte ihn verunsichert an. Er schien ihre Gedanken zu erraten. »Aber natürlich, wie unachtsam schon wieder von mir. Ein Fremder im Zug, was müssen Sie nur von mir denken. Ich habe meine Gattin in Mandalay zurückgelassen. Hier. Ein hübsches kleines Ding.« Er zeigte Isabella ein rissiges, sepiafarbenes Foto seiner Frau. *Hübsch* war sicherlich nicht das erste Adjektiv, das Isabella bei ihrem Anblick in den Sinn kam. Dr. Freelys Frau hatte ein Gesicht, vor dem sich ein Hund unter dem Tisch verstecken würde. »Ich muss nach England. Wissen Sie, ich weiß nicht, wie lange ich ihn am Leben halten kann.«

»Ich verstehe nicht.«

»Mein Exemplar. *Coleoptera Freely*. Nun, ich konnte den genauen lateinischen Namen für ihn noch nicht herausfinden, weshalb ich mir die Freiheit genommen habe, ihn selbst zu benennen.« Über ihnen wackelte die Kassette so stark, dass sie drohte herunterzufallen. »Hmm, vielleicht ist er unglücklich, weil er im Dunkeln sein muss? Möchten Sie ihn sehen?«

»Ich weiß nicht …«

Bevor sie weiter protestieren konnte, hatte sich Dr. Freely erhoben und die Kassette herabgenommen. Er zögerte, sie zu öffnen. »Eine Warnung. Kommen Sie nicht zu nahe. Er scheint durch weibliche Vertreter jeglicher Spezies übermäßig erregt zu werden.«

Er löste vorsichtig die Lederriemen und öffnete den Deckel der Kassette. In ihr befand sich ein Holzkäfig, den er behutsam anhob. Obwohl sie es kaum wagte, blickte Isabella zwischen den Gitterstäben hindurch hinein.

Im Käfig befand sich ein faustgroßer, gelangweilt aussehender schwarz-grüner Käfer, der das Ende eines Zweiges umklammert hielt. Erleichtert und dankbar für die Ablenkung, wandte sie dem Insekt größere Aufmerksamkeit zu und kam näher, um es genauer betrachten zu können.

Der Käfer teilte plötzlich seinen Panzer und stellte große, smaragdgrün schillernde Flügel zur Schau. Dann öffnete er seinen Mund – ein Durcheinander aus wirbelnden, sich drehenden dornenhaften Krallen. Sie verursachten ein schnelles, klackendes Geräusch wie Finger, die in einen Ventilator gehalten werden. Isabella machte einen Satz zurück.

»Und er hat immer Hunger«, sagte Dr. Freely.

»Was ist er?«, fragte Isabella.

»Wissen Sie, ich habe keine Ahnung. Er hat in einer Fieber-Akazie gelebt. *Acacia xanthophloea.* Ich konnte den Käfig aus der Rinde des Baums fertigen. Offenbar das Einzige, was ihm standhält.« Er legte den Käfig zurück in die Kassette. »Hören Sie, Sie sehen wirklich nicht gut aus. Kann ich Ihnen etwas holen?«

Isabella fühlte sich der Ohnmacht nahe. Jedes Mal, wenn sie die Augen schloss, sah sie Blut. Das Abteil war überheizt und die Ereignisse des Abends hatten sie erschöpft. Es war fast Mitternacht. »Danke. Vielleicht etwas Wasser.«

Dr. Freely erhob sich und verließ erfreut darüber, dass er helfen konnte, das Abteil.

Das Insekt surrte noch immer in seinem Käfig. Isabella blickte die Kassette misstrauisch an. Der Käfer konnte sie riechen. Er stieß gegen den Käfig aus Baumrinde und versuchte mit seinen Mundwerkzeugen die Gitterstäbe zu packen.

Sie spürte, wie ihre Neugierde wuchs, und versuchte dagegen anzukämpfen, aber der Käfer verursachte die seltsamsten Geräusche.

Isabella betrachtete ihn aus der Nähe. Er schimmerte geheimnisvoll im Blattwerk, dunkel und schön. Die Flügel hatte er wieder eingezogen; an seinen hakenförmigen Mundwerkzeugen hing er nun von einem Zweig. Er glänzte wie ein Fabergé-Ei aus schwarzer Emaille.

Sie beugte sich über den Käfig und ihr Kruzifix baumelte zwischen die Gitterstäbe. Als sie den Kopf heben wollte, musste sie feststellen, dass sie gefangen war. Das Kreuz steckte fest.

Sie versuchte es zu befreien, aber das Querstück war zu breit. Der Käfigdeckel war mit einem Holzstift verschlossen. Nachdem sie eine Hand fest auf den Deckel gelegt hatte, zog sie vorsichtig den Stift heraus. Der Käfer hatte sich zwischen die Blätter fallen lassen und war wieder reglos. Sie öffnete den Deckel ein Stück weit und befreite das Kreuz.

Draußen kreischten die Räder des Zuges und sie erschrak.

Sie wandte ihre Aufmerksamkeit wieder dem Käfig zu, schloss schnell den Deckel und setzte sich hin.

Aber nun war der Käfig still. Das Surren hatte aufgehört.

Was, wenn Dr. Freelys Prachtexemplar zu sehr erregt worden und verendet war?

Sie blickte prüfend in die Kassette und versuchte durch den Deckel des Käfigs hindurch nach unten zu sehen. Es half nichts, sie konnte keinerlei Bewegung ausmachen. Sie hob den Käfig am Griff aus der Kassette und spähte hinein. Wo der Käfer gesessen hatte, lagen jetzt nur noch ein paar plattgedrückte Blätter. Es gab nichts, wo er sich verstecken konnte. Der Käfig war leer.

In der kurzen Zeit, in der der Deckel geöffnet gewesen war, hatte sie das Insekt entkommen lassen.

War das überhaupt möglich? Sie zog noch einmal den Stift heraus und untersuchte das Innere des Käfigs. Konnte der Käfer in dem kurzen Augenblick entflohen sein, in dem der Zug gebremst und sie abgelenkt hatte?

Sie blickte sich im Abteil um, aber sie konnte ihn nirgendwo entdecken.

Sie suchte in den Gepäckablagen. Sie ließ sich auf die Knie fallen und sah unter den Sitzen nach. War das die Prüfung? Sicherzustellen, dass ein wertvolles Exemplar einer Spezies nicht entkam? War Dr. Freely überhaupt daran beteiligt oder nur ein harmloser, verwirrter alter Forscher? Sie stierte in die Dunkelheit unter den Kissen.

Der Käfer kam direkt auf sie zugeflogen. Der Lärm, den er dabei verursachte, war erstaunlich. Das Geräusch schien in ihren Knochen zu vibrieren. Die schillernden Flügel waren dunkle Flecken. Sie bewegten sich einhundert Mal pro Sekunde und trieben ihn mit gewaltiger Kraft an. Isabella warf sich auf dem Boden, aus der Flugbahn des Insekts. Es zerriss die Luft über ihrem Kopf und zerzauste ihr Haar.

Mit einem Regenschauer aus Pferdehaar und Holzsplittern bohrte sich der Käfer geradewegs durch die Sitzlehne und die Wand ihr gegenüber. Sie erhob sich und sah durch das Loch. Er hatte sich ins nächste Abteil begeben.

Sie blickte auf. Dr. Freely stand in der Tür mit einem Glas Wasser in der Hand. Er war erstaunt.

Der Junge

Nicholas saß auf der Aussichtsplattform, um auf seine Prüfung zu warten. Er wagte es nicht, den Blick von der Tür zu wenden. Er hatte keine Ahnung, was ihn erwartete. Er zitterte und war durchnässt, aber er war am Leben und wieder in der Nähe der Frau, von der er sich nun sicher war, dass er sie liebte. Ihretwegen würde er überleben.

Eine kleine, dünne Gestalt erschien in der Türöffnung. Es war zu dunkel, um sie genau erkennen zu können, aber sie kam ihm trotzdem bekannt vor. Die Gestalt streckte einen Arm aus, um sich an der Wand abzustützen, und kam auf ihn zu.

Es handelte sich um einen Jungen von vielleicht sieben oder acht Jahren, mit abstehenden Ohren und schwarzem Haar, das ihm in einem Topfschnitt über die Augenbrauen reichte. Seine dünnen, blassen Beine steckten in einer kurzen blauen Flanellhose. Er trug ein zerlumptes Wolljäckchen und darüber eine blaue Jacke, die ihm ein paar Nummern zu groß war. Seine braunen Sandalen waren abgewetzt und zerrissen.

»Darf ich hier sitzen?«, fragte er auf Englisch mit französischem Einschlag, während er Nicholas mit großen dunklen Augen anblickte. Er sah aus, als hätte er gerade eine schwere Krankheit überstanden und müsste erst wieder richtig auf die Beine kommen.

Nicholas rutschte zur Seite, während er den Jungen argwöhnisch in Augenschein nahm. »Wer bist du?«, fragte er.

»Ich heiße Jean-Guy«, antwortete der Junge. »Wo bin ich?«

»Du weißt es nicht?«

»Nein. Ich saß am Meer und habe zu den Schiffen hinausgeblickt, und dann …« Er blickte sich verängstigt um.

»Du wurdest herbeigerufen«, erklärte Nicholas. »Mehr kann ich dir nicht sagen.«

»Wann darf ich nach Hause?«

»Wenn du deine Aufgabe erfüllt hast, vermute ich.«

»Ich kann nicht lange bleiben. Meine Mutter wird böse mit mir sein. Sie ist zu Hause und macht Bouillabaisse für das Abendessen. Ich habe versprochen, ihr zu helfen.«

Nicholas hatte plötzlich ein ungutes Gefühl, was die Richtung dieses scheinbar unschuldigen Gesprächs anbelangte. »Wo wohnst du, Jean-Guy?«, fragte er.

»In Nizza, mit meiner Mutter.«

»Hast du keinen Vater?«

»Meine Mutter hat gesagt, dass mein Vater gestorben ist, bevor ich zur Welt kam.«

»Wie heißt deine Mutter?«

»Marie-Helene.«

In diesem Augenblick wusste Nicholas, dass er neben seinem eigenen Sohn saß. Er streckte die Arme aus und umarmte ihn. Jean-Guy bestand fast aus Nichts, war unterernährt und kränklich. Nicholas fragte sich, was um alles in der Welt er sagen konnte, das den Jungen nicht verletzen würde, und beschloss, lieber den Mund zu halten. Jean-Guy war herbeigerufen worden, um ihn zu prüfen. Die Frage war: Wie?

»Hast du etwas für mich?«, fragte Nicholas, als er ihn freigab.

Jean-Guy dachte lange nach. »Ich glaube ja.« Er steckte die Hand in sein Wolljäckchen und brachte ein in Öltuch verpacktes Päckchen zum Vorschein. Er schien überrascht, es dort zu finden. Nicholas nahm das Päckchen in Empfang und öffnete es vorsichtig. Es enthielt ein Messer mit einer ziselierten Silberklinge. Er hatte das Messer beim Pokern im Kasino in Nizza gewonnen, es einem Araber abgenommen, der ihn des Betrugs bezichtigt hatte. Bevor sie sich gestritten hatten, hatte der Araber erklärt, dass man das *Kusha* in einer speziellen Scheide am Gürtel trug. Seine doppelseitige Klinge war schwer, gekrümmt und wies eingravierte geometrische Linien auf. Es hatte einen verzierten Griff aus Silber.

»Es ist sehr schön«, sagte der Junge, der die Hand ausstreckte, um es zu berühren.

»Nicht«, sagte Nicholas und entzog dem Jungen das Messer. »Es ist sehr scharf. Es hat viele Männer getötet.«

Er erinnerte sich an die Geschichten, die ihm der Araber über das Messer erzählt hatte. »Warum hast du es mitgebracht?«

Die Stirn des Jungen legte sich in Falten. Seine Miene war so schwermütig, dass Nicholas fast in Tränen ausgebrochen wäre. »Ich glaube, du musst mich damit töten«, sagte er.

»Ich verstehe nicht.«

»Das hat der Mann gesagt. Ich soll dir eine Botschaft ausrichten. Die Botschaft lautet so: Du hast die Wahl. Entweder du tötest den Sohn, den du im Stich gelassen hast, oder du tötest dich selbst. Das ist alles, was er gesagt hat.«

Das also ist das Wesen meiner Prüfung, dachte Nicholas verbittert. *Ich soll mein Leben eintauschen gegen das des Sohnes, den ich verlassen habe, als ich gerade einmal achtzehn Jahre alt war. Wie kann ich wählen? Der Junge bedeutet mir nichts. Und doch …*

Er blickte wieder auf den zitternden Jungen, der die Arme um sich geschlungen hatte. Nicholas zog ihn an sich heran. »Hab keine Angst, Junge«, sagte er. »Ich werde dir nichts tun.«

Aber er musste eine Wahl treffen. »Wie viel Zeit habe ich, um mich zu entscheiden?«, fragte er.

»Du musst deine Entscheidung treffen, bevor wir fünf Minuten beieinander gesessen sind, sonst sind wir beide verloren«, sagte Jean-Guy emotionslos.

Es musste einen Ausweg geben, auch wenn die Prüfung ihn vor ein unmögliches Paradox zu stellen schien. Wenn er das tat, von dem er vermutete, dass es die moralisch richtige Entscheidung war, und er den Jungen verschonte, würde er sterben und Isabella würde auf sich allein gestellt zurückbleiben. Aber wenn er den egoistischen Weg wählte, würde er sicherlich die Prüfung nicht bestehen und seine Seele verlieren. Der Junge wischte sich Rotz von der kalten Nase und starrte ihn mit großen traurigen Augen an.

»Erzähl mir von deiner Mutter«, sagte Nicholas auf der Suche nach Hinweisen.

»Sie vermisst meinen Vater.«

»Aber sie hat doch bestimmt einen anderen Vater für dich gefunden?«

»Nein, das konnte sie nicht.«

»Warum nicht?«

»Sie hat meinen Vater sehr, sehr geliebt und betet jede Nacht, bevor sie zu Bett geht, für seine Seele. Sie ist eine gute Katholikin. Unsere Nachbarn sind gemein zu uns, weil sie keinen Ehemann hat.«

»Gehst du zur Schule?«

»Nein, ich muss meiner Mutter helfen, Papierblumen zu basteln, die sie auf dem *Cours Salaya* verkaufen kann.«

Nicholas wurde von Schamgefühl überwältigt. Einen Jungen gezeugt zu haben, davongelaufen zu sein und die Mutter in ärmsten Verhältnissen zurückgelassen zu haben, während er an den Spieltischen ein Vermögen gewann – das erschien ihm nun abscheulich.

Er nahm das Messer und prüfte sein Gewicht. Er berührte mit dem Daumen die Klinge und beobachtete, wie sich auf seiner Haut ein Blutstropfen bildete. Er konnte sich selbst die Kehle durchschneiden und würde es kaum spüren.

Aber was wäre mit Isabella? Wie würde sie überleben? Schuldbewusst erkannte er, dass der Zug ihn zwang, sich Fragen über sein eigenes Wesen zu stellen, die er noch sich noch nie zuvor gestellt hatte. »Ich will dich nicht verletzen«, sagte er zu dem Jungen. »Aber wenn ich gehe, wie wirst du zurückkehren?«

»Ich glaube, ich soll einfach nur meine Augen schließen, und dann werde ich zu Hause aufwachen«, sagte er feierlich. »Ich werde entweder dort aufwachen oder im Paradies.«

Nicholas redete sich ein, dass er vorgehabt hatte, zurückzukehren und nach Marie-Helene zu sehen, wenn die Zeit reif war, aber er zweifelte daran, dass das die Wahrheit war. *Wie kann ich bestehen, wenn ich nicht einmal ehrlich zu mir selbst bin?*, dachte er. »Erzähl mir von deinem Leben«, bat er den Jungen.

»Ich stehe jeden Morgen um fünf auf und esse mit meiner Mutter; dann machen wir die Blumen. Danach gehen wir mit ihnen auf den Markt. Um Mitternacht kehren wir nach Hause zurück. Es ist für uns beide ein hartes Leben. Wir haben niemanden außer uns selbst.«

Der Zug ratterte über eine Weiche und begann bergab auf seine Endstation zuzufahren.

»Du musst jetzt deine Entscheidung treffen«, sagte der Junge.

Die Jagd

Isabella und der rüstige Entomologe begaben sich auf den Gang hinaus. Isabella trug den Käfig, in dem sich die Blätter der Fieber-Akazie befanden, und Dr. Freely hatte sich mit seinem Schmetterlingskescher bewaffnet – aber wenn sich der Käfer durch eine solide Holzwand bohren konnte, bestand kaum Hoffnung, dass er sich von einem Netz aus ein paar Schnüren an einem Bambusstock aufhalten ließ. Isabella war böse auf sich selbst, weil sie ihrer Neugierde freien Lauf gelassen hatte, und sie wusste, dass nun ihr einziger Weg, die Prüfung zu bestehen, darin bestand, dass sie den Käfer stoppte, bevor er sich auf sie stürzte.

»Er muss im nächsten Abteil sein«, sagte Dr. Freely. »Er kommt nicht weit.«

»Warum nicht?«, fragte Isabella.

»Er verbraucht zu viel Energie. Er wird fressen müssen.«

Im nächsten Abteil saß eine fette Bäuerin mit geschlossenen Augen und einem Haufen vergammelter Kohlköpfe zu ihren Füßen.

Dr. Freely und Isabella traten behutsam ein.

»Bitte, gnädige Frau, erschrecken Sie nicht«, sagte Dr. Freely und hob die Hände in einer beschwichtigenden Geste. »Uns ist ein seltener Käfer entflogen. Haben Sie ihn vielleicht gesehen?«

Die fette Frau sah aus, als ob sie etwas sagen wollte, doch als sie den Mund öffnete, blieb sie stumm. Stattdessen gab es ein furchtbares surrendes Geräusch und der Käfer kam zum Vorschein. Er musste sich durch ihren Nacken in sie hineingebohrt haben. Die Frau hustete Blut auf das schockierte Paar; ihre Augen weiteten sich aus Schmerzen und Schrecken.

Als sie nach vorne fiel, brauste der Käfer hoch bis unter die Decke. Dort schwebte er reglos einen Moment lang wie ein Kolibri, dann stürzte er herab und tauchte wieder in die Frau hinein. Er bohrte noch ein Loch, diesmal durch ihren Mantel, ihr Hemd und das üppige Fleisch ihrer Brust, und kam in einer blutigen Eruption an ihrem Rücken zum Vorschein, um sich in die Wand hinter ihr zu bohren.

Dr. Freely blickte erstaunt in das schartige Loch. »Unglaublich«, rief er aus, nicht ohne einen Anflug von Bewunderung.

Eine Explosion aus Holz und Glas veranlasste sie loszurennen. Der Käfer bahnte sich seinen Weg von Abteil zu Abteil und hinterließ dabei Chaos und Verwüstung, während sie kaum in der Lage waren, mit ihm Schritt zu halten.

»Ich sagte zu Mrs. Freely, dass wir ihn lebend fangen müssen«, keuchte deren Gatte. »Wir müssen ihn wieder einfangen. Vielleicht wird es nie wieder eine Gelegenheit geben, so eine exotische Kreatur zu studieren.«

Das Insekt hatte sich gerade Zugang zu einem weiteren Abteil verschafft, als das Surren seiner Flügel plötzlich aufhörte. Vorsichtig blickten Isabella und Dr. Freely in die Kabine, aber sie konnten den Käfer nicht entdecken.

Langsam gingen sie hinein und suchten die Sitze ab, aber das Abteil schien leer zu sein. »Warten Sie – hier drüben.« Dr. Freely deutete auf das Eintrittsloch in der Wand. Es gab kein Ausgangsloch.

»Ich verstehe das nicht«, sagte Isabella. »Er kann nirgendwo anders hingehen.«

»Wir müssen ihm eine Falle stellen. Es handelt sich um ein weibliches Exemplar, das bestimmt nach einem warmen Ort sucht, um seine Eier abzulegen.«

Isabella bückte sich, um unter den Sitzen nachzusehen. Während sie das tat, spürte sie plötzlich, wie sich etwas langsam ihr Bein hinauf bewegte. Als sie hinblickte, sah sie gerade noch, wie der Käfer unter dem Saum ihres Kleides verschwand.

Sie beobachtete entsetzt, wie der Klumpen sich unter ihrer Kleidung weiter nach oben bewegte. Sorgfältig und ruhig, nur mit den absolut nötigsten Bewegungen, so wie jemand, der an ein Hornissennest geraten ist, knöpfte sie ihren äußeren Rock auf und ließ ihren Unterrock auf den Boden fallen.

»Nicht töten!«, schrie Dr. Freely und breitete aus Protest die Arme aus. Sie beobachteten, wie der Käfer in dem Unterrock herumkroch, aber bevor der Entomologe den Klumpen ergreifen konnte, schoss er hervor und verschwand im Gang.

Als in ihrer Unterwäsche hinterherrannte, sah Isabella, dass sie die Aussichtsplattform am Zugende erreicht hatten. Dort saß Nicholas und sprach zu einem Jungen mit großen Augen, der verblüffende Ähnlichkeit mit ihm besaß. Keiner von beiden schien Isabella zu bemerken. Es war, als ob sie einer anderen Existenzsphäre angehörten.

Der Käfer schwebte über dem Geländer und schnellte surrend neben ihnen hin und her.

»Er wird den Zug nicht verlassen«, verkündete Dr. Freely überzeugt. »Er hat jetzt eine Nahrungsquelle.«

»Ich verstehe nicht«, sagte Isabella verwirrt. Ihre Aufmerksamkeit war zwischen dem Käfer und dem Mann, der für sie zurückgekommen war, geteilt.

»Ich befürchte, das ist meine Schuld. Ich glaube, ich habe ihn auf den Geschmack gebracht.«

»Was wollen Sie damit sagen?«

Der Käfer scherte aus, flog einen Bogen und steuerte auf sie zu.

»Ich habe ihn gefüttert«, sagte Dr. Freely entschuldigend.

»Womit haben Sie ihn gefüttert?«

»Mit meiner Frau.«

Der Käfer flog direkt in Isabellas Richtung. Dr. Freely sah mit großer Begeisterung zu. Für ihn war es offenbar nur eine weitere Gelegenheit, die Kreatur aus der Nähe beim Ritual der Nahrungsaufnahme zu beobachten. Der Käfer schoss auf Isabellas offenen Mund zu. Sie packte ihn mit beiden Händen, als er seine Richtung auf ihre Augen änderte. Seine Beine kratzten blutige Striche in ihre Handflächen und Handgelenke, während sie sich bemühte, ihn von ihrem Gesicht fernzuhalten.

Das Insekt besaß eine unglaubliche Kraft. Isabella hielt es Zentimeter vor ihren Augen, seine Mundwerkzeuge mahlten wie verrückt. Nie zuvor hatte es jemand gepackt. Isabella versuchte zu verhindern, dass sich seine Flügel völlig entfalten konnten und es seine ganze Kraft einsetzen konnte. Der Käfer kippte seinen Panzer und entrollte einen gebogenen blutroten Stachel, der mit Gift vollgesogen war. Er schnalzte den Stachel in ihre Richtung, konnte aber ihr Gesicht nicht erreichen. Sie fuhr vor Abscheu zusammen und fragte sich, was für ein Wesen so eine Kreatur schaffen konnte.

Isabella schleuderte den *Coleoptera Freely* zur Seite. Er prallte gegen die hintere Wand der Aussichtsplattform und fiel zu Boden.

»Nein, Sie dürfen ihn nicht verletzen«, schrie Dr. Freely. Er fiel auf die Knie und suchte nach dem Käfer.

Der kam mit einem wütenden Brummen hochgeflogen und traf den überraschten Dr. Freely direkt im Gesicht, wo er sich durch das rechte Auge pflügte. Dr. Freely erhob sich und wandte sich Isabella zu, die er mit Blut bespritzte. Der Käfer schoss aus ihm heraus und grub sich wieder in ihn hinein. Dann wieder heraus und wieder hinein, ein blutiges Muster in Dr. Freely zeichnend. Dr. Freely zitterte heftig, während er mit Gängen durchzogen wurde. »Er will Eier legen!«, schrie er. »Ich bin sein Nest!« Er schien von der Aussicht begeistert zu sein. Dann fiel er auf Hände und Füße, schließlich auf sein Gesicht.

Isabella konnte hören, wie der Käfer in ihm surrte. Sie beugte sich mit dem geöffneten Käfig über seinen Kopf, weil sie erwartete, dass der Käfer aus der Schädeldecke herausbrechen würde. Aber während sie lauschte, wurde das Surren leiser.

Sie verfolgte den Weg des Käfers durch Dr. Freelys Körper und erschrak, als er aus dessen Gesäß hervorbrach. Er flog direkt in den von Isabella gehaltenen Käfig, war aber so schnell, dass er das hölzerne Gefängnis in tausend Stücke zerschmetterte.

Angeekelt musste Isabella feststellen, dass sie mit den eher unappetitlicheren Teilen von Dr. Freely bedeckt war. Schockiert blickte sie auf den alten Mann, der noch immer heftig zuckte.

»Dr. Freely?«

Plötzlich richtete sich der Körper des Entomologen mit einem Ruck auf, als ob er an Schnüren gezogen würde. Er erbrach Kokons mit Eiern über Isabella. Ein Gourmet wäre vielleicht auf die Idee gekommen, dass sie aussahen wie Ravioli in Austernsauce. Die mit Kokonschleim überzogene Isabella schrie und schüttelte sich, bis die Kokons von ihr abfielen. Der Käfig lag zerschmettert auf dem Boden. Der Käfer war noch immer frei.

Sie verstand instinktiv, dass sie ihn töten musste, um zu überleben, aber wie? Sie hatte keine Waffen, nichts, mit dem sie ihn anlocken konnte, außer ihrem eigenen Körper.

Aber der schien auszureichen. Der Käfer kam aus der Dunkelheit und wollte sich wieder auf sie stürzen. Sie konnte nur die Plattform verlassen, auf der Nicholas und der Junge ihre Not nicht bemerkten, und so schnell davonrennen, wie es der schaukelnde Waggon gestattete. Sie wusste, dass das Insekt hinter ihr immer näher kam.

Idiotin!, dachte sie, während sie rannte. *Idiotin! Du hast selbst von Pandora gesprochen und der Zug hat dir eine Büchse präsentiert, die nicht geöffnet werden sollte. Hättest du nicht ein Mal im Leben deine Neugier im Zaum halten können? Schon als Kind hast du immer für Ärger gesorgt, und bis heute hast du nichts dazugelernt!*

Sie sprang ins nächstbeste Abteil und schlug die Tür hinter sich zu, aber der Käfer flog einfach durch die Tür hindurch. Das Glas zerbarst; Eichensplitter landeten in Isabellas Haar. Sie schrie, und die Pfeife der Lokomotive verstärkte ihre Furcht und verbreitete sie in der dunklen Hügellandschaft.

Die Räder des *Ärzengels* drehten sich immer schneller, während der Heizer Kohle in den Dampfkessel schaufelte und ihn dafür vorbereitete, eine Seele aufzunehmen.

Verfolgt von dem Käfer rannte Isabella durch den Zug. Dabei wurde ihr klar, wie viele Passagiere während der Reisen des *Ärzengels* gestorben waren. Und dann hatte sie die Lokomotive erreicht, und es gab keine Möglichkeit mehr, weiter zu fliehen.

Die Entscheidung

»Wähle«, sagte Jean-Guy. »Es ist an der Zeit, dass du deine Entscheidung triffst.« Er schien tieftraurig, dass er ihn drängen musste.

»Also gut«, sagte Nicholas, der noch immer verblüfft war. Während der letzten Minuten hatte es irgendeine Art von Unruhe in der Luft der Aussichtsplattform gegeben, aber er konnte nicht sehen, wodurch sie verursacht worden war. »Darf ich dir eine letzte Frage stellen?«

»Also gut«, sagte der Junge ernst. »Aber beeile dich.«

Wer auch immer die Prüfungen für den *Ärzengel* gestaltet hatte, war sehr geschickt gewesen. Dieses Mal hatten sie einen Jungen geschickt, jemanden, der nicht zur List der Lüge griff, weshalb es keine Vorwürfe wegen Betrugs geben konnte.

»Sag mir«, bat Nicholas, »wie hat deine Mutter ausgesehen, als du sie das letzte Mal gesehen hast?«

Jean-Guy dachte eine Minute lang nach. »Sie war sehr traurig. Sie hat geweint.«

Nicholas hob das Messer und beobachtete, wie die Waggonlichter die Klinge hinabglitten. »Und wo warst du?«

»Sie hielt mich in ihren Armen.«

»Und wie hast du dich gefühlt?«

»Mir war heiß, dann war mir kalt.«

Die Fragen brachten ihn nicht weiter. Er erkannte nur, dass er seinen Sohn retten musste. Das hieß Isabella sich selbst überlassen, aber er hatte das Gefühl, dass sie sich gut ohne ihn durchschlagen konnte. Es war an der Zeit, Wiedergutmachung für seine Taten zu leisten und das Richtige zu tun.

Für weiteres Nachdenken blieb keine Zeit. Er richtete die Messerspitze auf seine Brust, nahm einen letzten tiefen Atemzug und stieß sich die Klinge in die Rippen, in sein pochendes Herz. Es gab erstaunlich wenig Blut. Er fühlte nichts, nur eine eisige Taubheit.

Der Junge schien über Nicholas' Tat nicht überrascht zu sein. Er begann seltsam zu zucken, dann war er reglos. Er fiel sanft und lautlos auf den Boden.

Als seine Umgebung zu verschwimmen begann, begriff Nicholas, dass er einen furchtbaren Fehler begangen hatte. *Heiß und kalt*, hatte der Junge gesagt. Der Choleraausbruch in Nizza hatte seinen Sohn getötet. Deshalb hatten sie ihn hierher bringen können. Der Junge musste bereits tot sein, damit er herbeigerufen werden konnte.

Nicholas fiel neben Jean-Guy. Er beobachtete, wie der Körper des Jungen mit fehlgeleiteter Elektrizität zu funkeln begann, dann löste er sich zischend in der kühlen, rasenden Luft auf. Sein Geist kehrte in sein Grab zurück.

Nicholas nahm die Hand von seiner Brust. Sie sah aus, als ob sie in einem roten Handschuh steckte. Sterbend verließ er die Aussichtsplattform, aber nicht, ohne vorher noch eine Träne zu vergießen. Er war gescheitert und man hatte ihm einen Einblick in ein Leben, das er nicht teilen wollte, gegönnt. Das schmerzte ihn mehr, als es sein Scheitern jemals konnte.

Während er Kohle in den Dampfkessel schaufelte, sah der Heizer, was sich näherte und trat klug zur Seite. Der Käfer hing in der Luft, sein Schatten wurde an die Wand des Raums geworfen, sodass er riesig erschien. In die Enge getrieben sah Isabella entsetzt, wie *Coleoptera Freely* zum entscheidenden Angriff ausholte.

Der Heizer sah gebannt zu. Isabella trat vor den Dampfkessel und sprach den Heizer an: »Öffnen Sie die Klappe.«

»Aber, Fräulein, die Hitze …«

»Öffnen Sie sie!«

Als er ihr Folge leistete, sprangen die Flammen in ihrem Rücken auf die Bänder ihres Korsetts über. Sie wusste, dass sie der Kessel bei lebendigem Leibe verbrennen würde, wenn sie noch länger hier stehen würde, aber sie wagte es nicht, sich zu bewegen.

»Du suchst also einen warmen Ort?«, fragte sie die Kreatur, während sie mit den Armen herumfuchtelte. Als der Käfer sich im Sturzflug auf sie stürzen wollte, ließ sie sich blitzschnell zu Boden fallen. Er brauste geradewegs in den Dampfkessel. Isabella trat die Klappe zu. Flammen loderten an den Rändern der Klappe auf, als sich der Körper des Käfers aufblähte und explodierte. Isabella wälzte sich im Kohlenstaub, um das Feuer an ihrer Unterwäsche zu löschen.

Verbrannt, blutig und mit Schrammen übersät, bis auf ihre zerfetzte Unterwäsche entkleidet, erhob sie sich mühsam und schickte sich an, die Lokomotive mit den wenigen Resten ihrer Würde zu verlassen. Der Heizer beobachtete sie erstaunt.

Der *Ärzengel* fuhr noch schneller und näherte sich der Endstation. Isabella wandte sich dem Heizer zu, der sie noch immer überrascht anstarrte. »Wenn Sie den Zug anhalten und ich aussteige, was passiert dann?«

»Der Zug wird dich nehmen«, sagte der Heizer. Er grinste sie an und versperrte ihr den Weg zur Notbremse.

»Dann gewinnt also der Zug.«

»Der Zug gewinnt immer.«

»Sie haben Nicholas entkommen lassen.«

»Er ist zurückgekehrt, oder?«

Sie griff nach der glühenden Kohlenschaufel, die er gerade erst auf die Seite gestellt hatte, und hielt sie ihm vor das Gesicht. »Sie müssen einen Weg kennen, uns hier rauszubringen.«

»Und wenn dem so ist, warum sollte ich ihn dir verraten?« Er ging auf sie zu, sichtlich erfreut über ihre zunehmende Furcht.

Isabella schloss die Augen und stieß die glühende Schaufel in den Hals des Heizers.

Der Heizer blickte reichlich überrascht nach unten, dann schob er die Schaufel mit einem Grunzen der Verärgerung aus seinem versengten Fleisch zur Seite. »Du kannst nicht töten, was bereits tot ist, meine Liebe.«

»Aber ich bin nicht tot. Ich bin die Siegerin. Was bekomme ich?«

»Ich habe nichts gegen dich. Im Gegenteil, ich bewundere dich sogar ein wenig, aber ich bin nur der Heizer und niemanden kümmert, was ich denke. Aber eines kann ich dir sagen. Noch nie hat es jemand so weit geschafft. Du solltest dich an den Zugführer wenden und ihn fragen, was nun passiert.«

»Wo kann ich ihn finden?«

Der Heizer berührte seinen nässenden roten Hals auf der Suche nach einer Narbe. »Nun, dort, wo er immer ist.«

Ohne einen anderen Plan zu haben, machte sie sich unsicher schwankend auf den Weg zum Zugführer. Er stand in seiner Nische, wo er sich für den größten Teil der Reise aufgehalten hatte, so reglos wie ein Votivgott in einem römischen Haushalt, den man in Zeiten der Not berührte. Er schien sie erwartet zu haben und hob eine Augenbraue.

»Nun?«, fragte er.

»Es ist vollbracht«, antwortete sie. »Wir wurden der Reihe nach geprüft und ich habe bestanden. Wir haben eine Abmachung, denke ich, und ich verlange einige Antworten.«

»Sie haben den *Ärzengel* freiwillig bestiegen.«

»Mir blieb keine andere Möglichkeit.«

»Es gibt immer eine andere Möglichkeit. Aber das geht mich nichts an. Vielleicht haben Sie sich wirklich das Recht verdient, Fragen zu stellen. Wir befinden uns auf unbekanntem Gebiet.«

»Was ist mit Nicholas? Hat er mit seiner Seele überlebt?«

»Ich werde diese Frage zu gegebener Zeit beantworten.« Der Zugführer wägte ab, wie er vorgehen sollte. »Zuerst ist es aber wohl an der Zeit, dass Sie die geheime Geschichte des *Ärzengels* erfahren.«

Das satanische Ritual

Der Zugführer hatte einen abwesenden Blick in den Augen, als ob er sich an eine uneinholbar ferne Vergangenheit erinnerte.

»Die Nieten waren weißgold«, sagte er und wandte sich um, um eine Fotografie an der Wand seiner Nische zu betrachten. Auf ihr war der Zug in all seiner früheren Pracht zu sehen. Auf dem Foto stand zu lesen: *Jungfernfahrt des Ärzengels, 16. August 1897*.

»Ein erinnerungswürdiger Tag. Ich war mit an Bord, natürlich. Aber ich war schon lange zuvor dabei gewesen. Von dem Moment an, als die erste Schweißnaht hergestellt wurde und die erste Schraube ihren Platz fand.« Er hielt seine Hand vor Isabellas Gesicht. »Komm, mein Kind, erinnere dich mit mir.«

Sie fühlte, wie ihre Augenlider schwer wurden. Als sie die Augen schloss, sah sie eine vertraute Gießerei, an die sich ein Lokschuppen anschloss. Sie erkannte sie sofort als das Werk in ihrer Heimatstadt Chelmsk. Innen dampfte und kreischte weißglühendes Metall, als es in Bottiche mit sprudelndem Wasser getaucht wurde. Klirren und Zischen, Schmieden und Ausglühen. Eisenplatten und gehärteter Stahl, Stangen und Schrauben und blutrotes Feuer.

»Das war schon immer die Welt der Lokomotiven gewesen«, sagte der Zugführer.

Hämmer hoben und senkten sich im Gleichtakt, ein heißer Stahlchor. Der Lokschuppen war voll mit den Arbeitern der Stadt – hier gab es keine Frauen, hatte es nie welche gegeben. Sie blieben zu Hause hinter verschlossenen Türen, wo sie wuschen und buken und die Kinder aufzogen. Hier in der Gießerei wurden die Männer durch seltsame Rituale verbunden, wenn uralte Symbole in das nachgiebige Metall gepresst wurden.

»Die ganze Stadt baute Züge«, erklärte der Zugführer. »Die Männer lebten und starben in der Schmiede. Bereits bevor der *Ärzengel* fertiggestellt wurde, hatte er sein erstes Opfer gefordert.«

Sie sah mit Entsetzen, wie ein Arbeiter eine Niete fallen ließ und zwischen zwei großen Platten glühend heißen Metalls nach ihr suchte. Sie drückte fest die Augen zu, als er seinen Ärmel hochrollte und tief in die Kupplung hineingriff, um sie zu ergreifen. Sie versuchte ihre Ohren vor seinen Schreien zu verschließen, als sich die Gelenke der Kupplung schlossen und sauber vier Finger seiner rechten Hand abtrennten. Die Hitze brannte die Wunden aus, sodass er nicht verbluten konnte. Schreiend wurde er von den Männern davongetragen, für die Unfälle dieser Art zum Arbeitsleben gehörten.

Im Hintergrund hoch über dieser höllischen Szenerie standen auf einem Gerüst stumm schemenhafte Gestalten, die Zigarre rauchend die Konstruktion beaufsichtigten. Wohlgenährte Männer in blutroten Wappenröcken, die mit Freimaurerpentagrammen und anderen alten Gildesymbolen verziert waren. Mitten unter ihnen befand sich der korpulenteste von allen, der aufgeschwemmte Direktor mit seinem Zylinder, der bestickten Seidenweste und den

Amtsketten. Isabella rang nach Luft, als sie die Silhouette ihres Onkels erkannte. Sein Gesicht blieb im Schatten, als ob das Licht es nicht berühren könnte.

Die Gruppe hatte sich im großen Lokschuppen um ihn versammelt. Nun legte er seine fleischigen Fäuste auf das Geländer des Gerüsts und sprach zu den in der Gießerei versammelten Arbeitern. »Wir sind Männer mit dunklen Visionen«, rief er ihnen zu. »Wir haben dreizehn lange Jahre für die Fertigstellung dieses mechanischen Wunderwerks gebraucht. Und nun ist es vollendet.«

Isabella beobachtete, wie vier Ingenieure das stählerne Namensschild an die Front der Lokomotive schraubten.

»Der Name ist eine Erinnerung daran, dass Satan einmal ein Engel Gottes war«, sagte der Direktor, während er stolz hinabblickte.

Isabella sah, dass der ursprüngliche Name ein anderer gewesen war. Auf dem Schild stand *Der Schwarze Engel*. Die Männer blickten erwartungsvoll hoch zu ihren Chefs. Sie hatten sich nie für die Hintergründe der Konstruktion des Zuges interessiert. Sie beschäftigten sich nur mit den technischen Problemen, vor die er sie stellte. Wenn der Zug sich bewährte, würden weitere bestellt werden und die Gießerei würde im Geschäft bleiben. Und wenn die Gießerei ausgelastet war, würde die Stadt wieder zu Wohlstand kommen.

Draußen stand ein kleines Mädchen, das durch einen Spalt in der Wand des Lokschuppens alles beobachtete. Sie erkannte ihren Onkel unter den Industriellen, und auch den Zugführer, so blass und hoch aufgerichtet wie noch heute, aber damals ein junger Mann von etwa siebzehn Lenzen. Sie beobachtete durch das gespaltene Holz, wie die Ingenieure an der Lokomotive herummachten und ihr Werk vollendeten.

»Unser Zug ist ein Objekt von grausamer Schönheit«, sagte der Direktor. »Der Triumph mechanischer Macht über den menschlichen Geist.«

Das Symbol des *Ärzengels*, ein V, das in einen Kreis eingeschlossen war, um die gebändigte Wut zu verkörpern, war auf ein Brandzeichen gepresst worden, das gerade im größten Schmiedeofen der Gießerei erhitzt wurde. Die Mitglieder des inneren Kreises stiegen vom Gerüst herab und defilierten an dem Schmiedeofen vorbei. Jeder von ihnen akzeptierte das weißglühende Eisen auf der nackten Haut seines Unterarms, ohne mit der Wimper zu zucken.

»Ich habe mein Leben dem Engel vermacht«, sagte der Zugführer. »Ich war noch ein Junge.«

»Warum haben Sie das gemacht?«, fragte Isabella, die sich nun an das erinnerte, was sie so lange versucht hatte, aus ihrem Gedächtnis zu streichen – an das, was gleich passieren würde.

Der Zugführer konnte sich nicht zu einer Antwort durchringen. Die mit Rauch erfüllte Gießerei. Die teilnahmslosen Männer. Die große grüne Lokomotive auf der Drehscheibe. Der junge Lehrling wurde in einer seltsamen Vorrichtung aus gebogenen und geölten Messingschienen mit einem Durchmesser von fünf Metern platziert. Die Vorrichtung hatte die Form des Symbols des Zuges und lag schräg angehoben auf dem Boden der Werkhalle. Durch die Klammern, die ihn an den Hand- und Fußgelenken gefesselt hielten, schien der junge Mann eine Erweiterung der Lokomotive zu sein, verbunden in der Schaffung ihres Geistes.

Niemand bewegte sich, aber die Köpfe drehten sich langsam zu den Toren. Gefühllose Augen folgten einem schlafenden Mädchen, das von einem halben Dutzend Männer mittleren Alters in den Lokschuppen getragen wurde. Die einzige Frau, der in den letzten dreizehn Jahren Einlass in die Gießerei gewährt worden war. Viele Männer erkannten das kokette Milchmädchen, das seit langem Ivan versprochen war. Wo war ihr Verlobter in ihrer Stunde der Not? Er lag sturzbetrunken im Gasthaus von Isabellas Vater, wo man ihn mit starkem Schnaps abgefüllt hatte.

Im Lokschuppen waren Schienen ausgelegt, die sich überschnitten. Die Lokomotive stand in der Mitte, das Zentrum eines Pentagramms aus glänzendem Stahl.

Das Mädchen war in ein Gewand aus derbem weißen Leinen gehüllt, das Reinheit symbolisieren sollte. In ihr Haar waren winzige blaue Kornblumen eingeflochten. Sie wurde zur Spitze der Lokomotive getragen und vor ihr niedergelegt. Die Männer, die sie gebracht hatten, verabschiedeten sich. Sie waren keine Gießereiarbeiter und das hier war nicht für ihre Augen bestimmt.

Beschwörungen erfolgten. Der Teufel wurde mit gedämpften Stimmen angerufen, als ob lautes Sprechen seinen Zorn verursachen könnte. Das Mädchen wurde liebevoll entkleidet und nackt auf die Gleise gebunden. Ihre Kleidung wurde fürsorglich zu einem quadratischen Stapel zusammengelegt.

Der Messingmechanismus, in dem sich der fügsame junge Zugführer befand, wurde mit Dampf angetrieben und begann an den blassen Innenseiten seiner Handgelenke zu sägen. Aus den Schnittwunden lief Blut in ausgebohrte Kanäle, hinab in den Mechanismus, um ihn in Bewegung zu setzen.

Die Gleise, auf die sie das Mädchen gelegt hatten, bewegten sich, bis sie sich direkt vor der Lokomotive befand. Die Arbeiter sahen still zu. Niemand wagte, den Blick abzuwenden.

»Heute Nacht«, sagte der Direktor, »werden wir Zeugen der Taufe des *Schwarzen Engels*.«

Der junge Zugführer richtete die Augen zur Decke des Lokschuppens, wo Tauben zwischen den im Dunkeln liegenden Querbalken herumflatterten und schissen. Es ging ihm nur um den Ruhm seines Beitrags zur Erweckung des *Ärzengels*.

Als er ausgeblutet war, begannen sich die Messingtreibstangen der Lokomotive zu bewegen. Ihre großen Räder drehten sich und das Mädchen wurde von der stampfenden Maschinerie verschluckt.

Es handelte sich um einen unglücklichen Zeitpunkt für das Mädchen aufzuwachen. Sie begann zu schreien und sich zu winden, aber es war vergebens. Nichts konnte verhindern, dass sie langsam an das große mechanische Monster verfüttert wurde. Die Räder überrollten sie, durchtrennten ihre Sehnen und zermalmten ihre Knochen, bis sie ganz von der großen Lokomotive verschlungen worden war. Das Ritual war vollbracht.

Die Jungfernfahrt

Das kleine Mädchen, das das Ritual heimlich von draußen beobachtet hatte, rannte entsetzt davon. Es rannte, bis es keine Luft mehr bekam und auf dem feuchten Gras des Friedhofs am Rande der Stadt zusammenbrach.

»Aber was ist mit der Jungfernfahrt?«, fragte Isabella und streckte den Arm aus, um die Fotografie an der Wand der Nische des Zugführers zu berühren – es handelte sich um das gleiche Bild, das einmal im Haus ihres Onkels gehangen hatte und über das nie gesprochen wurde.

»Nun, natürlich war das lange vor dem Krieg«, sagte der Zugführer geistesabwesend. »Aber selbst damals war die Welt dabei, sich zu verändern. Grenzen wurden verlegt. Überall herrschte Misstrauen. Jeder Fortschritt wurde von Protesten begleitet. Es musste etwas geschehen.«

»Ich verstehe nicht.«

Der Zugführer hob die Hände und presste seine Finger an die Seiten von Isabellas Kopf. »Sieh, was ich über die Jungfernfahrt des *Ärzengels* weiß«, sagte er.

Ihr Großvater hätte stolz sein sollen, für solch eine wichtige Position ausgewählt worden zu sein, aber eine ungute

Vorahnung bemächtigte sich seiner, wann immer er in den Führerstand des *Ärzengels* hochkletterte. Männer hatten beim Bau des Zuges ihr Leben lassen müssen, und für was sollte diese großartige Maschine bei ihrer ersten Fahrt benutzt werden? Die Direktoren und eine glückliche Handvoll der besten Familien der Stadt wollten einen Ausflug an die Küste unternehmen!

In der letzten Zeit waren Lebensmittel in der Stadt knapp geworden. Sogar der Preis für Rüben war so sehr gestiegen, dass die Menschen ihre Schweine nicht länger mit dem Abfall vom Gemüseschälen fütterten. Aber für den Zug waren keine Kosten gescheut worden. Die Priester sagten, dass er der Stadt neuen Wohlstand bringen würde, aber seit einiger Zeit hatte sich alles, was sie sagten, als verkehrt herausgestellt.

Und noch fuhr die großartige Lokomotive nirgendwo hin. Sie stand auf dem Abstellgleis beim Bahnhof von Chelmsk und wartete darauf, ihre Pflicht zu erfüllen. Schließlich, als die Lage wirklich schlimm geworden war, wurde verkündet, dass der Zug seine Jungfernfahrt unternehmen würde …

Nach einem Seufzer richtete ihr Großvater seine Kappe und gab dem Lokomotivführer das Zeichen. Mit einem wütenden Dampfstoß rollte der glänzende Koloss aus dem Bahnhof.

Die erste Fahrt des *Ärzengels* fand unter einem stürmischen Himmel statt. Die Lokomotive war in flatternde rote-blaue Flaggen gehüllt: Für viele war sie eine Quelle des Nationalstolzes, aber es gab auch andere, die sich in der Abenddämmerung an den Straßenecken versammelten und finster von ihrer unheilvollen Entstehung sprachen.

Die Direktoren belegten den vordersten Waggon. Ihre angesehenen Gäste waren über den zweiten und dritten

Waggon verteilt. Als der Zug liebenswürdig vor sich hin grummelnd aus dem Bahnhof ausfuhr, wiesen stolze Eltern ihre Kinder auf die Gießerei von Chelmsk hin; dort waren die Waggons so fachkundig gebaut worden.

Belegte Brote und Kuchen wurden verzehrt, als sich der Zug durch dichten Wald bewegte. Es gab Limonade und Bier. Die Gespräche wurden weniger. Väter verstummten, während ihre Gattinnen sich um die Kinder kümmerten. Erst als der Zugführer in Begleitung zweier Offiziere durch die Waggons ging, wandelte sich die Stimmung zu leichter Unsicherheit.

Auf den Zetteln, die den Passagieren überreicht wurden, stand eine merkwürdige Bitte geschrieben: Aus Gründen der Sicherheit sollten alle Wertsachen den Offizieren zur Aufbewahrung übergeben werden, bevor der Zug den Betriebsbahnhof im Osten erreichte. Das betraf Armband- und Taschenuhren, Brieftaschen, Füllfederhalter, Ringe, Broschen, Halsketten, Krawattenspangen, Armbänder, Ohrringe, Manschettenknöpfe, Geldscheinklammern und Kleingeld. Außerdem sollten auch alle wichtigen Dokumente, darunter Ausweispapiere, Vertragsurkunden und Papiere, die sich auf Besitztümer oder Testamente bezogen, abgegeben werden. In gewissen Fällen würden Reisende gebeten werden, eine kurze Erklärung für ihre nächsten Verwandten in Chelmsk zu verfassen.

Nun wurde aus der Unsicherheit Angst, vor allem als eines der Kinder sah, wie die kostbaren Besitztümer seiner Familie ohne Umschweife in einen Ledersack gekippt und auf einem Rollwagen abtransportiert wurden.

Die Stimmung an Bord des Zuges war plötzlich umgeschlagen. Sogar die Kinder hatten zu spüren begonnen, dass etwas nicht stimmte. Ein paar von ihnen fingen an zu jammern, dass sie nach Hause wollten, wurden aber von ihren Eltern streng ermahnt. Die Landschaft rollte weiter an ihnen vorbei. Die Sonne schien weiter auf die Waggons herab. Einige der Väter lasen weiter ihre Zeitungen. In einem der Waggons gab es eine mechanische Puppe in Form eines jungen Mädchens, das die Arme bewegte und bezaubernde Lieder sang, um die Kinder bei Laune zu halten. Niemand glaubte wirklich, dass sich seine schlimmsten Vermutungen bewahrheiten würden. Man lebte schließlich in der modernen Welt. Es würde eine Erklärung geben, die Besitztümer würden mit wortreichen Entschuldigungen zurückgegeben werden und der Tag würde ein angenehmes Ende nehmen. Man stellte Berechnungen an, wie lange es noch dauern würde, bis sie die Küste erreichten. Die Väter versuchten ihre Ehefrauen und Kinder aufzumuntern.

Dann, als der *Ärzengel* auf dem windigen Flachland langsamer wurde, weil er sich seinem letzten Halt näherte, sahen sie das große dunkle Gebäude der Endstation vor sich und begannen um das Leben ihrer Kinder zu fürchten.

Als die Offiziere befahlen, dass sie ihre Kinder und dann sich selbst ausziehen sollten, brach Panik aus. Die Kleider sollten zusammengelegt und in einer Ecke des jeweiligen Abteils zurückgelassen werden. Aus den Fenstern konnten sie sehen, wie die Passagiere aus dem nächsten Waggon auf die Aussichtsplattform stolperten. Ihre weiße Nacktheit war zutiefst schockierend. Die Kinder weinten und schluchzten nun, ihre nackten Mütter wurden von den Wachen begrapscht und geschubst, die Männer mit Gewehrkolben gestoßen, wenn sie fragten, was los war. Einige der älteren unter ihnen fielen zu Boden und die anderen trampelten über sie hinweg. Ein alter Mann, dem ein blutiges künstliches Gebiss aus dem Mund hing, lag schreiend am Boden und griff nach den vorbeigehenden Beinen, bis einer der Offiziere ihn mit einem Bajonett in den Unterleib stach, es nach oben zog und ihn dadurch ausweitete.

Die Direktoren waren der Ansicht, dass Fehler begangen wurden. Niemand hätte umgebracht werden sollen, als die Menge zusammengetrieben wurde, denn dadurch wurde es schwieriger, die verängstigten Passagiere unter Kontrolle zu halten. Die Lektionen in der Handhabung der Verdammten wurden schnell gelernt.

Der Zug kehrte leer nach Chelmsk zurück. Wer auf Neuigkeiten von Freunden oder Verwandten wartete, wartete umsonst.

Und so wurden all diejenigen in der Stadt, die während der letzten dreizehn Jahre ihr Missfallen über den Bau des *Ärzengels* zum Ausdruck gebracht hatten, all die verbitterten Männer, die über das wachsende Vermögen der Direktoren der Gießerei getuschelt hatten, all die frommen Kreaturen, die sich in der Kirche versammelt hatten, um von den Blasphemien in der Gießerei zu sprechen, auf einen Schlag beseitigt. Generationen von Widerspruch wurden ausgelöscht, und die Kinder wurden getötet, um sicherzustellen, dass die Saat niemals mehr Frucht tragen würde. Wenn es nichts gab, an das man sich erinnern konnte, konnten sich auch keine Stimmen gegen das Böse, das sie in ihrer Mitte herangezogen hatten, erheben.

Der Zugführer nahm die Hände von Isabellas Kopf. Sie weinte. »Ich denke, dass du nun den Zweck des *Ärzengels* verstehst«, sagte er sanft. »Er ist eine Art großes Sieb, das die Rechtschaffenen von denen trennt, die nur sitzen und zusehen. Unser Zweck wird durch die Untätigkeit der Bevölkerung besser erfüllt. Damit das Böse gedeihen kann, genügt es, wenn gute Menschen nichts tun.«

Die Vereinbarung

Isabella blieb vor dem Zugführer stehen, als die Erinnerung verklang. Sie war unfähig, sich zu bewegen. »Warum?«, wollte sie wissen und wischte sich wütend Tränen aus den Augen. »Warum würde man so etwas wollen?«

»Unsere Stadt lag im Sterben. Der Zug war gut zu uns.«

»Aber warum dieses Gefährt des Leids? Wie konnten Sie freiwillig Teil einer solchen Obszönität werden?«

»Wir haben geholfen, das moderne Zeitalter zu schaffen«, antwortete der Zugführer. »Eine Welt ohne Herz, rein wie eine Maschine. In diesem neuen Jahrhundert ist kein Platz für Empfindungen. Es gibt keinen Platz für Gott.«

»Aber was in aller Welt hat Sie dazu getrieben?«

»Um der Menschheit den Teufel zu offenbaren. Um die Nutzlosigkeit des Göttlichen zu beweisen. Um ein Grundpfeiler der Zukunft zu werden, anstatt ein Relikt der Vergangenheit zu sein.«

»Und ich war dabei, als es ins Leben gerufen wurde? Ich habe das alles gesehen?«

»Ja, aber du hast dich bis jetzt nicht daran erinnert. Du warst sechs Jahre alt.«

»Ist das der Grund, warum wir hier sind? Es war kein Zufall, dass wir diesen Zug erwischt haben. Wir haben uns nichts zuschulden kommen lassen.«

»Meine junge Dame, ich denke, du kennst die Wahrheit.«

»Josef – der Mann, dem ich versprochen war – er sollte ein Direktor der Gießerei werden.«

»Mehr als das. Er wird sie eines Tages erben. Und du solltest seine Kinder gebären. Du solltest die Mutter der zukünftigen Hüter der Gießerei werden. Der Zug muss instand gehalten werden«, fügte der Zugführer hinzu. »Es gibt große Pläne für die Gießerei von Chelmsk. In Osteuropa wird eine Munitionsfabrik benötigt. Eine Fabrik mit der Fähigkeit, die feinmechanischen neuen Todesinstrumente herzustellen. Doch du hast unsere Pläne scheitern lassen. Du hast den Ausländer zur Flucht benutzt.«

»Ich habe niemanden benutzt. Das Schicksal hat eingegriffen …«

»Wir wollten nur dich, Isabella; du warst diejenige, die geprüft und bestraft werden sollte. Du hast die anderen mit dir gebracht.«

Isabella sah die Situation wieder vor sich. Der Augenblick, als sie den Zug bestiegen. Die Hände von Thomas und Miranda verbunden, als sie ihnen half, an Bord des *Ärzengels* zu gelangen. Der Funke der Verknüpfung. Schicksale, die sich für immer ineinander verwoben hatten. Die Kette der Fügungen, neu geschmiedet für einen anderen Kurs.

»Nein«, beharrte sie, »Sie können das nicht als Beweis dafür nehmen, dass ich gescheitert bin. Ich wusste nicht, welche Folgen meine Handlungen haben würden. Ich musste entkommen, und Nicholas war da, um mir zu helfen.«

»Vielleicht. Die Menschen behaupten immer, sich der Konsequenzen ihrer Handlungen nicht bewusst zu sein. Du hast gewonnen, aber du hast deine Prüfung allein bestanden.

Nicholas ist tot. Es ist an der Zeit zu entscheiden, was richtig ist.«

»Nein! Tot!«

»Er hat gut gewählt, aber nicht weise. Und nun kommt alles zu einem Ende.«

»Das ist nicht fair!«, rief Isabella. »Ich dachte, der Teufel liebt den Handel.«

»Das tut er auch. Der Zug prüft alle, die ihn besteigen. Diejenigen, die für zu leicht befunden werden, sind dazu verdammt, für immer mit ihm zu fahren. Ihr wurdet alle in Versuchung geführt. Ihr habt Visionen von anderen Leben für euch gesehen, Welten, die sein könnten, Welten, die es vielleicht schon gegeben hat. Die Regeln des *Ärzengels* sind sehr einfach. Wenn diejenigen, die ihn besteigen, bei ihrer Prüfung scheitern, wird ihnen die Seele genommen und sie bleiben für immer. Wenn sie bestehen, dürfen sie in ihr altes Leben zurückkehren. Jeder, der den *Ärzengel* besteigt, muss sich dieser Probe unterziehen.«

»Aber wie bemessen Sie das Scheitern?«

»Das ist die Schönheit des Vorgangs. Man kann nur in Einklang mit seiner eigenen Natur handeln. Die Pfarrersfrau offenbarte ihre Gier. Ihr Gatte konnte seine Lust nicht zügeln. Dein Abenteurer …«

»Sie können ihm keine Feigheit vorwerfen. Er hat tapfer gekämpft. Er ist zurückgekehrt, um sich reinzuwaschen.«

»Er verstand die Natur seiner Prüfung und hat die richtige Lösung gewählt, aber das war auch sein Verderben. Ich wusste immer, dass du die größte Herausforderung für uns darstellen würdest, denn ich konnte nur einen Fehler in dir finden – deine unstillbare Neugier.«

Er blickte hoch und schnüffelte.

»Riechst du den Schwefel? Wir sind fast da. So nah. Ich war mir sicher, dass du scheitern würdest.«

»Aber ich habe gesiegt. Sie wissen das. Ich habe gewonnen, und jetzt verlange ich, dass Sie Ihre Seite der Abmachung einhalten. Lassen Sie die anderen gehen, uns alle vier.«

»Ich befürchte, das ist unmöglich. Die anderen haben ihre Chancen nicht genutzt und werden bei mir bleiben, um den Zug in Gang zu halten. Anstelle der Kinder, die du nicht liefern wirst.«

»Aber ich habe meine Prüfung bestanden. Ich sollte gehen dürfen.«

»Dann darf ich vielleicht einen Vorschlag machen.«

Isabella ließ sich nicht unterkriegen. »Er muss fair sein. Sie wissen so gut wie ich, dass das Böse durch das Gute ausgewogen werden muss. Sie müssen mich gehen lassen.«

»Aber nehmen wir an, du könntest auch deinen Geliebten retten? Was wäre dann?«

»Was muss ich tun?«

»Ich kann ihn zurückbringen.«

»Und Sie würden ihn retten?«

»Nein, das müsstest du tun.«

»Wie?«

»Das kann ich dir nicht sagen. Du kennst deinen Widersacher. Du würdest einen Weg finden müssen.«

»Ich weiß nicht, was ich machen soll.«

»Die Entscheidung liegt bei dir«, sagte der Zugführer und warf einen Blick auf seine Taschenuhr. »Aber du solltest dich beeilen. Der Zug nähert sich der Endstation.«

»Dann würde er doch langsamer fahren.«

»Nein. Er muss mit höchster Geschwindigkeit fahren, um die Wand zu durchbrechen.«

»Die Wand?«

»Zwischen dieser Welt und der Nächsten. Zwischen Himmel und Hölle. Du musst dich entscheiden, ob du die Wette annehmen willst oder nicht, Isabella. Wir lieben Wetten.«

»Dann nehme ich die Herausforderung an«, sagte sie, darum bemüht, zuversichtlich zu klingen.

»Sehr gut.« Der Zugführer klatschte in die Hände. Hinter Isabella auf dem Gang stand Nicholas, benommen und aus der Wunde in seiner Brust blutend, aber am Leben.

Die Horde

Sie rannte zu Nicholas und warf die Arme um ihn. »Du bist in Sicherheit«, erklärte sie ihm. »Sag mir, dass du es wirklich bist und nicht eine der Illusionen des Teufels.«

»Ich glaube, dass ich wirklich bin«, sagte Nicholas. »Aber ich weiß nicht, was passiert ist. Ich fühle mich furchtbar.« Er hob seine blutenden Handgelenke, die von den Handschellen wundgerieben waren, und berührte die Wunde in seiner Brust. »Ich bin aus dem Zug gesprungen und habe das Bewusstsein verloren. Jemand hat mir geholfen – ein freundlicher Mann. Wie hat er mich wieder an Bord gebracht?«

»Ihr habt uns auf seinem Pferd eingeholt. Du hast überlebt, aber weil du den Zug verlassen hast, hättest du beinahe deine Seele verloren. Du bist zurückgekehrt.«

»Oh Gott, mein Sohn. Ich habe meinen Sohn gesehen, Isabella, den kleinen Jungen, den ich aus Eigensucht im Stich gelassen habe. Ich habe versucht, ihn zu retten, aber er war bereits tot. Man hat mich dazu gebracht, mir selbst das Leben zu nehmen. Ich hätte im Jenseits zu ihm stoßen sollen.« Er betupfte die Wunde in seiner Brust. »Ich verliere Blut. Was passiert jetzt?«

»Der Zugführer hat dich zurückgeholt, unter der Bedingung, dass ich den Teufel besiege.«

»Den Teufel besiegen?« Nicholas versuchte zu verstehen, was sie damit meinte, hatte aber Probleme damit. Er blickte auf ihre zerfetzte Unterwäsche. »Was ist mit dir passiert? Wo ist deine Kleidung?«

»Wir haben uns alle dem Fürsten der Finsternis stellen müssen. Die Rote Gräfin, Mr. Scheffen, Dr. Freely, Professor Io – alle, die bei den Scharaden mitmischten, sind Passagiere des Teufels und dazu verdammt, bis ans Ende der Zeit mit dem Zug zu fahren und ihre Rollen zu spielen, um uns zu verführen. Der *Ärzengel* ist nichts weiter als eine gigantische Seelenfalle. Aber du hast noch eine Chance bekommen. Ich habe überlebt, aber dein Schicksal ist in der Schwebe.«

»Und was müssen wir tun, um uns zu retten?«

»Ich wünschte, ich wüsste es. Wir werden bald das Ende unserer Reise erreichen. Es gibt keine weiteren Bahnhöfe mehr an der Strecke. Ich glaube nicht, dass es irgendetwas gibt, was wir tun können.« Durch ein offenes Fenster kam Wind herein, der ihnen mit Wucht ins Gesicht wehte. Der Zug fuhr nun schneller als jemals zuvor. Der Himmel über den Bäumen verfärbte sich violett. »Der *Ärzengel* wird uns niemals aussteigen lassen.«

»Was ist mit dem Zugführer? Er könnte den Zug stoppen. Wo ist er?«

Isabella wandte sich um. »Gerade war er noch hier.«

»Komm, wir wissen, wo wir ihn finden.« Nicholas ging voran den Gang zurück, aber die Nische des Zugführers war leer.

»Er sagte, dass ich einen Weg finden würde, meinen Widersacher herauszufordern«, sagte Isabella. »Was soll ich tun?«

»Ich weiß es nicht«, räumte Nicholas ein, der besorgt seine blutende Brust berührte. »Aber du solltest dir schnell etwas einfallen lassen. Die Wunde fängt wieder an zu bluten.«

Der *Ärzengel* donnerte über mehrere Weichen und der Waggon wurde durchgeschüttelt. Draußen begannen die violetten Wolken die rote Farbe des Höllenfeuers anzunehmen. Zwischen den Tannenbäumen am Horizont schienen sich kleine flackernde Öfen zu befinden.

»Wir sind schon ganz nahe«, sagte Isabella. »Ich schlage vor, dass wir der Reihe nach die Waggons durchsuchen. Vielleicht erinnere ich mich dann an etwas und verstehe, was ich tun muss.«

Unmittelbar nachdem Nicholas und Isabella den Gang verlassen hatten, erschien der Zugführer und begann die Türen zu den Abteilen zu öffnen.

»Zeit, dass ihr euren Unterhalt verdient«, sagte er den toten Passagieren und zwang sie, sich zu erheben. Im gesamten Waggon standen sie langsam auf, um seiner Anordnung zu gehorchen. Bauern und Gießereiarbeiter, Hausfrauen und Ladenbesitzer, alle schlurften in Erwartung der Ankunft zur Spitze des Zuges.

»Es gibt nur noch eine lebende Reisende an Bord. Sie hat eine Chance – eine winzige Chance –, uns zu besiegen. Ihr müsst sicherstellen, dass ihr nicht die Zeit bleibt, herauszufinden wie.«

Die untoten Passagiere starrten den Zugführer an und warteten auf seine Befehle.

»Muss ich es unbedingt buchstabieren?«, brüllte er sie an. »Tötet sie!«

»Kannst du es spüren?«, fragte Isabella. »Der Zug ist jetzt ein lebendiges Wesen. Die Hölle ruft uns zur ewigen Verdammnis.«

»Danke für diesen aufmunternden Gedanken. Ich weiß nicht, ob ich das jemals erwähnt habe, aber ich bin kein Christ. Die Kirche ist für mich nur eine harte Bank, ein kalter Hintern und ein geistig beschränkter Mann in einem Talar, der Blödsinn verbreitet.«

Nicholas ging unsicher durch den dahinrasenden Zug. In den Abteilen um sie herum erwachten langsam die toten Passagiere, um dem Aufruf des Zugführers Folge zu leisten. Nicholas bemerkte, dass sie ihn anstarrten. »Nun«, rief er, »was guckt ihr Bauern so blöd? Ja, ich bin Engländer. Es tut mir leid, wenn euch meine natürliche Überlegenheit missfällt, ihr hirnlosen, Scheiße schaufelnden Schwachköpfe.« Er wandte sich Isabella zu: »Das gefällt mir nicht. Sie wachen auf. Ich befürchte, sie werden uns Schaden zufügen wollen.«

»Wir können nicht gegen alle kämpfen, Nicholas. Mir muss erst noch ein Plan einfallen.«

Die ersten der Untoten griffen nach Isabella. Zwei Landarbeiter in Bauernkitteln und Strohhüten versuchten sie zu packen. Nur mit ihrer Unterwäsche bekleidet und mit Blut und Schleim bedeckt, war sie kaum in der Lage, sich zu verteidigen. Während sie wütend auf die Hände der Männer einschlug, fragte sie sich, was sie benutzen konnte, um sich zu wehren.

»Wir brauchen Waffen, Nicholas, schnell. Es gibt zu viele von ihnen.«

»Sie sind langsam von Begriff«, sagte Nicholas. »Es sollte nicht allzu schwer sein, sie in Schach zu halten.«

»Nicholas, man kann nicht töten, was bereits tot ist.«

»Wir haben einen Vorteil. Wir haben Hirn. Wir sind noch am Leben. Und wir werden aus diesem verdammten Zug aussteigen.«

»Nein, ich werde eine Möglichkeit finden. Ich hab dich hier reingezogen. Es ist meine Schuld. Ich werde dich auch wieder rausbringen.«

»Ich weiß nicht, was du tun kannst. Lass sie in Ruhe, Kohlfresser.« Er schlug die Hand eines untoten Bauern zur Seite, als der nach Isabellas Busen griff. Die Passagiere füllten nun den Gang und bewegten sich in ihre Richtung.

»Ich kenne unsere Endstation«, sagte sie Nicholas. »Es stand nie wirklich infrage. Wir begeben uns direkt in den Schlund der Hölle.«

Nicholas streckte entschlossen das Kinn vor. »Wir fahren nicht in die Hölle. Wir fahren nach London. Wir brauchen etwas, um sie abzuwehren. Die Soldaten. Sie sind zwar gestorben, aber sie sollten nie in den Zug steigen. Du hast gehört, was der Zugführer gesagt hat.« Im nächsten Abteil befanden sich mehrere schlafende Infanteristen. Auf der Gepäckablage über ihnen lagen die Gewehrkoffer ihrer Offiziere. Nicholas eilte in das Abteil und nahm zwei der Koffer herab, bevor die Soldaten eine Möglichkeit hatten, aufzuwachen. »Kannst du mit einem Gewehr umgehen?«

»Wenn ich auf einen Hasen schießen soll.«

»Gut. Stell sie dir einfach als große Hasen vor.«

Nicholas klatschte in die Hände. »Aufwachen, Männer, wir werden angegriffen.«

Die Soldaten wachten blitzartig auf. Bevor sie fragen konnten, warum einer ihrer Landsleute ihre Waffen genommen hatte, brachte Nicholas sie auf die Beine und zeigte ihnen die heranrückende Horde. »Diese gottlosen Kreaturen wollen uns einen höllischen Tod bereiten. Werdet ihr mir helfen, gegen sie zu kämpfen?«

»Sie haben mein Gewehr«, erklärte einer der Soldaten.

»Bestimmt gibt es noch mehr?«

»Ja, natürlich.«

»Dann holt sie hervor.«

»Gegen wen kämpfen wir?«

»Die Untoten. Aber wenn es hilft, denkt, dass es die Deutschen sind.«

Die Soldaten machten sich ohne weitere Fragen an die Arbeit, nahmen die Deckel von den Koffern in den Gepäckablagen und zogen die Gewehre hervor. Die Langeweile und Verwirrung ihrer unbestimmten Reise war nun einem Ziel gewichen, das nach dem Herzen eines jeden Soldaten war: die Möglichkeit, Gewalt auszuüben.

Bewaffnet rückten sie gegen die untoten Passagiere vor. Dann luden sie, zielten und feuerten.

Der Plan

Der Zug raste weiter durch die Nacht. Er fuhr immer schneller, seine großen Räder erhitzten sich auf den Schienen, Funken flogen und setzten den Wald neben der Strecke in Brand. Hinter den Bäumen konnte Isabella die sich rasch nähernden Freudenfeuer des Hades sehen. Im Inneren des Zuges kam es zu Lichtblitzen, als die Soldaten die reisenden Toten abwehrten.

Der Zugführer wandte sich seinen Gefolgsleuten zu. Die Seelenlosen waren eine Plage; sie konnten sich nur selten länger als ein oder zwei Minuten auf etwas konzentrieren und vergaßen das, was man ihnen sagte, noch schneller. »Denkt daran«, rief er ihnen zu. »Es gibt an Bord des Zuges eine lebendige Seele. Beschäftigt sie. Sie soll versuchen durchzuhalten, bis wir unsere Endstation erreicht haben. Ihr könnt ihre Verbündeten überwältigen. Stürzt euch auf ihre Helfer und sorgt dafür, dass sie den Mut verliert, wenn sie erkennt, dass sie alleine ist. Sie *muss* auf jeden Fall verlieren.«

Unter den auferweckten Passagieren befanden sich auch Thomas und Miranda, die sich zu den kürzlich Unverstorbenen gesellt hatten. Zu diesem frühen Zeitpunkt wohnte ihnen noch ein kleiner Rest ihrer früheren Menschlichkeit inne. Sie sahen sich erstaunt um und versuchten zu verstehen, was passiert war.

»Das ist nicht gerecht«, sagte Miranda, die vor Empörung strotzte. Ihre Wunden waren wirklich schrecklich anzusehen. Mit der Zeit würden sie heilen und Miranda würde wieder eine gewisse Ähnlichkeit mit ihrem früheren Selbst haben. Das war die mindeste Entschädigung dafür, dazu verdammt zu sein, für alle Ewigkeit an Bord des *Ärzengels* zu reisen. »Ich hatte so große Hoffnungen, und nun wurde mein Leben vorzeitig beendet.«

»Wenn du denkst, dass das Leben nicht gerecht ist, warte, bis du den lebenden Tod für eine Weile ausprobiert hast«, sagte der Zugführer.

»Thomas«, schnauzte Miranda ihren schlurfenden Ehemann an. »Tu etwas. Steh nicht einfach hier herum.« Sie blickte ihn zum ersten Mal genauer an. »Du siehst furchtbar aus.«

Thomas erblickte sein Spiegelbild in einem Fenster, ein geschwärzter, mit Pestbeulen übersäter umherspazierender Leichnam. Er sah Miranda an, der der größte Teil des Gesichts abhandengekommen war. »Hast du dich selbst einmal gesehen? Du bist auch nicht unbedingt die strahlende Braut, die ich damals geheiratet habe. Ich folge seinen Anweisungen nicht.« Er deutete auf den Zugführer. »Er hat genug Sklaven, die seine schmutzige Arbeit erledigen. Komm.« Er griff nach ihrer Hand.

»Wohin gehen wir?«, fragte sie.

»Zum Speisewagen. Wir mögen tot sein, aber wir sind noch immer Engländer. Ich hätte gerne eine Tasse Tee. Und ein paar annehmbare Kekse.«

Nicholas und Isabella standen an der Spitze der Soldaten, die sich im Gang des dritten Waggons postiert hatten und auf alles schossen, was in ihre Reichweite geriet. Aber die Munition ging rasch zu Ende. Außerdem richteten die Kugeln nicht viel mehr aus, als den jeweiligen Angreifer ein paar Meter zurückzuwerfen.

»Wir konnten an den Bahnhöfen nicht aussteigen«, überlegte Nicholas, während er einen Kuhhirten in die Luft jagte. »Aber was ist mit der offenen Strecke? Ich bin gesprungen und habe überlebt.« Er riss die Waggontür auf. Gemeinsam blickten sie auf die vorbeirasende Erde hinab.

»Wir können nicht springen. Wir würden uns alle Knochen brechen.« Isabellas Gewehr sprang heftig zurück, als sie einem Bauerntölpel ein Loch verpasste.

»Und das wäre schlimmer als was genau?«

»Du weißt, dass wir dann einfach an Bord des Zuges wiedergeboren werden würden. Es muss eine andere Möglichkeit geben. Ich glaube, dass es einen anderen Grund dafür gibt, dass die Endstation nicht auf den Karten eingezeichnet ist.«

»Sie hätten vermutlich ein paar Passagiere weniger, wenn sie ›Express Chelmsk – Hölle‹ auf den Fahrplan schreiben würden, oder? Es ist vorbei.«

»Nein, noch nicht. Ich habe eine Chance. Ich habe meiner eigenen törichten Neugier freien Lauf gelassen, aber vielleicht bin ich in der Lage, es wieder gutzumachen. Ich glaube, einen Weg gefunden zu haben, uns zu retten. Wir müssen eine Karte mit der Strecke des *Erzengels* finden.«

Sie ließen die Soldaten zurück, um die Stellung zu halten, begaben sich zu der letzten eingerahmten Streckenkarte auf dem Gang und studierten sie. Eine Linie verschwand in der Dunkelheit und in Unwettern, die andere schien in grünere, ruhigere Gefilde zu führen. Im oberen Bereich der Karte befand sich eine Reihe von kleinen Sepiafotografien des Direktors, des Zugführers und des Zuges.

»Der Direktor war die ganze Zeit über hier«, sagte Isabella. »Komm. Wir müssen die anderen Waggons durchsuchen.«

Nicholas folgte ihr fasziniert.

»Nicholas, wo war die Rote Gräfin?«

»Warum?«

»Ich muss ihr Gepäck finden.«

Sie bahnten sich einen Weg zu den Suiten der ersten Klasse.

»Hier.« Isabella zog die roten Vorhänge des Privatabteils der Roten Gräfin zur Seite und begann, deren aufgestapeltes Gepäck zu durchwühlen.

»Wonach suchst du?«, fragte Nicholas verblüfft.

»Nach so etwas.« Sie zog ein elegantes, paillettenbesetztes scharlachrotes Kleid aus einem Koffer der Gräfin. »Halt mir für ein paar Minuten den Rücken frei.«

Nicholas hob sein Gewehr und erschoss ein paar Bauern, bis Isabella zurückkehrte. Sie hatte sich das Blut vom Gesicht gewischt, sich in das Kleid gezwängt und ihr Haar hochgesteckt. Sie sah angeschlagen, aber trotzdem strahlend aus.

»Was um alles in der Welt hast du vor?«, fragte er.

Sie betrachtete sich selbst im Spiegel der Gräfin. »Ich habe einen Plan. Ich brauche Puder und Lippenstift.«

»Du gehst nicht zu einem Rendezvous.«

»Doch, das tue ich«, sagte sie. »Ich werde den Teufel besiegen.«

Der Direktor

»Nun, was denkst du?« Sie stand vor Nicholas, aufgedonnert im tief ausgeschnittenen Abendkleid aus scharlachroter Seide mit Spitzenbordüre. Ihr Haar war geschickt in Zapfenlocken arrangiert. Sie hatte sich, so gut sie konnte, das Gesicht gepudert und sich mit dem teuersten Parfüm der Gräfin besprüht.

»Nun, ich denke, du siehst weniger verrucht aus, wenn du ein paar Kleider anhast, aber ich verstehe immer noch nicht, warum du dich für die Ankunft in der verdammten Unterwelt so herausputzen musst. Hast du das da draußen gesehen? Es sieht aus wie ein Ausschnitt aus einem mittelalterlichen Gemälde.«

»Bleib dicht bei mir, aber greif nicht ein, egal was passiert. Ich muss den Zugführer finden.«

Während Nicholas die marodierenden Passagiere abwehrte, durchsuchten sie den Zug. Der Zugführer befand sich im nächsten Waggon und legte keinen Wert darauf, beim Herumkommandieren seiner zügellosen Gefolgsleute gesehen zu werden. Er wollte vermeiden, dass Isabella ihn des Betrugs bezichtigen konnte.

»Ah, die süße Isabella, die Letzte, die fallen wird«, sagte er heiter. »Wie wunderschön du aussiehst. Bist du gekommen, um mir die Stirn zu bieten? Ist das deine Antwort auf die Herausforderung?«

»Ich werde nicht gegen Sie kämpfen«, erklärte sie ihm. »Sie sind nur ein Lakai. Und ein toter noch dazu. Ich will mit Ihrem Vorgesetzten sprechen. Meinem Onkel.«

»Ah.« Zum ersten Mal war der Zugführer getroffen. »Ich habe mich gefragt, ob du dich dazu entschließen würdest. Natürlich wäre es angebracht, schließlich war deine Familie ja am Bau des *Ärzengels* beteiligt.«

»Zuerst konnte ich mich nicht an das Gesicht meines Onkels erinnern, denn er hat uns verlassen, als ich noch sehr jung war. Ich sah ihn nur in der Dunkelheit des Lokschuppens vor mir. Sie waren dumm genug, sein Foto auf die Streckenkarte zu drucken.«

»Nun, ich befürchte, dass du ihn jetzt nicht sehen kannst. Du kannst nicht ohne meine Erlaubnis zu ihm hineingehen. Es gibt keine Ausnahmen, nicht einmal für Familienangehörige.«

Er trat zur Seite, um ihr einen Blick in das Privatabteil hinter sich zu gestatten. Isabella sah hinein und erkannte den korpulenten Direktor mit dem Zylinder aufgrund des Fotos und der vagen Erinnerungen an Familienfeierlichkeiten zu der Zeit, als sie noch sehr klein war. Er saß in einem samtbezogenen Sessel, genoss eine absurd lange Zigarre und schien völlig gleichgültig gegenüber dem irren Verhalten der Passagiere des Zuges zu sein. Sie studierte sein schweißglänzendes Gesicht.

Sie wollte einen Weg über die Schwelle finden, aber im letzten Moment verließ sie der Mut. Sie erinnerte sich an das letzte Mal, als sie ihn gesehen hatte, und die Schrecken der Jungfrauenopferung, die ihre Kindheit überschattet hatten. Niemand hatte je wieder von ihm gesprochen. Ihr Vater hatte sich schließlich selbst erfolgreich eingeredet, dass er keinen Bruder besaß, ebenso wie die Stadt sich davon überzeugt hatte, dass es den Zug nie gegeben hatte.

»Geh. Dreh dich um und verschwinde.« Durch ihr Zögern verärgert schubste der Zugführer sie. »Dummes, anmaßendes kleines Mädchen! Sieh dich nur an, stolzierst hier herum in den Kleidern einer Adeligen. Dachtest du, dass er dich dann mögen würde? Dachtest du wirklich, dass du irgendetwas ändern könntest?«

Der Zugführer ließ seiner Wut freien Lauf und schlug nach ihr, sodass sie zu Boden fiel. Nachdem er sie wieder auf die Beine gezerrt hatte, verpasste er ihr einen weiteren harten Schlag ins Gesicht. Nicholas trat auf ihn zu, um einzuschreiten, aber als er das tat, fing die Wunde in seiner Brust an zu brennen, als ob er in Stücke gerissen würde.

Der Zugführer stieß Isabella gegen die Waggonwand und trat bedrohlich nahe an sie heran. »Du hast keine Ahnung, wie sehr ich die Lebenden hasse«, sagte er. »Ihr denkt immer, dass ihr etwas bewirken könnt.«

Die Seelenlosen hatten die Verteidigungslinie der Soldaten durchbrochen und waren dabei, sich auf sie zu stürzen. Nicholas hatte seine Munition aufgebraucht und den Schaft seines Gewehrs auf dem Kopf eines grimassierenden Landarbeiters zerstört. Als er nun hochblickte, sah er, wie der Zugführer wieder die Faust hob. Nicholas versuchte ihn wegzuziehen, aber es war, als ob er es mit Stahl zu tun hätte. Während sich die Finger des Zugführers um Isabellas Kehle schlossen, ignorierte Nicholas den reißenden Schmerz in seiner Brust und suchte unter den Männern, die er gestoppt hatte, nach einer anderen Waffe.

Er sah die Degen an den Gürteln zweier gefallener Soldaten und zog sie heraus.

Isabella war dabei, das Bewusstsein zu verlieren. Nicholas stürzte nach vorne und richtete die Klingen auf den Zugführer, aber der Schmerz in seiner Brust war nun so stark, dass er kaum noch etwas erkennen konnte. Er stieß die beiden Degenspitzen in die weit aufgerissenen Augen des überraschten Zugführers und spürte, wie sie an der Rückseite von dessen Schädel austraten und ihn an der Wand des Waggons festnagelten.

Obwohl er genau durch die Augensockel aufgespießt war, schlug der Zugführer weiter um sich. »Deine Welt wird brennen«, rief er. »Deine Welt wird brennen!«

Nun konnte auch der Direktor den Tumult vor seinem Abteil nicht länger ignorieren, zumal zwei blutige Degenspitzen durch die Wand getreten waren. Er erhob sich langsam, klopfte Asche von seiner Zigarre und trat schwerfällig aus seiner Kabine, um zu sehen, was der Grund für die Aufregung war. Als Anführer der Satanisten, die den Zug gebaut hatten, war der Direktor eine beeindruckende Erscheinung. Er war nun älter und verbrauchter, aber seine Gestalt erfüllte Isabella noch immer mit den Schrecken ihrer Kindheit.

»Guten Tag, Onkel. Ich muss mit Ihnen sprechen«, sagte Isabella, die versuchte, das Beben in ihrer Stimme zu unterdrücken.

Der Direktor bewunderte ihre Figur. In ihrem geliehenen Abendkleid sah sie verändert aus, erwachsen und wunderschön. Er begutachtete sie und seufzte. »Sieh an, sieh an, meine kleine Isabella. Ausgerechnet du. Warum muss es immer eine Jungfrau geben?«

»Ich gehöre nicht hier her, mein Herr. Und dieser Mann – nun, er ist nicht perfekt, aber er hat es nicht verdient, in die Hölle zu kommen.«

»Aber du wirst es. Vor allem du. Die Jungfrauen kommen immer in die Hölle.« Er warf einen Blick auf seine Uhr. »Mir gefällt der Gedanke nicht, dass du von einem Ausländer entführt wirst, verschwindest und die Familie ohne Söhne für die Gießerei zurücklässt. Ich war sehr überrascht, als ich hörte, dass du in den *Ärzengel* eingestiegen bist. Der Zugführer versuchte mich davon zu überzeugen, dass er dich herbeigelockt hat, aber ich glaube, er wollte nur das Beste aus der Situation machen. Davonlaufen ist allerdings nicht sehr loyal von dir.«

»Sie sind verschwunden, als ich sechs Jahre alt war.«

»Ich habe meinen Vertrag mit dem *Schwarzen Engel* erfüllt. Ich habe meine Pflicht getan.«

»Auf dem Schild über unserem Gasthaus ist eine Jungfrauenopferung gemalt. Aber das Schild gab es schon lange, bevor die Gießerei gebaut wurde.«

»Das ist richtig, denn in unserer Stadt hat es schon immer Rituale gegeben. Opfer, damit der Weizen gedeiht, Opfer, damit die Obstbäume Früchte tragen, Opfer, damit die Hebammen mehr Jungen zur Welt bringen als Mädchen. Das solltest du wissen. Unsere Familie war an ihnen allen beteiligt.«

»Also war der Bau des Zuges …«

»… der nächste logische Schritt. Wir werden bald ankommen, mein liebes Kind. Etwas verspätet, aber das lässt sich nicht ändern. Ich befürchte, es gibt nichts mehr, was du tun kannst, um den *Schwarzen Engel* zu stoppen.«

»Aber ich habe nichts Unrechtes getan.«

»Es ist zu spät. Diejenigen, die unserer Endstation so nahe kommen, sind dazu verdammt, für immer an Bord des Zuges zu bleiben.«

Wut trat an die Stelle von Isabellas Angst. »Das ist Betrug!«

»Was hast du erwartet? Genieße die letzten Augenblicke. Lass mich dich ansehen in dieser Gestalt, ein letztes Mal. Du bist immer meine Lieblingsnichte gewesen. Ich hätte nie geglaubt, dass du so schön werden würdest. Komm … trink einen Schluck mit mir.« Er nahm ihren Arm und führte sie davon.

»Das ist es?«, rief Nicholas. »Das ist dein großer Plan? Wir stehen kurz davor, für alle Ewigkeit zu schmoren, und du gehst *Cocktails* trinken?«

Angewidert drehte sich Nicholas um und versetzte einem Kohlenhändler einen Schlag ins Gesicht.

Isabella und der Direktor saßen einander gegenüber. Er tätschelte ihre Hand, eine Katze, die mit einem neuen Spielzeug spielt. Draußen flackerten zinnoberrote Strahlen am Himmel. Alle paar Sekunden entlud sich der Horizont.

»Wir erreichen unsere Endstation. Ich beneide dich, Isabella. Die Schrecken, die du auf dieser Reise erfahren hast, sind nichts gegen das, was dich erwartet. Sei nicht traurig. Alle unsere Passagiere scheitern. Wir sind alle menschlich, oder etwa nicht?« Er warf einen Blick auf seine Taschenuhr, als diese anschlug.

»Alle menschlich. Dann bist du also auch menschlich.«

»Ja, das einzige lebendige Wesen, dem es gestattet ist, jede der Reisen des *Schwarzen Engels* zwischen dem Leben und der Unterwelt mitzumachen. Schließlich habe ich ihn gebaut.«

»Aber du musst für alle Ewigkeit an Bord bleiben.«

»Das war mein Teil der Übereinkunft. Es ist gar nicht so schlimm. Jede Fahrt ist anders. Jeder Reisende ist anders. Du wärst überrascht, wie viel Spaß wir haben.«

»Also, wenn ich auch gescheitert bin, muss ich mein Schicksal wohl akzeptieren.«

Nicholas beobachtete sie wütend durch ein Fenster. »Was? Du gibst auf, einfach so?«, brüllte er. »Du bist die Einzige, die mich hätte retten können. Nun, vielen herzlichen Dank, kleine Jungfrau!«

Hinter ihm rückten einmal mehr die toten Passagiere vor. Ein seelenloser Soldat streckte den Arm aus und grub knochige weiße Finger in Nicholas' Schulter.

»Komm mit und …«

»Und du kannst dich wegscheren.« Nicholas schlug ihm in die Augen.

Er war in einen Kampf verwickelt und musste versuchen, die Verdammten zurückzuhalten, während Isabella mit dem gewissenlosen Direktor flirtete.

Draußen stand der Himmel vollständig in Flammen. Der Zug nahm noch mehr Fahrt auf und bereitete sich auf seine Ankunft im Land der ewigen Qualen vor. Und obwohl sich Nicholas wehrte, so gut er konnte, wusste er tief in seinem Inneren, dass die wirkliche Schlacht bereits verloren war.

Die Katastrophe

Nicholas hatte zum ersten Mal ein Gewehr abgefeuert, als er in Algier von zwei wütenden spanischen Glücksspielern bei einem illegalen Kamelrennen gejagt wurde. In den Schützengräben waren seine Manieren rauer geworden. Weil er sich den Ängsten gestellt hatte, von denen er dazu getrieben worden war, seine Kameraden im Stich zu lassen, hatte er nun neuen Mut gefasst. Nachdem es ihm gelungen war, einem benebelten Landarbeiter eine Machete aus den Händen zu reißen, schwang er die stumpfe, schwere Klinge gegen die Köpfe der angreifenden Horde. Er konnte eine beachtliche Anzahl von Schädeln spalten, bevor ihm die Waffe aus der Hand gerissen wurde. Der Waggon schwamm im Blut und Nicholas' rechter Arm schmerzte.

Obwohl der Zugführer mit den Degen durch seine Augen an der Wand festgenagelt war, beharrte er darauf, seine Ansagen zu machen. »Wir werden in Kürze in der Hölle eintreffen«, rief er. »Der Zug endet hier. Alles umsteigen. Bitte lassen Sie keine Besitztümer zurück.«

Und im Privatabteil des Direktors, dem großen Satanisten gegenübersitzend, hatte Isabella die Augen reuevoll auf den Boden gerichtet.

»Ich hätte nicht glauben sollen, dass ich Ihnen und Ihrem Zug gewachsen sein würde«, sagte sie traurig.

Der Direktor hob sein Weinglas in ihre Richtung. »Sei nicht traurig, mein Kind. Ich hoffe, es tröstet dich, wenn ich dir sage, dass du weiter gekommen bist als alle anderen in den letzten Jahren. Schau aus dem Fenster und sag mir, was du siehst.«

Als sie durch die Fensterscheibe blickte, konnte sie eine Szenerie beobachten, die Hieronymus Bosch den Magen verdorben hätte. Hier und da waren kaum wahrnehmbare Gruppen von Männern zu sehen, die sich mit sinnlosen, unmöglichen Aufgaben abmühten: Männer, die einen gigantischen Augapfel einen Hügel hochrollten; Männer, die ein gewaltiges Ohr in eine Grube absenkten; hunderte von Männern, die ein hoch aufragendes Durcheinander von unsinnig komplizierten Maschinen bedienten, mit dem Ziel, eine Weintraube zu halbieren oder die Blütenblätter von einer Rose zu zupfen; Männer, die an Menschenpyramiden emporkletterten, um den Sternen neue Richtungen zu geben oder die Formen von Blitzen zu verändern. Begleitet wurde alles von einem Schreien und Singen missklingender Stimmen, dem Gestank von verbranntem Fleisch, der Schärfe von Schwefel, einem pervertierten Hauch von Parfüm und einem allgemeinen Bewusstsein all der Dinge, die verdorben, betrogen, vergiftet und unverziehen waren.

»Das ist die Hölle, die du erwartet hast, oder?«, sagte der Direktor. »Was wäre, wenn ich dir sage, dass das gar nicht die Hölle ist?«

»Mir schmerzen die Augen allein vom Hinsehen«, gab Isabella zu. »Was wollen Sie damit sagen, dass das nicht die Hölle ist?«

»Das hier ist, was eure Kirche euch einreden möchte, was die armen Sünder erwartet. Solche Bilder schmücken die

Wände und Fenster eurer Gotteshäuser, um euch Angst einzuflößen, damit ihr glaubt und gehorcht. Aber die Unterwelt existiert nicht in einem einzigen Zeitrahmen. Sie fließt unaufhörlich vor und zurück. Und sie ist kein großes Land aus Feuer und Folter. Lass mich dir die wahre Hölle zeigen.«

Er wischte mit der Hand über das Fenster und die Landschaft verschwand. An ihre Stelle trat eine ausdruckslose, stille Schwärze. »Die Hölle existiert nicht als geografische Landschaft. Sie kann nicht mit dem Kompass gefunden werden. Ich werde dir zeigen, wo die Hölle ist.« Er hob den Zeigefinger und berührte seine Stirn. »Sie ist hier drinnen und nur man selbst kann sie kontrollieren. Die Hölle ist die Summe unserer größten Ängste. Das kostbarste Geschenk des Lebens ist die Anerkennung unserer Existenz. Die Hölle hat kein Gedächtnis und nichts anzubieten außer dem Gedanken, dass sich nie jemand um einen geschert hat und es auch nie tun wird. Die Hölle ist eine Abwesenheit, die Hölle von Männern und Frauen, die absolut teilnahmslos sind. *L'enfer, c'est les autres.*«

»Warum sollten die Leute von der Hölle träumen?«, wollte Isabella wissen. »Wir wollen das Gute. Wir wollen nicht leiden.«

»Gesegnet sei deine Naivität, meine Kleine. Wie wenig du von der Welt weißt. Ich erzähle dir das nur, weil du zur Familie gehörst. Und ich wäre stolz, wenn du Teil des Familiengeschäfts werden würdest. Hier hast du deine Höllenfantasien zurück.« Er führte seine Hand erneut am Fenster vorbei und die feuerrote Landschaft kehrte zurück.

»Das Familiengeschäft.« Isabella spielte mit dem Gedanken.

»Tu's nicht!«, rief Nicholas und hämmerte gegen das Fenster.

»Würden Sie mich wirklich wollen?«, fragte Isabella mit einem Lächeln auf den Lippen.

»Aber ja«, antwortete der Direktor.

»Wir sollten Ihren Vorschlag feiern.«

»Ich hatte gehofft, dass du das so sehen würdest.«

»Wie wäre es mit einem Toast?« Sie hielt ihr Glas in die Höhe.

»Du bist aus dem richtigen Holz geschnitzt. Auf deine Jugend. Und auf deine Unschuld.«

Der Direktor trank schmatzend. Dann starrte er sie an. Auf seinem Gesicht zeichnete sich ein Ausdruck unangenehmer Überraschung ab.

»Es stimmt«, räumte Isabella ein. »Ich bin jung und war noch nie zuvor auf Reisen. Aber ich bin doch nicht ganz so unschuldig.«

Der Direktor schien zu ersticken. Er öffnete den Mund und fand ein pulsierendes Eierkokon auf seiner Zunge. Isabella hatte eines der Eier des *Coleoptera Freely* in seinen Rotwein gegeben.

»Versuch dich an deiner eigenen Prüfung«, sagte sie. Sie verpasste ihm mit ihrer Faust einen Kinnhaken, durch den sich sein Mund schloss und er schluckte.

Der Direktor begann zu husten und zu zittern. Seine schwitzenden Wangen und sein Bauch erzitterten. Es gab ein Plopp, als der Eierkokon platzte und neugeborene Käfer sich in seinen Eingeweiden ausbreiteten. Wenige Sekunden später hatten die hungrigen Neukäfer den weichesten Fluchtweg gefunden: Sie bohrten sich durch seine Augen heraus und dann wieder hinein, um geräuschvoll sein Gehirn zu verzehren.

Der Direktor schrie, als sein Kopf von innen heraus verschlungen wurde. Die Käfer brachen aus seinen Ohren hervor und flogen davon in Richtung Gang. Der kopflose Körper des Direktors fiel mit einer spektakulären Blutfontäne nach vorne, wobei er eine Porzellanschüssel mit Schweinekoteletts auf den Boden schleuderte.

Weil ihm nun eine beherrschende Kraft fehlte, begann der *Schwarze Engel* sich aufzulösen. Die Wände um Isabella herum dehnten sich und ächzten. Stahl kreischte und Holz zerbrach. Isabella erhob sich und rannte auf den Gang, wo sich Nicholas gerade mit einem Besen gegen zwei tote Schmiede zur Wehr setzte.

Die Fensterscheiben zersplitterten in tausend Stücke. Durch die Augen angenagelt schwang der Körper des Zugführers hin und her. Er schaffte noch, zu brüllen: »Alles umsteigen! Alles umsteigen!«, bevor sein Kopf vom Rest des Körpers abgetrennt wurde.

Der Boden bäumte sich auf, als das Fahrgestell sich zu lösen begann und die großen Räder ohne Verankerung hüpften. Um sie herum flogen die Funken. Die Wände wurden zerrissen und ein Teil des Daches flog davon. Der *Ärzengel* ging schneller kaputt als ein Schiff, das mit einem Eisberg kollidierte.

Die untoten Passagiere wurden von Panik erfasst und begannen zu schreien. Der Lärm war ohrenbetäubend. Der große Zug hob und senkte sich wie eine Achterbahn.

Isabella schrie.

Nicholas brüllte.

Alle kreischten.

Weil der Zugführer aufgespießt und der Direktor kopflos waren, fiel der *Schwarze Engel* wieder auf die Schienen und donnerte über Weichen sowie einen großen hölzernen Viadukt. Während er fuhr, schüttelte er seine Waggons von sich ab. Der Reihe nach stürzten die Wagen in das leere, geräuschlose Nichts, in eine Hölle, die viel furchterregender war, weil sie gar nichts anbot, die Hölle der Nichtexistenz.

Die noch verbleibenden Waggons lösten sich in ihre Einzelteile auf. Isabella klammerte sich an Nicholas, betete ein Vaterunser und schloss die Augen.

Mit einem letzten Geschwindigkeitsschub löste sich der *Schwarze Engel* von den Schienen und raste dem Ende der Strecke entgegen.

Vor ihnen stand ein gewaltiger dunkler Endbahnhof, schwarz vor schwarzem Hintergrund, fast unsichtbar. Um sie herum erhob sich eine Geräuschwand, ein Angstschrei, der so dicht und disharmonisch war, dass er wie eine einzige große Stimme klang. Er ergoss sich in Wellen über den Zug und splitterte sich in einzelne menschliche Schreie auf, flehend, panisch und verängstigt, die Stimmen all derer, die alles dafür gegeben hätten, noch einen weiteren Atemzug nehmen zu dürfen. Es war der Klang der Verdammten in der Hölle, die darum bettelten, dass man ihnen ihr törichtes, jämmerliches, verschwendetes Leben vergab.

Isabella öffnete die Augen und blickte in den Schlund der Unterwelt.

Der Endbahnhof erglühte mit einer Million blutroter, nadelstichgroßer Feuer, eine gewaltige dunkle Landschaft, die von sinnestäuschenden Farbtönen beseelt wurde. Es war der Gegenpol zu einem Sternenhimmel, das Universum in seiner Umkehrung.

Das Abstellgleis und die Puffer rasten auf den Zug zu und brachen mit einem gewaltigen Getöse über ihn herein.

Der *Schwarze Engel* pflügte sich einfach hindurch und raste über den Abgrund. Isabella fühlte, wie die Katastrophe sie bis ins Knochenmark erschütterte, und sie sah die Explosion wie aus weiter Ferne, als Eruption eines Vulkans am Nachthimmel. Das ohrenbetäubende Zermahlen von Metall hallte in der geschwärzten Landschaft wider. Der Zug klang wie ein großes sterbendes Untier.

Und dann herrschte endlich Stille.

Das Spiel

Durch ein Gewühl aus Dampfwolken und bitterem Kohlenrauch konnte Nicholas beobachten, wie die albtraumhafte Vision sich entfernte und auflöste, als wäre sie ein von Migräne zersplittertes Bild.

Als er endlich wieder genug Kraft hatte, erneut den Kopf zu heben und aus dem Fenster zu blicken, sah er dort nur die leere Ebene, das uralte Weideland und den sich nähernden Wald mit seinen Hängebirken. Der Himmel war klar und kornblumenblau. Er fasste sich an die Brust und schob die Finger unter die Fetzen seines blutgetränkten Hemds. Er fand keine Wunde.

Er beobachtete, wie Isabella weiterschlief, bis das Sonnenlicht auf ihre Wangen fiel und ihre Augenlider zu zucken begannen. Der Zug schaukelte und schwankte noch immer, nun aber sanft.

Es war Morgengrauen und sie fuhren gerade in einen Bahnhof ein. Kübel mit Primeln standen auf dem Bahnsteig. Der Himmel wurde mit jedem Augenblick heller.

Der *Schwarze Engel* sah nun wie ein heruntergekommener alter Zug aus, den man für eine letzte Fahrt auf seiner Strecke noch einmal aus dem Lokschuppen geholt hatte. Er war endgültig nach Hause gekommen, an den Ort, an dem er geschaffen worden war.

Isabella gähnte, setzte sich auf und sah sich um. Sie streckte sich und stand auf, um ein Fenster zu öffnen. Der Wind liebkoste sie. Überall waren Sonnenstrahlen.

Neben ihr beugte Nicholas seine schmerzenden Arme und erhob sich ebenfalls. Die Augen zusammenkneifend und sie abschirmend blickte er in den strahlenden Sonnenschein hinaus. Der Zug sah nun aus wie jeder andere, geflickt und abgekämpft, grau vom Staub, mit leeren Gängen, die durch übermäßige Beanspruchung abgenutzt waren.

Draußen war alles blau und gelb.

Isabella öffnete die Waggontür und trat blinzelnd in das Licht. Sie warf einen prüfenden Blick auf die Umgebung und musste feststellen, dass ihr gefiel, was sie sah. Die Armee hatte die Stadt verlassen. Der Bahnsteig war mit Blumen geschmückt. Sie war zu Hause. Zurück in Chelmsk, wo ihr Vater und ihre Freunde darauf warteten, sie begrüßen zu dürfen.

Josef trat schüchtern auf sie zu und nahm sie in die Arme. Die Männer waren nun andere Versionen ihrer selbst – die guten Menschen, die aus ihnen geworden wären, wenn die Gießerei dem Komitee nicht erlaubt hätte, sein satanisches Ritual abzuhalten.

»Isabella. Danke, dass du zu mir zurückgekommen bist.« Josef drückte sie fest an sich. In den Armen ihres Geliebten blickte Isabella in den Himmel hoch und lächelte. Sie fühlte, dass die Seelen von Thomas, Miranda und all der anderen Untoten, die im Zug gefangen gewesen waren, nun auf sie herabblickten.

Nicholas trat auf sie zu. »Vielen Dank, Isabella. Vielleicht werden wir uns in einem anderen Leben noch einmal begegnen.«

»Was hast du vor?«, fragte sie, wohl wissend, dass er gehen würde.

»Das Paradies hat immer hier auf dich gewartet«, sagte er mit einem Schulterzucken. »Das ist nicht meine Welt. Mein Zuhause ist bei den feinen Damen in London. Aber vielleicht werde ich noch für ein paar Tage bleiben. Ich werde nie vergessen, dass ich dir mein Leben zu verdanken habe.« Er warf ihr eine Kusshand zu und ging davon in Richtung des von der Sonne beschienenen Wegs, der in die Stadt führte.

Der Zug donnerte durch das Zimmer und ließ die Möbel in tausend Stücke zerspringen, dann fing er an zu schrumpfen und wurde kleiner und kleiner, bis er wieder ein Spielzeug aus abgenutztem grünen Blech geworden war.

Er fiel auf die Seite, glimmend; die Lokomotive hatte sich überhitzt. Die Passagierfiguren auf dem Spielbrett waren vom Bereich »Verdammnis« hinweggeschleudert worden, weg von dem Pfad, den die Karten vorgegeben hatten. Sie waren stattdessen im »Paradies« gelandet. Der Zug hatte das Spielbrett versengt und dadurch den Namen der Endstation ausgelöscht.

Es war höchste Zeit, dass sie die beschädigten Figuren wegpackte, wenn sie nicht wieder in Schwierigkeiten geraten wollte. Ihre Mutter war nach Hause zurückgekommen. Das kleine Mädchen blickte auf das Ergebnis seines Spiels und lächelte in sich hinein. Es war sechs Jahre alt, und seine Überzeugung, dass der Teufel nur in albernen Spielen existierte, würde noch genau drei Wochen bestehen bleiben – bis zu dem Tag, an dem es zur Gießerei ging, um seinen Onkel zu suchen.

»Isabella! Isabella!«, hörte sie ihre Mutter rufen. »Wasch deine Hände und komm sofort zum Abendessen, sonst setzt es was!«

Isabella nahm die Figuren vom Spielbrett und legte sie in ihre Behältnisse zurück. Dann schloss sie den Deckel und verschnürte die Schachtel wieder. Auf dem Deckel befanden sich ein Bild des *Ärzengels* und die Aufschrift: »Ein Jahrhundert der Wunder steht an!«

Die Abgabe

»Danke, dass du zu mir zurückgekommen bist?«, sagte Emma. »Ziemlich gewagt, den letzten Satz von *Begegnung* zu stehlen. Der Film war ein Flop, als er angelaufen ist.« Sie lag nackt auf seinem Bett und las die letzten Seiten des Drehbuchs, während der Regen an den Fenstern des Red Lion hinabrann.

»Dadurch wird es zum idealen Ende«, sagte Shane. »Außerdem war *Begegnung* ein Film mit einem Zug, oder?«

»Ich bin mir sicher, dass Freddie Francis das gerne drehen würde, aber du bist absolut über das Budget hinausgeschossen. Michael wird einen Herzinfarkt bekommen, wenn er sieht, dass du erwartest, dass wir eine Vision der Hölle bauen. Er wird denken: *Nun, wie können wir Draculas Burg als Hades wiederverwenden?* Wir verstehen uns viel besser auf Andeutungen. Ein Hauch von Schwefel hier, ein wenig Rauch da. Auf diese Weise ist es billiger. Ich vermute, man könnte es mit Modellen hinbekommen, aber das zählt nicht unbedingt zu unseren Stärken. Wir sind aber ziemlich gut mit Rückprojektionen und Vorsatzmalerei. Vielleicht könnten wir es damit schaffen.«

»Du überschlägst dich ja geradezu vor Begeisterung.«

»Nun, deine Geschichte entspricht genau den übernatürlichen Sachen, die wir machen, aber da liegt auch das Problem, oder?«

»Worauf willst du hinaus?«

»Okay, wir drehen diese Märchen mit Männern mittleren Alters, Frankenstein und Dracula und so weiter, aber der einzige Grund, warum sich die Jugend das ansieht, ist, weil sie blutig sind. Und in Wirklichkeit sind sie das nicht einmal, sondern es gibt vor allem rote Farbe und bedeutungsschwangere Akkorde und vielsagende Auftritte von Profis. Die Geschichten selbst handeln von gar nichts, oder? Ich meine, wenn du dir ansiehst, was in der wirklichen Welt abläuft, wo sich Teenager gegenseitig bekämpfen und wegen Popgruppen den Verstand verlieren, und da sind wir und machen Filme über Konzepte wie Gut und Böse, die auf Burgen in Transsylvanien spielen. In heruntergekommenen Städten im ganzen Land lehnt sich die junge Generation gegen die Alten auf. Ich weiß, dass wir keinen Sozialrealismus machen, davon gibt es derzeit ohnehin schon genug im Fernsehen, aber kannst du dir vorstellen, dass sich irgendjemand in zehn Jahren an unsere Sachen erinnern wird? Ja, mir ist klar, dass wir keine gehobene Kunst oder so was kreieren, aber manchmal wünsche ich mir schon, wir könnten etwas machen, das mehr von Dauer ist.«

»Vielen Dank auch.«

»Ich bin nur ehrlich. Ich denke, dass unsere Stunde geschlagen hat. Die Amerikaner lösen langsam die Geschäftsbeziehungen mit unserer Firma. Es wird immer schwerer, unsere ausländischen Partner dort zu begeistern. Sie reden davon, demnächst Fernsehsendungen auf die Leinwand zu bringen, nur weil das Publikum die Schauspieler sofort wiedererkennen wird.«

»Was für ein aufmunternder Gedanke.« Er gab ihr einen Klaps auf den Po. »Komm, zieh dich an. Wir müssen zur Übergabe.«

Sie fuhren nach Bray zurück und bereiteten sich auf das Treffen vor.

»Oh, du meine Güte, Sie waren fleißig.«

Michael Carreras blätterte die letzte Seite um und richtete die Blätter kantig aus. »Es ist natürlich überaus unterhaltsam. Und es gibt ein paar wunderbare Rollen. Ich kann mir richtig vorstellen, was Christopher aus der Rolle des Zugführers machen würde. Er beklagt sich immer, dass er in seinen Filmen nicht genug zu tun bekommt. Ich glaube, er hat uns bis heute nicht verziehen, dass seine Figur in *Blut für Dracula* fast völlig stumm bleibt. Und ich bin mir sicher, dass Peter liebend gerne sowohl den Bestatter als auch den Typen, der Insekten sammelt, spielen würde. Er mag kleinere Rollen. Er ist furchtbar zurückhaltend, für einen Schauspieler zumindest.«

Shane wartete auf das *Aber*.

»Aber es ist nicht billig. Ich meine … die Hölle! Wumms, schon ist das Budget dahin. Und all diese untoten Passagiere. Ich glaube, wir haben das schon ganz gut in *Nächte des Grauens* abgedeckt. Ich kann mir nicht vorstellen, dass Zombies eine große Zukunft haben werden. Sie etwa?« Er klopfte sanft auf den Blätterstapel. »Es gibt eine Unmenge an Make-up und Spezialeffekten. Wir müssten wochenlang mit Prothesen herumexperimentieren. Das hatten wir gerade erst mit einem ägyptischen Schädel für *Der Fluch der Mumie*, und ich bin immer noch nicht wirklich zufrieden damit. Der Film wird wahrscheinlich als Teil einer Doppelvorstellung anlaufen, aber zumindest haben wir eine nette

Kooperation mit dem Amt für Milchmarketing. Und dann sind da all diese Gewissensprüfungen. Zuviel abstraktes Gerede. Ich kann vor mir sehen, wie die Jugendlichen an diesen Stellen ungeduldig werden. Also, insgesamt …« Er klopfte wieder auf das Drehbuch.

Shane blickte Emma in die Augen. Er hielt den Atem an.

»… denke ich, dass das nichts für uns ist. Wir bereiten einen neuen Dracula vor und einen neuen Quartermass und etwas von diesem Typen mit der schwarzen Magie, Dennis Wheatley. Aber ich bin froh, dass wir uns die Zeit genommen haben, neue Wege zu prüfen. Ich bin mir sicher, dass wir etwas in unseren Schatullen finden können, um Sie für Ihre Zeit zu entlohnen. Emma, können Sie veranlassen, dass Mr. Carter heute noch ausbezahlt wird? Und sehen Sie mal, ob Sie im Weinregal etwas Nettes für ihn finden.«

Shane beugte sich vor und wollte das Drehbuch an sich nehmen, aber Carreras zögerte damit, es herauszugeben. »Kann ich Sie um einen Gefallen bitten, als Ehrenmann? Dass Sie es nicht sofort zu Amicus bringen? Ich bin mir sicher, dass die sich gegen das Budget sperren würden, aber selbst dann, verstehen Sie …«

»Natürlich. Ich verstehe Sie völlig.«

Carreras gab einen Seufzer der Erleichterung von sich und überreichte Shane das Drehbuch. »Ich hoffe, Sie sind nicht der Ansicht, dass dieses kleine Experiment für Sie Zeitverschwendung war.«

»Im Gegenteil. Ich denke, dass ich eine Menge gelernt habe.«

Er erhob sich und schüttelte Carreras die Hand. Und dann war er in der Eingangshalle und wieder auf dem Weg zu den nassen grünen Rasenflächen und der ländlichen Umgebung.

Emma begleitete ihn zum Eingang. »Ich werde dir einen Scheck ins Gasthaus schicken und wir werden die Rechnung dort übernehmen«, sagte sie. »Nimm es dir nicht so zu Herzen. Sie versuchen, die Firma am Leben zu halten, aber sie wissen einfach nicht mehr, was funktioniert. Was hast du jetzt vor?«

»Ich weiß nicht«, gab Shane zu. »In London ist im Moment eine Menge los. Es scheint der Ort zu sein, an dem man sein sollte. Wenn ich hierbleiben würde, wärst du in der Nähe?«

»Natürlich. Es ist mein Zuhause. Ich bin wie das Mädchen in deinem Drehbuch. Man muss das Paradies dort suchen, wo man es finden kann, aber es geht nichts darüber, nach Hause zu kommen.«

Shane blickte sie mit zugekniffenen Augen an. »Hab ich was übersehen? Warum denkst du, hat Michael das Drehbuch abgelehnt?«

»Ich denke, er hat es wahrscheinlich ein bisschen zu beängstigend gefunden. Das Risiko war zu groß.«

»Ich fühle mich wie ein Mann in diesen Episodenfilmen von Amicus«, sagte er. »Wahrscheinlich sollte ich dankbar sein, dass sich Michael nicht als der Teufel entpuppt hat.«

»Vielleicht hat er das doch. Wenn du zuerst zu Amicus gegangen wärst, hätten sie dich wahrscheinlich für einen Episodenfilm engagiert. Stattdessen bist du zu uns gekommen, und nun hast du versprochen, nicht zu ihnen zu gehen.« Emma lachte. »Letztendlich hat sich Dr. Schreck nicht als der Teufel entpuppt, oder? Er war der Tod. Der Tod deines Drehbuchs.«

»Verdammt, du hast recht. Ich hätte daran denken sollen. Ich glaube, man hat mich hereingelegt. Auf die netteste mögliche Weise. Kann ich dich etwas fragen? Warst du ein Teil des Spiels?«

Sie lächelte traurig. »Wir mussten sicherstellen, dass du ein Drehbuch ablieferst, damit wir es stoppen können. Du hast eine Vergütung akzeptiert, wodurch es zu unserem Eigentum wird.«

»Ich könnte ein neues schreiben. Es war nur eine Geschichte. Figuren leben und sterben. Sie werden gerettet oder verdammt. Das ist alles ziemlich schwarz und weiß. Keine Moral, nur Unterhaltungswert. Nicht wie im wirklichen Leben. Da ist alles viel komplizierter, oder?«

»Nicht so sehr, und nicht aus der Distanz. Du wirst auf das hier zurückblicken und lachen. Außerdem glaube ich nicht, dass du mit Amicus zurechtgekommen wärest. Sie hätten gesagt, dein Drehbuch wäre ein wenig zu – hinterfragend.«

»Das werde ich jetzt niemals wissen, oder?«

»Ich kann verstehen, wenn du nun etwas wütend bist. Falls du dich jemals entschließt, mir zu verzeihen, hast du ja meine Telefonnummer.«

»Ich bin nicht wütend, Emma. Ich glaube, ich habe etwas gelernt.«

Er küsste sie und ging, schweren Herzens.

Als er in seinen roten MG stieg, warf Shane einen letzten Blick zurück auf das Mädchen, das Studio, die mit Zinnen versehenen weißen Mauern, zu denen eine Allee aus dicht belaubten dunklen Bäumen führte.

Kurz darauf schloss Bray seine Pforten für immer. Es wurde nie wieder als Studio genutzt. Emma hatte recht gehabt. Nach *Der Fluch der Mumie* gab Hammer das Gelände auf und widmete sich einer Reihe schlecht durchdachter

Projekte, die die letzten Hoffnungen zunichtemachten, dass Hammer jemals wieder seine einzigartige Stellung im Filmgeschäft zurückgewinnen würde.

Mehr als ein Jahrzehnt später, nach Verheißungen einer Neugeburt mit großartigen neuen Projekten wie *Nessie* und *Vampirella*, zerfiel die Firma im harschen Licht der wirtschaftlichen Realität und starb. Die Hammer-Familie löste sich auf. Die Zimmermänner und Näherinnen, die Ausstatter und Techniker, die Autoren, Künstler, Kameramänner und Produzenten gingen ihre eigenen Wege.

Die Asche von Hammer wurde vom Wind in alle vier Himmelsrichtungen getragen, wo sie auf frisches Blut und die Wiedergeburt wartet.

–ENDE–

LUZIFER
VERLAG